DER SCHOCK
(DANACH #1)

Scott Nicholson

Aus dem Amerikanischen von
Stefan Mommertz

Haunted Computer Books
ISBN: 978-1-62647-071-2

Haunted Computer Books
P.O. Box 135
Todd, NC 28684 USA

KAPITEL 1

Es waren drei.

Vor einer Woche hatte sie damit aufgehört, ihnen Namen zu geben. Für eine Weile war es zwar eine amüsante Ablenkung gewesen – und bei Gott, sie bedurfte der Ablenkung –, aber dann hatten sie angefangen, sich miteinander zu vermischen, die Schwarzäugigen Susannen, die Rosinenköpfe und die Fleischrachen.

Nun jedoch konnte Rachel Wheeler der Versuchung nicht widerstehen, als sie durch das verschmierte Fenster der Drogerie blickte, während sie inmitten von ausgestreutem Babypuder und Cellophanmüll kauerte.

Stummel.

Dem Typen zu ihrer Rechten, der in einem Berg aus übervollen Plastiktüten auf der Bank am Straßenrand saß, fehlte der linke Unterarm. Die Wunde war mit einem schmutzigen Handtuch umwickelt, das mit Klebeband fixiert war und an seinem stumpfen Ende einen dunkelbraunen Fleck aufwies.

Stummel wartete auf einen Bus, der niemals kommen würde. Rachel wusste nicht, ob er ein Zapphirn war. Er konnte einfach nur ein schizophrener Obdachloser sein, einer aus der Unterschicht, der noch nicht bemerkt hatte, dass es mit der Welt zu Ende gegangen war. Obwohl er finster aussah, schien er nicht sonderlich auf das Töten fixiert zu sein. Er beschäftigte sich lieber damit, die Fliegen zu verjagen, die um seinen Armstummel herumschwirrten.

Er befand sich etwa fünfzehn Meter von ihr entfernt und sie würde leicht vor ihm davonlaufen können. Alles was sie tun musste, war zu rennen, als ob ihr Leben davon abhing. Das war keine sonderliche Herausforderung, denn seit Tagen hing ihr Leben davon ab.

Bartmann, der neunzig Meter von der Drogerie entfernt auf der Straße torkelte, war mit ziemlicher Sicherheit ein Zapphirn. Sein Gesicht wurde von wirren Haaren verdeckt, aber er ging gebeugt und hatte die Hände zu Fäusten geballt. Wut ummantelte die seltsame Energie, die in ihm brannte.

Okay, Bartmann, du hast die Frage beantwortet, ob ich nach Süden oder Norden gehen soll.

Ihr Bestimmungsort waren die Berge im Nordwesten, aber sie war nicht gewillt, eine Begegnung mit Bartmann zu riskieren.

Das Wort »Bestimmungsort« hörte sich in ihren Gedanken seltsam an, wegen des Wortstamms »Bestimmung«. Diese Art von Abstraktion war lachhaft geworden, aber das Lachen war die einzige Waffe gegen die Angst, die ihr die Kraft in ihren Beinen raubte. Und sie benötigte ihre Beine.

Oh ja, Herr, verpass mir Stummel anstelle von Händen, aber lass bitte meine Beine in Frieden.

In dieser furchteinflößenden neuen Welt, im Danach, musste man rennen und dabei seine Schuld, seine Angst und die ganze dunkle Last des Davor mit sich schleppen.

Selbst wenn sie nach Süden gehen wollte, wo es keinen Anlass für einen Funken Hoffnung geben würde, hätte der Kettenkerl vermutlich etwas dagegen. Er bewegte sich durch den rauchigen Dunst zwischen einem Volvo, der quer auf der Kreuzung stand, und einem liegengebliebenen Streifenwagen, dessen Türen offenstanden wie die Flügel eines spastischen, abgestürzten Vogels, während der Wagen selbst mit zwei Rädern auf dem Bordstein parkte.

Kettenkerl trug eine zerfetzte Lederjacke, trotz der Hitze des späten Augusts – und in Charlotte wurde man von der Augusthitze an der Kehle gepackt und mit Salzwasser abgerieben –, und schleppte einen Tornister mit sich herum. Ganz offensichtlich zählte er zu den Verrückten höherer Ordnung. Die Kette in seiner rechten Hand schwänzelte auf dem Asphalt hinter ihm her, ihr wiederholtes leises *Klong* das einzige Geräusch auf einer Bühne, die früher vom Stoßverkehr besetzt gewesen war.

Sie bückte sich tiefer am Drogeriefenster und packte ihren Rucksack. Er war prall gefüllt mit Nahrung, die sie benötigte, aber auch mit anderen Dingen, Wohlfühlsachen, die ihr nunmehr wie Schwächen erschienen, durch die sie langsamer und womöglich getötet werden würde.

Wirklich, Klopapier und Tampons, Ray-Ray? Warum nicht auch noch Hämorrhoidensalbe und Viagra, wenn du schon dabei bist? Die Preise hier sind unschlagbar, also solltest du zuschlagen.

Sie erwog abzuwarten, ob Bartmann und Kettenkerl sich duellieren würden. Vielleicht konnte sie, während die beiden miteinander beschäftigt waren, aus dem Laden schlüpfen und in einer Seitenstraße verschwinden. Die Gefahr war zwar groß, einem oder zwei Zapphirnen zu begegnen, die auf Beute aus waren, aber sie wollte nicht hier warten, bis es dunkel wurde. Die Eingangstür war eingeschlagen und andere Plünderer konnten auf der Bildfläche erscheinen, um aus diesem unschlagbaren, einmaligen Räumungsverkauf wegen Geschäftsaufgabe ihren Nutzen zu ziehen.

Die Sonne stand noch hoch am Himmel, aber sie war durch den Rauch, der aus den Hochhäusern im Stadtzentrum aufstieg, kaum zu sehen. Rachel vermutete, dass im Football-Stadion auch ein Freudenfeuer brannte – der Wind trug den Gestank von verschmortem Fleisch herbei.

Kettenkerl wickelte sich seine Waffe in Schlaufen um den Unterarm, die etwas mehr als einen Meter lang waren. Er schwang sie vor und zurück, langsam Schwung aufnehmend, bis er die Kette über seinem Kopf kreisen lassen konnte. Er war noch immer fast vierzig Meter von Bartmann entfernt. Der taumelte weiter hin und her, sich offenbar des drohenden Orkans nicht bewusst.

Während die Kette wie ein langsames Rotorblatt surrte, sprang ein Hund knurrend und kläffend hinter dem Polizeiauto hervor. Es war ein Deutscher Schäferhund – mager, mit dunklem Fell und hungrig. Der Hund bewegte sich schnurstracks auf

Kettenkerl zu, weil er offenbar etwas roch, das ihm nicht behagte. Aber das Tier musste die Reichweite der Kette gefühlt haben, denn es hielt an, verlagerte sein Gewicht auf die Vorderbeine und hob sein Hinterteil an, als ob es bereit zum Angriff wäre.

Schnapp ihn dir, Junge, feuerte Rachel den Hund stumm an, in der Hoffnung, dass ihr die Ablenkung eine Möglichkeit zur Flucht bieten würde. Sie drückte die Riemen ihres Rucksacks zusammen, prüfte sein Gewicht und versuchte auszurechnen, wie sehr er ihr Tempo beeinträchtigen würde.

Der Hund verzog die Lefzen, während er knurrte. Kettenkerl ließ sich nichts anmerken und schwang die Kette schneller, fast so, als ob er den Hund herausfordern wollte, während er weiter in Richtung Bartmann ging. Der Schäferhund tänzelte ein paar Schritte nach vorne und schnappte, aber Kettenkerl ging einfach weiter, ohne aus dem Tritt zu geraten. Offenbar mochte der Hund es nicht, herausgefordert zu werden, weshalb er sich auf die Knöchel von Kettenkerl stürzte.

Die Kette verließ ihre Kreisbahn und rasselte mit verblüffender Geschwindigkeit nieder. Der Schlag kam so plötzlich, dass Rachel sich nicht sicher war, ob sie ihn überhaupt gesehen hatte. Dann kam der *Wusch,* als Metall auf Fleisch traf und die Kette auf den Brustkorb des Hundes peitschte. Er jaulte vor Schmerzen auf und brach zusammen. Kettenkerl trug weiter den leeren, geschäftsmäßigen Ausdruck zur Schau, als er ein zweites Mal mit der Kette zuschlug. Diesmal musste ein Bein daran glauben und der Schäferhund kroch davon wie eine verkrüppelte Spinne.

Der ekelerregende Angriff erinnerte Rachel daran, dass sie hier nicht »Ringelreihe« spielten. Es war ein Kampf jeder gegen jeden. Und sie spielten definitiv nicht. Wenn es darauf ankam, sollte sich Kettenkerl lieber auf den Hund stürzen als auf sie.

Falls Kettenkerl nach links geblickt hätte, hätte er einen Blick auf sie hinter den Glasscherben der Ladenfassade erhaschen können. Ihre Neugier war zwingender als ihre Furcht und jede noch so kleine Information konnte zwischen dem Überleben und seinem Gegenteil den Ausschlag geben. Sie war sich nicht sicher, was »das Gegenteil« war, aber es war in jedem Fall schlimmer als der Tod.

Kettenkerl ging mit gleicher Geschwindigkeit weiter, aber er ließ die Kette wieder langsamer über seinem Kopf kreisen. Stummel hatte sich nicht von seiner Bank wegbewegt und Bartmann konzentrierte sich immer noch auf den Riss im Asphalt, der während der letzten Minute seine Aufmerksamkeit gefesselt hatte.

Oder Jesus. Jesus im Ölfleck, der Regenbogenkrieger, das Licht der Weisheit.

Rachel biss sich auf die Lippe, um das Lachen zu unterdrücken. *Dreh nicht durch. Nur Verrückte drehen durch und du weißt, was mit Verrückten passiert.*

Etwas fiel von den Regalen hinter ihr, nahe der Medikamententheke.

Sie hatte die Gänge nicht genauer unter die Lupe genommen, nachdem sie die Leiche eines Kindes gesehen hatte. Der Laden war wie ausgestorben gewesen. Aber »ausgestorben« hatte nun eine neue Bedeutung.

Sie verkrampfte, aber sie stürzte nicht davon, weil die wirkliche Bedrohung durch den Kettenkerl sehr viel schwerer wog als die eingebildete, die durch ein auf den Boden fallendes Gefäß ausgelöst wurde. Zapphirne zeichneten sich nicht durch Raffinesse aus, weshalb keine Gefahr bestand, dass sich eines heimlich an sie heranschleichen würde. Nein, ein Zapphirn würde auf sie zustürzen wie ein direkt aus der Hölle kommender Cadillac, angefeuert durch die Raserei, die in seinem Gehirn brodelte und zischte.

Kettenkerl war damit beschäftigt, Bartmann zu Leibe zu rücken, weshalb sie ein paar Meter nach links krabbelte und an einem Display mit Grußkarten vorbeiblickte. Auf dem Boden neben der Medikamententheke lag eine Hand, deren Finger zuckten.

Könnte ein Zapper in den letzten Wehen innerer Verbrennung sein.

Die Hand bewegte sich einmal, zweimal, dann nahm sie es als winkende Bewegung wahr. Ein Zapphirn würde sie nicht herbeiwinken. Es würde sich auf das stürzen, was es wollte, und einen nicht erst anlocken.

Jemand – ein Mensch – lag dort. Und hier kam die Gretchenfrage des Danach: Galten die alten Verhaltensregeln noch? Musste sie noch immer ihren Nächsten lieben? Musste sie jeden wie ein Kind Gottes behandeln?

Vielleicht würde es Gott dieses eine Mal nicht bemerken. Vielleicht konnte sie einfach hier neben der Tür sitzen und dann die Flucht ergreifen, während sie Gebete murmelte.

Besser um Vergebung zu bitten als um Erlaubnis, oder?

Allerdings war Vergebung nicht unbedingt etwas, um das man Gott bitten wollte. Nicht jetzt, im Danach. Rachel versuchte wegzublicken, sie versuchte es wirklich, aber die Hand machte eine weitere winkende Bewegung. Sie sah zart aus, die Finger knotig und dünn. Es war nicht die Art von Hand, die sich einem um den Hals legen und einen schreiend in die Dunkelheit zerren würde.

Draußen klirrte die Kette auf den Asphalt, als ob Kettenkerl herumprobierte und sich bereit machte, zur Sache zu kommen.

Die Hand versuchte es mit einer letzten Geste, dieses Mal nur mit dem Zeigefinger, der mit einer Intensität *Komm, komm, komm* signalisierte, die sich nur in der Stille völlig entfalten konnte.

Aber noch immer widerstand sie dem Impuls zu helfen, dem Credo »Liebe deinen Nächsten«, das ihr eingetrichtert worden war, seit sie am Bett ihrer an Krebs leidenden Mutter gesessen, als Freiwillige für den Tierschutzverein gearbeitet, zu den fröhlichen Helfern in der Kirchengemeinde gezählt und Seminare für psychologische Beratung an der Universität von North Carolina in Charlotte belegt hatte. Die kleine Ray-Ray war voll auf Kurs gewesen für ein Leben, das dem selbstlosen Dienen gemäß der Goldenen Regel gewidmet war. Im Davor.

Nun war sie vom Kurs abgekommen.

Sie war sich nicht einmal sicher, ob es überhaupt noch einen

Kurs gab, denn ihr Zug war von den Schienen gesprungen und befand sich in einem dunklen, unübersichtlichen Gelände.

Rachel wandte den Blick von der Hand ab und sah zur Tür. Sie konnte wahrscheinlich zwanzig Meter auf dem Bürgersteig schaffen, bevor Kettenkerl seine Fixierung aufgab und sie bemerkte. Vielleicht würde der Vorsprung groß genug sein. Ihre Beine waren jung, biegsam und stark, ihrer Vorliebe fürs Radfahren sei Dank. Sie konnte ihm davonlaufen.

Wahrscheinlich.

»Huhhh ...«

Das Keuchen hatte seinen Ursprung hinter der Medikamententheke. Sie wandte ruckartig den Kopf und sah, dass die Hand nun zur Faust geballt war, so als ob sie eine letzte Energiereserve angezapft hätte. Das Flüstern ertönte erneut, schwach und abgehackt.

»Huhh ... Hilfe ...«

Zum Teufel mit dir, Gott.

Sie sah nach Kettenkerl, der sich noch immer Bartmann näherte. Der wiederum bewegte sich in Kreisen der Besessenheit. Stummel saß auf der Bank, als ob er darauf wartete, Tauben zu füttern. Ein ganz normaler, geschäftiger Werktag im Stadtzentrum von Charlotte.

Ein ganz normaler Tag im Danach.

»Hilfe.« Die Stimme des Besitzers der Hand wurde lauter und Rachel zischte ein »Schhh« als Antwort, während sie den Gang entlangkroch. Sie konnte darauf verzichten, dass Zapphirne hier aufkreuzen würden, angepisst, weil sie nicht zu dieser Party eingeladen worden waren.

Vor langer Zeit – nun, vor einigen *Tagen,* aber es schien ihr wie Jahre – hatte sie entschieden, dass es zwar egoistisch war, für das eigene Überleben und die eigene Errettung zu beten, aber dass es andererseits durchaus redlich war, um die Stärke zu bitten, anderen zu helfen. Sie hatte auch versprochen, für Chelsea zu leben, all die Jahre zu leben, um die ihre kleine Schwester gebracht worden war – durch Rachel.

Aber sie durfte jetzt nicht daran denken, sonst würde sie erstarren und ihr Schicksal akzeptieren. Den Tod *verdient* haben. Ihn verdient haben, weil jeder Atemzug ein egoistischer Akt war in einer Welt, in der sie etwas Wunderbares zerstört hatte.

Als Rachel sich der Theke näherte, wurde sie von einem widerlichen, herben Gestank attackiert. Sie hatte eine Menge Leichen gerochen und war vertraut mit deren schwerer, süßer Fruchtbarkeit – die Verwesung war im Danach so allgegenwärtig geworden, dass es nur einem wirklich scharfen Geruch gelingen konnte, sie zu durchdringen. Was auch immer sich hinter der Theke verbarg, es hatte diesen raren Status ergattert.

Der Arm zog sich in die Lücke zurück. Sie kroch schneller und rieb sich trotz der Jeans, die sie trug, die Knie wund. Ihr Rucksack hing an ihrer Seite herab und knallte gegen ihre rechte Hüfte, während sie sich durch einen Hindernisparcours aus Stofftieren, Gläsern mit Nahrungsergänzungsmitteln, Erfrischungsgetränken und anderen Produkten einer untergegangenen Kultur manövrierte.

Es war dunkler hier hinten, fern vom Sonnenlicht, aber nicht so dunkel, dass sie ihre Taschenlampe hervorholen musste. Sie war sich nicht sicher, ob sie überhaupt so genau hinsehen wollte, denn der herbe Geruch ließ sie vermuten, dass etwas von innen nach außen gekehrt worden war.

»Hilfe«, flehte die Männerstimme erneut und sie antwortete: »Okay!«

Gott, ich vertraue dir, aber wenn du mich in einen furchtbaren, qualvollen Tod führst, dann schwöre ich dir, dass ich nie wieder mit dir sprechen werde.

Dann erreichte sie die Theke und fühlte sich verborgen genug, um in die Hocke zu gehen und die letzten paar Meter um die Theke herum im Entengang zu absolvieren. Der Mann lag auf der Seite in Embryonalstellung zusammengerollt. Er trug einen weißen Mantel, der vermuten ließ, dass er irgendwann einmal der Apotheker vom Dienst gewesen war, damals, als der Dienst noch zählte und eine wöchentliche Lohntüte einbrachte. Er sah aus wie ein hellhäutiger Gandhi: kahl, alt und mit einer runden Drahtgestell-Brille. Eine Lache von Erbrochenem erklärte den Gestank. Die Fliegen waren schon von der Kindesleiche herübergeflogen, um diese neue Geschmacksrichtung zu erkunden.

»Sie sind ... eine von uns«, sagte er.

»Ja«, erwiderte sie und wünschte sich, sie könnte diese Zuversicht einer Bezugsperson heraufbeschwören, über die so viel in den Lehrbüchern für psychologische Beratung zu lesen war. »Sind Sie verletzt?«

Er lächelte schmerzerfüllt und Spuren von Erbrochenem wurde in seinem Mundwinkel sichtbar. »Kann nicht klagen, danke.«

»Ich helfe Ihnen.«

Sie streckte die Hand aus, um den Puls an seinem Hals zu prüfen, aber er schüttelte den Kopf. »Nein, lassen Sie mich! Für alles ... was heilig ist ... lassen Sie mich sterben.«

Großartig. Er will also, dass ich Dr. Tod spiele. Pech.

Sie berührte seinen Hals und er wehrte sich nicht. Der Puls in seiner Halsschlagader war kaum wahrnehmbar. Es grenzte an ein Wunder, dass er überhaupt Kraft genug zum Sprechen hatte.

»Lassen Sie mich!« Sein Gesicht wurde von einer Emotion überzogen, die eine Mischung aus Wut und Trotz darstellte.

»Warum haben Sie mich dann um Hilfe gebeten?«

Er rollte die Augen in Richtung seiner anderen Hand, die zu einer Faust um etwas geschlossen war. »Ich habe nicht um Hilfe *gebeten*. Ich habe sie *angeboten*.«

Seine Antwort verblüffte sie. Er sah nicht aus, als ob er in der Lage wäre, irgendjemandem außer den Maden zu helfen. Sein Atem wurde flacher.

»Wie viele sind da draußen?«, fragte er.

»Zwei oder drei«, antwortete sie. »Bei einem bin ich mir nicht sicher.«

Er öffnete die Hand, in der sich ein orangenes, verschreibungspflichtiges Fläschchen befand. »Nembutal«, sagte er. »Der einfache Ausweg.«

Also war *er* derjenige, der Dr. Tod spielte. Sie hatte Nembutal im Tierheim gesehen, wo es verwendet wurde, um das Leiden kranker Tiere zu beenden. Er ließ das Fläschchen aus seiner Hand rollen und gab ihm einen schwachen Stups in ihre Richtung.

»Und Antiemetika«, fügte er hinzu.

»Häh? Was ist das?«

»Damit man es nicht auskotzt, bevor es wirkt.« Er hatte zu lallen begonnen. »Ich sollte mir den Rat des alten Knochensägers ... zu Herzen nehmen ... ›Hilf dir selbst‹, oder?«

Sie fragte sich, wie viele er davon geschluckt hatte. Wahrscheinlich weit mehr als genug, wenn er sein Handwerk verstand, und er sah so aus, als ob er die nötige Erfahrung hatte. In einer so wichtigen Frage würde er bei der Dosierung auf Nummer sicher gehen.

»Ich bin noch nicht bereit zu sterben«, sagte sie.

»Das war keiner von uns«, keuchte er. Seine Augenlider zuckten.

Sie prüfte noch einmal seinen Puls und konnte das Blut bei den letzten trägen Runden durch sein Kreislaufsystem kaum wahrnehmen. Jeden Augenblick würde er das Bewusstsein verlieren und dann würde sein Gehirn langsam beginnen, die Lichter auszuschalten, bis die Party völlig beendet war.

»Soll ich ... mit Ihnen beten?«, fragte sie. Sie wollte nicht fragen, ob er errettet war, weil ihr das für diesen überaus persönlichen Moment zu wertend erschien.

»Es geht mir ... gut«, erwiderte er. Er stupste das Fläschchen in ihre Richtung. »Hier. Meine letzte Bitte.«

Er trug einen Ehering und sie machte sich Gedanken über seine Ehefrau. Hatte er ihr bei der Flucht aus dem Danach »geholfen«? Hatte er sie in die nächste große Ungewissheit geleitet? Vielleicht hatte er sie sogar hereingelegt, Tabletten zu Pulver zermahlen und in ihren süßen Eistee gemischt.

Nimm sie. Soll er mit dem Gefühl sterben, geholfen zu haben.

»Danke.« Sie nahm das Fläschchen, woraufhin er grinste und die Augen schloss. Sie schob das Fläschchen in eine Seitentasche ihres Rucksacks. Ein feuchtes Pfeifen kam aus seinem Mund, dann wurde er still.

Draußen auf der Straße brüllte Kettenmann auf eine unmenschliche Weise, die verkündete, dass er sich seiner vordringlichsten Sache widmen würde, seine Bestimmung erfüllen würde, so wie alle Lebewesen unter dem Himmelszelt Gottes. Sogar Zapphirne.

Sie saß noch eine Minute bei dem selbstmörderischen Apotheker, bis sein Puls nicht mehr zu spüren war. Dann kroch sie zum Eingang der Drogerie zurück.

KAPITEL 2

Marvin der Marsmensch wird eindeutig unterschätzt.

Campbell Grimes hatte den gesichtslosen kleinen Außerirdischen der *Looney Tunes* immer bewundert. Jeder liebte Bugs Bunny. Bugs war ein Hase für alle Lagen, aber genau wie Tweety, Sylvester und Schweinchen Dick zog Bugs manchmal den Kürzeren. Wile E. Coyote musste für seine Hartnäckigkeit und seinen Erfindungsreichtum bewundert werden, aber diesem stifthalsigen Road Runner gelang es immer, das Blatt zu wenden.

Campbell hasste den Road Runner, weil ihn der Zeichentrickvogel an Sonny Stanton erinnerte, den Würdigen Meister seiner Studentenverbindung damals an der Universität. Stanton hatte die Gewohnheit, sich von hinten an andere heranzuschleichen und seine nasale Version des Road Runner »*meep meep*« zum Besten zu geben. Was hätte Campbell nicht für einen patentierten ACME Arschloch-Auslöscher gegeben.

Während Wile E. Coyote ein hilfloser Sklave seines Verlangens war, hatte Marvin ein kultivierteres Gespür für die universelle Ordnung. Für die gesichtslose kleine Ameisenkreatur mit dem Besen auf dem Helm war die Zerstörung nur eine ästhetische Entscheidung.

Nun, als er über die tote Weite der Autobahn und die wie Kinderspielzeug darauf verstreuten, reglosen Fahrzeuge blickte, dachte er, dass dies ein geeigneter Moment sei, einen von Marvins Sprüchen anzubringen.

»Wo bleibt das große *Wumm?*«, erkundigte er sich mit näselnder Zeichentrickfigurenstimme.

»Was?«, fragte Pete, der nicht zugehört hatte.

»Ich hatte mehr *Wumm* erwartet.«

»Ja, mit einem Asteroiden am Tag des Jüngsten Gerichts hätte man wirklich mehr Eintrittskarten verkauft. Die Welt endet nicht mit einem Knall, sondern mit einem Wimmern, nicht wahr?«

»Du hast Literatur studiert. Bei dieser Angelegenheit, bei der es um Leben oder Tod geht, wirst du nicht sonderlich von Nutzen sein, oder?«

Pete nahm einen Schluck warmen Busch-Biers und schob sich die dunklen Locken aus dem Gesicht. »Hey, ich bin hier – im Unterschied zu einer Menge anderer Leute. Ich denke, dafür sollte ich Pluspunkte bekommen.«

»Nun«, meinte Campbell, »du hast wahrscheinlich deine Kappe aus Alufolie getragen, als das große Brutzeln begann.«

Pete nahm einen weiteren Schluck und warf die leere Dose auf den begrünten Mittelstreifen, wo sie aufprallte und in einem Meer verstreuter Kleidung zu liegen kam. »Ich bin nicht derjenige, der Marvin den Marschmenschen zitiert, Alter.«

»Treffer.«

Campbell klappte den Ständer seines Zehngangrads aus und schüttelte den Staub von den Ärmeln seiner Lederjacke. Sie hatten ihre Auswahl im Triad Radladen getroffen. Während Pete sich für ein Mountain Bike mit Noppenreifen entschieden hatte, war Campbells Wahl auf ein Tourenrad mit Drahtkorb gefallen. Es hatte sogar einen kleinen »Made in America«-Anhänger am Korb. Pete hatte versucht, ihn aufzuziehen, indem er ihn »Cheesy Rider« nannte, aber Campbell hatte einen Korb voller Essen und Ausrüstung, während Pete nur das hatte, was in seinen Rucksack passte.

Was im Augenblick vor allem Bier war.

Campbells Körper fühlte sich von der langen Fahrt wie durchgeschüttelt an. In den letzten drei Stunden hatten sie zwanzig Meilen geschafft, wobei sie mitunter durch Ansammlungen von Fahrzeugen gezwungen gewesen waren, die Straße zu verlassen. Sie hatten die Nacht in einem verlassenen VW-Bus auf einem Zeltplatz verbracht und nicht gewagt, Feuer zu machen. Es war ihr sechster Tag, seit sie Chapel Hill verlassen hatten, und eine Woche, nachdem alles zum Stillstand gekommen war. Einem Verständnis dessen, was eigentlich passiert war, waren sie keinen Schritt näher gekommen.

Keine Anzeichen für intelligentes Leben, dachte Campbell in seiner Marvin-der-Marsmensch-Stimme. *Was nicht unbedingt schlecht ist. Nein, überhaupt nicht.*

»Willst du welche von diesen Autos unter die Lupe nehmen?« Pete akzentuierte seine Frage mit einem tiefen Rülpser.

»Mein Korb ist voll.«

»Vielleicht finden wir was Nützliches: eine Pistole, getrocknete Rindfleischstreifen, mehr Bier.«

»Ich hab schon eine Waffe.«

Pete deutete auf den Revolver, der in Campbells Gürtel steckte. »Willst du nichts Besseres?«

»Der genügt.« Campbell hatte sich für Kaliber .38 entschieden, weil er die Trommel sehen wollte. Er dachte, dass es so einfacher sein würde zu wissen, wie viele Kugeln er noch hatte, falls er ihn überhaupt wirklich benutzen musste. Pete hatte sich eine Glock geschnappt und schien große Freude an dem *Klick* zu haben, die sie von sich gab, wenn er das Magazin einschob. Die Waffen hatten sie einem Outdoor-Shop zu verdanken. Der war zwar schon ein wenig ausgeplündert gewesen, aber offenbar war die Anzahl der Überlebenden so gering, dass das Angebot die Nachfrage bei Weitem übertraf.

»Was ist, wenn in diesen Autos noch jemand am Leben ist?«, fragte Pete.

»Unwahrscheinlich.« Campbell unterzog die Autobahn einer genaueren Prüfung, weil ihn der Gedanke beunruhigte.

»Könnte jemand wie wir sein. Einer von den Glücklichen.«

»Glücklich bedeutet etwas anderes.«

»Vielleicht hätten wir an der Uni bleiben sollen. Wenn irgendjemand herausfinden kann, was eigentlich los ist, dann sind es unsere guten alten Wissenschaftler.«

»Und wenn schon!« Campbell fühlte sich zunehmend genervt und begann, wütend zu werden, was ihm nicht behagte. Weil es vermutlich mit den anderen genauso angefangen hatte, als die Drähte schmolzen und das Gehirn zu kochen begann. Als *sie* anfingen, zu *denen* zu werden.

»Vielleicht können sie einen Impfstoff entwickeln.«

»Es ist kein gottverdammter Tripper, Pete. Und wie willst du die Durchgeknallten dazu bringen, mitzumachen? Willst du sie mit deinem hochexplosiven Weltraummodulator sprengen?«

»Mann, Alter, was ist dir denn in den Arsch gekrochen?«

»'Tschuldigung.« Campbell schlug auf den schweißnassen Helm, der zwischen seinen Beinen ruhte. »Das Ende der Welt ... Irgendwie hatte ich gedacht, dass ich besser damit fertigwerden würde.«

Pete schob sein Fahrrad ein paar Zentimeter nach vorn. »In der Theorie geht alles leichter. Lass uns diesen Snack-Lieferwagen untersuchen.«

Der Lieferwagen stand auf dem Seitenstreifen parallel zur Straße geparkt, als ob der Fahrer auf den plötzlichen Energieausfall vorbereitet gewesen wäre. Es handelte sich um ein älteres Modell und Campbell vermutete, dass es noch manuell gesteuert werden musste. Die modernen Fahrzeuge, die von Computern abhingen, hatten sich entweder aufgehängt oder verrückt gespielt. Hondas, Kias und Fords waren ineinander verkeilt oder standen quer auf dem Mittelstreifen. Ein Geländewagen lag am Fuß einer Böschung auf dem Dach, die Türen waren geöffnet. Ein verdrehtes Motorrad thronte auf der Leitplanke, sein Fahrer nun ein verfaulender Haufen von lederumhülltem Fleisch, etwa sechs Meter entfernt.

»Ich weiß nicht«, sagte Campbell, der sich ungeschützt und verletzbar fühlte. Oder vielleicht war es der Anblick von mindestens einem Dutzend Leichen, der ihm Unbehagen bereitete.

»Schisser.«

»Wir haben Essen. Vielleicht sollten wir einfach weiterradeln.«

»Fürchtest du dich immer noch vor herumstreifenden Zapphirn-Banden? Wir müssen nicht darum kämpfen. Es gibt genug für alle.«

Aus Pete sprach das Bier. Er hatte an diesem Tag bereits einen Sechserpack vernichtet und die Herbstwärme ließ ihn den Alkohol nicht schnell genug ausschwitzen. Campbell verstand die Realitätsflucht seines Freundes, aber er persönlich zog den Kick des Überlebens vor.

»Diese Cracker sind voller Konservierungsstoffe«, verkündete er. »Die werden noch hier sein, wenn wir alle schon nicht mehr am Leben sind.«

»*Ho-ho.* Campbell hat einen Scherz gemacht.« Pete langte in eine Seitentasche seines Rucksacks und zog eine Schachtel Marlboro Light hervor. »Das Gesundheitsministerium informiert, dass das Ende der Welt Ihre Gesundheit gefährdet.«

»Bring mich nicht dazu, meinen Weltraummodulator auf dich zu richten.«

Pete zündete eine Zigarette an und blickte auf die Autos direkt vor ihnen. Er atmete einen aufsteigenden Rauchring aus und stieg ab. Dann schob er sein Fahrrad an einem schwarzen Lexus vorbei, dessen individualisiertes Kennzeichen »SKIN-DR« verkündete.

»Reiche Schlampe«, sagte Pete.

Campbell beschlich wegen des Wagens ein mulmiges Gefühl, vielleicht weil die Fenster ein wenig beschlagen aussahen – trotz der trockenen Luft. »Lass es einfach.«

»Wovor hast du solche Angst, Alter?«

Angst.

Der war gut. In dem einem Moment hatte er noch *Left 4 Dead* auf seiner Xbox gespielt, im nächsten saß er in einem dunklen Apartment und fragte sich, ob der Trottel von seinem Mitbewohner mal wieder vergessen hatte, die Stromrechnung zu bezahlen. Er war in Roys Schlafzimmer gegangen und hatte ihn auf dem Bett liegend vorgefunden, die glasigen Augen auf die Decke gerichtet. Campbell hatte gezögert, ihn zu berühren, weil irgendetwas an ihm nicht richtig schien. Stattdessen hatte er sich sein Handy gegriffen und wollte 911 wählen, aber das Telefon war ebenso tot wie Roy.

Dann war er nach draußen gegangen und hatte feststellen müssen, dass Roy nicht der einzige war ...

»Porzellankiste, Kumpel«, sagte Campbell. Das war ihr persönliches Signal, vorsichtig zu sein, eine Erinnerung daran, dass jede Entscheidung ihre Konsequenzen nach sich zog. Wenn auch sonst zu nichts nutze, war es zumindest ein billiger Spott auf die Einbildung, die Dinge unter Kontrolle zu haben.

Pete lehnte sein Fahrrad gegen das Heck des Lexus und ging zur Fahrertür. Nachdem er sich noch einmal umgeblickt hatte, wahrscheinlich wegen der nachklingenden Moralvorstellungen der Alten Welt, riss er die Tür auf. Sofort hielt er die Hand vor den Mund, die Zigarette noch immer zwischen seinen Fingern.

»Würg«, sagte er mit gedämpfter Stimme. »Ziemlich reif.«

Campbell machte sich nicht die Mühe, hinzusehen. Er war damit beschäftigt, die Rückbank zu untersuchen, die jedoch leer war. »Was hast du erwartet?«

»Ich hatte auf Angelina Jolie in einem durchsichtigen Nachthemd gehofft.«

»Perversling.«

»Ich meinte *lebendig*. Ich bin noch nicht so verzweifelt ... noch nicht.«

»Du hättest was mit der kleinen Dicken in dem Lager anfangen können.«

»Mit der Zigeunerschlampe? Dann doch lieber eine Leiche.« Pete griff neben dem Fahrersitz hinunter und betätigte einen Hebel. Der Kofferraum öffnete sich.

Campbell hatte nie jemanden kennengelernt, der sich einen Lexus leisten konnte, weshalb er neugierig darauf war, was im Kofferraum zu finden sein würde. Seitdem der große Zapp die Leute mit heruntergelassenen Hosen erwischt hatte, manchmal sogar buchstäblich, bot sich ein Schnappschuss der menschlichen Zivilisation zu Beginn des 21. Jahrhunderts. Ein Kulturanthropologe hätte die weit verbreitete Verehrung von Kunststoffelektronik und benzinbetriebenen Motoren feststellen können, aber Marvin der Marsmensch hätte das Fazit gezogen: »Nun, zurück ans gute alte Zeichenbrett.«

Der Kofferraum des Lexus war sauber, mit Teppich ausgelegt und leer bis auf einen Aktenkoffer aus Leder. Er hatte ein Zahlenschloss. Campbell drehte die gewellten Metallrädchen ein paar Mal willkürlich, aber das Schloss öffnete sich nicht. Er wollte gerade den Kofferraum schließen, erkannte dann aber, dass es keinen Grund dafür gab, und hörte ein feuchtes Schmatzen aus dem Inneren des Wagens.

Er hoffte, dass Pete nicht irgendetwas Ekelerregendes anstellte. Sein Freund hatte am dritten Tag eine kurze Schändungsphase durchlebt und Leichen in witzigen Stellungen platziert. Bei einer erinnerungswürdigen Gelegenheit hatte er einer alten Dame, die mit der Leine ihres toten Pudels um das zarte Handgelenk umgefallen war, Schnauz- und Ziegenbart aufgemalt.

»Weltuntergangsbeute«, vermeldete Pete und hob eine Handtasche in die Höhe.

»Bezaubernd. Passt zu deinem modischen Outfit.« In Wahrheit stand der helle, lindgrüne Kunststoff in scharfem Gegensatz zu Petes karierter Jacke und seiner schmutzigen Jogginghose.

Pete kramte in der Handtasche und brachte ein Schminkset zum Vorschein. »Vielleicht kann ich mir diesen Scheiß ins Gesicht schmieren und aussehen, wie einer von ihnen.«

»Sie sehen genauso aus wie wir.«

»Nein, tun sie nicht. Sie sind röter um die Augen und ihre Haut ist blass.«

»Das ist Rassismus, Alter.«

Pete warf das Schminkset auf den Asphalt und suchte weiter. Er fand einen Geldbeutel, einen iPod, einen Schlüsselbund und eine Packung Papiertaschentücher. Er tippte vergeblich auf das dunkle Display des iPods. »Tot wie alles andere.«

»Gut so. Ich denke nicht, dass ich deinen Lady-Gaga-Marathon ertragen könnte.«

Pete warf den iPod die Straße entlang, wo er mit einem *Dink* von der Seite eines blauen Geländewagens abprallte. »Was ist in dem Aktenkoffer?«

Campbell hob ihn hoch. »Schwer. Wie Dokumente.«

»Oder Kokain.«

»Ja, klar. Alles, woran du denken kannst, ist, dich zuzudröhnen.«

Pete blickte sich demonstrativ um. »Hast du was Besseres vor? Außerdem denke ich, dass diese Zapphirne irgendwie die moralische Hemmschwelle gesenkt haben.«

»Kokain ist mir scheißegal, aber du hast mich neugierig gemacht.« Etwa dreißig Meter von ihnen entfernt hatte sich der Kastenwagen eines Klempners mit einem Toyota Prius zu einem obszönen Gewirr aus Stahl und Kunststoff vereinigt. Campbell konnte den Fahrer des Prius über dem Lenkrad zusammengesackt sehen. Die Windschutzscheibe war mit dunklen Flecken getrockneten Blutes gesprenkelt. Der Kastenwagen hatte hinten keine Scheibe, aber Campbell wollte wetten, dass sich darin jede Menge Werkzeug befand, wahrscheinlich durch den Zusammenprall durcheinandergeworfen.

Alles, was er tun musste, war für einen Moment den Geruch von Leichen zu ertragen, aber das wurde mit jedem Tag einfacher. Der Gestank war wie zu einer zweiten Haut geworden, etwas, das man trug statt roch. In Carborro war es unmittelbar nach dem großen Zapp am schlimmsten gewesen, aber auch außerhalb der Stadt hatte der Tod seinen süßlichen Moschusgeruch in den Himmel geschickt, ganz so, als ob er das Territorium markieren wollte, über das er nun herrschte. Und in Abwesenheit von Regierungen, Gesetz und Zivilisation war der Tod die einzige Weltordnung, die noch geblieben war.

Pete folgte ihm zum Kastenwagen, immer noch Sachen aus der Handtasche hervorholend. Während er sie fallenließ, verkündete er: »Haarspange ... Nagelfeile ... ein kleines Mäppchen mit–«

Campbell drehte sich um und sah, dass Pete in der Mitte des funkelnden Asphalts angehalten hatte und auf das Plastikmäppchen in seiner Hand starrte. Das plötzliche Verstummen seines Freundes wurde durch die Verwüstung um sie herum verstärkt.

»Familienfotos, Mann«, flüsterte Pete.

Campbell hatte den ganzen Tag über kein einziges Mal an seine Familie gedacht. Sein Vater Brian war Finanzberater, ein Mann, mit dem man Football spielen und Bier trinken konnte, ein verlässlicher Republikaner, der »liberal« wählte, wenn er wütend auf den Aktienmarkt war. Seine Mutter Mary war, wie fast alle Marys der Welt, hübsch, nett und katholisch-loyal, auch wenn sie bei Hilfslieferungen in acht verschiedene Länder mitgewirkt hatte. Seinen kleinen Bruder Ted hatte er »Kleinscheißer« genannt, bis Ted nach einem Wachstumsschub in der Lage gewesen war, ihm in den Hintern zu treten.

Die Familie Grimes lebte am Lake James in den Gebirgsausläufern von North Carolina in einem 300-Quadratmeter-Chalet mit einer kleinen Anlegestelle für Motorboote, ganz so, wie man es von einem Mann in Dads Kreisen erwartete. Campbell versuchte, sich die drei draußen auf dem See vorzustellen. Dad am Steuer mit Sonnenvisier, Sonnenbrille und braungebranntem Gesicht, Mom ergeben neben dem Außenbordmotor und Ted im Auge behaltend, der von ihnen gezogen wurde und auf seinen Skiern über das grünlich-braune Wasser glitt.

Aber es war ein anderes Bild, das sich in seinem Kopf eingenistet hatte – das, in dem sie alle zusammengesackt und verrottend vor dem Breitbildfernseher saßen.

»Wir werden hinkommen, Pete«, verkündete Campbell mit einer Überzeugung, die er nicht wirklich empfand.

Pete schwenkte das kleine Fotoalbum. »Ja, und was dann? Denkst du, dass *ihre* Familie mit dem Abendessen auf dem Tisch darauf wartet, dass die Mutter, Schwester oder Ehefrau durch die Tür tritt und über den Verkehr schimpft?«

Petes Trinken verlangsamte sie nicht nur und machte das Fahrradfahren auf verstopften Straßen gefährlicher, es ließ ihn auch zum Jammern neigen. Und Campbell hatte in diesem Augenblick keinen Bedarf an verdammtem Gejammer. Die Welt hatte gerade die größte Mitleidsparty aller Zeiten veranstaltet und der Muschel-Dip war definitiv schlecht geworden.

»Wir gucken, was drin ist, und dann fahren wir weiter«, sagte Campbell, der auf den rauchverhangenen Horizont blickte. »Wir müssen noch einen sicheren Platz zum Übernachten finden, bevor es dunkel wird.«

Campbell hoffte, dass die Hecktür des Kastenwagens nicht abgeschlossen war. Er wollte die Fahrerkabine nicht öffnen. Pete ließ die Handtasche fallen und sagte: »Hey, heißt es da nicht–«

–Porzellankiste, Kumpel?

Aber Campbell öffnete bereits die Hecktür und Marvin der Marsmensch war in der Tat sehr böse, denn aus der Dunkelheit sprang ihn ein Fleck massiger Bewegung an.

Der Zusammenstoß verblüffte Campbell. Die Luft schoss aus seinen Lungen, als er auf dem Asphalt landete. Die krabbelnde Kreatur über ihm roch wie das Ozon eines Kurzschlusses, gewürzt mit herbem Schweiß, Urin und einem ursprünglichen Aroma, das keinen Namen hatte, aber jeder Spezies, die als Beute diente, bekannt war.

Er konnte undeutlich hören, wie Pete irgendwo weit entfernt brüllte. Lange Stränge des Haars der Kreatur peitschten in sein Gesicht und blendeten ihn, als er davonrollen wollte. Heftiger Schmerz brannte in seiner Schulter auf und er stieß mit den Beinen nach oben. Die Kreatur schien acht Arme zu haben und ein jeder war auf der Suche nach einem Stück Fleisch.

Campbell schlug mit der Faust zu und traf etwas Weiches. Er hatte die alberne Vorstellung, dass seine Hand im Gesicht der Kreatur versinken würde, als ob es das schwarze Loch des Nichts von Marvin dem Marsmenschen wäre. Dann regnete es und der Regen war warm und schwer und ein gedämpftes *Bumm* wiederholte sich, als schlüge jemand eine feuchte Trommel in einem entfernten Dschungel.

Die Kreatur auf ihm fiel in sich zusammen, dann bewegte sich ihr Körper auf die Seite und Pete stand über ihm, mit einer großen Rohrzange in der rechten Hand. Am Ende der Rohrzange befanden sich Klumpen von Haar, Haut und Blut.

Schließlich wurden Petes gehaltlose Schreie zu verständlichen Worten: »Scheiße, Mann! Oh, Scheiße.«

Campbell berührte seine Schulter, wo das Zapphirn sein Fleisch entblößt hatte. Es war kein tiefer Biss, aber er strahlte ein pulsierendes Feuer aus wie eine Herpeswunde direkt aus der Hölle.

»Es hat mich gebissen«, jammerte er.

Pete versetzte dem toten Zapphirn einen Tritt. »Reiß dich zusammen, Alter. Du wurdest von einem Mädel angegriffen.«

Campbell stützte sich auf Hände und Knie und blickte die Kreatur an, die ihn angegriffen hatte. Sie war zierlich, ungefähr so groß wie seine Mutter, mit dem gleichen schwarzen Haar. Für einen kurzen schrecklichen Moment glaubte er, dass es *wirklich* seine Mutter war – der Schädel war so stark zertrümmert, dass die Gesichtszüge nicht mehr zu erkennen waren.

Als er endlich schwankend auf den Beinen stand, hatte Pete ein sauberes Tuch und eine Rolle Klebeband aus dem Heck des Wagens geholt. »Man kann keine Apokalypse ohne Klebeband überstehen«, verkündete Pete, während er das Tuch gegen Campbells Wunde drückte.

Pete packte das abstehende Ende des Klebebands mit den Zähnen und rollte ein etwa dreißig Zentimeter langes Stück ab. Campbell presste seine Hand auf das Tuch und hielt es an seinem Platz, während Pete es verklebte. Blut war auf der Vorderseite seines Hemds hinabgeflossen, aber die Wunde hatte beinahe aufgehört zu bluten.

»Denkst du, ich werde mich verwandeln?«, fragte Campbell.

»Das sind keine Zombies«, antwortete Pete. »Andererseits, es war ziemlich nah an deinem Hals. Ich muss dich vorwarnen. Wenn ich sehe, dass dir Reißzähne wachsen, werde ich einen

Holzpflock in deine Brust jagen müssen.«

»Spitze«, sagte Campbell, doch das schwache Wortspiel rief nicht einmal ein Grinsen hervor. Die Wunde pulsierte, aber Campbell konnte den Arm uneingeschränkt bewegen. Er warf einen letzten Blick auf die Frau, die Mitte Vierzig gewesen sein durfte. Ihr Lippenstift war verschmiert und ein Fetzen von Campbells Haut hing zwischen ihren Zähnen.

Pete gab ihr einen allerletzten Tritt. Ihr Körper lag herum wie ein Sack mit Schlamm. »Eine erledigt, eine Million wartet.«

Campbell wollte nicht daran denken, dass eine Million Zapphirne über die Erdoberfläche kroch, sich in dunklen Spalten versteckte und auf etwas wartete, das getötet werden konnte. Im Augenblick wollte er an gar nichts denken, vor allem nicht daran, dass seine Mutter womöglich irgendwo da draußen war und Überlebende ansprang.

Pete kramte im Heckteil des Kastenwagens herum und brachte einen großen Schraubenzieher zum Vorschein. »Du hast dein Leben riskiert, um herauszufinden, was sich in dem Aktenkoffer befindet, also können wir auch einen Blick hineinwerfen.«

Er hebelte den Aktenkoffer auf, wobei er mit der blutigen Rohrzange darauf einschlug, um seinen Anstrengungen Nachdruck zu verleihen. Der Deckel klappte auf, Geldscheine flatterten heraus und landeten auf der Straße. Es sah wie Zehn- und Zwanzig-Dollar-Scheine in großer Menge aus.

»Juchhu! Wir sind reich«, sagte Pete und trat den Aktenkoffer, woraufhin noch mehr Scheine aufgewirbelt und vom Wind erfasst wurden.

»Du brauchst dir aber nichts für die Zukunft auf die Seite legen.« Campbell tätschelte leicht den provisorischen Verband. »Dir steht eine große Zukunft in der Heilkunst bevor, wenn das hier vorbei ist.«

»Wer behauptet, dass es vorbeigehen wird?«, fragte Pete.

Campbell fand keine Antwort darauf, während sie ihre Fahrräder holten und nach Westen fuhren.

KAPITEL 3

Rachel wollte nicht bis zum Sonnenuntergang warten.

Zwar war die Gefahr gesehen zu werden im schwächer werdenden Tageslicht größer, aber sie konnte den Gedanken nicht ertragen, dass eines der Zapphirne im Dunkeln nach ihr greifen könnte.

Oder sich eine Menge von ihnen an sie heranschlich, während sie schlummerte.

Kettenkerl war weiter die Straße hochgegangen. Stummel war von seiner Bank gefallen, wobei Rachel nicht sagen konnte, ob man ihn verprügelt hatte oder nicht. Er bewegte sich nicht mehr und die Fliegen schwirrten um ihn herum.

Vielleicht ist er an einer Infektion gestorben. Oder an einem Herzanfall oder einer plötzlichen Lungenentzündung. An etwas ganz normal Sinnlosem. Bitte Gott, lass irgendjemanden hier an natürlichen Ursachen sterben.

Nach einem Augenblick fügte sie hinzu: *Außer mir.*

Bartmann war nicht zu sehen und Rachel folgerte, dass er von Kettenkerl gejagt wurde, wodurch sie beide aus dem Rennen waren. Das roch nach Wunschdenken und Wunschdenken hatte während der letzten Woche nichts an der Realität geändert, weshalb sie wusste, dass sie nicht darauf vertrauen konnte.

Die Straße war frei, zumindest soweit sie es sagen konnte, als sie den Kopf aus der Tür steckte. Die Schatten von Straßenlaternen und Mülleimern lagen langgestreckt auf dem Bürgersteig und gaben ihr die Richtung vor. Metall schepperte ein paar Straßen entfernt, so als ob ein Körper auf die Motorhaube eines Autos gefallen war oder ein Stiefel in einen Müllcontainer getreten hatte. Sie fragte sich, ob einer von den Befallenen ein neues Opfer gefunden hatte. Aber sie hatte keine Schreie gehört.

Hatten sich die Überlebenden bereits soweit angepasst, dass sie nicht mehr schrien?

Gab es überhaupt noch Überlebende?

Ihr gefiel der Gedanke nicht, ganz allein zu sein, das letzte menschliche Wesen im Universum, und sie erinnerte sich an das kleine Hilfspaket des toten Apothekers. Aber ihr war die blasse, freudlose Kapitulation zuwider, die sich auf seinem sterbenden Gesicht abgezeichnet hatte. Das war ein Ausweg für Feiglinge, der Pfad der Ungläubigen. Wenn die Zeit dafür wirklich kommen sollte, vertraute sie darauf, dass Gott ihr zuerst die Erlaubnis erteilen würde.

Und bis dahin ...

Rachel schnallte sich den Rucksack um und ging nach draußen. Sie hielt sich nah an den Wänden aus Backstein, Metall und Glas, während sie vorsichtig die Straße entlangmanövrierte. Jedem Schritt widmete sie eine absurde Aufmerksamkeit, mit der sie sicherstellte, dass ihre Gummisohlen nicht auf dem Beton quietschten. Sie wusste nicht, ob die Zapphirne durch übermenschlichen Seh-, Geruchs- oder Gehörsinn auf ihre Beute aufmerksam wurden, aber sie vermutete, dass man auch während der Apokalypse auf Nummer sicher gehen sollte.

Sie lebte seit zwei Jahren in Charlotte und hatte wenig Zeit damit zugebracht, die Stadt besser kennenzulernen. Ihre Welt hatte sich im Wesentlichen auf West Charlotte beschränkt, wo sie ein Praktikum als psychologische Beraterin beim Sozialamt absolvierte. Rachel kannte den Autobahnring und die Ausfahrten für die größeren Einkaufszentren, die Bibliotheken und das Stadtzentrum, wo sie das Mint Museum besucht hatte, aber das war auch schon alles. Hinter ihr lagen die hohen, glänzenden Gebäude der Finanzwelt, die einst voll mit Geldwechslern und Kreditberatern gewesen waren, nun aber nur noch siebzig und achtzig Stockwerke von aufeinandergestapelten Mausoleums-Krypten darstellten. Das Glas funkelte rot in der untergehenden Sonne, stumm gewordene Türme von Babel. Aus einigen von ihnen erhoben sich kleine Rauchfahnen.

Sie ging ein wenig schneller und war etwas zuversichtlicher, nachdem Kettenkerl sie offenbar nicht bemerkt hatte. *Irgendwo muss Charlotte aufhören und dann kannst du dich in die Wälder schlagen.*

Als sie am Ende des Häuserblocks angekommen war, blickte sie in eines der Autos, das inmitten des Verkehrsstaus quer auf der Kreuzung stand. Der Kopf einer Frau war nach hinten gekippt, ihr Pferdeschwanz hing über den Sitz. Hinter ihr befand sich ein Kindersitz. Rachels Herz, das bereits galoppierte, sprang über einen Zaun und setzte aus.

Was ist, wenn es noch am Leben ist?

Und der kleine Teufel auf ihrer Schulter flüsterte: Dann würde es weinen. Halt nicht an.

Vielleicht schläft es oder hat Angst oder–

Oder es ist tot. Vielleicht ist es tot und du spazierst da rüber und guckst durch die Scheibe und siehst sein süßes kleines blaues Gesicht und dann schreist du, und dann kommt der Kettenkerl angerannt mit seiner Stahlpeitsche und will spielen, spielen, spielen, bis dein Gehirn zu Hackfleisch verarbeitet ist.

Halt die verdammte Schnauze.

Ich bin der Teufel. Du kannst mir nicht vorschreiben, was ich zu tun habe. Aber ich muss feststellen, dass du fluchst, Rachel. Das ist gut. Das ist sehr gut.

Rachel murmelte ein kurzes Gebet und zwang sich, sich dem Wagen zu nähern, wobei sie einmal kurz die Straße entlangblickte. Das war ihr Lackmustest. Wenn sie Kettenkerl sah, wäre es ein Zeichen von Gott, dass sie um ihr Leben rennen sollte. Ansonsten hatte sie die moralische Verpflichtung, ein Baby zu retten, wenn sie konnte.

Als sie die Hand nach dem Griff der hinteren Tür ausstreckte, war sie sich nicht sicher, ob sie von Moral oder von Einsamkeit getrieben wurde. Mit einem Baby, um das sie sich kümmern müsste, hätte sie weniger Zeit, an die Giftpillen zu denken.

Aber sie öffnete die Tür nicht. Der Kindersitz war leer, um ihn herum lag eine zerwühlte gelbe Decke.

Rachel hoffte, dass sich das Baby bei seiner Großmutter befand und dort »Backe, backe Kuchen« spielte oder nach der Brust seiner Mutter jammerte. Irgendwo in Sicherheit und weit, weit weg von dem Massaker im Stadtzentrum von Charlotte. Sie gab dem Gedanken, dass Kettenkerl das Kind gefunden haben konnte, ebenso wenig Raum wie der Vorstellung, was die Stahlglieder mit seinem zarten Fleisch anstellen konnten. Nein, solche Dinge gab es nicht unter dem Himmel Gottes.

Und wenn es sie doch gab, musste sie nichts von ihnen wissen. Sie wollte nichts von ihnen wissen.

Die Sonne sank tiefer und ließ die Schatten breiter und länger werden. Der entfernte Lärm klang noch misstönender und schwoll an wie Stammestrommeln, nur dass dieser Stamm von einem großen himmlischen Blitz in den Wahnsinn getrieben worden war.

Sie eilte Richtung Westen, weil sie vermutete, dass sie in etwa zwei Meilen auf den Autobahnring treffen würde. Dahinter trennte ein Kiefernwald die kleinen Vorstadtgemeinden von einander. Aus irgendeinem Grund erschien ihr der Wald einladender als das Labyrinth aus Gassen, Gebäuden und Fahrzeugen, aus denen zu jeder Sekunde ein Zapphirn zum Vorschein kommen konnte. Im Wald würden sich Jagd und Flucht wenigstens natürlicher anfühlen.

Vor ihr befanden sich zwei Leichen, die so durchnässt aussahen, als ob sie seit dem Blitz hier gelegen hatten. Sie ging enger an der Wand, weil sie deren fragwürdige Geborgenheit der Weite der Straße vorzog. Auf der ließ es sich zwar leichter gehen, aber sie würde ungleich ungeschützter sein. Ihr Weg wurde von einem Einkaufswagen blockiert, der mit vier prallen Müllsäcken gefüllt war. Auf der unteren Ablage befand sich ein Paar verformter, rissiger Lederschuhe, im Kindersitz ein Ghettoblaster aus Plastik. Es war das mobile Leben eines Obdachlosen, eine Hinterlassenschaft auf schiefen Rädern.

Sie hob die Hand, weil sie die Leichen nicht riechen wollte, aber ihre Hand schaffte es nicht bis zu ihrer Nase.

Stattdessen klammerte sich ein Ring aus glühendem Stahl um ihren Unterarm.

Sie rang nach Luft, als sie in eine schimmelige Lücke zwischen den Ladenfassaden gezogen wurde. Zu sehr damit beschäftigt, die Leichen zu ignorieren, hatte sie die schmale Gasse nicht einmal bemerkt.

Und jetzt wirst du zahlen, Rachel. Jetzt wirst du das Spiel des Teufels spielen und mit einer Kreatur aus der Hölle tanzen.

Und das Schlimmste war, dass sie nicht einmal schreien konnte. Ihr eigener Brustkorb umklammerte ihre Lungen ebenso fest wie die Hand ihren Unterarm. Ein weiteres Zerren von *ihm* brachte sie aus dem Gleichgewicht – und dann war sie in seinen Armen und schlug um sich und trat und spuckte, bis sie einen Schmerzenslaut hörte.

»Verdammt noch mal, bleib *locker*«, befahl es.

Konnten Zapphirne sprechen? Sie hatte bislang noch keines sprechen gehört, aber das hatte nichts zu bedeuten. Vielleicht hatte ihnen ihre Sprache aus Grunzen, Stöhnen und dem gelegentlichen Glucksen bislang ausreichende Dienste geleistet.

Rachel zog sich zurück, aber der Griff blieb fest. Sie sah ein dunkles Gesicht, ein Auge, das im schwachen Licht glänzte, dann den Kontrast der großen weißen Zähne, und sie dachte, dass sie vielleicht doch schreien konnte, und dann–

»Du bist keine von denen«, sagte er. »Sonst hättest du mich gebissen.«

»Natürlich nicht«, gab sie zurück. »Jeder Idiot sieht das.«

»Wer ist hier ein Idiot? Ich spaziere nicht am helllichten Tag die Straße entlang.«

»Du bist nicht ... betroffen?«

»Betroffen? Nennt man das so, wenn man den Schädel von jemand anderem aufreißen und mit seinem Gehirn Kuchenbacken spielen will?«

Das unheimliche Auge verharrte noch immer starr in dem tiefschwarzen Gesicht und blickte tief in ihre Seele, als ob es jedes dunkle Geheimnis, das sie jemals gehabt hatte, und jedes

Unrecht, das sie jemals begangen hatte, aufdecken wollte. Dann blickte sie auf sein anderes Auge, das blinzelte.

»Du denkst, dass ich einer von diesen Irren bin?«, fragte er und sie bemerkte, dass er eine Pistole in seiner rechten Hand hielt, den Lauf an seiner Schulter nach oben gerichtet, als ob er bereit war, jederzeit in jede Richtung zu zielen und zu schießen.

»Vermutlich nicht, sonst wäre ich schon tot.«

»Verdammt richtig, du wärst tot. Und vielleicht bis du es sowieso.«

Sie blickte sehnsüchtig zur Straße und zum Sonnenuntergang, in dem der Asphalt wie ein Fluss erschien, die Autos wie unzählige von Stürmen gebeutelte Boote, die Leichen und der Müll wie Treibgut, das zu einem fernen, grauen Meer gespült wurde. »Ich denke, dass wir alle tot sind«, sagte sie.

»Hast du keine Knarre?«

Sie erkannte, wie schutzlos sie war, ihm gegenüber und gegenüber dem Rest der Welt. »Ich habe Angst vor Waffen.«

»Nun, *die* machen mir mehr Angst.«

Sie studierte sein Gesicht und versuchte, daraus schlau zu werden, aber das Glasauge erschwerte ihr Vorhaben. Es vermittelte einen Eindruck von Kälte, der im Gegensatz zu seinem Gesichtsausdruck stand. Der Mund sagte »böse«, die leicht gefurchte Stirn sagte »besorgt« und die gehobenen Augenbrauen sagten »leichte Beute«, aber sein gutes Auge brachte das Bild in Unordnung, denn es war dunkelbraun und voller Menschlichkeit.

Er schenkte ihr ein schiefes Lächeln. »Was? Du denkst, dass ich dich vergewaltigen will?«

»Nein, es–«

»Dich töten für das, was du im Rucksack hast?«

Sie schob den Rucksack ein wenig von ihrer Schulter. »Du kannst ihn haben.«

»Ich will deinen Scheiß nicht.«

»Was *willst* du dann? Beweisen, wie taff du bist? Deine männliche Kraft unter Beweis stellen? Warum hast du mich nicht einfach die Straße entlanggehen lassen?«

Er lockerte den Griff an ihrem Unterarm, aber nur ein bisschen. Gerade genug, um nicht mehr zu schmerzen, aber immer noch zu wenig dazu, ihr die Möglichkeit zu geben, sich zu befreien. »Ich ... wollte nur sehen, ob du real bist.«

»Ich kann dir versichern, dass ich ziemlich real bin. Ich bin vielleicht das einzige reale Wesen, das noch in Charlotte existiert.«

Sein gutes Auge blinzelte. »Du sprichst komisch.«

»Was? Soll ich mich jetzt auch noch dafür entschuldigen, dass ich eine weiße Frau aus der Mittelschicht bin und studiert habe?«

Sein gutes Auge wurde so kalt wie sein künstliches. »Zieh nicht so eine Scheiße mit mir ab.«

»Nun, wer veranstaltet denn hier so ein bescheuertes Klischee? Von wegen der Bruder aus dem Ghetto, der die verdammte weiße Schlampe anspringt.« Sie war es nicht gewohnt zu fluchen und hasste sich selbst dafür, gebrauchte aber ihre Wut als Ausrede.

Er ließ sie los und sie versuchte, durch Schütteln den Blutkreislauf in ihrem Arm wieder in Gang zu bringen. »Los«, sagte er kleinlaut und zeigte mit seiner Waffe auf die Straße. »Verzieh dich.«

»Entschuldigung?«

»Du wärst doch lieber da draußen mit den mordenden Irren, als hier mit einem Nigger herumzuhängen«, sagte er.

»Es ist nicht–«

»Es ist mein Auge, oder?«

Sein Vorwurf brachte sie gegen ihren Willen dazu, es anzustarren. Sie hatte immer wieder kurz hingeblickt, sie konnte nicht anders, die glänzende Glaskugel war ein Magnet. Sie hatte vom »bösen Blick« gehört, ein in vielen Kulturen verbreiteter Glaube, dass ein mit bösen Absichten beladener Blick Leiden und Unglück verursachen konnte. Obwohl es ihr schwer fiel, diese Eigenschaften einer inaktiven Prothese zuzuschreiben, schien von ihr eine beunruhigende Kraft auszugehen.

Eine Miniatursonne mit ihrer eigenen Sonneneruption ...

»Nein, es ist nicht–«

»Nenn das Kind einfach beim Namen, dann haben wir es hinter uns. Wir haben keine Zeit für Spielchen.«

»Ich ...« Sie blickte zurück zur Straße, wo ein verrücktes Glucksen in den Betonschluchten widerhallte.

»Diese Scheiß-Zapper sind mir nicht geheuer«, meinte er, während sich sein Finger ganz leicht am Abzug verkrampfte. Er schien es nicht zu bemerkten.

»Es wird dunkel.«

»Was willst du tun? Hast du einen Plan?«

Sie zuckte mit den Schultern. »Nach Westen in die Berge.«

»Das ist kein Plan, das ist eine Bierwerbung.«

»Hast du was Besseres anzubieten?«

Er deutete mit dem Kopf über die Straße, wo sich Apartments über einem Perückenladen zu befinden schienen. »Für die Nacht verschanzen und dann weitersehen. So wie ich es seit einer Woche mache.«

»Das ist kein Plan, das sind spontane Scheißeinfälle.«

Er grinste zum ersten Mal. Sein ganzes Gesicht wurde davon erfasst, sogar das Glasauge fing zu funkeln an. »Bis jetzt waren sie ausreichend«.

»Okay«, sagte sie. »Ich habe Essen, eine Taschenlampe und anderes Zeug.«

»Du hast es echt auf der Reihe«, meinte er. »Ich hab bislang nur so getan.«

Sie streckte die Hand aus. Ihre Finger prickelten noch immer vom zurückkehrenden Blut. »Rachel Wheeler«, sagte sie und erkannte, dass die Erwähnung ihres Nachnamens, als ob sie Geschäftspartner wären, in Anbetracht der Umstände etwas seltsam war.

Er nahm ihre Hand, dieses Mal sanft. »DeVontay. DeVontay Jones.«

Dann wurde er wieder ernst, schlich an die Ecke und spähte aus der Gasse. Er war groß, mehr als Einsachtzig und schlaksig.

Im Sonnenlicht sah sie, dass er Lederhosen und eine Lederjacke anhatte. Beide waren ausgebeult, so als ob er mehrere Lagen Kleidung übereinander trug.

Als ob er Angst davor hat, gebissen zu werden. Aber ich habe die Zapphirne noch niemanden beißen sehen.

»Siehst du was?«, flüsterte sie.

»Nö«, erwiderte er. Sie konnte seinen Dialekt nicht einschätzen, aber er klang nicht wie aus dem Süden. Und er war irgendwie auch nicht großstädtisch. Er schien Mitte Zwanzig zu sein, vielleicht war er nach Charlotte gezogen, um hier zu arbeiten.

Viel schienen sie nicht gemeinsam zu haben.

Außer dem, was uns davor bewahrt hat, getötet oder befallen zu werden.

Ja.

Außer dem.

Das Einzige, was noch zählte.

Er winkte mit seiner freien Hand. »Die Luft ist rein. Schnell.«

Und dann waren sie auf der Straße, der untergehenden Sonne und der anbrechenden Nacht und dem, was auch immer in der Ferne gluckste, ausgesetzt.

KAPITEL 4

»Es ist ein Feuer«, sagte Pete.

Campbell konnte es nicht glauben. Er war überzeugt gewesen, dass es sich um elektrische Lichter handelte, vielleicht sogar Autos, die hinter den dunklen Bäumen, deren Blätter vom Wind in Bewegung versetzt wurden, umherfuhren. Dann drehte sich der ohnehin nicht sehr kräftige Wind und ein leichter Hauch von beißendem Holzrauch zog über sie hinweg.

»Was sollen wir tun?«

»Hingehen.«

Pete war betrunken. Kurz nach der gefährlichen Begegnung mit dem Zapphirn in dem Wagen des Klempners hatten sie einen Budweiser-Laster gefunden. Pete hatte seinen Rucksack mit Bierdosen gefüllt und sich aus einer Werkzeugtasche, die er aus dem Klempnerwagen hatte, sogar Satteltaschen gebastelt. Dann hatte er zirka alle zwei Meilen angehalten, um eine der warmen Bierdosen zu öffnen und auszutrinken. Ihr Tempo hatte sich beträchtlich verlangsamt, je weiter der Abend voranschritt, und Campbell wäre fast frontal in einen querstehenden Sattelschlepper gefahren, weil er dachte gesehen zu haben, wie sich etwas in einem der liegengebliebenen Autos bewegte.

Aber Pete hatte ihn davon abgehalten, der Bewegung auf den Grund zu gehen, und ihn stattdessen gefragt: »Hast du deine Lektion *noch immer* nicht gelernt?«

Und Campbell hatte die Hoffnung aufgegeben, dass es vielleicht noch andere wie sie gab, *normale* Menschen, Überlebende, die nicht von einem mörderischen Impuls getrieben wurden. Nun, wo sich etwa hundert Meter von ihnen entfernt im Halbdunkel ein Lagerfeuer befand, mussten sie eine Entscheidung treffen – und Petes Urteilsvermögen hatte die vorgeschriebene Promillegrenze um ein Dreifaches überschritten.

»Was ist, wenn es sich um einen Haufen Zapphirne handelt?«, fragte Campbell.

Pete öffnete eine weitere Dose, es machte *Zissssch* und Schaum spritzte in die Abenddämmerung. »Dann werden wir sie abballern.«

»Du sagst das so, als ob du es genießen würdest.«

»Die Wichser wollen uns auslöschen, Mann. Es geht um das Überleben unserer Spezies.«

»Ich denke, dass sie von der gleichen Spezies sind wie wir. Es sind Menschen.«

Pete wischte sich mit dem Ärmel den Schaum vom Mund. »Menschen springen dich nicht an, um mit ihren Zähnen ein Stück Fleisch aus dir herauszureißen. Außer es handelt sich um Mike Tyson oder Jeffrey Dahmer.«

Das Feuer brannte im Wald am Fuße eines kleinen Abhangs neben der Autobahn. Etwa hundert Meter zuvor waren sie über eine Brücke gekommen, unter der ein silberner Bach dahinfloss, lachend und gurgelnd, als ob ihn die Welt in Heiterkeit versetzte. Überlebende – menschliche Überlebende – würden wahrscheinlich evolutionären Instinkten folgen und ihr Lager am Wasser aufschlagen.

»Vielleicht sollten wir weiterfahren.«

»Was ist, wenn es so wie das letzte Camp ist?« Pete hatte begonnen zu lallen, seine Zischlaute waren breiig.

»Ich habe ihnen nicht getraut.«

»Du warst nur sauer, weil du nicht bei der alten Zigeunerschlampe landen konntest.«

»Sie haben über Prophezeiungen und anderes wirres Zeug geredet.«

»Nun, vielleicht lagen sie gar nicht so falsch.«

Campbell wünschte sich, dass sie sich irgendwo ein Fernglas geschnappt hätten. Es wurde völlig dunkel und sie mussten sich entscheiden, wo sie schlafen wollten. Normalerweise sperrten sie sich für die Nacht in einem leeren Auto ein, aber Campbell fühlte sich dort immer gefangen und klaustrophobisch, ganz zu schweigen von Petes betrunkenem Schnarchen, das jede Hoffnung auf Erholung zunichte machte. In einer Nacht hatten sie unter freiem Himmel geschlafen und sich mit der Wache abgewechselt. Campbell war lange vor dem Morgengrauen aufgewacht und hatte feststellen müssen, dass Pete eingedöst war und sie auf fast schon lächerliche Weise angreifbar gemacht hatte.

Deshalb war der Gedanke, sich einer Gruppe anzuschließen, vielleicht sogar ein gewisses Risiko wert.

»Okay«, sagte Campbell. »Lass uns nachsehen.«

Pete lehnte sein Fahrrad an die Leitplanke und zog seine Pistole aus der Jackentasche. »Sichern und laden, Alter.«

Campbell zog seinen Revolver. Er hatte keine Sicherung, aber Campbell hatte damit zweimal zur Probe geschossen an dem Tag, als er ihn in dem Outdoor-Shop gefunden hatte. Seit er im Alter von zwölf Jahren mit seinem Großvater auf Eichhörnchenjagd gegangen war, hatte er keine Schusswaffe mehr benutzt. Der Spannabzug bedurfte einer höheren Kraft, um ihn durchzudrücken, was bedeutete, dass es schwer war, die Waffe aus Versehen abzufeuern, aber auch, dass es ihm ernst sein musste, wenn er jemanden erschießen wollte.

ETWAS, meine ich. Diese Zapphirne sind nicht »jemand«.

Er rief sich das Gesicht der Kreatur, die ihn angegriffen hatte, ins Gedächtnis zurück und schauderte beim Gedanken an die kurze Illusion, dass es sich um seine Mutter gehandelt haben könnte.

»Hast du deine Taschenlampe?«, fragte er.

»Hab nur zwei Hände.« Was bedeutete, dass Pete nicht gewillt war, sein Bier abzustellen.

Campbell kramte in seinem Drahtkorb, bis er seine Taschenlampe gefunden hatte, verzichtete aber darauf, sie anzuknipsen. Die dunkelrote Dämmerung offenbarte große, deformierte Wolken über ihnen, weshalb ihnen der Mond nicht von Nutzen sein würde. Campbell blickte die Autobahn entlang zu der letzten Bergkuppe, die sie überquert hatten, zurück. Etwas bewegte sich dort, ein fernes Strichmännchen, das sich schnell mit den Schatten der liegengebliebenen Fahrzeuge vereinte.

Pete trank sein warmes Bier aus und rülpste. »Worauf wartest du?«

Campbell schwang sich über die Leitplanke und begann die Böschung Richtung Lagerfeuer hinunterzugehen. Der Revolver fühlte sich in seiner Hand schwer an und er ließ den Arm nach unten hängen, so dass der Lauf auf den Boden zeigte. Er nutzte die Taschenlampe während des Abstiegs zur Bewahrung des Gleichgewichts. Der Abhang endete in einem Graben. Dornen zerrten an seiner Khakihose, als er durch die aufgeschütteten Granitsteinchen stolperte.

Über ihm strauchelte Pete und fiel hin. Er fluchte kurz, bevor er sich daran erinnerte, dass sie sich eigentlich anschleichen wollten.

»Alles okay?«, flüsterte Campbell.

»Ich hoffe für sie, dass sie zu den Guten gehören. Sonst werde ich ziemlich angepisst sein«, kam Petes Flüstern zurück.

Campbell knipste die Taschenlampe an, schirmte sie mit dem Unterarm ab und leuchtete den Weg für Pete, der strampelnd, stolpernd und taumelnd den Abhang herunterkam. Petes Körpergeruch war stärker als der Biergestank.

Prima. Wir werden alle zu Tieren.

Nachdem sie den Graben überquert hatten, betraten sie ein Gestrüpp aus Virginia-Kiefern, Dornen und vereinzeltem Roggen. Das flüchtige Flackern des Feuers war hier und da durch Lücken in den Bäumen zu sehen. Bevor die vollständige Dunkelheit einsetzte, strahlte das orangefarbene Licht wie ein Juwel, das einer geheimen Quelle entsprungen war.

Campbells Hand schwitzte am Griff des Revolvers, obwohl die Luft durch den nahegelegenen Bach kühl und feucht geworden war. Er wusste nicht, wohin er mit der Waffe zielen sollte, und er vollzog jeden Schritt behutsam aus Angst, Zweige zu zerbrechen. Im Unterschied zu ihm zeigte Pete keinerlei Zurückhaltung. Der Alkohol machte ihn auf eine törichte Art mutig, ein Mut, der durch die halbautomatische Pistole noch gesteigert wurde. Pete übernahm schon bald die Führung, leise vor sich hinmurmelnd.

»Vielleicht haben sie Fleisch«, sagte er. »Riechst du das? Riecht wie Barbecue.«

Campbell rieb sich die Bisswunde an seiner Schulter. *Nein, ich werde nicht daran denken. Die Zapphirne sind keine verrückten Kannibalen oder Zombies. Sie sind nur ...*

Nur WAS?

Und dann roch er es, rauchig und beißend und schwer, und er stellte sich vor, in ein Nest von Zapphirnen zu stolpern, die sich um ein Feuer versammelt hatten, über dem sie ein Kind an einem dünnen weißen Baumstamm brieten, während Fett auf die heißen Steine tropfte und zu fettigem Dampf verzischte.

»Es gibt noch jede Menge Dosenfleisch und getrocknetes Rindfleisch«, sagte Campbell. »Genug für die nächsten Jahre.«

Im Drahtkorb seines Fahrrads befanden sich Dosen mit Thunfisch, Sardinen, Corned Beef und Lachs. Abgesehen von ihrem einen Zwischenstopp in dem »Zigeunerlager« hatten sie kalt gegessen. Aber der Rauch machte ihn nicht hungrig. Er war ölig und rußig.

Ein Vogel zwitscherte hoch oben in den Bäumen. Der große Zapp hatte eine Menge Tiere ausgelöscht, aber die Überlebenden unter ihnen schienen sich zu benehmen wie immer. Es schienen nur die Menschen zu sein, die auf neurologischer Ebene in Mitleidenschaft gezogen wurden. Jedenfalls bis jetzt. Heimfindevermögen, Reviergrenzen und Wanderverhalten konnten sich auf unbestimmte Weise verändert haben.

Hinter ihnen knackte ein Zweig, vielleicht zehn Meter entfernt. Pete schnellte herum und traf Campbell mit seiner Pistole am Arm.

Zumindest hat mich der Vollidiot nicht abgeknallt. Aber die Nacht ist ja noch jung.

Das Geraschel kam näher, *swig swig swig* durch das trockene Gestrüpp. Dann eine Pause, als ob wer auch immer – oder was auch immer – angehalten hatte, um nach seiner Beute zu lauschen.

Campbell hielt den Atem an, um zu hören, aber Pete rasselte vor sich hin. Das Geröchel eines Kettenrauchers stieg tief aus seiner Lunge empor. Er fragte sich, ob Pete das gleiche dachte wie er: *Wer schießt zuerst?*

Aber was, wenn es sich um einen Menschen handelte? Um einen Mitüberlebenden? Vielleicht gab es noch mehr, genug, um eine Gruppe zu bilden und–

Campbell unterdrückte den kleinen Hoffnungsschimmer. In der Woche seit dem Ereignis hatten sie nur vier Überlebende getroffen. Eine von ihnen hatte sich umgedreht und war geflohen, als Campbell nach ihr gerufen hatte. Die anderen drei waren in dem provisorischen Zigeunerlager gewesen und Campbell hoffte bei Gott, dass es sich dabei nicht um eine repräsentative Auswahl der Zukunft der Menschheit gehandelt hatte.

Swiiig. Ein vorsichtiger Schritt durch das Gestrüpp.

Pete stupste ihn an. Campbell drehte sich um, aber Pete war nur eine dunkle Masse vor dem helleren Schwarz der Nacht. Dann war Petes Mund an seinem Ohr und versprühte Speichel, während er flüsterte: »Du gehst links und ich geh rechts.«

Campbell nickte und versuchte, nicht zu zittern. Ein Zapphirn würde nicht vorsichtig sein. Es würde anstürmen wie ein Nashorn durch die Steppe und das, was es zufällig in der Hand hielt, als Waffe benutzen. Eine derartig verrückte, vorhersehbare Gefahr war auf seltsame Weise beruhigend. *Das* hier hingegen ...

Er schlich nach links, während er die ausgeschaltete Taschenlampe vor sich hielt, um Zweige von sich fernzuhalten. Das leise Rascheln von Petes Schritten machte ihm klar, dass sich der Abstand zwischen ihnen vergrößerte. Campbell war auf sich allein gestellt.

Swiiig. Ein weiterer Schritt vorwärts.

Oder war das ein Schritt von Pete gewesen?

Campbell drehte sich erneut um und merkte, dass er die Orientierung verloren hatte. Er konnte das Flackern des Feuers in der Nähe nicht mehr sehen. Die Nacht hatte sich mit den Baumkronen vereinigt, so dass er unsicher war, wo sich die Autobahn, der Wald oder der Bach befanden. Fast hätte er dem Drang nachgegeben, die Taschenlampe anzuschalten, aber er drückte seine Finger so lange aneinander, bis ihn der Schmerz die Panik vergessen ließ.

Es ist kein Zapphirn. Und ein Überlebender hat keinen Grund, dir etwas anzutun.

Aber der Rauch erzählte eine andere Geschichte. Der Rauch sagte: »Mmm, schmeckt wie Hühnchen«, »Du bist bestimmt Feuer und Flamme für unser Abendessen« und »Wir haben mit dem Essen auf dich gewartet.«

Scheiß drauf. Du hast in der guten alten Zeit zu viele Horrorfilme geguckt.

Nur, dass die gute alte Zeit im Juli war oder so.

Er blickte hoch zu den blassen Sternen und dem von einem Schleier verdeckten Stück Mond, um die Orientierung wiederzugewinnen. Die Sternbilder erschienen ihm fremd und seltsam, so als ob die gewaltige Sonneneruption die Planeten aus ihren Bahnen geworfen hätte. Vielleicht war die Welt durchgeschüttelt worden, wörtlich und im übertragenen Sinn.

Swig swig swig. Die Schritte waren schnell und nahe. Er hob den Revolver, der plötzlich schwer war und durch die Schwerkraft so sehr nach unten gezogen wurde, dass er glaubte, eine Kanone ausrichten zu müssen.

Und er hörte das bezeichnende verrückte Glucksen – nicht aus der Richtung der Schritte, sondern hinter ihm, genau hinter ihm – und dann explodierte die Nacht mit einem Blitz und einem Knall. In Campbells Ohren dröhnte es schmerzhaft, als er den Revolver fallen ließ und auf die Knie sank.

»Bist du okay?«, erkundigte sich eine barsche Stimme von oben.

»Äh-ja.« Campbell hielt die Taschenlampe vor sich wie einen

Dolch, mit dem er sich selbst aufspießen konnte.

»Was zum Teufel?«, rief Pete in einiger Entfernung, während er durch das Gestrüpp zu ihnen hastete.

»Nicht schießen«, sagte die barsche Stimme. »Deinem Kumpel geht es gut.«

Der Mann betätigte einen Schalter und das bläuliche Licht einer Maglite-Lampe blendete Campbell, obwohl der Strahl zur Seite gerichtet war. Das Licht tanzte an ihm vorbei und blieb auf einer leblosen Gestalt haften, die mit dem Gesicht nach unten im Gras lag. Ein dunkler, feuchter Fleck breitete sich auf ihren Rücken aus und kleine Fleischfetzen hingen an einem klaffenden Loch im Hemd. Campbell hatte den Eindruck einer graziösen Masse, als der Mann an ihm vorbeieilte und sich über die Leiche beugte, gerade als Pete in den Lichtkreis trat.

»Ein Zapphirn«, sagte der Mann.

»Wer zum Teufel sind Sie?«, fragte Pete. Seine Glock war auf den Mann gerichtet, der sie mit einem amüsierten Blick bedachte.

»Der König von Nirgendwo«, antwortete der Mann.

»Scheiße.« Pete blickte zu Campbell, sein Ziel aus den Augen lassend. »Bist du sicher, dass du in Ordnung bist?«

Campbell nickte, ein wenig beschämt. Er hob seinen Revolver auf und sah den Mann an, der über der Leiche stand. Der Mann war kahl, etwas mehr als Einsachtzig groß und er trug einen Trainingsanzug unter einer khakifarbenen Jagdweste. Obwohl der Trainingsanzug schmutzig war, schien der Mann gepflegt und trotz seines Alters fit zu sein.

»Wer ist das?«, gelang es Campbell zu fragen, während er mit seinem Revolver auf die Leiche deutete.

»Was«, sagte der Mann. »*Was* ist das? Diese Dinger verdienen es nicht, als ›wer‹ bezeichnet zu werden.«

Campbell konnte nicht einfach so entscheiden, ob es sich bei der Leiche um ein Zapphirn handelte. Alles, was er wusste, war, dass sie einmal ein Mensch gewesen war. Und er hatte nicht gehört, wie sie sich ihm genähert hatte. Zapphirne waren nicht gerade für Heimlichkeit und Raffinesse bekannt.

»Sind Sie sicher, dass das ein Zapphirn ist?«, fragte Campbell.

»Es ist nicht das erste, das ich erledigt habe.«

»Es hat sich an mich angeschlichen«, sagte Campbell. »Normalerweise stürmen sie einfach drauf los.«

»Ja, es hat sich angeschlichen. Aber nicht an *dich*. Es hat *uns* beobachtet.«

»Moment mal«, warf Pete ein. »Wie konnten Sie es in der Dunkelheit sehen?«

Der Mann langte in die Seitentasche seines Trainingsanzugs, woraufhin Pete eine drohende Bewegung mit der Glock ausführte. Der Mann ignorierte die Geste und zog eine getönte Brille an einem breiten Band hervor. »Infrarot«, sagte der Mann. »Nur die beste Überlebensausrüstung, wenn man wirklich überleben will, oder?«

Warum haben WIR nicht an sowas gedacht? Oh, ja. Weil Pete sich zugeschüttet hat und mein Überlebenstraining in der sechsten Klasse geendet hatte, als mich Mom dazu überredete, die Pfadfinder aufzugeben.

»Seid ihr nur zu zweit?«, fragte der Mann, während er seine Taschenlampe über das Gestrüpp schweifen ließ.

»Ja«, grummelte Campbell. »Warum ist der hier herumgeschlichen? Ich hab noch nie einen von denen schleichen sehen.«

»Sie verändern sich.«

»Verändern?«, fragte Pete. »Wie? Wächst ihnen ein drittes Auge oder sowas?«

»Ihre Verhaltensweise. Kommt, ihr könnt den Professor danach fragen.« Der Mann drehte sich um und ging Richtung Wald.

»Verdammt, Mann«, sagte Pete zu Campbell. »Krass.«

Der Mann stoppte nach drei Metern und wandte sich wieder zu ihnen: »Ihr Jungs seid nicht gefährlich, oder? Mit den Waffen?«

»Nein, Sir«, sagte Campbell.

»Hab ich mir gedacht. Tippe, ihr habt zu viel Angst, um zu schießen, wenn ihr müsst.« Er ging weiter in Richtung des flackernden Feuers.

Campbell knipste seine Taschenlampe an und richtete sie nach unten auf die Leiche. Er glaubte ein leises Glucksen zu hören, entschied jedoch, dass es sich um Magenblähungen des Dings handeln musste. Aber es sah nicht aus wie ein Ding oder ein Geistesgestörter oder ein Zapphirn. Es sah aus wie ein dicker Onkel, vielleicht ein Busfahrer, ein Automechaniker oder ein Polizist, der dienstfrei hatte. Die Leiche trug ein dunkles, kurzärmeliges Hemd, Jeans und abgewetzte Lederschuhe ohne Socken.

Campbell fragte sich, wo sich der Mann aufgehalten hatte, als sich die Sonneneruption ereignete. Zapphirne bewegten sich normalerweise ohne bestimmte Absicht, abgesehen von der, sich an allem, das atmete, abzureagieren. Wenn sie sich wirklich veränderten, entwickelten und anpassten, hatte er so etwas noch nicht beobachten können. Andererseits: Hatte ihn die Frau im Kastenwagen des Klempners nicht mit einem Schimmer von Intelligenz angesprungen?

»Ich will nicht, dass die sich verändern«, sagte Campbell. »Ich hatte mich gerade an die Vorstellung eines Planeten voller hirnloser Killer gewöhnt. Ich weiß nicht, ob ich noch mehr Überraschungen verkraften kann.«

»Nun, wir sollten uns besser Mister Glücklich anschließen.«

»Und seinen Freunden, offensichtlich.«

»Ich frage mich, ob sie Bier haben.«

Campbell ging voran, nachdem er einen großen Bogen um die Leiche gemacht hatte. Er fragte sich, wie viele Zapphirne sich noch in den Büschen versteckt hielten, das Feuer beobachteten und auf eine günstige Gelegenheit warteten.

Pete torkelte neben ihm, fluchte und schlug mit der freien Hand auf Setzlinge ein. »Der Kerl hätte uns seine Brille leihen können.«

»Ich hab den Eindruck, dass er nicht gerne teilt. Er würde

wahrscheinlich irgendeine große Weisheit wie ›Nur die Überlebenskämpfer überleben‹ verkünden.«

Als sie sich dem Wald näherten, wurde die Luft feuchter und kühler. Vor ihnen in der Dunkelheit befand sich der Bach, der in selbstvergessener Heiterkeit dahinplätscherte. Die Wolken hatten sich am Himmel in große lilafarbene Stränge verteilt, von hinten beleuchtet durch die psychedelischen Polarlichter, die von den Sonnenstürmen verursacht worden waren. Irgendwo über ihnen setzte der Mond seine Bahn über den Himmel fort. Die Welt drehte sich weiter, die großen Zahnräder des Universums schienen an den richtigen Stellen zu greifen und die Maschinerien der Zeit funktionierten mit tadelloser Präzision. Abgesehen von dem großen Stück, das kaputtgegangen war.

Campbell blickte noch einmal zur Straße zurück und dachte an ihre Fahrräder, aber die Nacht hatte alles verschluckt. Nun gab es nur das knisternde Feuer und diesen penetranten, quälenden Rauch und eine Zukunft, in der ehemalige Menschen in einer verkommenen Gier nach Gewalt lauerten.

»Siehst du jemanden?«, fragte Pete, als sie den stillen Korridor der Bäume betraten.

»Schhh.« Campbell schielte zu dem prasselnden Feuer, schwenkte seine Taschenlampe hin und her und fragte sich, wo ihr Retter geblieben war. Sie traten auf eine Lichtung, auf der sich ein paar Zelte befanden, eine Decke von einem zwischen zwei Bäume gespannten Draht hing und graues Kochgeschirr auf einem durchnässten Baumstumpf aufgestapelt war.

Es war niemand zu sehen.

Dann bellte eine tiefe Stimme aus der sie umgebenden Dunkelheit hervor: »Lasst eure Waffen fallen und bewegt euch ganz langsam.«

KAPITEL 5

Sie hatten sich für ein Zimmer in einem Motel 6 am Stadtrand entschieden, gleich neben der Autobahn, aber fern von Gewerbe- oder Wohngebieten. Ein Mini-Markt und ein Taco Bell waren die einzigen anderen Gebäude in der kleinen Ansiedlung, die dazu gedacht gewesen war, Reisenden auf dem Weg in Richtung Süden nach Columbia oder nach Norden Richtung Raleigh das Geld aus der Tasche zu ziehen. Im düsteren Licht des Sonnenuntergangs konnte Rachel keines der Fahrzeuge klar erkennen, die auf der Autobahn herumstanden.

Da sich vor dem Mini-Markt weniger Autos befanden, entschlossen sie sich, ihn anstelle des Taco Bell auszukundschaften. Das Fast-Food-Restaurant mit seinen verdunkelten Scheiben erschien auf absurde Weise wie ein verlassener Tempel, Stätte einer Religion, an deren Tröstungen sich die Massen nicht länger weideten. Rachel konnte den Geruch von verdorbenem Käse riechen, der von dem Restaurant ausging. Zumindest hoffte sie, dass es Käse war.

Während sie am Eingang Wache hielt, durchsuchte DeVontay den Mini-Markt nach Essen und anderen nützlichen Dingen. Sie hatte die Taschenlampe in der Hand, fürchtete sich aber davor, sie anzuschalten, da sie dachte, dass Unsichtbarkeit die beste Verteidigung war. Die Stille der Welt war beklemmend und drückend – eine neue Art von Schwerkraft, die sie wie eine fremde Haut umgab. Die einzigen Geräusche kamen aus dem Laden, wenn DeVontay etwas umwarf oder fallen ließ.

Bald trat er mit einem prall gefüllten Rucksack aus dem Geschäft. In der Hand hielt er eine aufgerissene Packung Doritos. Er kaute die Tortilla-Chips, während er sprach: »Hab genug, um die Nacht zu überstehen.«

»Hast du jemanden gesehen?«

»Nur ein paar Leichen.«

»Waren es Zapphirne?«

»Warum nennst du sie so?«

»So wurden sie in den Medien genannt, als es noch Strom gab.«

DeVontay ging Richtung Motel und sie folgte ihm, einen Blick auf den Taco Bell werfend. Dort würden in Zukunft weder Glocken noch Registrierkassen klingeln.

»Die Sonneneruptionen«, sagte Rachel. »Die Astronomen wussten, dass sie bevorstanden. Sie wussten nur nicht, was dann passieren würde.«

»Ich war nie gut in Naturwissenschaften.« DeVontay hielt ihr die Tüte mit den Doritos hin.

»Du solltest nicht so viel Müll essen.«

»Wieso, wird davon mein Hirn verschimmeln?« Er prustete vor Lachen.

»Das Zeug ist voller Konservierungsstoffe.«

»Ein wenig Konservierung kann bestimmt nicht schaden, wenn die Dinge noch schlimmer werden.« Er zog die Pistole aus dem Gürtel, als sie sich dem Haltebereich vor dem Haupteingang des Motels näherten.

Ein roter Fiat stand am Bordstein, die Vordertüren waren geöffnet. Rachel machte einen großen Bogen um das Auto, aber DeVontay guckte durch die Scheibe. »Coole Karre.«

»Ist genauso hinüber wie jedes andere Auto, das wir in der letzten halben Stunde ausprobiert haben.«

»Warum musst du immer so negativ sein?«

»Vielleicht weil jeder, den ich kenne und liebe, entweder tot ist oder versucht, meinen Schädel zu spalten?«, erwiderte sie.

»Nun, das kommt davon, wenn man Menschen liebt«, verkündete DeVontay. »Das Problem hab ich mir nie gemacht.«

Er kam vom Fiat zu ihr an die Glasschiebetüren, durch die sie versuchte, in das dunkle Foyer zu blicken. Am Empfang befand sich niemand. Eine dunkle Gestalt saß zusammengesackt in einem dieser unbequemen Sessel, die zu Dekorationszwecken designt wurden und nicht, um darauf zu sitzen.

»Da drin ist jemand«, sagte Rachel.

DeVontay zog die Pistole aus seinem Gürtel. »Bewegt er sich?«

»Ich weiß nicht.« Rachel zögerte. »Sollen wir klopfen?«

DeVontay griff in den kleinen Spalt, den es zwischen den beiden Schiebetüren gab, und zog. »Kein Strom. Die Scheißtür geht nicht auf.«

»Wenn du noch ein bisschen lauter schreist, kommen vielleicht ein paar Zapphirne und brechen sie für uns auf.«

»Da drin ist niemand. Zumindest niemand, der am Leben ist.«

Rachel wollte nicht an all die Leichen denken, die in dem Motel verstreut waren. Auf dem Parkplatz befanden sich mindestens dreißig Fahrzeuge, was auf einen Querschnitt der Bevölkerung Amerikas schließen ließ: Geschäftsreisende, Familien im Urlaub, Rentner, die auf dem Weg zum Besuch bei ihren Enkelkindern waren.

»Wir könnten die Scheibe einschlagen.«

»Was natürlich auch keine Aufmerksamkeit erregen würde.«

»Ich weiß nicht, wie gut diese Kreaturen hören können. Wir wissen noch sehr wenig über sie.«

»Warte hier.« DeVontay drückte ihr die Tüte Doritos in die Hand, ging zurück zum Fiat und beugte sich in die Fahrertür. Einen kurzen Moment später klappte der Kofferraum auf. DeVontay kam mit einem Scherenwagenheber zurück.

»Zum Glück hatte er eine manuelle Verriegelung, sonst hätte ich ihn aufbrechen müssen«, verkündete DeVontay. »Wäre nicht das erste Mal gewesen.«

»Also können wir ›Autodieb‹ zur Liste deiner Überlebenskünste hinzufügen. Prima.« Sie steckte einen Dorito in den Mund. Das Knirschen dröhnte von innen in ihren Ohren.

»Sagt die Dame, die einen gestohlenen Dorito isst.«

Sie blickte auf die Tüte in ihrer Hand und erkannte, dass sich die moralischen Richtwerte, auch ihre eigenen, mit dem Ereignis der Sonneneruptionen verschoben hatten. Vielleicht mussten Gottes Gebote überarbeitet werden.

Sie hätte glauben können, dass die Katastrophe eine Strafe für die Frevler gewesen war, aber die Apokalypse hatte alle bestraft, gut oder böse, gläubig oder ungläubig. Und jetzt hatte sie sowieso keine Zeit, sich über das große Ganze Gedanken zu machen. Zuerst einmal musste sie die Nacht überleben.

DeVontay drückte den Wagenheber zwischen die Schiebetüren und drehte die Kurbel, bis er fest saß. Zuerst leisteten die Türen Widerstand, dann ächzten sie aus Protest, bevor sie nachgaben. Die Kurbel zitterte unter der Belastung und Rachel fragte sich, ob das Glas nicht doch zersplittern würde. Schließlich bewegten sich die Türen widerwillig einen Zentimeter, dann noch einen.

Als DeVontay die Lücke auf mehr als dreißig Zentimeter vergrößert hatte, trat er zur Seite und nahm wieder die Pistole in die Hand. »Ladies first.«

»Du bist ein echter Gentleman.«

»Ich hab dir gesagt, ich bin kein Ehrenmann. Nur ein einfacher Mann. Und jetzt geh da rein und schrei einfach, wenn du Zapphirne siehst.«

Sie starrte ihm ins Gesicht, das mit zunehmender Dunkelheit schwieriger auszumachen war. Sein Glasauge war in der Dunkelheit verschwunden, aber in seinem echten leuchtete die Ungeduld. Sie schob den Rucksack durch die Lücke und knipste ihre Taschenlampe an, den Strahl auf den Boden des Foyers gerichtet.

Rachel betrat das Foyer und wurde sofort von der verdorbenen Luft des dreistöckigen Mausoleums überwältigt. Sie ließ den Lichtstrahl über die Gestalt auf dem Stuhl schweifen und wünschte sich sofort, es nicht getan zu haben. Ein Zimmermädchen hispanischen Aussehens mit dunklen Haaren, die zu einem Knoten gebunden waren. Vielleicht hatte sie eine letzte Pause gemacht, ohne wahrzunehmen, dass ihre Schicht gleich durch die große Stechuhr am Himmel beendet werden würde. Neben ihr befand sich ein Wägelchen mit gefalteten Handtüchern, Bettwäsche und Reinigungsmitteln.

»Nimm«, sagte DeVontay und schob seinen eigenen Rucksack durch die Öffnung. Sie musste ihn hin- und herbewegen, um ihn hindurch zu bekommen, und ihr war unwohl dabei, dem dunklen Foyer den Rücken zuzuwenden. Nachdem es ihr gelungen war, den Rucksack hindurch zu ziehen, kam DeVontay hinterher. Sie fühlte sich besser durch die Pistole, die er vor sich in die Dunkelheit hielt.

»Riechst du das?«, fragte sie.

Statt einer Antwort nahm er ihre Taschenlampe und ging zum Wagen des Zimmermädchens, deren Leiche er ignorierte. Er kam mit einer Spritzflasche Desinfektionsmittel zurück. Er spritzte sich etwas auf die Finger und rieb sich die dicke Flüssigkeit über die Oberlippe in die feinen Stoppeln seines Schnurrbarts. Dann zog er demonstrativ Luft durch die Nase ein und gab ihr die Flasche.

Sie verstand und ahmte seine Handlung nach. Der parfümierte Duft breitete sich sofort in ihren Nasenlöchern aus und übertrumpfte den Gestank des Todes.

»Du bist ziemlich einfallsreich«, sagte sie.

»Hab ich in der Glotze gesehen«, antwortete er.

»Wow.«

»Tu nicht so überrascht. Auch in Philadelphia gibt es Fernsehen. Will sagen, es gab welches, bevor alles durchgebrannt ist.«

Draußen hing ein feiner Staub von Sternen am tiefen Nachthimmel, während kräuselnde grüne Bänder des Polarlichts die Dunkelheit schmückten.

»Lass uns ein Zimmer nehmen«, sagte sie.

»Jetzt könnte ich einen Witz machen, aber wir haben ja das Ende der Welt«, erwiderte er. Er schritt durch das Foyer zum Empfang und leuchtete dabei mit der Taschenlampe in die Seitenflügel, um sicherzustellen, dass sie leer waren. Er umrundete das Pult und ging in das offene Büro dahinter, während Rachel ihren Rucksack auf die Schulter nahm und wartete. Einen Augenblick später kam er mit einem Schlüsselbund wieder zum Vorschein.

»Kartenschlüssel werden nicht funktionieren, aber einer von denen muss der Generalschlüssel sein«, verkündete er.

»Schnell. Ich bekomme es hier mit der Angst zu tun.«

»Lass uns das erste nehmen, zu dem wir kommen«, sagte er. »Die besten Zimmer sind normalerweise gleich bei der Rezeption. Könnte sogar einen Whirlpool haben, wofür auch immer der jetzt noch gut sein sollte.«

»Verbringen Sie die Apokalypse in gepflegter, luxuriöser Atmosphäre«, sagte Rachel. »Ich kann die Fernsehwerbung direkt vor mir sehen.«

»Nur, dass es kein Fernsehen mehr gibt.« Er gab ihr die Taschenlampe und sie leuchtete den Flur entlang, damit er die erste Tür ausprobieren konnte.

»Was ist, wenn jemand drin ist?« Sie dachte an »jemand, der tot ist«, aber sie musste es nicht aussprechen.

Er hob die Hand, als ob er anklopfen wollte, und grinste sie dann verlegen an, während er in den Strahl der Lampe blinzelte. Das Augenlid an seinem künstlichen Auge schloss sich nicht ganz. »Wenn du willst, können wir auch die Nacht über hier draußen rumstehen.«

Sie spähte an ihm vorbei den Korridor entlang in die Dunkelheit, die sich außerhalb der Leuchtkraft der Taschenlampe befand. »Hast du das gehört?«

Er drehte sich zum Ende des Korridors, von wo ein schlurfendes Geräusch die Treppen aus Beton herunterkam. »Was gehört?«

»Das«, flüsterte sie.

»Wahrscheinlich nur die Klimaanlage«, sagte er.

»Es gibt keinen Strom mehr, schon vergessen?«

DeVontay gab keine Antwort, aber sein Gesicht sagte: »Oh, klar«. Er wählte einen Schlüssel vom Schlüsselbund und versuchte, ihn in das Türschloss zu stecken. Er ging halb hinein und blieb dann stecken. DeVontay musste dreimal daran rütteln, bis er ihn herausziehen konnte. Das Geräusch war nun lauter und hörte sich eindeutig nach Füßen an, die auf Betonstufen schlurften.

»Was ist, wenn es jemand wie wir ist?«, sagte Rachel leise.

DeVontay wollte einen anderen Schlüssel ins Schloss stecken, aber der ging überhaupt nicht hinein. Seine Hände zitterten nun, wodurch der Schlüsselbund rasselte.

»Gib mir die Pistole, dann geht es schneller«, flüsterte sie.

»Kannst du damit umgehen?«, fragte er zurück, während er sein Glück mit einem dritten Schlüssel versuchte.

»Nein, aber ich würde mich sicherer fühlen«, erwiderte sie.

Bevor er antworten konnte, verschwand der Schlüssel im Schloss und DeVontay drehte ihn mit einem lauten *Klick*. Er drückte die Klinke, als Rachel den Strahl der Taschenlampe auf das Ende des Korridors richtete. Eine klotzige Gestalt füllte den Durchgang zum Treppenhaus aus und bewegte sich in ihre Richtung.

»Mach schnell!«, drängte Rachel und schlug DeVontay auf den Rücken. »Es kommt.«

DeVontay öffnete die Tür und zielte mit der Pistole den Korridor entlang, während sie an ihm vorbei ins Zimmer eilte. Die Luft war abgestanden, aber es roch nicht nach Leichen.

Danke, lieber Gott, für die kleinen Gnaden.

»Wer sind Sie?« schrie DeVontay den Korridor hinunter, aber er wartete nur eine Sekunde, bevor er das Zimmer betrat, die Tür von innen zuknallte und sie verriegelte.

»Kannst du damit umgehen?«, äffte Rachel ihn nach, während sie die Taschenlampe auf seine Pistole gerichtet hielt.

»Klugscheißerin. Ich hab nicht« – er hob seine Stimme zu einem dünnen Falsett – *»oooh, Hilfe, Hilfe* gejammert.«

»Sei still!«, sagte sie. »Vielleicht weiß es nicht, in welchem Zimmer wir sind.«

Sie hörten, wie es gegen Türen hämmerte und dabei näher kam. Rachel wusste nicht, wie klug Zapphirne waren, aber sie glaubte beobachtet zu haben, dass sie unterschiedlich listig waren. Vielleicht hatten die Sonneneruptionen die Gehirnströme bei verschiedenen Menschen unterschiedlich kurzgeschlossen. Die meisten waren gestorben, bei einigen verschmorte das Gehirn und ein paar glückliche Seelen blieben übrig, um die Sache wieder ins Reine zu bringen.

DeVontay trat von der Tür zu ihr in die Mitte des Zimmers. Sie ließ den Lichtstrahl umherschweifen um sicherzustellen, dass der Raum leer war. Es war eine Suite, mit einer kleinen Kochnische und einem Whirlpool. DeVontay hatte Recht gehabt.

Dann hämmerte das Zapphirn gegen die Tür und verabreichte ihr drei harte Schläge mit der Unterseite seiner Faust. Rachel klammerte sich instinktiv an DeVontay und knipste die Taschenlampe aus. Sie wollte nicht, dass der Lichtstrahl Aufmerksamkeit erregte. Im Dunkeln konnte sie DeVontay schnaufen hören.

Dann war das Zapphirn an der nächsten Tür und wiederholte seine Schläge, während es sich den Korridor entlang arbeitete. Bald klangen die Schläge gedämpft, so als ob es den anderen Flügel erreicht hatte. Rachel atmete aus. Sie hatte nicht wahrgenommen, dass ihre Lungen durch das Atemanhalten und die Spannung brannten.

»Das war knapp«, sagte sie und knipste die Taschenlampe wieder an.

»Du hast doch deinen Whirlpool bekommen«, sagte er.

Ohne nachzudenken, drehte sie den Wasserhahn auf, aber es passierte nichts. »Ich hab mich seit einer Ewigkeit nicht mehr gebadet«, sagte sie.

»Bald wirst du schlimmer riechen als diese Leichen.«

»Nun, spritz dir einfach weiter das Desinfektionsmittel in die Nase, dann wirst du es schon ertragen.«

Er kicherte, größtenteils aus Erleichterung, und wischte sich den Schweiß von der Stirn. Dann warf er seinen Rucksack auf den Nachttisch und begann, darin zu wühlen. Er brachte ein paar Dosen und Beutel mit Essen zum Vorschein, danach eine

Packung mit weißen Kerzen und ein Einwegfeuerzeug. »Schone die Batterien«, sagte er und zündete eine Kerze an, deren Ende er in die schmiedeeiserne Lampe presste.

Er zündete noch eine zweite an und prüfte dann, ob die Vorhänge fest zugezogen waren. »Tippe, wir sind hier genauso sicher wie anderswo«, sagte er.

»Hättest du es erschossen«, fragte sie, »wenn du gemusst hättest?«

Er drehte sich um. Die Kerzen tauchten sein Gesicht in sanftes Licht. Er sah jung aus, fast noch ein Teenager. »Wäre nicht das erste Mal.«

Sie konnte nicht sagen, ob er nur den harten Kerl spielte oder sie beruhigen wollte. Sie hakte nicht nach. Sie war sich nicht einmal sicher, ob sie überhaupt wollte, dass er schoss. Auch wenn sie Zapphirne waren, waren sie noch immer Gottes Kreaturen.

Denkst du das wirklich, Rachel? Könnten sie nicht auch die Armee Satans sein? Oder bist du eine von denen, die nur an die angenehmen Teile der Bibel glauben?

Sie schauderte. »Ich bin erledigt«, sagte sie.

»Breites Doppelbett.«

»Prima.« Sie ließ sich auf eine Seite fallen, dann rollte sie sich zusammen und hielt das Kopfkissen an den Bauch gepresst. »Dann kannst du schön brav auf deiner Seite bleiben.«

»Ich werde zuerst was essen«, sagte er. »Träum was Schönes.«

»'Tschuldigung«, murmelte sie.

»Häh?«

»Ich hab deine Doritos im Foyer gelassen.«

KAPITEL 6

Campbell schlang Bohnen mit Schweinefleisch in sich hinein, die in einer Blechdose in der Glut aufgewärmt worden waren. Das Feuer war groß und prasselte mit unbändiger Energie. Es hätte das Urfeuer sein können, nach dem ersten Blitzeinschlag, der die menschliche Rasse für immer veränderte. Gigantische Zungen aus Licht erhoben sich vor den umliegenden Bäumen und bildeten eine gelbe Mauer gegen die Dunkelheit und das Unbekannte, das sich in ihr verbarg.

Die Gruppe bestand aus vier Personen. Donny, ein dünner Kerl mit Tarnmütze, der sie gestellt hatte, als sie zum Lager gekommen waren, hatte ein furchteinflößendes Sturmgewehr geschultert und war gegangen, um Wache zu halten. Ein Frau namens Pam schlief offenbar in einem der Zelte, die auf der Lichtung aufgestellt waren. Die Gruppe musste sich für ein paar Tagen hier niedergelassen haben. Darauf ließen zumindest die zwischen zwei Bäumen gespannte Wäscheleine und ein Stapel von Ästen als Nachschub für das Feuer schließen.

Der Mann, der hinter Campbells Rücken auf das Zapphirn geschossen hatte, war Arnoff. Er hatte ihre Waffen aufgesammelt, nachdem Donnie ihnen befohlen hatte, sie fallen zu lassen. Pete war zuerst sauer gewesen, aber nun hielt er eine Bierdose in der Hand und starrte in die Flammen, als ob er sich beim Freudenfeuer einer Studentenverbindung vor dem großen Footballspiel anlässlich des jährlichen Alumnitreffens befand.

Arnoff saß Campbell gegenüber auf der anderen Seite des Feuers und säuberte sorgfältig ein zerlegtes Gewehr. »Ihr Jungs habt den ganzen Weg von Chapel Hill hierher geschafft, häh?«

»Auf Fahrrädern«, sagte Campbell.

Arnoff nickte. »Hab euch durch den Feldstecher gesehen.«

»Das war der Grund, weshalb wir euch nicht erschossen

haben«, erklärte der kahle, schmalgesichtige Mann mit der großen schwarzen Brille, die ihm das Aussehen eines Insekts gab. »Wir haben bei Zapphirnen noch kein so koordiniertes Verhalten beobachten können.«

»Ich hätte euch trotzdem abgeknallt«, sagte Arnoff. »Nur um in Übung zu bleiben. Aber der Professor hier meinte, wir müssten so viel Informationen wie möglich sammeln.«

»Er scherzt«, sagte der kahle Mann, obwohl in Arnoffs Augen nicht der kleinste Anflug von Heiterkeit zu entdecken war.

»Wie lange sind Sie schon zusammen?«, fragte Campbell im Bemühen, das Thema zu wechseln. Seinem Magen bekamen die Bohnen nicht sonderlich gut und er fühlte sich schon aufgebläht.

»Ich lehre Geowissenschaften an der Wake Forest Universität – oder besser, ich *lehrte,* damals, als ich noch Studenten hatte«, sagte der Professor, während er in seiner Hemdtasche nach einer Zigarette suchte. Absurderweise trug er noch eine Krawatte, so als ob dieses sinnlose Symbol der Zivilisation garantierte, dass sich irgendwann alle Teile des Puzzles wieder zusammenfinden würden. »Am Lehrstuhl wussten wir alle, dass Sonneneruptionen bevorstanden und dass sie normalerweise in Zyklen ablaufen. In der Tat war das Thema im ganzen Land in den Nachrichten, aber wie die meisten Wissenschaftsgeschichten wurde es vereinfacht, damit die Massen es verstehen konnten.«

»Ja, wir haben was auf Yahoo! gesehen«, sagte Pete. »Dort sprachen sie über den schlimmsten Sonnensturm aller Zeiten, irgendwann während des Bürgerkriegs. Aber sie meinten, dass dieser hier nicht so schlimm werden würde.«

Arnoff steckte eine Patrone in das Patronenlager seines Gewehrs. »Die sprechen nie Klartext. Scheiß Medien. Verwirren einen so sehr, bis man nicht weiß, ob man seine Aktien verkaufen oder Munition bunkern soll.«

»Die Sonneneruption von 1859, der sogenannte Carrington-Event, unterbrach die Telegraphenverbindung und sorgte dafür, dass einige Masten verbrannten«, erläuterte der Professor. »Das Polarlicht war im ganzen Land zu sehen, im Süden sogar in

Mexiko.«

»Diese irren grünen und violetten Lichter am Himmel?«, fragte Pete. »Die einem das Gefühl geben, als sei man auf einem schlechten LSD-Trip?«

»Ja, sie werden durch geladene Teilchen verursacht. Andere Sonneneruptionen und Sonnenflecken in der letzten Zeit verursachten Stromausfälle, aber niemand konnte etwas Derartiges erwarten.«

»Sie meinen Zapphirne?«, erkundigte sich Campbell.

»Ich meine ›das Alles‹. Der Kongress hatte Forschungen und Notfallpläne für den Fall massiver Sonneneruptionen in Auftrag gegeben, aber das drehte sich vor allem um Probleme mit Satelliten und Ähnlichem. Jeder, der so ein Weltuntergangsszenario vorgelegt hätte, wäre als Internetverrückter und Verschwörungstheoretiker eingestuft worden.«

»Ich verstehe, dass Stromnetze und Elektrik zerstört wurden, sogar Verbrennungsmotoren«, sagte Arnoff. »So, als ob die ganze Welt kurzgeschlossen wurde. Aber ich verstehe nicht, was mit den Gehirnen von Menschen passiert ist, um sie zu Zapphirnen werden zu lassen. Und vor allem verstehe ich nicht, warum einige von uns noch mehr oder weniger normal sind.«

»Ich bezweifle, dass wir darauf jemals eine Antwort finden werden«, sagte der Professor. »Angenommen, der Rest der Erde wurde genauso in Mitleidenschaft gezogen wie die Vereinigten Staaten, dann gibt es keine Möglichkeit mehr, die notwendigen Forschungen anzustellen.«

Arnoff winkte ab. »Halten Sie keine Vorlesung. Wissen ändert die Fakten nicht und die Fakten sagen, dass da draußen ein Haufen von Zapphirnen ist, die uns umbringen wollen.«

»Sie haben gesagt, dass sie sich verändert haben«, sagte Campbell. »Was meinen Sie damit?«

»Sie scheinen sich anzupassen«, erklärte der Professor. »Vielleicht habt ihr das selbst feststellen können, wenn ihr wiederholte Begegnungen mit ihnen hattet. Unmittelbar nach den Eruptionen gaben sich die Zapphirne« – als er das Wort aussprach, verzog sich sein Gesicht, als ob er es geschmacklos und wissenschaftlich ungenau finden würde – »planloser Gewalt hin und griffen jedes Lebewesen in ihrer unmittelbaren Umgebung an. Aber wir haben sie bei gemeinsamen Aktivitäten beobachten können. Es ist, als ob sie sich organisieren würden.«

»Das ist der Grund, weshalb ich euch fast erschossen hätte«, sagte Arnoff. »Wo eines ist, können mehrere sein.«

»Großartig«, meinte Pete. »Schön zu sehen, dass wir Menschen zusammenhalten.«

Campbell schüttelte leicht den Kopf, um Pete zu signalisieren, dass er die Klappe halten sollte. Auch wenn Arnoff ein wandelndes Pulverfass war, war er zumindest ein Pulverfass – und Campbell hatte sich nicht mehr so sicher gefühlt, seit die Apokalypse ihren Anfang genommen hatte. Er stellte die leere Bohnendose zur Seite und leckte die Soße von der Gabel.

»Was denken Sie, wie viele es von uns noch gibt?«, fragte er den Professor.

»Schwer abzuschätzen. Ich habe Mr. Arnoff zwischen Winston-Salem und Greensboro getroffen, als er auf der 40er Autobahn Richtung Osten unterwegs war. Er war auf dem Weg zur Küste in der Hoffnung, dort eine kleine Insel zu finden, auf der er Robinson Crusoe spielen könnte, bis die Dinge ins Reine gekommen wären. Vor vier Tagen haben wir dreißig Meilen von hier Pamela und Donnie getroffen, die sich in einem Schulbus versteckt hatten. Und nun euch beide. Das ist nur eine kleiner Stichprobe, aber ich vermute, dass ungefähr eine Person unter einer Million immun gegen die elektromagnetischen Störungen war.«

»Heilige Scheiße«, sagte Pete. »Das ist, wie wenn man im Lotto gewinnt.«

»Oder in diesem Fall: verliert«, sagte Arnoff. »Ich war immer der Meinung, dass es zu viele Menschen auf der Welt gibt, aber ich mag nicht in der Unterzahl sein.«

»Was meine nächste Frage wäre«, sagte Campbell. »Wir

haben ein paar andere Überlebende getroffen, aber weit mehr Zapphirne gesehen.«

Er erzählte ihnen von dem Aufeinandertreffen mit dem Zapphirn in dem Kastenwagen und Pete versah die Geschichte mit Geräuscheffekten, um zu veranschaulichen, wie sie die Frau zu Tode geprügelt hatten. Er schmückte nicht zu viele der Details aus, ging aber trotzdem als Held aus der Geschichte hervor.

»Gut für dich«, sagte Arnoff. »Hätte nie gedacht, dass du zu sowas fähig bist.«

»Vielleicht passen wir uns auch an«, grübelte der Professor und zog an seiner Zigarette. »Vielleicht wird die Notwendigkeit des Tötens *uns* zu Zapphirnen machen. Die nachklingenden magnetischen Schwankungen könnten unser Gehirn zum Kochen bringen, während wir hier sprechen.«

Campbell gefiel der Gedanke nicht, dass sich sein innerer Schaltkreis womöglich gerade in diesem Augenblick zu etwas Heimtückischem veränderte.

»Seien Sie nicht so ein Schwarzmaler«, sagte Arnoff, der sein Gewehr gegen einen Baumstumpf lehnte. »Die Lage ist schlimm genug. Bleiben wir auf der Sonnenseite der Dinge.«

»Witzig, wo doch die Sonne die Ursache unserer Probleme ist«, gab der Professor zurück.

»Also, Sie sind zu Fuß unterwegs?«, fragte Pete, der ein wenig zu lallen begonnen hatte.

»Ich hatte ein Pferd, das ich in einem Stall gefunden hatte«, sagte Arnoff. »Hat mich abgeworfen, als es in ein Straßenloch trat und sich den Knöchel brach. Und mir fast das Genick.«

»Lassen Sie mich raten«, sagte Pete. »Sie mussten es erschießen, aber es hat Ihnen nicht viel ausgemacht.«

Arnoff starrte ihn an. Campbell machte mehrmals die Bewegung des Kehledurchschneidens, um Pete zu signalisieren, dass er vorsichtig sein sollte. »Manchmal muss man den Dingen einfach ein Ende bereiten«, verkündete Arnoff.

Der Professor blickte demonstrativ auf seine Armbanduhr, ein altmodisches Aufziehmodell, das die Digitaluhren des

Planeten überlebt hatte. »Donnies Schicht ist gleich um.«

Arnoff erhob sich und nahm sein Gewehr. Er ging zum nächstgelegenen Zelt und hob die Zeltklappe, hinter der das Moskitonetz zum Vorschein kam. »Wach auf, Pamela. Du bist dran.«

»Also, was ist im Osten los?«, fragte der Professor mit leiser Stimme, um das Gespräch vertraulich zu halten.

Campbell zuckte mit den Schultern. »Jede Menge Leichen. Jede Menge Zapphirne. Liegengebliebene Fahrzeuge. Nichts funktioniert.«

»Irgendeine Art von Notfalldiensten?«

»Wie Polizei oder sowas? Nein, die sind genauso hinüber wie alle anderen. Ab und zu haben wir in der Ferne Menschen herumlaufen sehen, aber wir hatten zu viel Angst, um uns ihnen zu nähern. Wir wussten nicht, ob es Zapphirne sind oder nicht.«

»Vielleicht war das gut so. Ich schätze, das Verhältnis von Zapphirnen zu Überlebenden liegt ungefähr bei zehn zu eins.«

»Ich kann einfach nicht glauben, dass das auf der ganzen verdammten Welt passiert sein soll«, sagte Pete. »Es ist wie in einem verdammten Zombiefilm.«

»Es gibt keine Hoffnung«, hörte Campbell sich selbst sagen. Er hatte niemals über das Konzept »Hoffnung« nachgedacht. Das war ein Wort für eine Grußkarte, wenn ein Verwandter sich der Chemotherapie unterziehen musste, und kein Wort, über das sich normale Menschen Gedanken machten.

»Wir haben Nahrungsmittel und Ausrüstung«, sagte der Professor im gleichen Vortragston wie zuvor. »Wenn uns das abgefüllte Wasser ausgeht, können wir Wasser aus dem Bach filtern und abkochen. Wir sind den zweiten Tag hier und können es problemlos noch eine Woche hier aushalten, bevor wir uns zur Nachschubbeschaffung in eine der umliegenden Städte wagen müssen.«

»Ich sehe keinen Nutzen darin, hier zu bleiben«, brummte Arnoff aus seiner Stellung neben dem Zelt. »Es wird nicht lange dauern, bis noch mehr Zapphirne unser Lager entdecken.«

»Das muss die Gruppe entscheiden«, erwiderte der Professor.

Campbell bekam den Eindruck, dass die Meinungen auseinander gingen, und fühlte zum ersten Mal eine Spannung zwischen dem Professor und Arnoff, dessen Augen wie schwarze, feuchte Käfer waren. Und er fragte sich, ob er und Pete nun als Teil der Gruppe betrachtet wurden.

Je mehr, desto sicherer, solange man nicht beginnt, aufeinander zu schießen.

Arnoff marschierte in die Bäume am dunklen Rand des Lagers. Campbell wusste nicht, ob er kundschaften oder pinkeln ging.

»Was ist mit Energie?«, fragte Pete. »Diese Batterien werden nicht ewig halten.«

»Energie könnte das sein, was uns umbringt«, sagte der Professor. »Die Sonne ist der größte thermonukleare Reaktor in unserer Ecke des Universums.«

»All das Gerede von grüner Energie – es muss doch noch ein paar Windräder, Sonnenkollektoren oder sowas geben«, sagte Campbell. Er hatte einen Typen namens Terrence Flowers gekannt, der ein großer Anhänger alternativer Energiequellen gewesen war und immer detaillierte Pläne für nachhaltige Systeme außerhalb des Versorgungsnetzes aufgestellt hatte. Terrence würde ihnen nun sehr von Nutzen sein, wenn er kein Zapphirn geworden war.

»Die meisten dieser Geräte haben elektronische Bestandteile in ihren Umwandlungssystemen, weshalb sie jetzt nutzlos sind. Ich vermute, man könnte die beschädigten Teile austauschen und dann könnte es funktionieren, aber wir können nicht einfach online Ersatzteile bestellen und von FedEx an unsere Haustür liefern lassen, oder? Aber das Problem ist noch größer. Wir könnten es bald mit vierhundert Tschernobyls zu tun bekommen.«

»Wie bitte?« entfuhr es Pete, der mit einem dreisten Zischen eine weitere Bierdose öffnete.

»Es gibt mehr als vierhundert Atomreaktoren auf der ganzen

Welt. Die verwenden durch elektrische Pumpen zirkulierendes Wasser, um ihre Reaktorkerne und die verbrauchten Brennstäbe zu kühlen. Ohne Strom wird es nicht lange dauern, bis sie schmelzen.«

»Moment mal«, sagte Pete. »Nie im Leben. Die Regierung würde nicht erlauben, dass so etwas passiert.«

»Oh ja, die Atomkraftwerke haben Notfallsysteme.« Die Flammen warfen Schatten auf das teilnahmslose Gesicht des Professors, wodurch seinen Worten noch mehr düsteres Gewicht verliehen wurde. »Dieselgeneratoren und andere damit verbundene Systeme. Aber wenn die geomagnetischen Stürme die auch ausgeschaltet haben ...«

»Wie bei diesem japanischen Kraftwerk beim Tsunami«, sagte Campbell.

»Ja.« Der Professor entledigte sich seiner Zigarettenkippe, die wie ein Meteor ins Herz des Feuers stürzte. »Die Reaktorblöcke überhitzten sich, weil die Notfallsysteme versagten. Das Kraftwerk war so konstruiert, dass es einem Tsunami standhalten würde. Das Problem war nur, dass die Notfallsysteme nicht ganz so gut konstruiert waren.«

»Mein Gott«, sagte Pete. »Heißt das, dass wir uns jetzt auch noch vor gigantischen mutierten Eidechsen in Acht nehmen müssen? Als ob die Zapphirne nicht schlimm genug wären.«

»Oh, keine Sorge«, sagte der Professor. »Wir werden schon lange tot sein, bevor irgendetwas aufgrund der Strahlung mutieren kann.«

»Jagen Sie den Kindern wieder Angst ein, Professor?«, erklang eine Frauenstimme aus der Öffnung des Zeltes. Die Zeltklappe hob sich und eine wilde Mähne roter Haare kam zum Vorschein. Die Mähne hob sich und unter den Haarsträngen wurde ein nicht mehr ganz jugendlich frisches aber attraktives Gesicht sichtbar, eine Frau in den späten Vierzigern ohne den Vorteil von Make-up, aber mit einem wilden Funkeln in den grünen Augen.

Als Pamela in einem zerknitterten Frotteemorgenrock und

einer Decke über den Schultern aus dem Zelt kam, war Campbell sofort bezaubert. Sie war nicht schön, nicht nach modernen Photoshop-Maßstäben, aber sie besaß eine interessante Ausstrahlung. Sie war etwas jünger als Campbells Mutter, schlank, aber von kräftiger Gestalt. Sogar Pete bemerkte sie und löste sich aus seiner trunkenen Benommenheit, um sie anzugrinsen.

»Ich beschäftige mich mit den Fakten, Pamela«, sagte der Professor, dessen Lippen sich zu einem Schmollmund verzogen hatten. »Irgendwann werden wir mit vierhundert Tschernobyls leben müssen. Niemand kennt die Auswirkungen dieser Art von radioaktiven Strahlen aus verschiedenen Quellen. Man kann das nicht einfach am Computer durchspielen.«

»Tut mir leid, dass ich mein iPad in meiner anderen Hose gelassen habe«, sagte Pamela, was Pete dazu brachte, in sein Bier zu prusten.

Campbell hatte eine ungefähre Ahnung von den Gefahren radioaktiver Strahlung, aber das schien ihm eine ferne Bedrohung, so wie passives Rauchen oder Konservierungsstoffe in Twinkies. Pamela spielte mit ihrer Ausstrahlung, wodurch es dem Professor auf seinem Baumstumpf am Feuer offensichtlich etwas ungemütlich wurde.

Der Professor tastete nach einer Zigarette. »Alles, was ich sage, ist–«

Ihnen blieb eine Vorlesung erspart, weil genau in diesem Moment irgendwo in der Nacht ein Schuss abgefeuert wurde. Pete fiel vor Überraschung nach hinten und ließ seine Bierdose fallen, der Professor griff nach dem Gewehr, das sich neben ihm befand.

»Donnie!«, rief Pamela in die Richtung, aus der der Schuss gekommen war.

»Bleibt hier!«, befahl der Professor, obwohl Campbell keinerlei Ambitionen hatte, in die Dunkelheit hinauszumarschieren, vor allem nicht, weil sich da draußen der bewaffnete und gefährliche Arnoff befand.

Nachdem der Professor und Pamela in der Dunkelheit verschwunden waren, sagte Pete: »Mann, was ist, wenn die Zapphirne kommen, während sie alle weg sind?«

»Vielleicht sollten wir uns verdrücken. Wir können zurück zur Autobahn gehen, unsere Fahrräder suchen und weg sein, bevor sie zurückkommen.«

»Und was dann? Diese Leute sind vielleicht das Beste, was uns passieren kann. Zumindest haben sie Waffen.«

Campbell hatte keine bessere Alternative anzubieten. Er fühlte sich unwohl wegen Arnoff, aber immerhin hatte die Gruppe eine gewisse Grundordnung eingeführt. Und Campbell spürte, dass er Ordnung vermisste. Er mochte Uhren und Hausaufgaben und Verantwortung und Zeitpläne. Vermutlich war das alles in der neuen Welt ohne Nutzen, aber vielleicht konnte er Ersatz dafür finden, indem er zu einer Gruppe mit einem gemeinsamen Ziel gehörte.

Und kein gemeinsames Ziel war so zwingend wie das Überleben.

»Okay«, gab Campbell nach. »Probieren wir es für ein paar Tage.«

Pete öffnete ein weiteres Bier und dieses Mal schloss sich Campbell an. Ein paar Minuten später kamen Arnoff, der Professor und Pamela zurück. Donnie war offenbar wegen eines streunenden Hundes ausgeflippt und hatte ihn erschossen. Pamela fand Decken für Pete und Campbell, die sich neben dem Lagerfeuer schlafen legten. Campbell war gerade dabei einzuschlafen, als er sah, wie Arnoff sich in Pamelas Zelt begab.

Er hoffte, dass Donnie nicht zu Eifersucht neigte. Er wollte nicht vom Geräusch weiterer Schüsse geweckt werden.

KAPITEL 7

Als Rachel erwachte, glaubte sie, sich im Haus ihrer Großmutter am Puget Sound zu befinden. Als junges Mädchen hatte sie dort in einem Gästezimmer mit Blick aufs Meer geschlafen. Im Winter und im Frühling war der Pazifikhimmel oft mit einem Grau überzogen, das in alle Öffnungen eindrang. Kein elektrisches Licht war in der Lage, dieses triste Grau fernzuhalten.

Rachel kämpfte sich durch die Kopfkissen, um nach der Nachttischlampe zu langen, aber der Tisch befand sich nicht am richtigen Ort. Die einzige Unterbrechung der Dunkelheit war eine dicke graue Linie, die zu schrumpfen schien. Sie konnte die Schwerkraft nicht schnell genug besiegen, um zu ihr zu krabbeln, und sie war sich sicher, dass die Spalte verschwinden würde, bevor sie hindurchklettern konnte. Dann würde sie in der Dunkelheit gefangen sein und Grandma würde niemals ihre Schreie hören.

Eine Hand packte sie am Ellenbogen und sie wehrte sich gegen den Griff.

»Nur mit der Ruhe, Blondinchen«, sagte ein Mann, dessen Stimme wie Sand in Honig klang.

Sie sah ein feuchtes Auge, das das Licht einfing, ein winziges Spiegelbild des verschwindenden Grau. Und dann fiel ihr alles wieder ein – die Sonneneruptionen, das darauf folgende Chaos, das plötzliche Sterben von Milliarden von Menschen und eine Welt, in der Grandma nie wieder Stofftiere um sie herum platzieren würde, um sie zu trösten.

»Ist es Morgen?«, fragte sie.

»Jetzt ist jetzt, mehr weiß ich nicht«, sagte DeVontay. »Du sprichst im Schlaf, weißt du das?«

Ihre Mutter hatte irgendwann einmal davon gesprochen, aber

wenn man allein schlief, war das keine Sache, über die man sich Gedanken machen musste. »Was hab ich gesagt?«

»Größtenteils Kauderwelsch, aber du hast einen Namen erwähnt: Chelsea. Eine Freundin? Deine Schwester?«

Sie setzte sich auf und stellte fest, dass sie in ihren Kleidern geschlafen hatte. DeVontay verzog sich wieder auf die andere Seite des Betts, sein Auge wurde von der Schwärze verschluckt. Einen Augenblick später hörte sie das *Schnick* seines Feuerzeugs und eine der Kerzen erwachte zu Leben. Sie duftete leicht nach Flieder.

Als sie sich neben das Bett kniete, um ihr Morgengebet zu sprechen, gab er keinen Kommentar ab.

»Ist unser kleiner Freund zurückgekommen?«, fragte sie, während sie sich aufrichtete und einige Falten an ihrer Kleidung glattstrich, bevor ihr bewusst wurde, wie absurd das war.

»Der Bruder hat seine Runden gemacht. Tür für Tür, die ganze Nacht.«

Im Licht der Kerze versuchte sie, sein Gesicht zu lesen, um herauszufinden, ob er die ganze Nacht über aufgeblieben war und über sie gewacht hatte wie ein gruseliger Robert Pattinson in einem der *Twilight*-Filme. Sie zwang sich dazu, nicht zu jammern, obwohl sie nach fast zwei Wochen im Danach Gefühllosigkeit mehr fürchtete als die Not. »Was denkst du, was er will?«

DeVontay durchquerte mit der Pistole in der Hand das Zimmer zu der dicken Linie aus Grau, die nun zwischen den Vorhängen einen senfgelben Farbton angenommen hatte. Er spähte nach draußen. »Wer weiß? Vielleicht ist er ein Gast, der eingecheckt hat, als es den großen Zapp gab, und der vergessen hat auszuchecken.«

»Oder vielleicht ist seine Frau hinter einer dieser Türen? Im Bett vor sich hin faulend?« Der Gedanke erinnerte sie daran, dass sie von Leichen umgeben waren, nicht nur hier im Motel 6, sondern im ganzen Großraum von Charlotte und vermutlich in der ganzen Welt. Der leichte, aber faulige Geruch der Verwesung überfiel sie. Sie krabbelte über das Bett zu der kleinen Flasche

Desinfektionsmittel, die sich auf dem Nachttisch neben DeVontays Mitternachtsimbiss befand. Die Flasche war halb leer und umgeben von Mini-Salami-Verpackungen, zerknittertem Cellophan, einer leeren Flasche Sprite und einer Packung Goody's Kopfschmerzpulver.

Das kommt davon, wenn man einem Mann das Einkaufen überlässt.

»Draußen tut sich nichts.« DeVontay öffnete die Vorhänge, um mehr Licht in das Zimmer zu lassen.

»Und?«

»Wir können nicht hierbleiben.«

»Aber hier sind wir sicher.«

»Und was ist dein Plan? Hier bleiben, bis sich der Zimmerservice entschließt, uns das Frühstück zu bringen?«

»Wo wolltest du hin?« Sie musste pinkeln, schämte sich aber zu sehr, um etwas zu sagen.

»Raus aus der Stadt, weg von diesen Dingern.«

»Ich meinte davor. Du weißt ... *davor*.«

»Ich wollte nirgendwo hin. Ich war schon angekommen, hatte einen guten Job bei einer Dachdeckerfirma. Wenn man einen Job hat, gibt es keinen Grund, woanders hinzugehen.«

Seine Silhouette füllte das Fenster aus, die Schultern breit, aber dünn, anmutig wie die eines Athleten. Sein Haar war kurzgeschoren mit schmalen Streifen von Koteletten auf den Backen. Das unbewegliche, verschleierte Auge verlieh ihm ein bedrohliches Aussehen. Rachel fragte sich, ob sie sich im Bus jemals freiwillig neben ihn gesetzt hätte. »Ich tippe, jetzt haben wir neue Jobs«, sagte sie.

»Was soll dieser ›wir‹-Scheiß? Darüber sollten wir reden.«

Seine Worte schockierten sie. Sie hatte allein Tag für Tag überlebt, war gerannt, hatte sich versteckt und hatte die Regeln des Danach gelernt, aber sie konnte spüren, wie sie die Kraft verließ und ihre Möglichkeiten schwanden. »Wir sind am Leben. Wir sind Menschen. Und wir können sie nicht gewinnen lassen.«

Er blickte aus dem Fenster und sprach, während er ihr den

Rücken zuwandte: »Was ist, wenn ich der Meinung bin, dass du mir zur Last fällst? Was hast du noch anzubieten außer einem zusätzlichen Paar Augen? Du hast nicht mal eine Waffe.«

»Ich kann mir eine besorgen«, sagte sie. Sie hasste die Verzweiflung in ihrer Stimme.

Er ging zur Kochnische und öffnete den Mini-Kühlschrank. »Verdammt. Sieht so aus, als gäbe es wieder Junkfood.«

Sie musste nun wirklich pinkeln und spürte, wie sie hin- und herrutschte. Die Tür zum Badezimmer war geschlossen und sie konnte sich nicht erinnern, dass sie es geprüft hatten. Was, wenn sich darin ein Zapphirn verbarg? Oder eine Leiche?

»Also gut«, sagte Rachel. »Mach nur. Pack deinen Scheiß und verschwinde.«

Er blickte sie an. Sein gutes Auge war aus Überraschung weit aufgerissen. »Was fluchst du denn? Ich dachte, du bist eines von den lieben braven Mädchen?«

»Nur weil ich ›Scheiß‹ sage, bedeutet das nicht, dass ich den Namen des Herrn missbrauche. Du denkst an ›gottverdammt‹ und ich bezeichne dich nicht als gottverdammtes Arschloch, auch wenn du eines bist.«

Er spitzte die Lippen zu einem Ausdruck des Nachdenkens und die Stille zwischen ihnen wurde greifbar. Im Stockwerk über ihnen hörten sie das örtliche Zapphirn gegen eine Tür hämmern. DeVontay grinste, ausgedehnte Zahnreihen zeigend. »In Ordnung, also lodert in dir doch ein kleines Feuer. Vielleicht kann das mit uns als Team klappen, bis wir was Besseres finden.«

Sie wagte nicht, sich etwas »Besseres« auszumalen. Es war schon geradezu unmöglich, sich etwas »Gutes« vorzustellen.

»Okay, nachdem wir das geklärt haben, was nun?«, fragte sie.

»Vielleicht sollte ich aufs Dach steigen und mich umsehen.«

»Was ist, wenn der Typ dich schnappt?«

DeVontay wedelte mit der Pistole. »Hier ist die Antwort.«

Rachel wollte nicht allein gelassen werden. Aber sie wollte auch nicht, dass DeVontay das erfuhr. »Lass uns zusammenpacken und von hier verschwinden. Wir können zur

Autobahn hochgehen und uns von dort oben umsehen. Ich will nicht riskieren, im Treppenhaus in die Enge getrieben zu werden. Außerdem wissen wir nicht, wie viele davon sich hier sonst noch rumtreiben. Die anderen machen vielleicht nicht so viel Lärm wie unser Freund da draußen.«

Er nickte. Offenbar nahm er ihre Partnerschaft ernst. »Ja, wenn die Autobahn frei ist, bin ich auch bereit, nach Norden zu gehen.«

»Okay, du packst und ich ... äh, muss etwas Privates erledigen.« Sie wollte ihn nicht darum bitten, das Badezimmer zu prüfen. Sie war sowieso schon verlegen genug.

Witzig. Wir haben das Ende der Welt und es gibt immer noch Dinge, wegen denen ich mich schäme.

Rachel fühlte, wie sie von seinem Auge auf dem Weg durch das Zimmer verfolgt wurde. Er gluckste. »Was, willst du dich schminken?«

Sie blickte ihn schräg an, drehte entschlossen den Türknauf und spähte in das Badezimmer. Es war dunkel, aber zumindest sprang sie nichts an.

»Willst du Licht?«, fragte DeVontay.

»Nein, ich werde die Tür einfach einen Spalt offenlassen.«

»Ich war schon drin, also kümmer dich nicht um den Gestank. Ich hab das Wasser in der Spülung für dich aufgehoben.«

»Besten Dank.« Drinnen tastete sie mit ihrem Fuß nach der Toilettenschüssel, während ihre Augen versuchten, sich an die Dunkelheit zu gewöhnen. Als sie ihre Jeans hinunterschob, lauschte sie den Geräuschen des fast völlig stillen Hotels. Das Hämmern fand nun ein paar Stockwerke weiter oben statt und schien sich auf eine bestimmte Tür zu beschränken. Sie war erleichtert, dass das Zapphirn aufgehört hatte, seine Runden zu drehen. Vielleicht hatte es sein Zimmer gefunden.

Dann hörte sie etwas neben diesem Geräusch, dünn, hell und kaum in der Lage, die unnatürliche Stille zu durchdringen. Zuerst dachte sie, dass DeVontay angefangen hatte zu pfeifen, aber es kam von links – aus dem Zimmer neben ihrer eigenen Suite.

»Hörst du das?«, flüsterte sie und wurde von dem Echo ihrer Stimme in dem gefliesten Badezimmer getroffen.

»Hast du was gesagt?«

»Da ist Musik.«

»Kann nicht sein. Der Impuls hat alle elektrischen Geräte durchbrennen lassen. Hast du keine Nachrichten gehört?«

Sie machte ihn nicht auf den Widerspruch aufmerksam. Stattdessen hörte sie genauer hin, während sie sich abwischte. Die Noten klangen metallisch kalt, aber Tonhöhe und Rhythmus änderten sich. Nachdem sie ihre Jeans hochgezogen hatte, tastete sie an der Ablage des Waschbeckens entlang, bis sie einen der Plastikbecher fand. Sie nahm ihn aus der Cellophanverpackung und drückte die Öffnung des Bechers gegen die Wand. Dann legte sie ihr Ohr an seinen Boden.

Sie drehte sich nicht um, als sich die Tür hinter ihr öffnete und DeVontay fragte: »Was machst du da?«

»Schhh.« Als Rachel neun Jahre alt war und ihre Eltern noch nicht geschieden waren, hatte ihr ihr Vater eine kleine Spieldose geschenkt, auf der sich Cinderella, Walt Disneys barbiefizierte Version von Aschenputtel, befand. Durch das Drehen eines kleinen Messingschlüssels konnte sie Cinderella dazu bringen, sich unaufhörlich zu drehen, ohne jemals einen Schuh zu verlieren. Die Spieldose hatte die gleiche blecherne Tonalität gehabt, wie sie sie jetzt hören konnte.

»Da drüben ist jemand«, sagte sie.

»Da ist niemand. Sie hätten uns gehört und sich bemerkbar gemacht.«

»Vielleicht haben sie Angst.«

»Und vielleicht ist es ein Zapphirn.«

Rachel überlegte sich, ob sie gegen die Wand hämmern und rufen sollte, aber wenn die Person wirklich verängstigt war, würde das nicht helfen. »Wir müssen nachsehen gehen.«

»Einen Teufel werden wir tun«, sagte DeVontay, dessen

gutes Auge vor Ärger zu einem Schlitz wurde. »Wir haben bereits einen Plan. Und der besagt nicht, dass wir die Welt retten müssen.«

»In Ordnung«, sagte sie und ging an ihm vorbei, ohne die Toilettenspülung zu betätigen. »Gib mir die Pistole und du kannst hier warten wie ein Hosenscheißer.«

»Ein Hosenscheißer? Niemand sagt heutzutage mehr ›Hosenscheißer‹.«

»Oh, entschuldige, wenn ich mit meiner Ghettosprache nicht auf dem Laufenden bin, Alter. Oder Digga. Oder wie auch immer du gangstamäßig genannt werden möchtest. Aber ich gehe nirgendwohin, bevor ich gesehen habe, wer in dem Zimmer ist.«

Rachel war selbst von ihrer Wut überrascht, aber sie konnte sie verstehen. Sie hatte sich so hilflos gefühlt, seit alle durch den Impuls gestorben waren oder zu Zapphirnen wurden oder Selbstmord begingen, und jetzt endlich hatte sie die Gelegenheit, von Nutzen zu sein.

DeVontay gab einen langen Seufzer von sich. »Okay, verdammt. Wir packen, gucken in dem Zimmer nach und dann nichts wie weg.«

Ihre Blicke trafen sich und sie starrten sich gegenseitig für zehn Sekunden in die Augen. Keiner wollte zurückweichen. »Abgemacht.«

Als er packte, fluchte er leise vor sich hin. Rachel nahm ihren Rucksack und prüfte das Fläschchen Nembutal, das ihr der Apotheker gegeben hatte. Nein, sie würde nicht aufgeben, nicht, solange jemand anderer noch Hilfe benötigte.

DeVontay zog seine Pistole, bevor er die Tür entsicherte und öffnete. Rachel ging dicht hinter ihm. Als sie im Korridor waren, konnten sie das Zapphirn über sich hämmern hören.

Das nächste Zimmer war 202 und nach der Breite der Tür zu schließen, handelte es sich ebenfalls um eine Suite. Sie hielten vor der beschichteten Tür an und lauschten, aber die Musik hatte aufgehört. Rachel stupste DeVontay an und er steckte den Generalschlüssel ins Schloss.

Das Schloss klapperte mit der ihm eigenen lauten Musik und das Hämmern oben brach ab.

»Scheiße«, zischte DeVontay.

Rachel schob ihn in das Zimmer. Die Vorhänge waren geöffnet und ein Streifen grauen Lichts lag auf dem Teppich. Bettdecken waren über etwas auf einem der Betten geworfen und die Luft war mit dem Geruch der Verwesung durchsetzt. Ein Junge von etwa zehn Jahren kniete auf dem Boden und hielt eine Puppe an seine Brust gepresst. Die Puppe war nackt und der Junge bewegte einen Schalter vor und zurück, der aus ihrem Rücken kam.

Er blickte sie mit weit geöffneten braunen Augen an. Sein Gesicht war von Schuldgefühlen gezeichnet. »Sie ist kaputt.«

Rachel kniete sich hin, legte die Hände auf seine Schultern und versuchte, nicht zu weinen. DeVontay hob die Bettdecken an, um das zu bestätigen, was ihnen ihre Nasen bereits gemeldet hatten.

»Ist das deine Mutter?«, fragte Rachel sanft. Sie befürchtete, dass der Junge ihre Tränen sehen und dann selbst zusammenbrechen würde.

»Sie ist nicht mehr aufgewacht«, sagte der Junge.

»Wir sollten besser von hier verschwinden«, sagte DeVontay. »Ich glaube nicht, dass der Typ da oben auf den Lift warten wird.«

»Komm«, sagte Rachel. Sie nahm die Hand des Jungen und zog ihn in Richtung Korridor.

Der Junge warf einen letzten Blick auf den Körper auf dem Bett, auf eine Vergangenheit, die für keinen von ihnen mehr Sinn ergab, und ließ sich von ihr in das Danach führen.

KAPITEL 8

Marina weinte.

Nicht laut und offen, was ihm Sorgen bereitet hätte. Sie waren in Sicherheit, davon war er überzeugt, so sicher, wie man in diesen Tagen überhaupt nur sein konnte. Und doch irritierte ihn Marinas Schniefen und leises Wimmern. Allerdings durfte er es sich nicht anmerken lassen, weil Rosa kurz davor stand, zusammenzubrechen.

Jorge Jiminez ließ sein Gesicht zu einer Maske werden. Den gleichen Ausdruck hatte er zur Schau gestellt, wenn ihm sein Boss, Mr. Wilcox, befohlen hatte, Lamamist in den Blumengarten zu schaufeln. Jorge mochte die Lamas, auch wenn ihm gelegentlich mal eines ins Gesicht spuckte. Er mochte sie sehr viel mehr als Mr. Wilcox.

Er mochte sogar ihre Scheiße lieber als Mr. Wilcox.

Aber nun war der *Gringo* tot, ebenso wie die sechzehn Lamas. Jorge war draußen gewesen, als sich der Blitz ereignet hatte, seinen breitkrempigen Hut hatte er tief über die Augen gezogen gehabt. Die Lamas waren unmittelbar danach zusammengebrochen, wie auch Barkley, der lärmende Bordercollie, der unaufhörlich die anderen Tiere belästigt hatte. Die Hühner hingegen hatten ihr Gescharre und Picken kaum unterbrochen, weshalb Jorge gedacht hatte, dass es sich um eine seltsame Art von Schusswaffe gehandelt haben musste, auch wenn er nicht wusste, wie eine Waffe so viele Tiere auf einmal töten konnte, ohne ein Geräusch zu machen.

Aber dann sprangen seine Gedanken zu Rosa und Marina und er ließ die Schaufel fallen, um zu dem winzigen Wohnwagen zu rennen, der sich am Rand des Grundstücks befand, hinter einem Dickicht von Douglasfichten, damit er von Mr. Wilcox' Haus aus nicht zu sehen war. Seine Frau und seine Tochter hatten den Lichtblitz nicht bemerkt. Rosa nähte gerade einen Flicken auf das Knie einer Jeans und Marina lag auf dem Boden, wo sie ihr großes Prinzessinnen-Buch ausmalte.

Das war vor mehr als einer Woche gewesen.

Vor zwei Tagen waren sie in das Haus von Mr. Wilcox gezogen und obwohl Jorge instinktiv wusste, dass sie dort sicherer waren, war ihm nicht klar, worin die Gefahr überhaupt bestand. Denn schließlich schienen alle anderen tot zu sein.

»Vielleicht sollten wir in die Stadt gehen, nachsehen«, sagte Rosa. Sie saß an dem edlen Eichentisch und fühlte sich sichtlich unwohl. In der Hand hielt sie ein Glas Wasser, als ob sie Angst davor hätte, Spuren auf dem Lack zu hinterlassen, wenn sie es absetzte.

»Ich hab dir gesagt, der Laster funktioniert nicht«, sagte er, als ob er einem Kind etwas erklären würde. »Ebenso wenig wie das Auto und das Motorrad. Alles ist *tot*.«

Er hatte das letzte Wort nicht mit so viel Wut aussprechen wollen. Er hatte es überhaupt nicht aussprechen wollen. So ein Wort brachte Unglück in Zeiten wie diesen.

»Was ist, wenn wir laufen?«

»Wir würden einen Tag brauchen. Marina kann nicht so weit laufen, also müssten wir sie abwechselnd tragen.«

»Ich kann sehr wohl so weit laufen«, sagte Marina mit sich überschlagender Stimme. »Ich bin kein Baby mehr.«

Ihr Englisch war sehr gut, besser als das von Rosa und fast so gut wie sein eigenes. Jorge hatte Sprachstunden am Community College besucht, weil er sicher war, dass er Baja California niemals wiedersehen würde. Obwohl die Silberminen von La Paz einen angemessenen Lohn von zweihundert Pesos pro Tag bezahlt hatten, waren es die Vereinigten Staaten, die den Reichtum boten, den ein Mann brauchte, um eine Familie zu unterhalten. Wie viele seiner umherziehenden Landsleute hatte er geplant gehabt, hier für ein oder zwei Jahre zu arbeiten und dann in die Heimat zurückzukehren. Aber es gab immer eine Rechnung, die zuerst bezahlt werden musste, oder Papierkram oder juristische Hindernisse.

Glücklicherweise hatte ihm Mr. Wilcox eine Ganzjahresstellung angeboten. Im Frühling gab es Gartenarbeit, im Sommer mähten die Männer das Gras bei verschiedenen geschlossenen Wohnanlagen, die der Boss hatte bauen lassen, im Herbst machten sie das Heu und bereiteten sich auf das Weihnachtsbaumfällen vor. Im Winter verteilte Mr. Wilcox eine Liste mit Reparaturarbeiten auf seinem Besitz, der, wie ihn Jorge einmal hatte prahlen hören, »neun hunnert Morgen Berghimmel im Osten Tennessees« umfasste. Das ganze Jahr über gab es das Mistschaufeln: Hühnermist, Lamamist, Schweinemist, Pferdemist und, einmal, als die Klärgrube verstopft war, Menschenmist.

In dieser Woche hatte es kein Schaufeln gegeben. Wenn man vom Graben der Gräber absah.

»Nein, du bist kein Baby mehr«, sagte er zu Marina.

»Vielleicht gehen wir zum Haus vom Nachbarn«, sagte Rosa und blickte aus dem Fenster.

Der nächste Nachbar war eine halbe Stunde zu Fuß entfernt, auch mit einer Neunjährigen. Jorge hatte keine Angst vor der Entfernung. Er hatte Angst vor dem, was sie vorfinden würden, wenn sie ankamen.

Vielleicht würden sie auf noch mehr Menschen stoßen wie Mr. Wilcox, der mit ausdruckslosem Gesicht und weit aufgerissenen Augen vor sich hingestarrt hatte, als ob ihn der Blitz für immer geblendet hätte. Oder solche wie die Familie Detoro im Wohnwagen neben ihrem eigenen: Alejandro und Sergio tot auf dem Boden und die Mutter Nima tot auf der Couch. Jorge hatte Fernando Detoro in der Scheune gefunden, zusammengebrochen über dem Motor des Traktors, mit von Schmiere geschwärzten Händen. Jorge dachte, dass Rosa und Marina vielleicht überlebt hatten, weil sie im Wohnwagen gewesen waren, dass ihr Glück gewesen war, nicht im Freien gewesen zu sein, aber das hatte die Familie Detoro auch nicht gerettet.

»Ich denke nicht, dass wir gehen sollten«, sagte er. »Wir

haben hier alles, was wir brauchen.«

»Aber wir wissen nicht–«

»*Sí*. Wir wissen nicht. Deshalb bleiben wir.«

Bevor Marina geboren wurde, hatten sie immer nur Spanisch gesprochen, wenn sie zusammen waren, aber Jorge wollte eine amerikanische Tochter. Sie würde durch ihre Hautfarbe genug Probleme haben, auch wenn die hellhäutigeren Mädchen bestimmt auf ihr glattes schwarzes Haar und ihre funkelnden Augen neidisch sein würden. Nicht, dass es jetzt noch viele hellhäutige Mädchen gab, wegen denen man sich Sorgen machen musste.

Jorge ging durch das Wohnzimmer und zog die dicken Samtvorhänge zurück. Für einen Junggesellen hatte Mr. Wilcox sehr viel Aufwand mit der Einrichtung seines Hauses betrieben. Der Rasen vor dem Haus fing langsam an, ungepflegt auszusehen, und Jorge musste dem Drang widerstehen, ihn zu mähen.

Draußen bewegte sich nichts, abgesehen von ein paar Krähen, die auf dem weißen Zaun saßen. Die Krähen würden die neue Lage genießen. Jede Menge Fleisch, das man ergattern konnte.

Jorge setzte sich auf die Couch und starrte den Flachbildfernseher an. Seine Größe war absurd, genau wie die großzügige Einrichtung und die vielen Geräte in Mr. Wilcox' Haus. Nun spottete der leere Bildschirm über all die Dinge, die sich einmal auf ihm abgespielt hatten.

»Ich sollte es noch einmal mit dem Traktor versuchen«, schlug er vor. »Wenn irgendwas läuft, dann der Traktor.«

Rosa stellte seine mangelnde Logik nicht in Frage. Obwohl sie in einer patriarchalischen Gesellschaft aufgewachsen waren, ermutigte Jorge sie, ihre Meinung zum Ausdruck zu bringen. Er schätzte ihre Klugheit. Doch nun war sie verängstigt und ihre Angst hemmte ihre Klugheit.

»Wir werden allein sein«, sagte Rosa. Marina blickte von ihrer Zeichnung auf.

Jorge warf einen Blick in Richtung Speisekammer, wo er eine geladene Schrotflinte an die Regale mit Wein, Gewürzen und Konservendosen gelehnt hatte. »Ihr seid nicht allein.«

»Beeil dich, Daddy«, sagte Marina.

»Das werde ich, *tomatilla*«, antwortete er, ihren Kleinkindspitznamen »kleine Tomate« gebrauchend. »Du wirst deiner Mama gehorchen, nicht wahr?«

Marina lächelte, nickte und wandte sich dann wieder ihrer Zeichnung zu. Jorge fragte sich, ob sie jemals wieder zur Schule gehen würde oder jemals das normale amerikanische Leben führen würde, das er sich für sie gewünscht hatte.

Er schob den Türriegel zurück und hielt in der Eingangstür inne. Er war sich nicht sicher, ob er Angst haben sollte. Er wusste nicht genug, um Angst zu haben.

Er wollte sich keine Waffe aus der Kammer holen, weil er dadurch Marina Furcht einjagen würde. Also schnallte er sich seinen Arbeitsgürtel um, als ob er Unkraut jäten ginge. Die Machete hing wie immer an seinem Gürtel.

»Schließ hinter mir ab«, sagte er zu Rosa, bevor er sich nach draußen begab.

Es war ein sonniger Tag. Das Sonnenlicht wirkte aufgrund der Zeit, die er drinnen verbracht hatte, noch greller. Er stand auf der Veranda und blickte durch die hohen, weißen Säulen. Vögel zwitscherten in den Bäumen, aber ihr Zirpen und Pfeifen breitete sich über die umliegenden Wälder aus, gespenstisch dünn für den späten August.

Also sind nicht alle Vögel gestorben.

Die Bäume waren reglos und die Weiden leer. Der Mais bewegte sich leicht im Garten, die Rispen hatten gerade begonnen, eine goldene Farbe anzunehmen. Was auch immer Menschen und Tiere getötet hatte, es schien keine Auswirkungen auf die Pflanzen zu haben.

Jorge trat von der Veranda und ging an Mr. Wilcox' silbernem Geländewagen vorbei. Das Auto hatte wahrscheinlich zwei Jahreslöhne von Jorge gekostet, aber nun war es wertlos.

Jorge hatte den Schlüssel in Mr. Wilcox' Hose gefunden, als er die Leiche untersucht hatte, aber der Motor hatte sich nicht anwerfen lassen.

Jorge war kein so ein begabter Mechaniker wie Fernando Detoro, aber er war davon überzeugt, dass das, was Fernando getötet hatte, auch die Motoren zum Schweigen gebracht hatte.

Er blickte die Straße entlang, während er seinen Weg zur Scheune fortsetzte. Mr. Wilcox hatte oft Besuch aus der Stadt gehabt, fette Männer mit Krawatten, die niemals auch nur einen Fuß in die Felder setzten. Rosa sagte, dass es sich um Bankiers und Anwälte handelte, die das Geld von Mr. Wilcox nutzten, um daraus ohne Arbeit noch mehr Geld zu machen. Jorge wollte, dass sich Marina eines Tages auch diese Möglichkeit bot. Er hatte Geld gespart, das in einem Konservenglas unter dem Wohnwagen vergraben war. Die Rücklage für Marinas Studium.

Wenn sie jemals wieder zur Schule gehen wird.

Jorge betrat die zweistöckige Scheune. Er hatte Rosa angelogen. Es gab keine Hoffnung, dass der Traktor funktionieren würde. Der Motor war in seine Einzelteile zerlegt, der Kühler ausgebaut, Zündkerzenkabel und Schläuche auf einer schmierigen Abdeckplane aufgereiht.

»Willard?«, rief er.

Am Tag des großen Sterbens war Willard White gerade damit beschäftigt gewesen, Chemikalien zu mischen, die auf die Stauden gespritzt werden sollten. Willard war der einzige, dessen Leiche er nicht gefunden hatte, und Jorge wollte sicher gehen, dass seine Familie allein auf der Farm war. Und er wollte vermeiden, dass Marina auf eine verwesende Leiche stoßen würde.

Vielleicht ist Willard so verängstigt wie ich. Vielleicht versteckt er sich.

Willard kam aus der Gegend, er war ein *Gringo*, auch wenn er ungepflegt war und stank. Außerdem sprach er ununterbrochen, weshalb Jorge sich nicht vorstellen konnte, dass er sich tagelang verstecken würde. Willard schimpfte über seine

»Schlampe von einer Frau«, Bernice, die »Scheiß-Regierung«, die »verdammte Sonne« in seinen Augen, seinen »beschissenen Rücken«, der wieder Probleme machte, den »geizigen Bastard Wilcox«, die »verdammten Mariendisteln«, die die Weide eroberten, und eine ganze lange Liste weiterer Widrigkeiten des Lebens.

Jorge untersuchte die Boxen in der Scheune, in denen eine Reihe von Pferden unruhig wieherte. Mr. Wilcox hatte es geliebt, seine Pferde vorzuführen, auch wenn er niemals selbst auf ihnen ritt. Pferde waren ein Luxus, der wertvolles Weideland beanspruchte und im Gegenzug keine Nahrung bot, im Unterschied zu Kühen und Hühnern. Aber Jorge mochte die Pferde, weil sie ihn als gleichberechtigt behandelten, im Gegensatz zu den Menschen.

Er tätschelte die Nase eines jeden einzelnen und versprach ihnen Haferkörner. Anders als die Lamas hatten sie die Sonnenkrankheit überlebt.

Jorge betrat die vollgestopfte Sattelkammer, in der Willard seine Pausen verbrachte und braunen Schnaps trank, der Old Grand-Dad's hieß. Mülleimer aus Metall voller Getreide standen in einer Ecke. Geschirr hing an einer Wand und eine Reihe von Sätteln war auf drei Sägeböcken aufgestapelt. Eine der Pflichten Jorges war es gewesen, die Pferde einmal in der Woche zu reiten, damit sie im Training und in guter Verfassung blieben, aber die Lederausrüstung sah noch immer fast wie neu aus.

Die Schaufel, mit der Jorge die Leichen begraben hatte, hing an der Wand, neben Äxten, Fuchsschwänzen, Vorschlaghämmern, Ketten, Geschirr, Riemenscheiben, Keilriemen, Schnüren und all den anderen Werkzeugen, die man benötigte, um die Farm am Laufen zu halten. Jorge war sich nicht sicher, aber es sah so aus, als ob die Tüten mit Chemikalien und die Gartenspritzen unberührt waren.

Rums.

Etwas war oben im Heuboden umgefallen.

Die Plötzlichkeit des Geräusches hielt Jorge davon ab zu

rufen. Wenn es Willard war, würde ihn der Mann gehört und sich bemerkbar gemacht haben. Die Scheune war groß und weiträumig, so dass sich Geräusche unter dem Wellblechdach gut verbreiteten.

Jorge stand absolut still, während das Herz in seiner Brust hämmerte.

Kein Grund zur Angst. Alle sind tot.

Von oben kam ein weiteres lautes Geräusch, so als ob jemand Säcke mit Futter fallen ließ.

Jorge bewegte sich vorsichtig aus der Sattelkammer, darauf bedacht, dass die Tür nicht knarzte. Er ging zur Treppe und schlich nach oben, während er die Machete gepackt hielt. Staubpartikel tanzten in den offenen Fenstern wie winzige Insekten. Sein Aufstieg verschreckte ein Huhn, das krächzte und in einer Explosion von Federn unter den Stufen hervorschoss. Es musste sich dort ein Nest gebaut haben. Jorge würde diesen Eiern nicht trauen, nicht, wenn alle Lebewesen starben.

Eine unbehandelte Tür aus Holzplanken befand sich am oberen Ende der Treppe. Als er sie erreichte, verzichtete Jorge darauf, die verrostete Haspe, die durch einen verbogenen Stahlnagel an ihrem Platz gehalten wurde, zu heben. Stattdessen beugte er sich vor und blickte durch einen Spalt zwischen den Planken.

Willard White ging in der Mitte des Heubodens auf und ab, torkelnd und schwankend, wie er es sonst nach einer Flasche Old Grand-Dad's tat.

Aber Willard murmelte weder, noch sang er, wie er es tun würde, wenn er betrunken wäre. Nein, er sprach überhaupt nicht, was das erste Zeichen dafür war, dass etwas nicht stimmte, denn Willard hielt nie die Klappe.

Während Jorge durch den Spalt spähte, taumelte Willard zwischen Stapeln mit Heuballen, Wasserfässern aus Kunststoff und Säcken mit Maisschrot umher, als ob er nach seiner Flasche suchte. Er stolperte in einen herumliegenden Haufen Heu und fiel mit einem sanften *Rums*, das die Holzdielen beben ließ, auf sein Gesicht. Das war die Ursache des Geräusches. Willard musste schon zweimal hingefallen sein.

Trotz des Unbehagens wurde Jorge von einem Gefühl der Erleichterung gepackt.

Vielleicht ist das eine andere Art von Trunkenheit. Zumindest ist er am Leben. Wir sind nicht allein.

Jorge hob die Haspe und öffnete die Tür.

»Mister White?«, rief er.

Willard bewegte sich nicht.

Vielleicht ist er krank. Vielleicht hatte er Angst allein zu sein und verbrachte deshalb seine Zeit mit Old Grand-Dad.

Jorge trat auf den Heuboden, während er mit einer Hand am Griff der Machete entlangfuhr. Er glaubte nicht wirklich, dass jemand für drei Tage betrunken bleiben konnte, nicht einmal Willard.

»Es ist etwas Schlimmes passiert, Mr. White«, sagte Jorge lauter, als er es normalerweise tun würde. Er wollte, dass der Mann aufwachte, auch wenn das bedeutete, dass Willard das Kommando übernahm, denn Mr. Wilcox hatte dafür gesorgt, dass seine Mexikaner wussten, wo sie hingehörten. Und wenn er Willard White ins Haus brachte, würde Willard der neue Mr. Wilcox werden.

Die Sonnenstrahlen tauchten das Heu in sanftes Licht und erzeugten ein goldenes Bett um Willard. Die Fenster waren mit Maschendraht bespannt, was dem Wind gestattete hindurchzuziehen und die Spreu herumzuwirbeln. Die Stille der Farm war unnatürlich und sogar das rasende Huhn war ruhig geworden.

»Mr. Wilcox und die anderen ... sie sind tot«, sagte Jorge, der nun nur noch drei Meter von Willard entfernt war. Der Mann schien nicht zu atmen und Jorge bekam wieder Angst. Wenn immer noch Leute an dem, was auch immer passiert war, sterben konnten, bedeutete das, dass auch Marina und Rosa in Gefahr waren.

Er wünschte sich plötzlich, wieder zurück im Haus zu sein.

Aber er musste es wissen.

Er kniete sich neben den Mann nieder und schnüffelte. Willard verbreitete nicht den süßen Geruch von Schnaps, auch wenn der Gestank seiner schmutzigen Kleidung und seines Körpers sehr intensiv war.

Jorge berührte die Schulter des Mannes. Er flüsterte: »Mr. White?«

Der Mann drehte sich plötzlich um und packte Jorges Handgelenk mit seinen knotigen, schwieligen Fingern. Jorge wollte sich mit einem Aufschrei lösen, aber Willard hielt ihn mit leidenschaftlicher Kraft fest. Seine großen Augen funkelten und die Pupillen füllten die Augenhöhlen fast völlig aus. Das übrige Weiß war von Rot durchzogen.

Willards Mund bewegte sich und Jorge sah ein großes Loch in einem der gelben Backenzähne. »Uh ... uh ...«

»Ja?«, fragte Jorge, der noch immer versuchte, seinen Arm zu befreien.

Willard keuchte und hob seinen anderen Arm aus den Tiefen des Heus. Er hielt einen Hammer in der Hand. Das Aufschlagen des Hammers auf den Bodendielen musste das Geräusch verursacht haben.

»Sie haben auch Angst«, stellte Jorge fest.

Nun lächelte Willard, obwohl sein verzogener Mund viel zu weit geöffnet war. »Uh ... uh ...«

»Ich helfe Ihnen auf«, sagte Jorge.

Willard schlug mit dem Hammer zu, während er Jorge an sich zog. Jorge konnte gerade noch ausweichen. Der Hammer traf seinen Oberarm und schickte einen dumpfen, eisigen Knoten durch seinen Körper.

»Mr. White?« Jorge wand sich, aber Willard hielt ihn weiter fest am Handgelenk gepackt. Sein fester Griff unterbrach den Blutkreislauf.

Willard grinste noch immer, aber es war keine Heiterkeit in seinen hell funkelnden Augen zu sehen. Der Mann blinzelte nicht und kleine Strohstückchen hingen an seinen Augäpfeln. Er hob den Hammer erneut, konnte aber nicht richtig ausholen, da er noch am Boden lag.

Der Hammer sauste an Jorges Kopf vorbei, nah genug, um ihn den Luftzug spüren zu lassen. Mit der freien Hand zog Jorge die Machete aus der Scheide. Willard holte gerade zu einem neuen Schlag aus, als Jorge zuschlug.

Willards Unterarm war nicht so zart wie die Setzlinge, die Jorge aus den Weihnachtsbaumfeldern jätete. Die Klinge der Machete spaltete das Fleisch und traf mit einem nassen, splitternden Geräusch auf den Knochen. Blut spritzte aus der Wunde und in Jorges Gesicht, aber Willard ließ nicht locker.

Am Schlimmsten war, dass Willard noch immer grinste, so als ob es sich bei dem Hieb um einen Scherz zwischen Kollegen handelte, die gerade die Zeit totschlugen. »Uh ... uh ...«, sagte er ohne Leidenschaft oder Schmerz in seiner Stimme.

Als Willard mit dem Hammer noch einmal ausholte, schlug Jorge verängstigt und heftig erneut zu. Diesmal gab der geborstene Knochen nach. Aus Willards Stummel spritzten dicke Blutströme im Rhythmus seines Herzschlags. Der grauhaarige Landarbeiter setzte sich auf und beobachtete den Vorgang mit unbeteiligter Neugier.

Jorge fiel nach hinten, da er nicht mehr von Willards Gewicht gehalten wurde. Sein Arm war schwer. Er fragte sich, ob er durch den Hammer verletzt worden war, doch als er hinunterblickte, sah er, dass Willards abgetrennte Hand noch immer sein Handgelenk umklammerte.

Entsetzt versuchte er, das amputierte Glied abzuschütteln. Es gab nicht nach. Jorge klemmte sich die blutige Machete unter die Achsel und begann, die Finger abzuziehen. Einer von ihnen zuckte und wand sich, als ob er ein Eigenleben führte.

Schließlich gelang es ihm, die Hand zu lösen. Sie schlug auf den harten Holzbohlen auf.

Als Jorge zur Tür rannte, warf er noch einen letzten Blick auf Willard White. Der Mann war aufgestanden und hatte wieder begonnen herumzutaumeln, so als ob Jorge nie hier gewesen wäre. Blut tropfte aus seiner zackigen Wunde, aber auf seinem Gesicht war keine Spur von Schock zu sehen. Er ließ den Hammer fallen, der das übliche *Rums* verursachte.

»Mr. White?«, fragte Jorge in der Hoffnung, das kleinste Anzeichen menschlicher Gefühle in dem unrasierten Gesicht zu entdecken.

Willard drehte sich zur Tür. »Uh ... uh ...«

Die spinnengleiche Hand zuckte noch immer. Jorge tat einen Schritt nach vorn und trat mit dem Fuß nach ihr. Sie rutschte über den Boden zu Willard, der sie hochnahm und ansah. Dann steckte er sie ans Ende seines Arms wie ein Kind, das versucht, eine kaputte Puppe zu reparieren.

Jorge knallte die Tür zu und ließ die Haspe an ihren Platz fallen, während er schwer atmete. Er fand etwas Draht und machte daraus eine Schlaufe, um die Haspe festzubinden. Willard White würde problemlos den Maschendraht von den Fenstern entfernen können, wenn er wollte, aber Jorge hatte keinen Funken übriggebliebener Intelligenz im Gesicht des Mannes sehen können.

Er eilte die Treppe hinab und fragte sich, ob er sein Hemd ausziehen sollte, damit Marina die Blutflecken nicht sehen würde. Ihm fiel keine überzeugende Lüge ein und er wusste immer noch nicht, was die Wahrheit war.

Alles was er wusste, war, dass er seine Frau und seine Tochter nicht allein lassen wollte, wenn solche Menschen wie Willard White existierten.

Wenn er überhaupt noch ein Mensch ist ...

Im Haus gab es Waffen und Munition und auch wenn Jorge nicht wusste, was passiert war, konnte er seine Familie verteidigen. Er hielt die Machete gepackt, zu sehr außer sich, um sie wieder in die Scheide zu stecken.

Nach dem schattigen Halbdunkel der Scheune blendete ihn das Sonnenlicht. Er beschattete seine Augen und ging in Richtung Haus.

Nach einem einzigen Schritt hielt er inne.

Zwei Männer standen zwischen ihm und der Veranda. Ihre Gesichter waren so schlaff wie das von Willard, ihre Augen ausdruckslos, aber mit wütender Energie funkelnd.

KAPITEL 9

»*Hola*«, grüßte Jorge.

Der Mann links war wie einer von Mr. Wilcox' Freunden von der Bank gekleidet, auch wenn sein Anzug zerknittert war, die Ärmel zerfetzt waren und seine Krawatte auf eine Seite hing. Er war klein, fett und fast kahl. Seine Hände waren globig, mit teigigen, wurmgleichen Fingern. Ein Mann, der niemals mit den Händen gearbeitet hatte.

Der andere Mann stand bereits bei den Stufen zur Veranda. Trotz der Hitze hatte er einen braunen Overall an. Auf der Vorderseite befanden sich dunkle Flecken.

Blut?

Der Mann im Overall war groß und schlank, das Gesicht pockennarbig und voller Bartstoppeln. Mit seinem gegelten Haar, der grünen Baseballkappe und den buschigen Augenbrauen kam er Jorge bekannt vor. Er war sich sicher, dass der Mann nicht zu den Landarbeitern gehörte. Vielleicht arbeitete er als Bauarbeiter.

Die Männer ignorierten seinen Gruß. Jorge hob die Machete, die er neben seinem rechten Oberschenkel gehalten hatte. Er fragte sich, ob sie so raffiniert wie Willard White waren. Sie sahen nicht gefährlich aus, aber ihre Stille beunruhigte ihn.

Er zeigte mit der Machete auf den Bankier und deutete mit der Klinge dann zur Zufahrt als Signal, dass der Mann gehen sollte.

Kein Auto. Wie lang ist er schon hier?

Vielleicht war der Mann von der Stadt aus hergelaufen, aber dazu hätte er einen Tag benötigt. Jorge konnte sich nicht vorstellen, dass der fette Mann die ganze Kieszufahrt entlanglaufen könnte, von den zehn Meilen aus der Stadt ganz zu schweigen. Nicht in diesen modischen Lederschuhen.

»Du!«, befahl er dem Mann im Overall. »Weg da!«

Der Mann kehrte ihm den Rücken zu und begann, die Stufen hochzusteigen. Der Bankier blinzelte schließlich, die erste Bewegung in seinem Gesicht, seit Jorge aus der Scheune gekommen war.

Jorge stellte sich die kleine Marina im Haus vor und wie sich Rosa vor den Geräuschen draußen fürchten würde und nicht in der Lage wäre, es zu verbergen. »Stopp!«, knurrte er, nicht wagend zu schreien.

Der Mann im Overall beachtete ihn nicht und ging über die Veranda zur Eingangstür. Seine schweren Stiefel donnerten auf den Holzbrettern. Im Unterschied zu Willard bewegte sich der Mann zielgerichtet, auch wenn sein Gang ruckhaft und ungleichmäßig war.

Er versucht reinzugehen.

Obwohl er dem Bankier früher einmal fast so viel höflichen Respekt wie Mr. Wilcox entgegengebracht hätte, ignorierte Jorge ihn nun und rannte zur Veranda. Wenn er schnell genug war, würde der Mann im Overall die Tür nicht erreichen.

Aber als Jorge die Machete hob und sich darauf vorbereitete, die Stufen hochzustürmen, nahm er eine Bewegung zu seiner Linken war. Der Bankier näherte sich ihm mit einer Geschwindigkeit, die seinen Körperumfang Lügen strafte. Er rammte Jorge, legte seine Arme um ihn und riss ihn mit sich zu Boden. Die Machete flog Jorge aus der Hand.

Jorge drehte sich und versuchte, auf dem Rasen Halt zu bekommen. Der Bankier hatte ihn an einem Oberschenkel gepackt. Jorge trat nach hinten in die Schulter des Mannes. Das Gesicht des Mannes war vor Anstrengung gerötet. Er schien zu grinsen.

»*Blanco culito*«, murmelte Jorge, noch immer darum bemüht, nicht zu laut zu sprechen.

Das »weiße kleine Arschloch« hing an Jorge, während sein teures Sakko zerriss. Jorge trat erneut zu und versuchte, wie eine Spinne rückwärts zu krabbeln, aber der verrückte Angreifer hing noch immer an ihm.

Der Mann im Overall hatte die Tür erreicht und rüttelte am Knauf.

Während der Bankier ohne Zweifel unter dem litt, was auch Willard angesteckt hatte, agierte der Mann im Overall mit Absicht und Intelligenz. Jorge betrachtete ihn als den gefährlicheren der beiden, aber zuerst musste er mit dem Bankier fertig werden.

Jorge wandte einen Trick an, den er gelernt hatte, als er mit den Ebern rang. Mr. Wilcox hatte die nicht für die Zucht benötigten jungen männlichen Schweine kastrieren lassen. Jorge verabscheute das Blut und die Gewalt des Aktes, aber jetzt war er für die Erfahrung dankbar.

Behandle den Bankier wie ein Schwein.

Der Bankier hatte nicht die Kraft eines jungen Ebers. Jorge legte die Beine um die Brust des Mannes und drückte sie im Scherengriff zusammen. Der Bankier brüllte auf und schob sich nach oben, wodurch Jorges Rücken zerkratzt wurde, er sie beide aber der Machete näher brachte.

Der Mann im Overall hämmerte mit seiner Faust gegen die Eingangstür.

Wenn du Marina zum Weinen bringst, werd ich dich kastrieren.

Und dann erkannte Jorge ihn. Es war der Hufschmied, der sie einmal im Monat besuchte, die Hufe der Pferde ausschnitt und sie mit neuen Hufeisen beschlug. Während der Bankier im Haus gewesen war und wahrscheinlich im Arbeitszimmer Limonade oder braunen Schnaps getrunken hatte, hatte der Hufschmied kein Recht, Zutritt zu verlangen. Arbeiter betraten nie Mr. Wilcox' Haus.

Die Machete lag unerreichbare eineinhalb Meter entfernt und der Banker ließ nicht zu, dass sich Jorge in ihre Richtung bewegte. Jorge drückte seine Knie um den Mann noch stärker zusammen. Seine Oberschenkel zitterten vor Furcht, Wut und Erschöpfung.

Der Hufschmied donnerte mit beiden Fäusten an die Tür. Das Geräusch glich dem eines Pferdes, das über eine Holzbrücke galoppierte.

Jorge meinte, einen Schrei im Haus hören zu können.

Das muss Rosa sein. Marina ist die ruhigere. Marina würde niemals ihr Versprechen brechen, ein braves Mädchen zu sein.

Er war fast so wütend auf Rosa wie auf die beiden Männer. Marina würde eine Amerikanerin werden, nicht so sehr ihren Emotionen ausgeliefert.

Aber der Schrei spornte ihn an. Er packte den Kopf des Bankiers und knallte sein Gesicht in den Boden. Ein leises, überraschtes *Öhhhb* kam aus dem Mund des Mannes beim Aufprall. Er schien den Schmerz kaum zu spüren.

Der Kopf des Bankiers hob sich. Die trockenen Augen blickten durch Jorge hindurch und geradewegs in das Ödland des Jenseits.

Der rosafarbene Schädel des Mannes entfachte Jorges Wut. Der Bankier wurde zum Symbol all der Momente, an denen er mit dem Hut in den Händen hatte stehen müssen, all des Nickens und Schwitzens im Büro der Einwanderungsbehörde, all des Stirnrunzelns und des Grinsens im Laden, wenn er Besorgungen für die Farm machte. Der Bankier war teurer Bauchspeck in einer Welt, in der Jorge sich nur billigen gepökelten Rückenspeck leisten konnte.

Jorge schlug nach dem Mann und versetzte ihm einen Hieb gegen sein wulstiges Ohr. Er holte zu einem zweiten Schlag aus, aber der Bankier krabbelte vorwärts, als Jorges Beine sich lockerten.

Nun befand sich der Bankier auf ihm wie ein Liebhaber. Der Gestank moschusartigen Schweißes mischte sich mit einer Spur teuren Herrendufts. Jorge schlug erneut zu, aber der Schlag hatte keine Kraft. Er prallte von der Schulter des Mannes ab.

»Runter von mir!«, grunzte Jorge den Mann an.

Der Bankier bugsierte sich höher auf Jorges Brust. Seine Masse erschwerte es Jorge, ihn abzuwerfen. Dann wehte sein Atem in Jorges Gesicht. Er stank wie eine Stallbox.

Er lächelt. Als ob wir American Football spielen.

Jorge drehte seinen Hals, bis er den Hufschmied an der Tür sehen konnte. Der Mann hatte aufgehört, an die Tür zu pochen, und suchte nach etwas in der Schenkeltasche des Overalls. Dann brachte er eine Hufschneidezange zum Vorschein. Jorge versetzte dem Bankier einen Stoß, als der Hufschmied die Zange an das Türschloss anlegte und sie mit einem Metallkreischen zu drehen begann.

Der Bankier bewegte sich weiter nach oben, seine glänzende Stirn befand sich nun genau auf der Höhe von Jorges Kinn. Jorge musste gegen den Drang ankämpfen, in das rosafarbene Fleisch zu beißen.

Stattdessen nutzte er den Schwung, um sie beide noch ein Stück weiterzuschieben, bis seine Finger den Griff der Machete fanden.

Er wedelte mit der Klinge durch die Luft, da er keinen vernünftigen Schlag zustande brachte. Die Seite der Stahlklinge klatschte gegen den Rücken des Bankiers. Der Bankier verstand offenbar nicht, dass die Klinge ihn verletzen konnte, und ignorierte sie, während er sich weiter auf Jorge wand, als ob er ihn erdrücken wollte.

Jorge bekam beim zweiten Versuch mehr Schwung und die Klinge durchschnitt das modische Sakko und traf auf Fleisch. Blut spritzte aus der Wunde.

Auf dem Gesicht des Bankiers zeigte sich Verwirrung. Jorge schlug eine weitere Öffnung in den Rücken des Mannes.

Nun lockerte der Bankier seinen Griff genug, dass sich Jorge befreien und auf seine Knie drehen konnte, gerade rechtzeitig um zu sehen, wie der Hufschmied an der geöffneten Tür stand.

Er hat sie aufgebrochen–

Jorges Herz flatterte aus Furcht. Vom Adrenalin angefeuert raste er zur Veranda, während Blut von der Machetenklinge tropfte. Er war aus dem Gleichgewicht gebracht, die grelle Sonne blendete ihn und das Knarren der Türangeln schien so laut wie der Schrei eines Tiers.

Er würde es nicht rechtzeitig schaffen. Der Hufschmied

betrat das Haus, das schlimme Werkzeug baumelte an seiner Seite.

Jorge wartete auf Rosas Schrei. Er eilte die Stufen hoch und hob die Machete.

Aber bevor Jorge das Haus betreten konnte, dröhnte ein lautes *Ka-wumm* durch die Türöffnung. Als Jorge eintrat, hing der beißende Geruch von Pulverdampf in der Luft.

Der Hufschmied lag mit dem Kopf nach unten auf dem Boden, während sich ein blutroter Fleck auf seinem Rücken ausbreitete. Rosa stand bei der Küchenanrichte, die Schrotflinte in ihren mageren Armen.

Ein blauer Rachfaden stieg aus dem Lauf empor, als ob sie gerade Toastbrot angebrannt und nicht einen Menschen erschossen hätte.

Keinen Menschen. Ein Ding. Ein Schwein.

»Marina?«, fragte er sie.

»In der Kammer.«

Wo sich die Waffen befanden. Jorge stellte sich vor, wie Rosa Marina dort hineingedrängt und sich die Flinte geschnappt hatte. Vielleicht kannte er seine Frau nicht wirklich.

»Wer ist er?«, fragte Rosa.

»Der Hufschmied.«

»Er ist tot?«

Jorge stupste die Leiche mit seinem Stiefel an. Sie lag wie ein Sack verrotteter Kartoffeln. »*Sí.*«

»Wer sind diese Leute?«

»Etwas hat sich verändert.« Jorge legte die blutige Machete auf die Arbeitsplatte aus Granit, ging durch die Küche und öffnete die Tür zur Speisekammer. Marina saß zusammengekrümmt auf einer Kartonschachtel mit Wein. Sie hatte die Hände auf den Ohren, ihr Haar hing ihr über das Gesicht.

Er kniete nieder und wischte ihr das Haar aus dem Gesicht, bis sie ihn anblickte.

»Ist der böse Mann weg?«, fragte sie. Ihre Stimme zitterte

nicht und war auch nicht weinerlich, nur vorsichtig, wie jemand, der etwas Schlimmes angestellt hat, aber nicht genau weiß, was.

»Ja, *tomatilla,* er ist weg.«

»Es ist nicht wie im Fernsehen, oder? Wo der böse Mann zurückkommt, nachdem man gedacht hat, dass er weg ist?«

Jorge nahm sie in den Arm und blickte zurück in die Küche. Er konnte die Füße des Hufschmieds sehen. »Nein, das hier ist kein Fernsehen.«

Aber er hatte den Bankier vergessen. Jorge hatte ihm zwar mehrere kräftige Hiebe mit der Machete versetzt, aber sie hatten wahrscheinlich nicht ausgereicht, um ihn zu töten. »Warte hier einen Moment, okay? *Un momento.*«

Er war ins Schlingern geraden und sprach Spanisch. Marina würde nie eine Amerikanerin werden, wenn er sich nicht beherrschte. Sie nickte und schenkte ihm ein müdes Lächeln. Er griff hinter sie und nahm das Jagdgewehr mit dem großen Zielfernrohr. Er wusste nicht, was für ein Kaliber es war, aber die Patrone, die er in die Kammer gesteckt hatte, war fast so dick wie sein kleiner Finger.

Ja, lächle der Gefahr ins Auge und du wirst hierher passen. Denn Amerika ist ein gefährliches Land.

Er schloss die Tür zur Speisekammer. Rosa wartete mit der Flinte im Arm. Ihre Augen waren groß und feucht vor Angst, aber ihr Kiefer verkündete Entschlossenheit.

»Ist der andere tot?«, fragte sie leise, damit Marina sie nicht hören konnte, obwohl es immer noch so schien, als ob der Knall der Flinte von den Küchenfliesen widerhallte.

»Ich muss nachsehen.«

»Ich hab durch das Fenster geschaut. Und als er auf die Veranda kam–«

»Du hast das Richtige getan. Bleib hier, während ich nach dem anderen sehe.«

»Werden wir Probleme bekommen? Weil wir diese weißen Männer getötet haben?«

Jorge sagte ihr nichts von Willard. »Ich weiß nicht, wer uns

Probleme machen könnte. Mr. Wilcox ist tot. Wer würde die Polizei rufen?«

»Das Telefon funktioniert nicht.«

Jorge stellte sich an das große Fenster und teilte den weißen Vorhang mit der Spitze des Gewehrlaufs. Der Bankier befand sich auf allen Vieren und krabbelte von der Veranda weg. Sein Sakko war zerfetzt und seine Krawatte schleifte im Dreck. Jorge fragte sich, ob er den Mann erschießen sollte. Hatte der Mann Schmerzen oder hatte er keine Empfindungen mehr? Die Wut, die Jorge gespürt hatte, als sich seine Familie in Gefahr befand, löste sich auf und ließ ihn müde und verwirrt zurück.

»Was werden wir nun tun?«, fragte Rosa hinter ihm.

»Wir könnten hierbleiben«, sagte er, unzufrieden mit seiner Unentschlossenheit. Er war immer das Familienoberhaupt gewesen. Und nun war seine Frau die Beschützerin, eine Killerin, während er einen Mann davonkrabbeln ließ, der ihn angegriffen und seine Familie bedroht hatte.

»Was ist, wenn es noch mehr gibt? Mr. Wilcox hatte viele Freunde.«

»Er hatte keine Freunde. Er hatte Leute, die sein Geld wollten.«

Und jetzt haben wir alles, was einmal ihm gehörte.

Jorge sah auf den riesigen Fernseher, der an der Wand im Wohnzimmer angebracht war. Die Schatten der Äste draußen bewegten sich auf dem schwarzen Bildschirm hin und her. Die hohe Vitrine enthielt aus Holz geschnitzte Enten, Fische und Schildkröten sowie Elefanten aus Elfenbein, dessen Import laut Mr. Wilcox illegal war. Über dem Marmorkamin hing ein Gemälde, auf dem Schwarze mit Sicheln Weizen ernteten.

Im Obergeschoss hatte Jorge in der Kommode neben Mr. Wilcox' aufgedunsener und wächserner Leiche achttausend Dollar in einer Zigarrenkiste gefunden. Er hatte sich davor gefürchtet, das Geld zu nehmen, weil er sicher war, dass die Reichen einen Weg finden würden, Bargeld zurückzuverfolgen.

Alles, was Mr. Wilcox gehört hat, ist nun wertlos, außer diesen

Waffen und dem Essen in der Speisekammer.

Jorge blickte zu der kalt werdenden Leiche des Hufschmieds und der Blutlache um ihn, die schon zu gerinnen begonnen hatte.

Und den Pferden.

»Mach Marina fertig«, sagte Jorge.

»Fertig?«

»Pack ein paar Rucksäcke mit Essen, das wir unterwegs essen können.«

»Also bleiben wir nicht hier?«

»Es könnten noch mehr Leute kommen. Ich will nicht warten.«

Jorge fühlte eine Woge der Kraft, als er die Kontrolle über die Situation übernahm. Er war immer noch *masculino*. Er hielt das Gewehr schussbereit, auch als er die Machete in ihre Scheide schob. Nachdem er die Eingangstür hinter sich abgeschlossen hatte, prüfte er, wie weit der Bankier gekommen war. Der Mann hatte die Hälfte der Zufahrt hinter sich gebracht, während ihn Fliegen bereits in dichten schwarzen Wolken umkreisten.

Bald werden sich die Geier auf ihn stürzen.

Jorge blickte in den Himmel und fragte sich, ob sich seine Familie verändern würde, ob sie so werden würde wie *die*.

Aber derartige Sorgen machten ihn schwach und Marina und Rosa brauchten ihn stark. Außerdem hatte er das Gewehr. Er dachte noch einmal an Mr. Wilcox' Geld und all die unnützen Annehmlichkeiten im Leben seines Bosses. Jorge war nicht übermäßig religiös, trotz seiner katholischen Erziehung. Aber vielleicht würden die Sanftmütigen wirklich eines Tages das Erdreich besitzen.

Diese Erklärung war ebenso gut wie jede andere dafür, warum sie alle drei nicht von der Sonnenkrankheit in Mitleidenschaft gezogen worden waren.

Er ging zur Scheune, um die Pferde zu satteln.

KAPITEL 10

»Auf welcher Straße sind wir?«, fragte DeVontay, als er auf die zerknitterte Landkarte blickte.

Sie saßen im Schatten einer großen Eiche, darauf bedacht, den Giftsumach nicht zu berühren, der mit dem Ende des Sommers bereits eine feurig rote Farbe angenommen hatte. Der Junge war schnell ermüdet und hatte einmal nach seiner Mutter gefragt. Aber sie waren weitergegangen, um möglichst schnell die dicht besiedelten Gebiete zu verlassen, in denen Begegnungen mit Zapphirnen wahrscheinlicher waren.

»Auf der I-77«, antwortete Rachel und deutete auf die vierspurige Autobahn unter ihnen. Sie waren parallel zur Straße auf einer Böschung gegangen, auch wenn das Vorankommen dort wegen des Pflanzenwuchses schwieriger war. Rachel traute den Fahrzeugen nicht, vor allem, weil so viele von ihnen getönte Scheiben hatten. Auf dem Rücken der Böschung waren sie in der Lage, in beide Richtungen nach allem Ausschau zu halten, was sich bewegte.

DeVontay schielte durch die Baumkrone auf die aufsteigende Sonne. »In welche Richtung gehen wir?«

»Die Sonne geht im Osten auf«, sagte Rachel. »Das hab ich bei den Pfadfinderinnen gelernt.«

DeVontay machte ein finsteres Gesicht, wobei der Ausdruck wegen seinem Glasauge fast schon komisch war. »Hätte ich dich nur im Hotel gelassen.«

Der Junge verkrampfte und erschauderte neben Rachel. Sie warf DeVontay einen bösen Blick zu und schüttelte den Kopf.

Wir sind jetzt seine Eltern. Wir müssen so tun, als ob alles in Ordnung kommen wird, wie es richtige Eltern tun würden.

Ich habe bei Chelsea versagt, aber bei diesem Jungen wird mir das nicht passieren.

Das blonde Haar des Jungen und seine Sommersprossen ließen auf eine empfindliche Haut schließen, mit der er leicht einen Sonnenbrand bekommen würde. Bei ihrem morgendlichen Stopp in einem Mini-Markt hatte sie Sonnencreme für ihn gefunden und ihn dazu gebracht, eine Kappe der Carolina Panthers aufzusetzen. Sie hatte auch versucht, gesunde Nahrungsmittel einzupacken, darunter Apfelsaft, von dem sie hoffte, dass er noch nicht schlecht geworden war. DeVontay hatte die Landkarte genommen sowie ein paar Gasfeuerzeuge und einen halben Karton Reese's Peanut Butter Cups.

Rachel holte eine Flasche Wasser aus ihrem Rucksack und gab sie dem Jungen, der noch immer die nackte Puppe an seine Brust drückte. »Hier, Liebling, du bist bestimmt durstig.«

Der Junge schüttelte den Kopf. Er hatte den ganzen Tag über kaum gesprochen. Rachel fragte sich, ob er unter Schock stand. Sie hatte nicht viel über die Grundlagen des menschlichen Körpers gelernt, aber sie wusste, dass Leute an Schock starben, bevor sie die Gelegenheit hatten, an noch entsetzlicheren Dingen zugrunde zu gehen.

Sie stellte die Wasserflasche neben seine Turnschuhe und bot ihm einen Müsliriegel an. Er schüttelte den Kopf.

»Du musst die richtige Sprache sprechen«, sagte DeVontay. Er öffnete eine Packung Reese's und hielt dem Jungen eines der mit Erdnussbutter gefüllten Schokoladentörtchen hin. Dem Jungen lief sichtbar das Wasser im Mund zusammen und er leckte die Lippen.

»Greif zu.« Rachel schenkte ihm ein ermutigendes Lächeln, während sie hoffte, dass der Junge nicht nach ein paar Meilen wegen eines Zuckerschocks zusammenbrechen würde.

Der Junge ließ die Puppe in seinen Schoß fallen. Er nahm die Süßigkeit, die von der Hitze weich geworden war. Als er hineinbiss, verkündete DeVontay: »Schmilzt im Mund, nicht in der Hand.«

»Das ist M&Ms«, sagte Rachel.

»Na und. Gleiches Prinzip.«

»Nein, ist es nicht. M&Ms sind mit einer Zuckerglasur umhüllt, so dass anstatt schmieriger Schokolade künstliche Farbstoffe an den Fingern kleben bleiben.«

»Musst du aus allem eine Diskussion machen?«

»Nein, nur wenn du Unrecht hast. Oh, Moment mal. Du hast ja immer Unrecht.«

Die blauen Augen des Jungen wanderten zwischen ihnen hin und her. Er war ein Stück weit in die Welt zurückgekehrt, zurück aus der persönlichen Hölle im Inneren seines Kopfes.

»Hier«, sagte sie und nahm das andere Schokoladentörtchen. Sie hielt es in der Hand, bis die Schokolade zu schmelzen begann. Dann schob sie das Törtchen in ihren Mund. Es war so süß, dass ihre Zähne zu schmerzen begangen.

Sie zeigte beiden ihre Handfläche. »Seht ihr? Eine klebrige Pampe.«

»Das sieht aus wie Kacke«, sagte DeVontay.

Rachel tat so, als ob sie ihre Handfläche einer wissenschaftlichen Untersuchung unterziehen würde. »Hmm. Du hast Recht.«

Sie leckte ihre Handfläche ab, wobei sie darauf achtete, Schokolade auf ihren Lippen zu verschmieren. »Mmm. *Schmeckt* auch wie Kacke.«

DeVontay lachte und der Junge kicherte. »Bäh!«, sagte er mit dünner, begeisterter Stimme.

»He, guck dir das an!«, sagte DeVontay. Er drückte die Finger in die Haut unterhalb seines linken Auges, dann berührte er die Glaskugel und bewegte sie ein wenig, so dass es aussah, als ob sein Auge ganz nach links blicken würde.

Mann, lass den Jungen nicht ausflippen. Wir versuchen, ihn wieder in die Normalität zurückzuholen, nicht, ihm einzureden, dass du ein Zapphirn bist.

Aber der Junge schaute mit großer Aufmerksamkeit zu. DeVontay lächelte, dann hob er die Haut genau unterhalb seiner Augenbraue. Das Glasauge rollte auf seine Finger. Er hielt es hoch wie eine Murmel. »Ich seh dir in die Augen, Kleiner.«

»Darf ich es halten?«, fragte der Junge.

»Klar. Aber nur wenn ich die Puppe halten darf.«

Der Junge nickte und vollzog den Tausch. Es war das erste Mal seit sie ihn gerettet hatten, dass Rachel ihn ohne die Puppe sah. Sie beschloss, ihn ganz aus der Reserve zu locken. »Wie heißt du?«

»Stephen.«

»Das ist ein schöner Name.«

Der Junge zuckte mit den Schultern und konzentrierte sich auf das Glasauge. Er drehte es so, dass es das Licht einfing. »Wie hast du dein Auge verloren?«, fragte er DeVontay ernst.

»Hab Blödsinn gemacht. Wie Kids halt so sind.«

»Mama sagt, wenn man mit Stöcken spielt, wird man sich das Auge ausstechen.«

»Sie ist ziemlich klug«, sagte DeVontay.

Rachel bemerkte, dass DeVontay das Präsens benutzte. *Er hat einen guten Instinkt. Vielleicht hat er mehr soziale Erfahrung, als er zugibt.*

DeVontay streichelte das krause Haar der Puppe. »Wie heißt sie?«

»Miss Molly.«

»Ein hübscher Name.«, sagte Rachel.

»Tut es weh?«, fragte der Junge und gab DeVontay das Glasauge zurück.

»Nicht mehr. Man gewöhnt sich mit der Zeit daran. Aber es hat eine Weile gedauert.«

Rachel stellte fest, dass DeVontay weniger ungehobelt sprach und seine frühere Aggressivität verschwunden war. »Genau wie das hier – dieses *Danach* – etwas ist, an das wir uns alle gewöhnen müssen«, sagte sie zu Stephen.

Der Junge berührte den Schirm seiner Kappe. »Wie, dass es dieses Jahr kein Football geben wird?«

»Wahrscheinlich nicht«, sagte DeVontay. »Aber die Panthers taugen eh nichts. Die Philadelphia Eagles hätten sie gewaltig verprügelt.«

Während DeVontay sein Glasauge wieder an seinen Platz steckte, überblickte Rachel die Straße unter ihnen. *All diese Menschen verrotten in der Augusthitze.*

»Mama hat gesagt, dass sich nur die bösen Menschen verändert haben«, sagte Stephen.

»Viele Menschen sind gestorben, Stephen«, sagte Rachel. »Niemand ist perfekt, aber die meisten von uns sind gut.«

»Warum musste dann Mama sterben? Heißt das, dass sie böse war?«

DeVontay warf Rachel einen Blick zu, der besagte: »Auf dieses Eis wage ich mich nicht.« Er gab Stephen die Puppe zurück, der sie sofort an seine Brust drückte. Offenbar fiel er in seinen fast schon katatonischen Zustand zurück. Rachel wusste, dass das vielleicht ihre einzige Chance war, Kontakt zu dem Jungen zu bekommen.

»Deine Mama war nicht böse«, sagte sie. »Gott hat nur noch einen Engel im Himmel benötigt, damit alles vorbereitet werden kann, bis wir anderen dort ankommen.«

Scheiße. Vielleicht war das nicht der richtige Weg. Aber so etwas wurde in der Einführung in die psychologische Beratung nicht angesprochen.

»Und warum sind dann einige Menschen gestorben und andere laufen herum und sind gemein? Sind die nicht böse?«

»Das wissen wir nicht, Liebling. Deshalb müssen wir uns von allen anderen fernhalten, bis wir herausgefunden haben, was los ist.«

»Also sind wir für immer wir drei?«

»Wir werden andere finden, die so sind wie wir.«

»Andere gute Menschen?«

Rachel war sich nicht sicher, warum sie überlebt hatte. Sie hatte sich immer für etwas Besonderes gehalten, aber nicht auf überhebliche Weise. Von ihrer Kindheit an hatte sie immer das Gefühl gehabt, dass Gott sie aus einem bestimmten Grund geschaffen hatte, es nur eine Person wie sie auf der ganzen Welt gab und sie für ihr ganzes Leben lang Rachel sein sollte. Sie hatte das sogar schon gefühlt, bevor ihre Mutter sie in die katholische Kirche mitgenommen hatte oder ihr Vater mit seinen mürrischen Tiraden anfing, die sie erst nach Jahren als Atheismus erkannte.

Sie war sich nicht einmal sicher, ob sie jemals seinen Atheismus akzeptiert hatte, denn sie konnte eine Welt ohne Zweck und Ordnung nicht verstehen. Nach Chelseas Tod hatte ihr Vater jeden Anflug von Glauben aufgegeben und darauf bestanden, dass kein gnädiger Gott eine derartige Tragödie zulassen würde. Rachel fragte sich, wie ihr Vater diese Apokalypse auffassen würde.

»Ja«, sagte sie, als sie erkannte, dass die Stille zu lang geworden war, während die Vögel zwitscherten und die Blätter über ihnen sanft raschelten. »Andere gute Menschen.«

»Weißt du, wo sie sind?«

DeVontay, der sich wieder auf die Landkarte konzentriert hatte, um zu vermeiden, das er an der Diskussion teilnehmen musste, deutete nach Nordwesten und sagte: »Ja, kleiner Mann. In dieser Richtung sind sie.«

»Ist das Mi'sippi?«, fragte Stephen. »Mein Daddy ist in Mi'sippi.«

Rachel ertappte sich dabei, wie sie nickte. Durch kleine harmlose Lügen wurde sie nicht zur Sünderin, oder? »Ja, Mississippi liegt in dieser Richtung.«

»Ich hoffe, Daddy ist gut. Ich will nicht, dass er einer von den gemeinen Menschen ist.«

Stephens Augen wurden feucht und Rachel rutschte zu ihm, um ihn zu umarmen. Er ließ sich in ihre Arme fallen und sie tätschelte seinen Rücken. »Wenn er so einen Jungen wie dich hat, bin ich sicher, dass er gut ist. Wir werden ihn für dich finden.«

Sie stellte sich eine ältere, rundlichere Version von Stephen vor, eine aufgedunsene Leiche, die im Bett oder auf einem Bürgersteig lag, oder in einem Auto geröstet wurde. Dann sah sie ihn vor sich, wie er die Straße entlangtaumelte und nach etwas Ausschau hielt, das er angreifen konnte. Sie schüttelte die Vision ab.

Bitte, Gott, gib mir Kraft. Zeig mir deine Absicht und hilf mir, Teil deiner Ordnung zu sein. Auch wenn ich sie nicht verstehe.

DeVontay faltete die Landkarte so zusammen, dass sie zu einem großen Stück mit ungleichmäßigen Kanten wurde. Er schob sie gemeinsam mit dem übriggebliebenen Essen in seinen Rucksack. Dann zog er die Pistole heraus, darauf achtend, dass Stephen sie nicht sah. Schließlich sagte er: »Hey, wenn wir den ganzen Weg bis nach Mi'sippi gehen müssen, sollten wir besser aufbrechen.«

Rachel schob Stephens Haar aus seinem sommersprossigen Gesicht zurück und küsste seine Stirn. »Du bist ein guter Junge. Und ich glaube nicht, dass böse Menschen guten Menschen etwas antun können, oder?«

Er schüttelte verneinend den Kopf und stieß dabei mit dem Schirm seiner Mütze an ihre Backen. Sie lächelte und half ihm dabei aufzustehen. DeVontay hatte sich in den Schatten zurückbewegt, bis er sich hinter dem Baum befand. Er nickte mit dem Kopf Richtung Autobahn.

Rachel sah vier von ihnen. Sie gingen zwischen den liegengebliebenen Autos entlang. Ihre Kleidung sah nicht zerfetzt aus und sie bewegten sich nicht ruckweise, aber sie wusste, dass es Zapphirne waren. Irgendetwas an ihnen war anders. Vielleicht war es, weil sie in jedes Fahrzeug spähten, an dem sie vorbeikamen, als ob sie nach menschlichen Regungen suchten, denen sie für immer ein Ende bereiten konnten.

Sie waren etwa hundert Meter entfernt und es war unwahrscheinlich, dass sie irgendetwas auf der Böschung über der Autobahn wahrnehmen würden. Rachels Beobachtungen zufolge hatten Zapphirne eine reduzierte Wahrnehmung, so als ob sie nur Informationen verarbeiten konnten, die aus ihrer unmittelbaren Umgebung stammten. Vielleicht war ihre Konzentration auf Zerstörung so allumfassend, dass sie kein größeres Bewusstsein der Welt besaßen.

Vielleicht ist das die Definition von »böse«: reine selbstsüchtige Zerstörung.

»Ich möchte, dass du jetzt sehr still bist, Stephen«, sagte sie ruhig mit normaler Stimme. «Kannst du das für mich tun?«

Er öffnete den Mund, ertappte sich dabei und nickte. Er blickte zu DeVontay und sah die Pistole.

»Wir gehen jetzt nach Mississippi«, sagte sie.

»Ich werde brav sein«, flüsterte Stephen.

»Hier lang«, sagte DeVontay und deutete auf das Gestrüpp, das sich auf dem Rücken der Böschung befand. Rachel schob Stephen in DeVontays Richtung und nahm ihre Rucksäcke. Auf der Autobahn unter ihnen schlug eines der Zapphirne mit einer Eisenstange auf eine Motorhaube ein. Das brutale Geräusch zerstörte die idyllische Ruhe, die noch ein paar Augenblicke zuvor geherrscht hatte, und erinnerte Rachel daran, dass das Danach kein Paradies war.

Es war ein Land, in dem die Bösen unterwegs waren.

Als drei der vier Zapphirne hinter einem Sattelschlepper verschwanden, eilte Rachel zu DeVontay und Stephen in das Gebüsch. Unten zersplitterte Glas, gefolgt von einem seltsamen unmenschlichen Schrei, bei dem es sich um einen Ausdruck der Freude handeln konnte.

Sie eilten ohne zu sprechen dahin. DeVontay schlug mit dem Arm, der die Pistole hielt, die Zweige und das Gestrüpp zur Seite, Stephen war so tief gebeugt, dass der Schild seiner Kappe sein Gesicht verbarg, und Rachel blickte sich immer wieder um. Sie gingen immer noch fast parallel zur Autobahn, auch wenn sie den Abstand zu ihr vergrößert hatten. Die Kühle des Morgens war einer starken Hitze gewichen, die den Tau weggebrannt hatte. In der Luft lag die Aussicht auf einen Glutofen.

Nach zehn Minuten konnten sie die Geräusche der irren Zerstörungswut nicht mehr hören und DeVontay verlangsamte das Tempo. Er steckte die Pistole in seinen Gürtel und hob Stephen hoch. Er musste die dunklen Ringe der Erschöpfung unter den Augen des Jungen bemerkt haben.

»Ich weiß, dass du groß genug bist, um selbst zu gehen, aber ich möchte, dass du dich ausruhst, damit du mir Gute-Nacht-

Geschichten erzählen kannst«, sagte DeVontay.

»Wirst du die bösen Menschen erschießen?«, fragte Stephen, der die Puppe zwischen sich und DeVontay gebettet hatte. Es musste unangenehm für DeVontay sein, aber er sagte nichts.

»Keine bösen Menschen können dir was antun, solange wir bei dir sind. Okay, kleiner Mann?«

»Okay.«

Rachel nahm Stephens Rucksack an sich, um DeVontays Last zu verringern. Dabei fiel die Puppe zu Boden und Stephen jammerte alarmiert. Sie sammelte die Puppe schnell auf, bevor er zu schreien begann und die Zapphirne vielleicht so auf sie aufmerksam machte. Sie setzten ihren Weg durch die Büsche fort. Das Gestrüpp war dünner geworden und ermöglichte ihnen manchmal einen Blick auf die mit Fahrzeugen übersäte Autobahn.

Nach ein paar Minuten war Stephen eingeschlafen und DeVontay ging langsamer, um das Auf und Ab seines Ganges zu verringern.

»Hast du das auch gesehen?«, fragte Rachel.

»Ich fürchte, ja. Aber sag's mir trotzdem, damit es nicht nur meine Einbildung ist.«

»Die Zapphirne waren als Gruppe unterwegs. Das haben sie zuvor noch nie gemacht.«

»Vielleicht war es ein Zufall. Sie haben sich irgendwo getroffen und gesagt: ›Ey, Alter, was geht? Sollen wir die Sau rauslassen?‹«

»Auf jeden Fall gefällt es mir nicht.«

»Mir gefällt hier gar nichts. Es war schlimm genug ohne diesen abgefuckten Ganggemetzel-Scheiß.«

Er war wieder in seine Rolle des Straßenkids zurückverfallen. Sie nahm ihm das nicht übel. Vielleicht war es ein nützlicher Überlebensmechanismus, und sie konnten wahrscheinlich jeden dieser Mechanismen gebrauchen.

»Du warst sehr gut«, sagte sie. »Mit Stephen.«

»Dann bin ich zur Abwechslung halt mal einer von den

Guten«, antwortete er. »Aber gewöhn dich besser nicht daran.«

KAPITEL 11

Campbell träumte von Gina Bellinari, dem ersten Mädchen, das er jemals geküsst hatte. In seinem Traum befanden sie sich hinter der Tribüne des Football-Stadions der Idlewild Highschool. Es musste ein Schultag sein, denn er konnte die Kinder auf den Trainingsplätzen rennen und lachen hören. Gina meinte, dass man sie vermissen würde und sie es sich nicht leisten konnte, noch einmal zum Direktor geschickt zu werden. Aber Campbell kannte ihren Ruf und dachte sich, dass dieser eine Kuss dafür ziemlich wenig war. Doch als er wieder zur Tat schreiten wollte, seine Lippen gestülpt, als ob er ein saures Gummiwürmchen in seinen Mund saugen wollte, trat sie ihm hart gegen das Schienbein.

»Uhh«, sagte er, wohl wissend, wie uncool er aussah. Und uncool brachte es nicht, weil Gina unter all den Hetero-Jungs der Schule ihre Wahl treffen konnte, mal abgesehen von den Künstlern und den dämlichen Mitgliedern der Schulband, die wahrscheinlich bis ans Ende ihrer Collegezeit Jungfrauen bleiben würden.

»Wir rücken aus«, sagte Gina, aber ihre Stimme war schroff, barsch und männlich. Und sie sah gar nicht glücklich aus, geküsst zu werden.

Campbell öffnete die Augen und sah, dass Arnoff in einen Tarnoverall gekleidet über ihm stand. Die Begegnung mit Gina war einem Reserveoffiziers-Ausbildungsprogramm-Alptraum gewichen, mit all den Trotteln mit kantigem Kinn, die an der Highschool ihre Fahnen in sein Gesicht schwenkten und herumstolzierten, während Ausdrücke wie »Pflicht« und »Ehre« aus ihnen heraussprudelten. Aber das hier war kein Highschool-Möchtegern, es war ein erwachsener Mann, auch wenn seine Backen so leuchtend rosa rasiert waren wie die eines Teenagers.

Dann erinnerte sich Campbell an das Lager und die Sonneneruptionen und die Welt mit ihren sechs Milliarden Toten. Und sein Rücken schmerzte, weil er auf dem Boden geschlafen hatte. »Scheiße«, stöhnte er.

»Ja, die gleiche wie gestern«, sagte Arnoff und ging zum Feuer, wo der Professor mit einer angeschwärzten Kaffeekanne hantierte.

Campbell schob die dicke Decke zurück und wurde vom Gestank seiner zerknitterten Kleidung überfallen. Er hatte sich nicht umgezogen, seit sie Chapel Hill verlassen hatten, und er hatte sich nur einmal gewaschen, indem er halbherzig seine Achselhöhlen mit Bachwasser befeuchtet hatte. Wenn ihn die Zapphirne nicht schnappten, würden es irgendwann fleischfressende Pilze tun.

Er blickte zu Pamelas Zelt hinüber. Donnie half ihr gerade dabei, es abzubauen. Donnie war schmächtig und hatte schlechte Zähne, wie ein Ex-Knacki, den man der Möglichkeit vernünftiger Körperpflege beraubt hatte. Sein schwarzes, fettiges Haar war zurückgekämmt, er trug eine ärmellose Jeansjacke, aus der seine mit kruden Tätowierungen verzierten Arme zum Vorschein kamen. In der Highschool hätte Campbell ihn als Hinterwäldler bezeichnet, aber natürlich nur hinter seinem Rücken.

»Gib acht, dass du die Blätter rausschüttelst«, sagte Pamela zu Donnie. Zumindest hatte Pamela sich die Zeit genommen, ihre roten Locken durchzubürsten, und auch wenn sich Campbell nicht wirklich sicher war, sah es doch so aus, als ob sie Wimperntusche und Make-up-Grundierung aufgetragen hatte. Im Licht des Lagerfeuers hatte er sie auf Mitte Dreißig geschätzt, aber die harte Morgensonne fügte ihrem Gesicht ein Jahrzehnt hinzu.

»Ein bisschen Dreck hat noch niemandem geschadet.«, verkündete Donnie.

»Ich hab nicht gesagt, dass Dreck mir schaden würde, sondern nur, dass ich keine Blätter im Zelt will.«

»Es ist auch mein Zelt.«

»Du solltest dein Glück nicht herausfordern.«

»Ich fordere heraus, wen oder was ich will, wann auch immer.«

»Das reicht, Turteltäubchen«, bellte Arnoff. »Ich mache schnell einen Aufklärungsgang und will, dass jeder startklar ist, wenn ich zurückkomme.«

Starten? Womit? Fahrrädern? Eine tolle gepanzerte Einheit, die du da hast, Rambo.

Campbell krabbelte unter der Decke hervor und sah sich im Lager um. Bei Tageslicht wirkte es schäbiger als letzte Nacht. Schmutzige Kleidung hing von der durchhängenden Schnur, die zwischen zwei Bäume gespannt war. Ein paar Meter hinter dem Professor befand sich ein Haufen mit Dosen, Plastiktüten und Kaffeesatz. Pete lag in seine Decke gewickelt am Rand der Lichtung. Offenbar war er im Lauf der Nacht vom Feuer weggerollt.

Campbell stand auf und streckte sich, um die Steifheit abzuschütteln. Pamela blinkte mit einem Schmunzeln in seine Richtung und sagte: »Ist das das Beste, was die Generation Y anzubieten hat?«

Donnie macht ein finsteres Gesicht und ließ sich die Gelegenheit zu einem Seitenhieb nicht entgehen: »Überflüssiger Ballast. Zur Hölle, ich weiß nicht, was in Arnoff gefahren ist.«

»Er will dich nerven, Donnie. Und vielleicht einfach nur dein Leben retten.«

Campbell nickte dem Professor zu, der all seine Aufmerksamkeit darauf verwendete, unter den widrigsten Umständen die perfekte Tasse Kaffee zu kreieren, ganz so, als sei die Apokalypse nur ein Chemielabor im Rohzustand. Der bebrillte Mann sah so aus, als ob er die ganze Nacht damit zugebracht hätte, in die Flammen zu starren. Unter normalen Umständen hätte sich Campbell nie im Leben mit dieser Gesellschaft eingelassen. Aber normal war zu einer fernen Erinnerung geworden.

Zwei Wochen? Es sind noch nicht einmal zwei Wochen?

Während Donnie und Pamela ihr Zelt in eine Nylontasche zwängten, weckte Campbell Pete, dessen Schlafstelle von einem halben Dutzend zerknüllter Bierdosen umgeben war. Pete blinzelte mit trüben Augen und sagte: »Würg. Ich muss zum Zapphirn geworden sein. Ich fühle mich so, als ob jemand meinen Schädel wie ein Ei aufgeschlagen und sein großes prickelndes Geschäft hineingemacht hätte.«

»Du hast keine Zeit, deinen Kater zu genießen. Sergeant Rock hat den Aufbruch befohlen.«

»Wir müssen nicht mit diesen Clowns zusammenbleiben. Wir haben uns allein auch ziemlich gut durchgeschlagen.«

»Wirklich? Deine Vorstellung von Plan A ist, dass wir uns von Bierlaster zu Bierlaster bewegen, bis wir in Milwaukee sind.«

Pete setzte sich auf und rieb sich die Krusten aus den Augen. Dann packte er seine Wollmütze und zog sie bis zu seinen Augenbrauen hinunter. »Mal langsam. Zumindest denke ich nicht, dass ich das Haus meiner Eltern aufsuchen und dort im Keller schlafen sollte, bis ich wieder auf die Beine komme.«

»Alter, das nennt man ›Hoffnung‹. Wenn die Kacke am Dampfen ist, hält man sich daran aufrecht.«

Pete blickte sich um, sah die durchnässte Pappschachtel mit dem Bier und angelte sich eine warme Dose daraus. Sie spritzte, als er sie öffnete. »Das ist das Einzige, woran ich mich festhalte.«

»Hey«, rief Pamela ihnen zu. »Kommt ihr Partytiger mit uns?«

»Je mehr, desto sicherer«, sagte Campbell zu Pete.

»Nicht mit denen. Guck dir den Professor an. Willst du dem dein Leben anvertrauen?«

Der Professor goss dunkle, dicke Flüssigkeit aus der Kaffeekanne in eine Blechtasse und blies auf sie. »Zumindest würde er nicht deine Leber essen, wenn ihr zusammen eingeschneit wärt«, sagte Campbell. »Und Sergeant Rock weiß, wie man mit einer Waffe umgehen muss. Im Gegensatz zu dir.«

»Ja klar. Und warum hat er uns dann unsere Waffen nicht zurückgegeben? Ich glaube nicht, dass das die richtige Zeit ist, sich als Kontrollfreak aufzuspielen. Weil sich die Scheiße da draußen nämlich jeglicher Kontrolle entzieht.«

Donnie schlenderte zu ihnen. Er hatte einen Rucksack, ein Gewehr und das verpackte Zelt auf den Schultern. »Also, wer von euch beiden ist das Muttersöhnchen?«

»Wie bitte?«, fragte Pete.

»Kommt schon, Typen wie ihr? Wollt ihr mich für blöd verkaufen? Fehlt nur noch, dass ihr Händchen haltet. Ich brauche ein Muttersöhnchen, das dieses Zelt für mich trägt.«

»Verpiss dich«, sagte Pete, der immer noch mit der Decke um sich herumgeschlungen auf dem Boden saß.

Mit der Wildheit eines Bärenmarders ließ Donny den Zeltpacksack von seiner Schulter rutschen und warf ihn auf Pete. Der Sack schleuderte das Bier aus Petes Hand und drückte ihm die Luft aus den Lungen.

Pete erhob sich und schwankte für einen kurzen Augenblick, noch immer benebelt von seinem Kater. Wut verzerrte sein Gesicht. Campbell musste ihn zurückhalten, aber Donnie zeigte sich nicht beeindruckt.

»Guck mal einer an, wie sich die süßen Jungs umarmen«, sagte Donnie und zeigte ein Grinsen aus schwarzen Zähnen. »Ist das nicht nett?«

»Hör auf damit, Donnie«, sagte Pamela. »Arnoff wird es nicht gefallen, dass du mit den Gästen herummachst, nach dem, was beim letzten Mal passiert ist.«

Beim letzten Mal? Campbell gefiel nicht, wie sich das anhörte.

»Hör zu, Donnie«, sagte Campbell, der es riskierte, den Typen beim Namen zu nennen, ohne zu wissen, wie er darauf reagieren würde. »Wir sind so ziemlich alles, was von der menschlichen Rasse übrig ist. Wenn wir anfangen, uns gegenseitig zu bekämpfen, sind wir nicht besser als die Zapphirne.«

»Auf die scheiß ich«, sagte Donnie. »Ich hab genug Kugeln, um mit ihnen allen fertigzuwerden.«

»Wir wissen nicht, wie viele von denen da draußen sind«,

warf der Professor ein. Er trank seinen Kaffee mit einer Seelenruhe, als ob er gerade mit dem örtlichen Barista Theorien austauschen würde. Es war das erste Mal, dass er an diesem Morgen mit irgendjemandem kommuniziert hatte. Vielleicht benötigte er Koffein, bevor er sich den Schrecken des modernen Lebens stellen konnte.

»Deshalb will Arnoff, dass wir zusammenhalten«, fügte Pamela hinzu.

»Arnoff dies und Arnoff das«, sagte Donnie. »Es ging uns auch so ziemlich gut, bevor du ihn zum König der Welt ernennen musstest.«

Die rauchige Luft wurde von der Explosion eines Schusses erschüttert.

Arnoff trat aus dem Gebüsch. »Gut, dass ich kein Zapphirn bin, sonst wärt ihr alle Schlachtfleisch.«

»Ruhig, Arnoff, du machst den Kindern Angst«, sagte Pamela.

»Sie sollen ruhig Angst haben. Warum habt ihr noch nicht fertig gepackt?«

Pete und Donnie starrten sich für einen Moment gegenseitig an, dann hob Donnie das Zelt vom Boden auf. Der Professor schüttete den Rest seines Kaffees ins Feuer und fragte: »Wie war der Aufklärungsgang?«

»Im Westen ist alles frei, also gehen wir dahin.«

»Gestern wolltest du noch nach Osten zur Küste gehen«, wunderte sich Donnie.

»Hab meine Meinung geändert. Menschen tun das von Zeit zu Zeit.«

»Und manchmal nimmt die Sonne ihnen die Entscheidung ab«, fügte der Professor hinzu.

»Was ist mit unseren Rädern?«, fragte Campbell. Er nahm an, dass Pete bei der Gruppe bleiben wollte. Er selbst auf jeden Fall, zumindest für den Augenblick.

»Wir bewegen uns als Einheit«, sagte Arnoff. »Aber es würde nicht schaden, ein paar frische Beine als Kundschafter zu haben.«

Donnie grinste. »Habt ihr das gehört, Schönlinge? Frische Beine.«

»Sei kein Arschloch, Donnie«, sagte Pamela und nahm ihren Rucksack auf die Schultern. Campbell fragte sich, ob sie eine Waffe in einer der ausgebeulten Taschen ihrer dünnen Baumwolljacke stecken hatte. Sogar der Professor hatte ein Gewehr, das in der Nähe seiner Ausrüstung an einem Baum lehnte.

»Bekommen wir jetzt unsere Waffen zurück?«, fragte Campbell Arnoff.

»Packt zusammen. Dann sehen wir weiter.«

Campbell half Pete dabei, die Decke zusammenzurollen. Als Pete nach einem frischen Bier greifen wollte, kickte Campbell die Pappschachtel davon. »Du wirst uns noch umbringen.«

»Wenn uns diese Widerlinge nicht vorher abknallen. Denkst du nicht, dass sie ein bisschen gestört sind?«

»Wir sind alle ein bisschen gestört. Wir mussten gerade der Apokalypse ins Auge sehen. Was erwartest du?«

»Ja, aber man sollte denken, dass sie zusammenhalten würden. Stattdessen zerfetzen sie sich gegenseitig.«

»Stress. Wir befinden uns in einem Kriegsgebiet.«

»Wir machen es ein, zwei Tage so, wie du willst. Aber wenn sie nichts Besseres anzubieten haben, werde ich mir mein Fahrrad schnappen und mich selbstständig machen.« Pete schulterte seinen Rucksack und begann, aus der Lichtung zu treten.

»Was zum Teufel machst du?«, rief Arnoff.

»Ich hol mein Fahrrad.«

Arnoff deutete mit seinem Gewehr in eine Richtung, die sich im rechten Winkel zu der befand, in die Pete gestartet war. »Vielleicht hilft es, wenn du in die richtige Richtung gehst.«

Pete winkte verschämt und verschwand zwischen den Bäumen, gefolgt von Campbell. Als sie zu der Stelle kamen, an der Arnoff das Zapphirn erschossen hatte, war die Leiche verschwunden. Nur niedergedrücktes Gras und ein rostig brauner Fleck waren geblieben.

»Was glaubst du, ist damit passiert?«, fragte Pete.

»Vielleicht hat es jemand begraben.«

»Im Ernst? Denkst du, Arnoff würde sich die Gelegenheit entgehen lassen, uns zum Grabschaufeln einzuteilen? Und warum sollte er sich überhaupt die Mühe machen? Sie wussten, dass sie das Lager verlassen und aufbrechen würden. Wen kümmert da schon eine Leiche mehr oder weniger?«

»Oder vielleicht war es nicht tot, sondern nur verwundet.«

Pete spähte in die sie umgebenden Bäume. »Das gefällt mir nicht.«

»Komm schon. Lass uns unsere Fahrräder holen, bevor die anderen uns einholen.«

Als sie aus den Bäumen traten und die steinige Böschung zur Leitplanke vor sich sahen, sagte Pete: »Zumindest scheint der Professor seine Sachen auf der Reihe zu haben. Vielleicht können wir was von ihm lernen.«

»Alles, was er hat, sind Theorien«, sagte Campbell.

»Mehr, als das, was wir haben.« Pete begann, die Böschung hochzuklettern, ging aber nur drei Meter weit, bevor er anhielt.

»Was ist los?«

»Riechst du das?«

»Ich rieche nichts außer deinem Körpergeruch.«

»Im Ernst. Rauch.«

»Das Lagerfeuer.«

»Nein. Es riecht nach Plastik und Müll und anderem Zeug, nicht nach Holz.«

»Vielleicht lässt sie der Professor ihren Abfall beseitigen. ›Hinterlasst keine Spuren‹ und sowas.«

Pete ging weiter. Als sie die Leitplanke erreichten, war Campbell außer Atem. Er wollte sich nicht ausmalen, wie sich Pete fühlen musste, wenn die Biere des gestrigen Abends aus seinen Poren flossen. Der Morgen war bereits schwül.

»Schau«, sagte Pete und deutete nach Osten.

Mehrere gewaltige Rauchsäulen stiegen in der Ferne empor

und flirrten in der Hitze. »Was zum Teufel ist das?«, fragte Campbell.

»Das müsste Greensboro sein«, sagte Arnoff.

Die beiden drehten sich überrascht um und sahen, wie Arnoff auf der Ladefläche eines Pickups stehend den Horizont mit seinem Feldstecher absuchte. Sie hatten ihn nicht kommen gehört.

Verdammt. Was ist, wenn er ein Zapphirn gewesen wäre?

»Was ist da los?«, fragte ihn Pete.

»Der Grund, weshalb ich beschlossen habe, dass wir nach Westen gehen. Sieht so aus, als ob die Städte den Zapphirnen gehören.«

»Was wollen Sie damit sagen?«, fragte Campbell, dessen Magen sich durch die neue Bedrohung zusammenzog. »Ich dachte, dass sie ziemlich hirnlose Killermaschinen sind.«

»Wie ich euch gesagt habe, sie verändern sich.« Arnoff ließ den Feldstecher sinken und setzte eine dunkle Fliegerbrille auf. »Und bis wir mehr darüber wissen, warum sie sich verändern und wozu sie werden, halten wir uns von ihnen fern.«

Die anderen hatten das untere Ende der Böschung erreicht und Donnie half Pamela dabei, den Halt nicht zu verlieren. Der Professor stieg mit der sturen Anmut einer Ziege empor und unterstrich so, dass er in relativ guter Verfassung war. Arnoff beobachtete Donnie wie ein Adler eine Maus beobachten würde.

»Also gut, Soldat«, sagte Arnoff zu Pete. »Willst du unsere Speerspitze sein?«

»Bin mir nicht sicher, was das heißen soll.«

»Nimm dein Zweirad und fahr etwa eine Meile die Autobahn entlang, bis auf die nächste Anhöhe. Wir werden in deine Richtung gehen. Wenn du irgendwelche Zapphirne siehst, kommst du zurück und warnst uns.«

»Ich hab eine bessere Idee. Warum geben Sie mir nicht meine Pistole zurück und wenn ich etwas sehe, schieße ich in die Luft.«

Nicht schlecht. Campbell war von der Cleverness seines Freundes beeindruckt.

Arnoff nickte kurz. »Guter Plan.«

Er langte in eine der Taschen seines Tarnoveralls und zog Petes Pistole hervor. Pete schob sein Fahrrad neben die Ladefläche des Pickups und nahm sie in Empfang. Campbell begann zu vermuten, dass Arnoff Gefallen an seiner Rolle als Autoritätsperson hatte, eine Rolle, die ihm nur das Ende der Welt hatte bescheren können.

Wir haben alle unser Schlimmstes entdeckt.

Nein, nicht »unser Schlimmstes«.

Weil das die Annahme enthielt, dass sich die Dinge bessern würden.

Während sich Arnoffs Truppe auf der Straße versammelte, schwang sich Pete auf sein Zehngangrad und fuhr zwischen den stehenden Fahrzeugen davon. Seine Gestalt wurde kleiner und kleiner. Dann machte er einen Schlenker um einen querstehenden Muldenkipper und war verschwunden.

KAPITEL 12

Jorge hatte Marina bereits einige Reitstunden erteilt gehabt, aber Rosa saß zum ersten Mal auf einem Pferd. Er verbrachte den größten Teil der ersten Stunde damit, sie zu beruhigen, weil er weder die Pferde noch Marina nervös machen wollte. Rosas Pferd, Tennessee Stud, war ein älterer, kräftiger Hengst, der zwar nicht sehr schnell war, dafür aber viel Ausdauer besaß. Alles, was sie tun musste, war die Zügel zu halten, und Stud würde den Rest erledigen.

Aber sogar das schien sie fast zu überfordern, während sie im Sattel hin und her rutschte.

»Folge nur seinen Bewegungen«, sagte Jorge. »Kämpf nicht gegen ihn an.«

»Ich kämpfe nicht gegen ihn«, antwortete Rosa.

»Schau nur, wie weiß deine Finger sind.«

»Vielleicht werde ich zu einer *Gringa*.«

»Nein, du packst nur zu fest zu.«

Jorges Pferd war eine feurige Stute namens Sadie, aber sie war folgsam und zugänglich. Sadies größtes Problem war, dass sie sich ihrer aufgestauten Energie entledigen und in einen Galopp ausbrechen wollte. Jorge spürte ihre Kraft unter sich wie eine Wagenladung Dynamit, die nur auf ein Streichholz wartete.

Marina ritt auf dem gescheckten Pony, das Mr. Wilcox gehalten hatte, damit seine Enkelkinder darauf reiten konnten. Jorge musste das Pony alle drei Monate satteln, damit ein paar der Kinder eine Runde um den hölzernen Pferch bei der Scheune drehen konnten, bevor sie losrannten, um sich Kuchen, Eis und Videogames zu widmen. Marina hatte mehr Talent für das Reiten als ihre Mutter und bewegte sich dem Gang des Ponys entsprechend vor und zurück.

Jorge führte sie auf einem der Holzabfuhrwege um die

Wilcox Farm entlang. Er hatte beschlossen, dass sie nach Osten gehen würden, vor allem, weil die Holzfäller ihre Weihnachtsbäume Richtung Süden verfrachtet hatten, zu den reichen Bewohnern von Raleigh, Charlotte und den Outer Banks Inseln, Gegenden, in denen die Leute keine Bäume kultivierten. Jorge wollte die Autobahnen vermeiden, weil er den *Gringos* zutraute, dass sie ihnen die Pferde stehlen würden.

Außerdem war er sich nicht sicher, was mit Willard und den anderen passiert war. Er wusste nicht, ob auch alle anderen Menschen funkeläugig und mordlüstern geworden waren. Er konnte seine Familie nicht solchen Ungewissheiten aussetzen.

»Was denkst du, was in Mexiko los ist?«, fragte Rosa.

Jorge wollte in der Anwesenheit von Marina nicht darüber reden. Doch bevor er antworten konnte, sagte Marina: »Musst du verrückte Menschen erschießen?«

»Es ist nicht richtig, Menschen zu erschießen«, erwiderte Jorge.

Das Gewehr, das er aus Mr. Wilcox' Haus mitgenommen hatte, steckte in einem Schlafsack, der am hinteren Ende seines Sattels befestigt war. Der Schaft guckte hervor. Seine Machete hing in ihrer Lederscheide an seinem Gürtel. Er war bereit, falls es nötig sein sollte. Aber bei Willard und dem Bankier war er nur in der Lage gewesen, sich zu wehren, nachdem er angegriffen worden war.

Rosa hatte Marina gerettet. Alles, was Jorge gemacht hatte, war ein Bettlaken über den toten Hufschmied in der Küche zu breiten.

»Wann können wir zurückgehen und meine Buntstifte holen?«, fragte Marina.

»Bald«, antwortete Jorge. »Wir müssen nur sicherstellen, dass alles in Ordnung ist.«

Rosa warf ihm einen besorgten Blick zu, während sie darum kämpfte, auf dem Rücken von Tennessee Stud ihr Gleichgewicht zu halten. »Wo führt dieser Weg hin?«

»Er trifft auf den Parkway.«

Der Blue Ridge Parkway war eine Aussichtsstraße durch den Nationalpark, hatte Mr. Wilcox Jorge erklärt. Amerika hatte einen Teil seiner schönsten Gegenden für die Menschen bestimmt, auch wenn Mr. Wilcox behauptete, dass die Regierung zu viel von den Menschen nahm. Der Parkway befand sich knapp hinter der Grenze zu North Carolina.

»Er wird vor allem von den Yankee-Touristen benutzt«, hatte Mr. Wilcox gesagt. »Aber der Rest von uns muss dafür zahlen.«

Sie ritten auf der Rückseite des Jefferson Peak hinab, wo sich ein dicht bewaldeter Abhang befand, der mit Granit übersät war. Seit der Wilcox Farm hatte sie etwa zehn Meilen zurückgelegt und Jorge hatte sich bereits den Hintern wundgeritten. Er konnte sich vorstellen, welche Schmerzen Rosa aufgrund ihrer steifen Haltung haben musste, aber Marina schien fast einzuschlafen.

»Marina?«, fragte er besorgt.

Bitte, Herr im Himmel, lass sie nicht krank werden.

Sie zuckte im Sattel zusammen und zog die Zügel zurück. Ihr Pony stoppte, ebenso wie die anderen beiden Pferde.

» *Sí, padre?*«, fragte sie.

Ihm missfiel, dass sie Spanisch sprach, aber er ging nicht darauf ein. »Geht's dir gut?«

»Ich bin ein bisschen müde.«

Rosa legte die Hand auf den Mund, aber in ihren Augen war Angst zu lesen. Jorge wusste weder, ob die Detoros krank geworden waren, bevor sie starben, noch ob die Sonnenkrankheit Willard und die anderen erwischt hatte, bevor sie mordgierig wurden.

»Lasst uns eine Pause einlegen.« Jorge glitt aus dem Sattel und band seine Stute an einen Baum. Dann half er Marina von ihrem Pferd. Rosa zögerte, weil ihr unbehaglich dabei war, ihr Gewicht einem der beiden Steigbügel anzuvertrauen.

Jorge ließ Rosa sich an seiner Schulter abstützen, um ihr das Absteigen zu erleichtern. Sie flüsterte: »Sie ist blass.«

Jorge war nicht dieser Meinung, aber es war schwierig dies im gesprenkelten Sonnenlicht zu entscheiden. Er war immer stolz darauf gewesen, dass Marina nicht so dunkelhäutig wie ihre Eltern war. Keiner der Ärzte in der Klinik hatte jemals Besorgnis über Marina zum Ausdruck gebracht, im Gegenteil, ihre Untersuchungen dauerten selten länger als fünf Minuten.

Die Wasserversorgung in Wilcox' Haus war durch eine Pumpe gewährleistet worden, die mit dem Stromausfall ihren Dienst aufgegeben hatte. Wasser hatte es nur in den Toiletten gegeben, abgesehen von einem Liter, der sich in einem Kochtopf auf dem Herd befunden hatte. Rosa hatte das Wasser vom Herd in ein Einmachglas abgefüllt, während Jorge mehrere Erfrischungsgetränke und eine Flasche Traubensaft eingepackt hatte, die er in der Speisekammer gefunden hatte.

Ein Rinnsal floss zwischen zwei rissigen Granitplatten dahin und Jorge beschloss, ihm zu trauen. Das Wasser in den Tälern würde verunreinigt sein, aber so hoch oben hatten nur wenige Leute Häuser oder Straßen gebaut und die Chemikalien, die sie auf die Weihnachtsbäume gesprüht hatten, würden nicht die vielen Meilen bis hierher gelangt sein.

Rosa prüfte Marinas Temperatur, indem sie ihr Handgelenk an die Stirn des Mädchens presste. Sie sagte nichts, aber sie schürzte die Lippen. Jorge brachte Wasser in einer Feldflasche, die er unter Mr. Wilcox' Campingausrüstung gefunden hatte, und ließ Marina trinken.

»Brauchen die Pferde kein Wasser, Daddy?«, fragte sie.

»Sie werden trinken, wenn wir an einen Bach kommen«, antwortete Jorge. »Wasser fließt überall auf diesem Berg.«

»Ich mag reiten«, sagte sie zu Rosa. »Darf ich das Pony behalten, wenn Mr. Wilcox nicht zurückkommt?«

»Wir werden sehen«, sagte Jorge. Marina wusste von den Leichen, aber sie hielt an der Geschichte fest, die sich Jorge ausgedacht hatte und gemäß der Mr. Wilcox mit den Detoros auf eine Landwirtschaftsmesse gefahren war.

»Wir behalten keine Dinge, die uns nicht gehören«, sagte Rosa. »Das bringt Unglück.«

»Wartet hier«, sagte Jorge. »Ich werde mich umsehen.«

Vor ihnen teilte sich der Weg. In einer Richtung ging es nach oben zum Gipfel, in der anderen langsam ins Tal hinab. Auf einem schmalen Stück mit steinigem Boden gab es nur wenige Bäume und Jorge kämpfte sich durch die Heidelbeersträucher und den Lorbeer. Dann öffnete sich über ihm der Himmel und er stand auf einem moosbewachsenen Felsvorsprung. Nach der bedrückenden Dichte des Waldes wurde ihm beinahe schwindelig.

Unter ihm zog sich das Band des Parkway dahin. Es wand sich um den Fuß des nächsten Berges und war nur in Teilstücken sichtbar. Er zählte drei Fahrzeuge, die auf der Straße standen, und ein Wohnmobil auf dem Seitenstreifen. Nichts bewegte sich.

Jorge war beruhigt, wie wenig Verkehr es auf der Straße gegeben hatte, da sie für den Geschäftsverkehr geschlossen gewesen war. Mr. Wilcox hatte oft darüber geschimpft, dass die Touristen den Parkway so benutzen konnten, wie sie wollten, die Laster mit den Weihnachtsbäumen aber einen Umweg von zwanzig Meilen fahren mussten, um auf die Autobahn zu gelangen. Es bestand zwar immer noch die Gefahr, dass sie auf andere funkeläugige Menschen trafen, aber sie würden leichter vorankommen, wenn sie sich an den Parkway hielten.

Spielt es eine Rolle, wie leicht die Reise ist, wenn man nicht weiß, wohin man geht?

Jorge vermutete, dass es noch eine halbe Stunde dauern würde, bis sie unten bei der Straße ankamen. Dadurch würden sie ausreichend Zeit haben, sich auf mögliche Begegnungen vorzubereiten. Er hatte widerwillig die Schrotflinte zurückgelassen, vor allem, weil Rosa sie transportieren hätte müssen und sie dann für Marina zu sehen gewesen wäre. Er fragte sich, ob der Stress dem kleinen Magen seiner Tochter zu schaffen machte.

Ihm gefiel diese Möglichkeit besser als die der Sonnenkrankheit.

Jorge ging durch das Gebüsch zurück, während er darüber nachdachte, wie sie Marina, wenn sie krank war, den Berg hinabbefördern würden, wie weit sie bis zum Sonnenuntergang kommen konnten und wo sie die Nacht verbringen würden.

Vielleicht können wir in dem Wohnmobil übernachten, wenn es darin keine–

Er wäre fast mit dem Mann zusammengestoßen, der am Rand des Weges stand. Jorge hatte ihn nicht gesehen, weil der Mann einen grünen Overall trug und die Kapuze fest um sein Gesicht zugezogen war. Eine Brille gab ihm das Aussehen eines Insekts und sein buschiger graumelierter Bart wogte unter einem Mundschutz aus Stoff hervor. Der Mann stand reglos, unbewaffnet und hatte seine Hände in Handschuhen.

Jorge blickte an dem Mann vorbei, um sich zu vergewissern, dass sich Marina und Rosa außer Sicht hinter der Biegung befanden. Er kam sich dumm vor, weil er das Gewehr nicht mitgenommen hatte. Er hatte Marina nicht beunruhigen wollen. Aber er hatte die Machete und er legte seine Hand um ihren Griff.

Der Mann schien unbewaffnet, aber seine Reglosigkeit war noch verstörender als es ein wütender Angriff gewesen wäre. Jorge erinnerte sich an das erregte Verhalten von Willard, dem Bankier und dem Hufschmied. Er hatte Gewalttätigkeit als Symptom der Sonnenkrankheit akzeptiert. Wenn dieser Mann die Krankheit hatte – und Jorge konnte es nicht beurteilen, weil die Augen verborgen waren –, dann wies die Krankheit nun vielleicht andere Symptome auf.

Nun musste er an Marina denken. Die Krankheit konnte sie verändern und seine Machtlosigkeit gegen diese Veränderung machte ihn wütend.

»Hallo«, sagte Jorge. Er nahm unbewusst eine leichte geduckte Haltung mit geöffneten Beinen ein, sich auf einen Kampf vorbereitend.

Der drei Meter von ihm entfernt stehende Mann mit den kalten, runden Augen reagierte nicht. Das Einzige, was sich bewegte, war der Mundschutz, der mit der Atmung des Mannes eingezogen und ausgeblasen wurde. Ein feuchtes Oval im Stoff verriet die Form seines Mundes.

Jorge wartete noch ein paar Sekunden, den Vögeln in den Bäumen, dem Rascheln der Lorbeerblätter und dem fernen Rauschen eines Baches lauschend, der vom Berg hinabstürzte.

Er zog die Machete.

Der Mann bewegte sich immer noch nicht.

Wenn er sonnenkrank wäre, hätte er mich bereits angegriffen.

Willard und der Bankier hatten keine Anzeichen dafür gegeben, dass sie wussten, worum es sich bei der Machete handelte. Deshalb hatten sie sich nicht vor ihr gefürchtet. Auch nachdem er sie verletzt hatte, hatten sie immer noch nicht versucht, ihrer scharfen Schneide auszuweichen. Vielleicht fühlten sie keinen Schmerz oder waren sich der Gefahr nicht bewusst. Oder vielleicht fürchteten sie sich einfach nicht vor dem Tod.

»Ich werde da entlang gehen«, sagte Jorge und deutete mit der Klinge auf den Weg hinter dem Mann.

Der Mann murmelte etwas, aber seine Worte wurden durch die Stoffmaske gedämpft.

Jorge trat einen Schritt nach vorne und ließ die Machete locker in seiner Hand baumeln. »Wir wissen, dass das nicht unser Land ist«, sagte er. »Deshalb gehen wir.«

Der Mann sprach erneut, lauter und deutlicher: »Haben Sie eine?«

»Entschuldigung?«

»Eine Greencard. Sind sie legal?«

Jorge glaubte nicht, dass der Mann an der Sonnenkrankheit litt, aber das bedeutete nicht, dass er ungefährlich war. »Ich bin mit einem Landwirtschaftsvisum in den Vereinigten Staaten, ja.«

»Wo arbeiten Sie?«

»Ich arbeite für Mr. Wilcox in Titusville.«

»Der Baumzüchter? Ist er noch am Leben?«

Jorge wusste nicht, wie viel er verraten sollte. Vielleicht wusste der Mann nichts von all den Toten. Vielleicht würde er Jorge wegen irgendetwas beschuldigen und Jorge wollte

Konfrontationen vermeiden. Das war der Grund, weshalb sie überhaupt den Pfad genommen hatten.

Er überlegte sich, ob er sich umdrehen und den Weg bergab flüchten sollte, weg von Rosa und Marina in der Hoffnung, dass der Mann ihn verfolgen würde. Aber er wusste nicht, welche Waffen der Mann in seinem Overall verborgen hielt. Er entschloss sich, die Wahrheit zu sagen.

»Mr. Wilcox ist tot. Ebenso wie fünf seiner Arbeiter und zwei seiner Freunde, die ihn besucht haben.«

Der Mann änderte seine Haltung nicht. Der Mundschutz bewegte sich vor und zurück, während er Jorges Aussage überdachte. »Sind Sie krank?«

Jorge schüttelte den Kopf. »Ich fühle mich nicht anders.«

»Sie halten die Machete, als ob Sie wüssten, wie man sie benutzt.«

»Ich beseitige das Unkraut auf der Weihnachtsbaumplantage.«

»Natürlich.«

Jorge blinzelte und versuchte, die Augen hinter der Brille des Mannes auszumachen. »Ich will nichts Böses.«

»Hab nicht erwartet, dass Sie was anderes sagen«, antwortete der Mann. Sein Akzent war ähnlich wie der der meisten Bergbewohner, mit langgezogenen Vokalen und manchmal schwer verständlich. Die Menschen hier sprachen nicht wie die *Gringos* im Fernsehen.

Jorge trat auf den Weg und machte einen weiten Bogen um den Mann. Eines der Pferde schnaubte und der Mann im Overall drehte sich um.

»Wie viele sind noch da hinten?«, fragte der Mann.

»Niemand. Nur mein Pferd.«

Zwei Pferde wieherten und entlarvten seine Lüge. Jorge ging weiter und ließ die Machete an seiner Hüfte baumeln, bis ihm der Mann in den Rücken rief: »An Ihrer Stelle würde ich stehenbleiben, wenn Sie nicht von einer Kugel gestoppt werden wollen.«

Wenn der Mann die Sonnenkrankheit hätte, würde er wahrscheinlich keinen Revolver gebrauchen oder in klaren Sätzen sprechen. Das bedeutete, dass er so war wie Jorge und seine Familie. Es bedeutete aber auch, dass er Angst hatte und verwirrt war, und deshalb gefährlich. Jorge konnte es nicht riskieren, loszurennen.

Er blickte dem Mann ins Gesicht, von den schwarzen Brillengläsern eingeschüchtert. In der behandschuhten Hand hielt der Mann eine kleine silberne Pistole. Wenn Jorge sich zum Angriff entschlösse, müsste er großes Glück haben, die Machete heben zu können, bevor der Mann ihn erschoss.

»Wir wollen nichts Böses«, sagte Jorge.

»Wir? Eine ganz neue Geschichte?«

»Bitte, *señor*. Meiner Tochter geht's nicht gut.«

»Ihrer Tochter?«

»Ja. Meine Frau ist bei ihr. Wir haben auf unserem Weg über den Berg eine Pause eingelegt. Wir sind unterwegs zum Parkway.«

»Ist Ihre Frau auch krank?«

»Nein, Sie verstehen nicht. Meine Tochter leidet nicht an der Sonnenkrankheit–«

»Sonnenkrankheit? So nennen Sie es? Haben Sie nichts von den Zapphirnen gehört?«

»Zapphirne? Nein, davon weiß ich nichts. Wir wissen nur, dass die Sonne die Menschen getötet hat.«

Jorge stellte überrascht fest, dass er den Tränen nahe war. *Sei stark. Rosa und Marina brauchen dich.*

Der Mann senkte die Pistole ein wenig, so dass sie nun auf Jorges Knie zeigte. »Ihre Tochter. Wie alt ist sie?«

»Neun.«

»Verdammt.« Der Mann steckte die Pistole in eine seiner Taschen. »Okay, gehen wir zu ihr.«

KAPITEL 13

Seitdem sie die Straße verlassen hatten, hatten sie etwa drei Meilen zurückgelegt. Stephen lag noch immer an DeVontays Schulter und schlief fest. Sie hatten sich nur ungern außer Sichtweite der Autobahn begeben, wollten aber auch nicht zu leicht zu entdecken sein. Über einen Hügel waren sie in ein Außenviertel gekommen, in dem reglose Autos in den Auffahrten standen und sich Bedrohungen hinter dunklen Fenstern verbargen.

Die Vorstadt am Rand von Charlotte sah mehr als verschlafen aus. Sie war tot.

»Bist du müde?«, fragte Rachel DeVontay.

»Es geht«, antwortete er, obwohl sie sich sicher war, dass seine Muskeln schmerzen mussten.

»Warum legen wir nicht eine kleine Pause ein?«

»Ich will noch mehr Abstand zwischen uns und diesen Zapphirnen bringen.«

»Ich denke, die sind selbstvergessen«, sagte Rachel. »Ich bezweifle, dass sie sehr an uns interessiert sind.«

»Oh doch, sie sind daran interessiert, uns den Schädel einzuschlagen. Du hast sie doch gesehen.«

Ein Schuss ertönte aus einem der Häuser vor ihnen. Glass zersplitterte und das Echo hallte durch das Tal. Stephen bewegte sich in DeVontays Armen, jammerte ein bisschen und zog seine Puppe näher an sein Gesicht, als DeVontay mit ihm in die Knie ging.

Rachel eilte zu einem schmutzig-weißen Lattenzaun und beobachtete die Straße. Zuerst nahm sie keinerlei Bewegung wahr. Dann sah sie einen Mann im Garten eines einstöckigen Backsteinhauses. Der Mann ging leicht in sich zusammengesackt und bewegte sich mit den typischen verwirrten Schritten zu dem zerstörten Fenster des Hauses hin.

Ein Zapphirn. Aber Zapphirne benutzen doch keine Schusswaffen.

»Was ist?«, zischte DeVontay leise hinter ihr.

»Schwierigkeiten.«

»Hab ich mir gedacht. Der Schuss war ein deutlicher Hinweis.«

»Kann sein, dass jemand in dem Backsteinhaus gefangen ist«, sagte sie, während sie etwas den Kopf hob, um zu sehen, ohne gesehen zu werden. »Ich sehe ein Zapphirn.«

»Was ist ein Zapphirn?«, fragte Stephen mit schläfriger Stimme.

»Nicht so wichtig, kleiner Mann«, sagte DeVontay.

»Ist das wie der Mann im Hotel, der an die Türen geschlagen hat?«

»Ungefähr so, ja.«

Das Zapphirn stolperte mit einem Werkzeug in der Hand zu dem zerstörten Fenster. Es sah wie ein Rechen mit einem abgebrochenen Griff aus. Das Zapphirn zog ihn hinter sich her wie ein kriegstraumatisierter Gärtner. Es war ungefähr Mitte Vierzig, übergewichtig, in Karohemd und Jeans gekleidet. Vor zwei Wochen hatte es wahrscheinlich an einem Grill gestanden und über die Reihenfolge der Werfer bei den Yankees gemault.

»Das ist keiner von den Guten«, bemerkte Stephen.

»Nein«, sagte Rachel, erfreut darüber, dass der Junge aus seiner Katatonie erwachte. »Wahrscheinlich nicht.«

»Wartet hier«, sagte DeVontay. »Ich gehe nachsehen.«

Rachel packte seinen Unterarm, als er sich erheben wollte, um hinter dem Haus zu verschwinden. »Willst du uns hier unbewaffnet und hilflos zurücklassen?«

DeVontay blickte sie an und schüttelte den Kopf. »Du und der Junge, ihr seid hier in Sicherheit. Du hast dich gut allein durchgeschlagen, bevor wir uns trafen, oder?«

Ja, aber damals musste ich mir nur um mich selbst Sorgen machen.

»Okay, aber brauch nicht so lang«, sagte sie.

DeVontay erweckte den Eindruck, als ob er ihr die Pistole

geben, das Wort aber nicht vor Stephen aussprechen wollte. Rachel schickte ihn mit einer Handbewegung davon, während sie beobachtete, wie der Zapphirn-Gärtner durch das zerbrochene Panoramafenster kletterte. DeVontay schlich an einer Azaleenhecke entlang und war außer Sicht, als Rachel die anderen Zapphirne bemerkte.

Zwei Zapphirne kamen hintereinander aus der offenen Garage. Bei dem einen handelte es sich um eine ältere Frau in einem mit Blumen gemusterten Hauskleid. Ihr flaumiges weißes Haar wehte im Wind. An ihrem rechten Fuß trug sie einen flauschigen rosafarbenen Hausschuh, ihr linker Fuß war nackt und mit dicken blauen Venen übersät. Sie schlurfte wie eine Alzheimerkranke, die aus dem Pflegeheim ausgebüchst war.

Das andere Zapphirn war ein junger Mann mit femininem Haarschnitt und dünnen Armen. Er ähnelte dem Popstar Justin Bieber, hatte aber ein weniger markantes Kinn. Rachel gab ihnen die Spitznamen Miss Daisy und Bieb. Dadurch wurden sie irgendwie weniger bedrohlich.

»Werden sie DeVontay schnappen?«, fragte Stephen, der die Puppe unter seinem Kinn in den Armen hielt.

»Nein, DeVontay ist klug.«

»Werden sie *uns* schnappen?«

»Nein, uns werden sie auch nicht kriegen.«

»Falls doch, werden sie unsere Gedärme fressen wie im Fernsehen?«

»Nein, diese Dinger essen keine Menschen.«

Obwohl ich mich für den Bieb nicht verbürgen kann. Er sabbert ein bisschen.

»Wird DeVontay erschossen werden?«, fragte Stephen.

»Er wird sich versteckt halten, bis er herausgefunden hat, was los ist. Aber wahrscheinlich ist ein guter Mensch in dem Haus gefangen und nur gute Menschen schießen mit Pistolen.«

»Ich dachte, Pistolen sind böse.«

»Pistolen sind gefährlich, aber manchmal braucht man sie. Und Zapphirne schießen nicht ... Ich meine ...«

»Was ist ein Zapphirn?«

Rachel spähte wieder über den Lattenzaun. Miss Daisy schwankte und ging für jeden Schritt, den sie nach vorne tat, zwei Schritte nach links. Bieb hatte sie überholt, steuerte auf das zerstörte Fenster zu und musste dabei über eine Leiche steigen. Rachel überlegte sich, ob sie die Gefahr eingehen sollte, Stephen wieder in einen Schockzustand zu versetzen, wenn sie ihn aufklärte.

Er muss die Regeln des Danach lernen. Pistolen sind jetzt gut. Und Zapphirne böse.

Sie bearbeitete eine Zaunlatte so lange, bis sie locker war. Dann zog sie sie zur Seite, um eine Lücke zu schaffen. »Schau selbst.«

Stephen führte den Kopf an die Lücke und hielt die Puppe so, dass sie auch einen Blick erhaschen konnte. »Siehst du das, Miss Molly? So sehen böse Menschen aus.«

Glas zersplitterte und jemand schrie im Haus. Es war eine Männerstimme. »Raus da!«

Dann hörte Rachel DeVontay rufen: »Hey Mann, ich bin hier, um zu helfen–«

Ein Schuss dröhnte durch das Haus und ließ die Fenster erzittern. Rachels Herz krampfte sich in ihrer Brust wie eine Faust um Stacheldraht zusammen.

DeVontay?

Sie schämte sich dafür, dass ihr erster Gedanke ein egoistischer war, und zwar, dass sie sich nun auf sich allein gestellt um Stephen kümmern müsste. Sie schüttelte den Gedanken ab und überlegte, ob sie zum Haus rennen sollte. Bieb kletterte gerade durch das Panoramafenster. Er strampelte mit den Beinen, während er versuchte, seinen Körper in das Haus zu ziehen.

Rachel blickte sich um. Auf dem Nachbargrundstück gab es einen kleinen Geräteschuppen, dessen Tür offen stand. »Komm«, sagte sie und griff nach Stephens Hand. Sie zog ihn durch die Forsythienhecke zu dem Häuschen.

»Ich hab Angst«, sagte Stephen und Rachel erkannte, dass er zu der Puppe sprach, nicht zu ihr.

Sie überquerten den geschützt liegenden Rasen, während Rachel hoffte, dass durch den Tumult im Haus keine weiteren Zapphirne angezogen wurden. Nach dem sie sich vergewissert hatte, dass der Schuppen leer war, warf sie ihren Rucksack hinein. Im Schuppen befanden sich Gartengeräte und andere Werkzeuge, eine Leiter, eine Schubkarre sowie Kisten mit Kabeln, Steckdosen und Metallbeschlägen. In Regalen befanden sich Farbdosen, Säcke mit Blumenerde und Pflanzenschutzmitteln sowie Plastiksäcke mit Unkrautvernichtungsmitteln. Im Licht, das durch ein verschmiertes Fenster fiel, sah Rachel etwas, das nützlich sein konnte.

Sie griff nach der Dose mit Anti-Ameisen-Spray und drückte sie Stephen in die Hand. »Wenn jemand reinkommt, spritz das in seine Augen. Okay?«

»Lässt du mich hier allein?«

»Nur für eine Sekunde. Aber ich werde die Tür absperren.«

»Wirst du zurückkommen?« Stephen blickte sich unruhig um und verglich vielleicht den Schuppen mit dem Hotelzimmer, in dem er mit der Leiche seiner Mutter festgesteckt hatte.

Rachel kniete sich vor ihn hin, packte seine Schultern und sah ihm direkt ins Gesicht. »Glaubst du an Gott, Stephen?«

Er nickte. »Mama und ich sind in die Kirche gegangen.«

»Gott wird dich beschützen. Wenn du betest, wirst du nicht allein sein.«

»Aber Gott hat die Zapphirne geschaffen, oder?«

»Gott schafft alles.«

»Warum? Warum macht er nicht nur gute Menschen?«

»Ich komme gleich zurück. Ich verspreche es.«

Rachel nahm die Wand in Augenschein. Der Vorschlaghammer war viel zu schwer und die Hacke war durch ihren langen Stil unhandlich. Eine kaputte Gartenschere war an die Werkbank gelehnt, eine Schneide wie der rostige Schnabel eines Adlers gebogen.

Könnte ich jemandem in den Schädel stechen, wenn ich müsste?

Sie waren keine Menschen mehr, nicht mehr. Aber konnte sie sich dessen sicher sein? Hatten Zapphirne Seelen? Und auch wenn sie keine hatten, was gab ihr das Recht, sie zu töten?

Sie schloss die Tür, während sie Stephens besorgtes Hundewelpengesicht anlächelte. Sie ließ ihn ungern allein, aber solange sie nicht wusste, was mit DeVontay passiert war, durfte sie nichts tun, was sie beide in Gefahr bringen konnte.

Als sie wieder den Zaun erreichte, war Bieb verschwunden. Wahrscheinlich war er nun im Haus. Miss Daisy vollführte weiterhin ihren speziellen Texas-Twostepp und knallte mit der schmalen Schulter gegen die Fliegengittertür, als ob sie eine vage Erinnerung daran hätte, wozu Türen gut waren, aber die richtige Richtung nicht kannte.

Rachel erinnerte sich an das Gruppenverhalten der Zapphirne auf der Autobahn und prüfte die Straße, ob es weitere von ihnen gab. Aber entweder hatten keine anderen auf den Lärm reagiert oder es gab keine mehr von ihnen in der Gegend. Sie beschloss, hinter das Haus zu gehen und DeVontay zu folgen.

Sie ballte die Hände so sehr zu Fäusten, dass ihre Finger schmerzten, und schlich am Zaun entlang, bis sie den Hof hinter dem Haus erreicht hatte. Eine Schaukel und ein Sandkasten waren dort von Plastikspielzeug in leuchtenden Farben umgeben. Zwei Mülltonnen lagen umgestürzt neben dem Zaun. Rachel fragte sich, ob die Kinder tot im Haus waren, vielleicht mit dem Kopf auf dem Esstisch oder zu Bett gebracht mit Gebeten und Gute-Nacht-Geschichten.

Sie kam zu einem aufgeklinkten Gatter, durch das DeVontay wahrscheinlich gegangen war, und schlüpfte in den Hof. Vier Holzstufen führten zu einer mit Fliegengitter geschützten Veranda und sie konnte nicht durch das Gitternetz sehen. Sie lauschte für einen Augenblick, aber alles was sie hören konnte, war ein dumpfes Poltern, für das wahrscheinlich Miss Daisy verantwortlich war.

Rachel zögerte und stellte sich Stephen in dem düsteren Gartenschuppen vor, aber die Vorstellung wurde durch das flüchtige Bild davon, wie er auf dem Boden in einer Blutlache lag, abgelöst.

Wütend auf sich selbst und nicht bereit, sich ihre Furcht einzugestehen, rannte sie über den Hof und die Treppe hoch. Sie riss die Verandatür auf und stürmte hinein, obwohl sie sich ein bisschen lächerlich vorkam, weil sie unbewaffnet war. Vor ihr lag die Küche, die Tür war offen. Sie trat ins Haus und konnte für einen Augenblick das Chaos registrieren – das Abendessen, das gerade zubereitet wurde, gehackte Zwiebeln auf einem Schneidebrett, Spaghetti, die am Herd klebten –, als eine Hand sie packte.

KAPITEL 14

Sie waren etwa zwei Meilen auf der Autobahn gegangen, mit Arnoff als Feldwebel, der die Truppe vorantrieb, als sie Petes Fahrrad fanden.

Es lag auf dem Asphalt, ohne jede Spur von Petes Rucksack. Das Fahrrad sah zwischen den Fahrzeugen wie ein natürlicher Teil der Umgebung aus. Es war ebenso verlassen und vergessen wie sie. Campbell lehnte sein eigenes Rad, das er seit dem Morgen geschoben hatte, an einen blauen Nissan. Er blickte durch das Fenster auf der Fahrerseite und sah einen grauhaarigen Mann mit zurückgelegtem Kopf und offen stehendem Mund. Im Tod hatte sich seine Zahnprothese gelöst und lag nun auf seiner geschwollenen Unterlippe.

»Es gibt keine Anzeichen für Gewalt«, sagte Arnoff.

»Du hättest ihn nicht vorausschicken dürfen«, sagte Pamela. Sie fächerte sich mit einem Tuch Luft zu. Der Schweiß ließ ihr Make-up zerlaufen.

»Jemand musste die Aufklärungsarbeit übernehmen.«

»Wir hätten zusammenbleiben sollen.«

»Sei still, Pamela«, sagte Donnie. Er steckte sich ein Stück Kautabak in den Mund, kaute kurz darauf und schob es dann mit der Zunge in seine Backe.

»Vielleicht hat er sein Fahrrad zurückgelassen und ist zu Fuß weitergegangen«, sagte der Professor.

»Nein, dafür ist Pete zu faul«, sagte Campbell. »Wenn er Probleme mit dem Fahrrad gehabt hätte, hätte er sich auf die Ladefläche dieses Pickups gesetzt und gewartet.«

»Ich sehe kein Blut«, bemerkte Donnie. »Also wurde er wahrscheinlich nicht von einem Zapper angegriffen.«

Arnoff hob das Fahrrad auf und ließ es auf den Boden aufprallen. »In den Reifen ist Luft und es sieht so aus, als ob damit alles in Ordnung wäre.«

Donnie ging ein paar Meter weiter. Sein Gewehr hing über seiner Schulter. »Auf der Straße ist nichts.«

Campbell legte die Hände um seinen Mund und rief: »Pete!«

»Halt dein verdammtes Maul«, bellte Arnoff. »Willst du jedes Zapphirn in der Gegend auf uns aufmerksam machen?«

»Er ist mein Freund.«

»Und es sieht so aus, als ob dein Freund losgerannt ist und dich zurückgelassen hat. Vielleicht dachte er, dass er allein bessere Chancen hat.«

»In diesem Fall haben Sie einen strategischen Fehler begangen«, sagte der Professor. »Denn wenn Sie ihn als Bauernopfer losgeschickt haben, haben Sie Kapital verloren, ohne dafür etwas bekommen zu haben.«

»Was meinen sie mit ›Bauernopfer‹?«, fragte Campbell.

»Ein Kanarienvogel in der Kohlengrube«, sagte der Professor. »Ein Lockvogel. Ein Köder.«

»Er war ein Späher«, sagte Arnoff. »Er kannte das Risiko.«

»Sie sind alle verrückt«, sagte Campbell. »Das hier ist kein Kriegsfilm oder eine Partie Schach. Er ist einer der Überlebenden. Er ist einer von *uns*.«

»Reiß dich zusammen, Soldat«, sagte Arnoff. »Vielleicht sitzt dein Freund da oben in den Bäumen und schlummert im Schatten. Wie Donnie gesagt hat, es sieht nicht so aus, als ob ihn die Zapphirne angegriffen hätten. Außerdem hätte er sich in einem dieser Autos in Sicherheit bringen können, wenn er gedacht hätte, in Gefahr zu sein.«

Campbell hämmerte mit der Faust gegen die Seite des Nissans. Der Körper im Auto bewegte sich ein bisschen und die Prothese fiel der Leiche in den Schoß.

»Tu dir nicht weh, Kleiner«, sagte Pamela und rollte die Augen in Richtung Arnoff. »Vielleicht brauchst du die Faust noch.«

Donnie öffnete die Hecktür eines Kleintransporters und Gestank zog über sie hinweg wie eine massive Welle. Ein

Geschwader Fliegen mit grünen Flügeln, die im Sonnenschein schillerten, kam herausgeflogen. Campbell verbarg sein Gesicht in seiner Ellenbogenbeuge und benutzte den Ärmel seines Hemds als Filter. Es nützte nicht viel.

Er ging nicht nahe genug hin, um zu zählen, aber mindestens ein halbes Dutzend Leichen seines Alters türmte sich im hinteren Teil des Transporters. Sie mochten einen Ausflug gemacht haben. Das Gesicht eines der Mädchen war ihm zugewandt und obwohl ihr Fleisch fleckig und verdorben war, konnte er sehen, dass sie einmal hübsch gewesen war. Ihr dünnes blondes Haar hatte seinen Glanz noch nicht verloren.

Was für eine verdammte Verschwendung.

Donnie griff in den Haufen durcheinanderliegender Körper und zog eine lilafarbene Bong hervor. »Sieht so aus, als ob diese Hippies eine Drogenparty gefeiert haben«, sagte er, dem Gestank gegenüber standhaft bleibend. »Tippe, sie wussten nicht, dass ihre Gehirne bald gratis durchgeschmort werden würden.«

»Mach da drin nicht herum«, sagte Arnoff. »Du kannst dir Krankheiten holen.«

»Unwahrscheinlich«, sagte der Professor. »Wenn die Körper ansteckende Krankheiten beherbergt haben, sind die wahrscheinlich mit ihnen gestorben. Manche Erreger wie HIV können bis zu zwei Wochen überleben, aber dann braucht man immer noch die direkte Übertragung von Körperflüssigkeiten. Choleraausbrüche nach Naturkatastrophen werden normalerweise durch verseuchtes Wasser verursacht. Die größte Gefahr für uns ist Gastroenteritis.«

»Sie meinen Dünnschiss?«, fragte Donnie, der die Bong an seinen Hosenbeinen abwischte und nachsah, ob sich im Kopf noch Marihuana befand.

»Trotzdem würde ich das nicht in den Mund nehmen«, fügte der Professor hinzu.

»Donnie nimmt alles in seinen Mund«, sagte Pamela.

»Ja, und ich habe eine Menge von *dir*–«

»Halt's Maul.« Arnoff trat zu Donnie und schlug die Bong

aus seinen Händen. »Solange etwas nicht unmittelbar fürs Überleben notwendig ist, ist es tabu. Wir schleppen sowieso schon genug Ballast mit uns herum.«

Campbell gefiel die Art und Weise nicht, wie Donnie und Arnoff ihn anblickten. »Ich weiß sowieso nicht, warum Sie Pete und mich überhaupt aufgenommen haben. Wir haben uns allein auch ganz gut durchgeschlagen. Und wenn wir zusammengeblieben wären, wäre er vielleicht noch am Leben.«

Sobald die Worte aus seinem Mund gekommen waren, erkannte Campbell, dass es das war, was er gedacht hatte: Pete war tot. Aber er glaubte es nicht wirklich. Trotz des allgegenwärtigen Todes schien Pete wie eine Konstante zu sein, um die sich der Irrsinn der Welt drehte. Städte konnten brennen, Berge zu Schlackehaufen schmelzen, alle Bäume konnten verdorren, aber Pete würde herumsitzen, blöd grinsen und warmes Bier trinken.

Campbell nahm sein Fahrrad vom Nissan und stieg auf, während er es anschob. Er schlingerte und wäre beinahe gegen die offen Hecktür des Kleintransporters geknallt. Donnie tat einen Satz nach hinten, um nicht von der Lenkstange des Fahrrads erfasst zu werden. Campbell gewann sein Gleichgewicht wieder und trat in die Pedale.

»Was zum Teufel machst du?«, rief Arnoff hinter ihm her, aber Campbell konzentrierte sich darauf, sein Rad durch die herumstehenden Fahrzeuge zu manövrieren – hier ein Muldenkipper, dort ein Geländewagen mit aufgeblasenen Airbags, dann ein umgekipptes Motorrad, dessen in Leder gekleideter Fahrer in der Hitze verrottete. Er erwartete fast, einen Schuss zu hören – *Arnoff ist nicht so durchgeknallt, oder?* – und erkannte dann, dass er wahrscheinlich tot sein würde, bevor das Geräusch sein Ohr erreichte.

Campbell beschleunigte das Tempo, um Geschwindigkeit für den nächsten Anstieg aufzunehmen. Er hörte, wie Arnoffs kleiner Trupp hinter ihm diskutierte, unterbrochen von Pamelas kühlem weiblichen Lachen.

Wenn die Gesellschaft zugrunde geht, werden wir alle zu Soziopaten. Tippe, das war abzusehen.

Er erreichte schnaufend den Gipfel des Anstiegs und fühlte einen Krampf im rechten Oberschenkel. Sein Rucksack schien das Gewicht verdoppelt zu haben, obwohl er nur etwa fünf Liter Wasser in Flaschen, eine Decke und ein paar Konservendosen enthielt. Er wusste nicht, wie weit er fahren würde, aber er war dankbar für jede Minute, die er nicht mehr bei der Gruppe war. Bald würde er umdrehen und zurückfahren. Die Ironie des Umstands, dass er zu Arnoffs neuem Kundschafter geworden war, ließ ihn mürrisch werden.

Vor ihm zog sich die Autobahn in zwei Bändern gesprenkelten Graus mit den üblichen Anhäufungen von gestrandeten Fahrzeugen dahin. Ein Sattelschlepper lag auf der Seite, die Kabine hatte sich mit einem zerdrückten Minivan vereinigt. Campbell bestaunte das Chaos und die Katastrophen, die er verpasst hatte, als die Sonneneruption die Welt für immer veränderte. Für ihn selbst war der Augenblick der Veränderung davon geprägt gewesen, dass der Bildschirm seines Fernsehers schwarz geworden war. Zur gleichen Zeit war dem Rest der Welt auf brutale und dauerhafte Weise der Stecker herausgezogen worden.

Etwa zweihundert Meter entfernt zu seiner Linken markierte eine gigantische Narbe zwischen den Bäumen die Stelle, an der ein Passagierflugzeug bruchgelandet war. Stücke von zackigem Metall lagen in der rohen Erde verstreut und ein verbogener Flügel stand wie eine riesige Sonnenuhr in den Himmel. Die Spitze des Flugzeugs und ein großer Teil des Rumpfs hatten sich durch eine Reihe von Häusern gebohrt und durchhängende Dächer und zersplitterte Hausverkleidungen zurückgelassen. Farbflecken waren hier und dort in den Trümmern verteilt.

Gepäck. Und Menschen.

Campbell rollte den Hügel hinab, die Handbremsen betätigend, während er sich durch die Autos, Laster und Minivans schlängelte. Auf diesem Teilstück befanden sich die

Fahrzeuge in einer geordneten Linie, mit ein paar Auffahrunfällen, so als ob der Verkehr im Schritttempo gefahren wäre, als der große elektromagnetische Radiergummi ihre Motoren ausgelöscht hatte. Der Gestank von verrottenden Leichen hing in der Luft. Die Verwesung wurde durch den Treibhauseffekt der Fenster beschleunigt. Campbell versuchte, möglichst nicht in die Fahrzeuge zu blicken, aber seine Neugier brachte ihn hin und wieder dazu.

Einerseits war es die Hoffnung, dass er einen Überlebenden sehen würde, verletzt und unfähig, sich allein aus dem Auto zu befreien. Andererseits bemühte er sich, das ganze Ausmaß der Apokalypse zu erfassen.

Wenn der Professor Recht hat und es sich um ein weltweites Phänomen handelt, bin ich einer der letzten Menschen auf der Erde.

Und was zum Teufel hab ich getan, um das zu verdienen? Warum gehe ich aufrecht und atme, während diese arme alte Dame mit den blauen Haaren am Steuer des BMW als Madenfutter dient?

Er umkurvte einen Ersatzreifen, der auf der Straße lag, und fuhr noch langsamer. Werkzeug, Kleidung und Ölkannen waren auf dem Asphalt verstreut und die Kofferräume mehrerer Autos standen offen. Die Hecktüren eines Brot-Lieferwagens waren aufgerissen, Plastikgestelle mit verschimmeltem Brot hingen aus der Öffnung. Ein Haufen Amseln erhob sich von ihrer Beute. Das Schlagen ihrer Flügel war das einzige Geräusch, wo eigentlich Gedränge zur Hauptverkehrszeit herrschen sollte.

Eine Männerleiche hing aus der Fahrertür eines Toyotas. Die Beifahrertür war ebenfalls geöffnet und ein paar Meter vom Auto entfernt lag eine Frau tot auf dem Asphalt.

Jemand hat diese Leichen bewegt.

Campbell hielt sein Fahrrad an, stieg ab und blickte auf die Autos in der Nähe. Bei etwa einem Dutzend standen die Türen offen und die Leichen in ihnen waren offenbar aus ihren ursprünglichen Stellungen gebracht worden. Meistens waren die Opfer auf der Stelle gestorben, dort zusammengebrochen, wo sie sich gerade befanden. Viele der Fahrzeuge waren zusammengestoßen, wenngleich der Verlust der Antriebskraft den Schaden verringert hatte. Ein Fahrer mochte über dem Lenkrad zusammengebrochen oder in seinen Sitz zurückgefallen sein, aber diese Leichen waren achtlos aus dem Weg geräumt worden, um ... *was?*

Ein Überlebender – oder eine Gruppe von Überlebenden – konnte die Fahrzeuge nach Nahrungsmitteln und Ausrüstungsgegenständen durchsucht haben. Das ergab Sinn. Campbell hatte das auch getan, wobei er allerdings keine Leichen berührt hatte. Wer auch immer diese Suche durchgeführt hatte, war respektlos gewesen, fast schon obszön. Sein Unbehagen wurde bestätigt, als er eine junge Frau sah, deren Bluse aufgerissen worden war und deren blasse Brüste nun der Sonne ausgesetzt waren.

Zapphirne?

Nein, die Zapphirne, die er getroffen hatte, würden sich nicht mit Schändungen aufhalten, weil sie lebende Wesen zerstören wollten. Für ein Zapphirn bestand kein Unterschied zwischen einer Leiche und einem Baum oder einem Auto. Das waren Unannehmlichkeiten und Hindernisse, nichts weiter. Nur ein Mensch – ein Mensch, der nicht von den verheerenden Sonneneruptionen beeinträchtigt war – hätte in einem derartigen Verhalten schwelgen können.

Eiseskälte stieg Campbells Rücken empor, obwohl die Morgensonnen nun hoch und heiß am Augusthimmel stand. Er stieg auf sein Fahrrad und wollte gerade zu Arnoffs Truppe zurückfahren, als er einen blauen Rucksack auf dem Asphalt neben einem leeren Kindersitz erblickte. Pete hatte genau so einen Rucksack gehabt.

Campbell rannte zu dem Rucksack und öffnete den Reißverschluss der kleinen Vordertasche. Er fasste in die Tasche und zog einen zerschmolzenen Snickers-Riegel hervor. Der Rucksack stank nach Bier und Schokolade und Schweiß. Es war der von Pete, kein Zweifel.

Warum hat er seinen Rucksack hier hingeworfen?

Aber vielleicht hatte nicht Pete seinen Rucksack auf den Asphalt geworfen. Vielleicht hatte jemand ihm diese Arbeit abgenommen.

KAPITEL 15

Rachel war sich nicht sicher, ob sie in Ohnmacht gefallen oder bewusstlos geschlagen worden war.

Die ersten Spuren des Graus brachten keine Schmerzen, nur Verwirrung. Sie erinnerte sich, dass sie das Haus betreten hatte, um nach DeVontay zu suchen–

Stephen. Wie lange bin ich schon hier? Wo auch immer ich bin.

Sie rieb sich die Augen und erkannte dann, dass ihr Sehvermögen nicht wirklich beeinträchtigt war. Die Fenster waren mit Laken bedeckt, so dass fast kein Licht in den Raum fiel. Sie saß auf einem harten Holzstuhl. Um sie herum standen dunkle Formen in unbestimmten Abständen.

»Sind Sie eine von uns?«, fragte ein Mann.

Rachel drehte den Kopf in seine Richtung. Sie war sich nicht sicher, ob er sie angesprochen hatte. Er stand in der Nähe des Fensters, so dass sie seine Silhouette ausmachen konnte. Er war groß und breitschultrig und schien abwechselnd aus dem Fenster und zu ihr zu blicken.

»Wer ist ›uns‹?«, gab Rachel zurück. Sie versuchte aufzustehen und musste feststellen, dass sie festgebunden war. Das ergab keinen Sinn, da sie keine Stricke fühlen konnte. Sie bewegte die Hände. Sie waren so taub, dass Rachel kaum spüren konnte, wo sie aufhörten.

Ich muss schon eine Weile hier gesessen sein. Echt nett, diese Leute.

»Wenn Sie eine von uns sind, wissen Sie, was wir sind«, sagte der Mann.

Sie gab ihm den Spitznamen »Captain«, auch wenn sie sich ziemlich sicher war, dass er kein Zapphirn war. Sie starrte die Umrisse der anderen an. Sie konnte vier sehen, vielleicht standen noch mehr hinter ihr. Mindestens zwei von ihnen schienen Gewehre zu haben.

Keiner sah wie DeVontay aus.

»Wir haben einen Schuss gehört«, sagte sie. »Wir dachten, dass vielleicht jemand Hilfe braucht.«

»Wir?«

»DeVontay und ich.«

»Der Dunkle«, sagte der Mann.

Der Dunkle? Nun, es könnte schlimmer sein. Er könnte das N-Wort verwenden.

Sie erhob ihre Stimme: »Bist du hier, DeVontay?«

Ein gedampftes Stöhnen kam von irgendwo aus dem Haus. Der Captain entfernte sich von seinem Posten am Fenster und ging durch das Zimmer. Das zusätzliche Licht ließ die Kanten und Formen klarer werden. Rachel konnte einen Computer sehen, in dessen schwarzem Bildschirm sich das trübe Rechteck des Fensters spiegelte. Lose Blätter waren um ihn herum aufgestapelt. Ungeordnete Regale waren mit Büchern, Gesellschaftsspielen und Keramikkatzen vollgestopft. Ein Heimtrainer stand in der Ecke, von seinem Lenker hing eine Windjacke.

Rachel drehte den Kopf, während sie sich bemühte, die Blutzirkulation in ihren Fingern wieder in Gang zu bringen. Obwohl sie sie nicht sehen konnte, fühlte sie, dass noch mehr Menschen hinter ihr standen. Die Luft in dem Zimmer war abgestanden, Körpergeruch vermischte sich mit Staub. Jemand roch nach Tabak und das Ganze war vom süßlichen Gestank der Verwesung unterlegt, das neue Grundaroma des Planeten.

Eine Hand packte ihre Schulter, nicht fest genug, um ihr weh zu tun, aber auch nicht sanft. »Sie wissen, was los ist, oder?«, fragte der Captain.

Sie schüttelte den Kopf. »Wir wollten nur helfen. Wir sahen, wie die Zapphirne zu dem Haus gingen–«

»Zapphirne?«

»Ja. Die Verrückten. Diejenigen, die sich durch die Sonnenstürme verändert haben.«

»Wir haben uns alle verändert.«

Dagegen konnte sie kein Argument anbringen und sie hatte auch nicht das Gefühl, dass der Captain in der Stimmung war, mit ihr Argumente auszutauschen. »Ja, aber das sind diejenigen, die versuchen, uns den Schädel einzuschlagen.«

»Sie haben vielleicht festgestellt, dass wir – das heißt, wenn Sie eine von uns sind – nicht viel anders sind. Aus moralischer Sicht könnte man sagen, dass unsere Sünde größer ist, weil wir uns unserer gewalttätigen Handlungen bewusst sind.«

Scheiße. Der Typ hat ein bisschen zu lang in der Sonne gestanden.

»Sie wissen schon, dass Sie einer Frau eine Vorlesung über Moral halten, die Sie an einen Stuhl gefesselt haben, oder?«

»Soll ich sie knebeln?«, fragte eine der schemenhaften Gestalten zu ihrer Linken. »Wie den anderen?«

Also ist DeVontay am Leben.

»Nein«, sagte der Captain. »Wir müssen herausfinden, ob sie willig ist.«

Willig? Diese Typen sind keine Vergewaltiger, sonst hätten sie ihren Spaß gehabt, als ich bewusstlos war. Und jetzt könnte ich mich auch nicht sonderlich wehren.

»Wie ich gesagt habe. Wir haben einen Schuss gehört und sahen, wie ein paar Zapphirne zu dem Haus gingen«, sagte sie. Sie bemühte sich, ruhig zu wirken, obwohl sie am liebsten losgeschrien hätte. »Wir dachten, dass jemand in Not wäre, und wollten helfen.«

»Und diese ... Zapphirne, wie Sie sie nennen ... Was denken Sie, weshalb greifen sie an?«

»Ich weiß nicht. Es gibt verschiedene Theorien. Die Sonne hat ihre Gehirne weichgekocht. Die Strahlung hat sie mutieren lassen. Der elektromagnetische Impuls hat ihre Verdrahtung durcheinander gebracht.«

»Haben Sie die Möglichkeit bedacht, dass sie vielleicht erleuchtet sind?«

»Nein, daran hab ich nicht gedacht. Ich war viel zu sehr damit beschäftigt, am Leben zu bleiben.«

»Glauben Sie an einen allmächtigen Gott?«

»Was ist das hier, die spanische Inquisition? Was kommt als nächstes, die Streckbank?« Sie kämpfte gegen ihre Fesseln an. Das Gefühl kehrte in ihre Beine zurück in Form prickelnder Nadelstiche des Feuers. Sie bewegte sich vor und zurück, um die Stabilität des Stuhls zu testen. Es war ein billiges Esszimmermodell mit lockeren Füßen und Holzleisten, die gegen die Unterseite ihrer Oberschenkel drückten.

»Wir müssen wissen, ob Sie eine von uns sind.«

Sie fuhr mit dem Kopf herum und nahm den ganzen Raum auf, zumindest soweit sie sehen konnte. Drei der Kameraden des Captains hatten ihre Positionen verändert, einer von ihnen war beim Fenster in Stellung gegangen. Rachel wusste nicht, ob es sich um einen Mann oder eine Frau handelte, bis die Person sprach.

»Bewegung auf der Straße«, sagte die Frau. Ihr Ton war nicht wirklich militärisch, aber sie beschränkte sich auf das Nötigste.

Diese Typen haben schon einige Zeit miteinander verbracht, vielleicht sogar, bevor die Sonne durchgedreht hat. Vor dem Danach.

»Ist es einer der Erleuchteten?«

»Sieht danach aus.« Die Frau führte den Lauf ihres Gewehrs am verhängten Fenster entlang.

»Bleibt alle still«, sagte der Captain. »Wir wollen ihn nicht verletzen.«

»Versteh ich das richtig?«, sagte Rachel. »Sie überfallen und fesseln mich, aber Sie lassen diese Dinger frei herumlaufen?«

»Leben und leben lassen«, antwortete der Captain. »Sie sind die Kinder der Sonne.«

»Die Sechziger sind vorüber«, sagte Rachel. »Falls Sie es nicht gemerkt haben, wir sind diejenigen, die übrig sind. Und wir sollten einander helfen. Wir gehören zur Mannschaft Menschheit. Klar?«

»Wir sind hier, um zu dienen«, erwiderte der Captain.

Die Frau am Fenster hob eine Hand. »Da ist noch jemand.«

»Erleuchtet?«, fragte der Captain.

»Schwer zu sagen. Sieht aus wie ein Junge. Vielleicht zehn.«

Rachel gefror das Herz in der Brust. *Stephen!*

»Zeit für die Prüfung«, sagte der Captain. »Wir werden sehen, ob sie würdig ist.«

Der Türknauf hinter ihr knarzte und die schemenhaften Gestalten bewegten sich in diese Richtung. Der weibliche Wachposten hob einen Arm, der sich dünn vor dem Tageslicht hinter dem Laken abzeichnete. Dann riss sie den provisorischen Vorhang herab und Sonnenlicht strömte in das Zimmer. Rachel blinzelte in der plötzlichen gelben Helligkeit und als sie wieder richtig sehen konnte, war das Zimmer leer. Schritte hallten im Flur wider und der Captain sagte: »Sie gehört dir.«

Rachel rutschte in kleinen Hüpfern herum, bis sie sich gedreht hatte und der Tür zugewandt war. Ihr erster Eindruck war richtig gewesen. Bei dem Zimmer handelte es sich um ein Heimbüro oder ein Arbeitszimmer. Bücherregale waren mit Taschenbüchern gefüllt, zwischen die Bündel von Blättern mit der willkürlichen Sorgfalt einer Person gestopft waren, die Informationen mehr zu schätzen weiß als Kunstwerke. Auf einer kleinen Kommode neben der Tür standen ein drehbarer Globus und eine schwere Eichenlampe, hinter den Glastüren der Kommode befanden sich Statuetten und Fotografien. Der Boden war mit Holzlaminat belegt, aber im Flur außerhalb des Zimmers sah sie einen Teppich. Sie zerrte an den Stricken und scheuerte sich die Handgelenke wund, während sie sich im Zimmer nach einem scharfen Gegenstand umblickte, mit dem sie die Stricke durchschneiden konnte.

Vielleicht gibt es in dem Schreibtisch einen Brieföffner oder eine Schere.

Rachel versuchte weder an Stephen zu denken, der verloren im Hof herumlief und nach ihr suchte, noch an die herumirrenden Zapphirne, die ihn töten konnten. Sie konnte keinen weiteren Tod ertragen. Milliarden waren gestorben und sie war hilflos gewesen, Gott hatte sie zur Zeit der größten Not im Stich gelassen, genau wie er es mit Jesus gemacht hatte, als das Fleisch seiner Hände durch Eisenstifte zerfetzt wurde und seine Lungen aus Atemnot schlaff wurden.

Oder als das kalte Wasser ihre kleine Schwester Chelsea in sein tiefes blaues Herz gezogen hatte.

Ich mag dieses Motiv nicht. Gott ist niemals da, wenn man ihn am meisten braucht.

Sie packte die Kanten der Sitzfläche und hob sie an, während sie ihre Zehen auf den Boden drückte. Der Stuhl rutsche etwa zehn Zentimeter nach vorn und sie wiederholte die Bewegung zweimal, dreimal, mit jedem Versuch ein weiteres Stück zurücklegend. Sie war so auf ihr Ziel, den Schreibtisch aus Metall mit dem Computer, konzentriert, dass sie die Person in der Tür erst bemerkte, als die Lampe zu Boden fiel.

Rachel warf den Kopf herum. Das Billig-Bieber-Zapphirn kam auf sie zu. Seine Augen waren von heller Leere unter seinem braunen Pony, aber dennoch irgendwie auf sie fixiert. Es hatte eine unbekümmert lässige Haltung eingenommen und bückte sich, um die Lampe aufzuheben. Mit einem kurzen Schwingen ihres Holzsockels schien das Zapphirn ihr Gewicht zu testen, so als ob es zum ersten Mal ihr Potential als Waffe erkannte. Befriedigt riss es an dem dünnen Lampenschirm, bis er sich löste.

Rachel stürzte nach vorn, von ihm weg, ohne daran zu denken, dass ihre Füße gefesselt waren. Als sie spürte, wie sie fiel, drehte sie sich so, dass der Stuhl auf ihre rechte Seite kippte. Ihr Ellenbogen knallte gegen den Boden, aber der instabile Stuhl zerbrach. Sie versuchte, sich zu drehen, aber ihre Handgelenke waren mit Stricken an den Stuhlrücken gefesselt, so dass die Holzteile an ihr hängen blieben.

Das Billig-Bieber-Zapphirn stand über ihr mit erhobener Lampe. Sein Mund war weit geöffnet, als ob es jeden Moment anfangen wollte, einen fröhlichen Pop-Song zu singen, aber es gab nur ein seltsames tiefes Glucksen von sich. Es schlug mit der Lampe nach ihrem Kopf, wobei die entblößte graue Glühbirne die Speerspitze bildete.

Rachel hatte gerade noch Zeit, nach links zu rutschen, bevor die Birne auf dem Boden zersplitterte und Scherben in ihrem

Gesicht landeten. Das Bieber-Zapphirn hob die Lampe erneut, die zackige zerbrochene Birne sah nun aus wie eine Reihe von Zähnen. Dieses Mal stieß Billig-Bieber nach ihr, als ob es sie in den Boden pfählen wollte.

Sie nutzte seinen ungestümen Angriff aus, indem sie mit einem Fuß nach seinem Schienbein trat. Aus dem Gleichgewicht gebracht fiel es auf den Boden und gab wieder das eigenartige tiefe Glucksen von sich, als die Lampe aus seiner Hand glitt. Rachels Ellenbogen pulsierte, als sie sich auf die Knie kämpfte und sich wild schüttelte, um die Reste des Stuhls loszuwerden. Sie konnte einen Knöchel befreien und war schließlich in der Lage aufzustehen.

Während es noch auf dem Boden lag, versuchte das Bieber-Zapphirn nach ihrem Bein zu greifen. Sie tänzelte außer Reichweite und sprang dann nach vorn, den Absatz ihres Turnschuhs in sein Handgelenk bohrend. Es stöhnte mit der Eintönigkeit eines erfolglosen Popstars, aber das schien keine Reaktion auf den Schmerz zu sein. Bieb wurde nun von seiner inneren Wut angetrieben, auf die gleiche Weise wie offenbar alle Zapphirne dazu gezwungen waren, jede lebende Kreatur, die nicht so war wie sie, zu zerquetschen, verprügeln und aufzuschlitzen.

Rachel zog sich zum Schreibtisch zurück und riss die obere Schublade auf. Während sie ein Auge auf das Bieber-Zapphirn gerichtet hielt, das auf sie zu krabbelte, wühlte sie in den Papieren, Visitenkarten und externen Laufwerken auf der Suche nach etwas Scharfem und Glänzendem. Sie hörte ein frustriertes Wimmern und stellte fest, dass es aus ihrer eigenen Kehle gekommen war, woraufhin sie wütend auf sich selbst wurde. Nur diejenigen, die keinen Glauben hatten, gaben sich der Verzweiflung hin.

Auf dem Schreibtisch befand sich ein Gefäß aus Ton, in dem sich Bleistifte, Kugelschreiber und Briefmarken befanden. Ein dicker Plastikgriff ragte aus der Ansammlung hervor und sie griff danach, während sie spürte, wie das Zapphirn näher kam.

Das Objekt war ein Schraubenzieher mit flacher, glänzender Silberspitze.

Sie hob den Schraubenzieher wie ein Messer, bereit dazu, ihn in das ausdruckslose Gesicht des Zapphirns zu stoßen. Aber bevor sie die Pony-Stirn aufspießen konnte, blickte sie in seine Augen und sah einen Schimmer des Menschen, der er einmal gewesen war.

Jemandes Sohn, jemandes Bruder. Vielleicht jemandes Lieblingssänger.

Seine Augen waren braun und glitzerten mit irren goldenen Pünktchen. Sie zögerte und hielt den Schraubenzieher einen halben Meter über sein Gesicht.

Dann sprang es sie an und sie fiel zurück auf den Schreibtisch und stieß dabei den Computer zu Boden.

Ich hätte es töten sollen, als ich die Gelegenheit hatte. Aber vielleicht habe ich genug getötet.

Sie schüttelte die Bruchstücke des Stuhls und den lockeren Strick von ihren Füßen und rannte Richtung Tür, während Billig-Bieber sie verfolgte. Bevor sie aus dem Zimmer fliehen konnte, trat der Captain in die Tür und klatschte in die Hände. »Stopp!«, rief er.

Rachel dachte, dass er sie meinte, aber für nichts in der Welt würde sie anhalten, bis Billig-Bieber im Rückspiegel ihres Lebens zusammengeschrumpft war. Als der Captain seinen Befehl wiederholte, erkannte sie, dass er das Zapphirn anredete, und dann war sie an der Tür.

Sie drängte sich am Captain vorbei und erreichte die relative Sicherheit des Flurs, bevor sie sich umdrehte, um zu sehen, wie nah ihr das Zapphirn war. Der Captain trat in das Zimmer, hob einen Arm und zielte mit einem Revolver. »Bleib sofort stehen!«

Das Zapphirn hielt nur so lange inne, wie es benötigte, seine Augen von Rachel weg auf den Captain zu richten. Rachel zog sich weiter in den Flur zurück, obwohl das Zapphirn sie bereits vergessen hatte. Ein neues Ziel war näher. Das Zapphirn bereitete sich auf einen Angriff vor, nur auf Armlänge vom

Captain entfernt.

»Keinen Schritt weiter«, sagte der Captain zu dem Zapphirn.

Er glaubt, dass er mit ihm kommunizieren kann. Er ist noch durchgeknallter, als ich dachte.

Das Bieber-Zapphirn blickte die Waffe an, als ob tief in ihm eine Erinnerung an ihre Fähigkeit, Schaden anzurichten, schlummerte, dann knurrte es und sprang mit ausgebreiteten Armen. Der Schuss dröhnte und hallte im Flur wider, Kordit breitete sich in der Luft aus. Der Schädel des Zapphirn explodierte wie eine aufgedunsene Melone. Flecken von Rot und Grau wurden im Arbeitszimmer verspritzt.

»Ich habe dir gesagt, dass du stoppen sollst«, sagte der Captain. Seine Stimme war immer noch so gleichförmig wie zuvor.

Rachel blickte von dem Zapphirn zum Captain und versuchte, diese neue Entdeckung des Danach zu verarbeiten. »Haben Sie wirklich gedacht, dass das Ding auf Sie hören würde?«

»Die müssen lernen, dass Gewalt keine Antwort ist«, sagte der Captain und nahm ihr den Schraubenzieher aus der Hand. »Eine Lektion, die Ihnen offensichtlich auch noch abgeht.«

»Aber Sie und Ihre Kumpane haben mich überwältigt und an einen Stuhl gefesselt. Zählt das nicht als Gewalt?«

»Sie sind würdig«, antwortete er. »Er hat sie nicht getötet.«

Das Bieber-Zapphirn zitterte in der Mitte des Zimmers, so als ob Zerstörung die Quelle seiner Leidenschaft und seiner Anmut war. Ohne den wütenden Drang zu töten war es nur ein Teenager. Harmlos und verloren, verwaist in einer Welt, die sich für alle verändert hatte. Für *alle.*

»Prima, also bin ich würdig«, sagte sie. »Und was ist mit Stephen?«

»Wer ist das? Ihr dunkelhäutiger Freund?«

»Nein, der kleine Junge, der draußen auf der Straße war.«

»Oh, der. Ich befürchte ... ich befürchte, der war *nicht* würdig.«

KAPITEL 16

Wir wären glatt daran vorbeigeritten und hätten es nicht bemerkt.

Jorge hielt Marina gegen seine Brust gedrückt und kämpfte sich durch die dicken Rhododendronzweige. Der Pfad war wenig mehr als ein Trampelpfad, der sich durch den dichten Pflanzenbewuchs wand, aber der Mann im grünen Overall ging ihn so zielbewusst entlang wie eine Ziege. Manchmal hielt der Mann an und drehte sich um, um nachzusehen, ob sie ihm folgten. Seinen Mundschutz hatte er noch nicht abgenommen.

Rosa hielt die Zweige zur Seite so gut sie konnte, damit sie Marina nicht kratzten. Jorge hatte Wunden auf den Wangen und Handrücken, aber es war ihm gelungen, seine Tochter vor dem Schlimmsten zu schützen.

Sie ist so leicht. Wie ein Traum.

Jorge mochte diesen Gedanken nicht, weil er sie noch zerbrechlicher und verletzbarer erscheinen ließ, also wandte er seine Gedanken dem Mann im Overall zu. Warum half er ihnen? Wenn er wirklich davor Angst hatte, sich mit einer Krankheit anzustecken, hätte er doch beobachten können, wie sie auf dem Holzabfuhrweg an ihm vorbeigingen, und sich dann wieder mit seinen eigenen Dingen beschäftigen können.

Der Mann hatte Jorge nicht einmal das Gewehr abgenommen, obwohl er darauf bestanden hatte, dass sie ihre Pferde angebunden am Weg zurückließen. Jorge war sich nicht sicher warum, aber er vermutete, dass der Mann befürchtete, dass sie eine Krankheit übertragen konnten.

»Wie geht es ihr?«, fragte Rosa, deren Stirnrunzeln mit Falten einherging. Jorge hatte niemals Falten auf ihrem Gesicht gesehen und er fragte sich, ob sie die Sonne nicht alle verändert hatte.

Einige veränderten sich mehr als andere. Ja, Willard hätte bestimmt gerne ein paar Falten gegen seine Hand getauscht und

Mr. Wilcox hätte seine »hunnert Morgen« für einen weiteren Tag auf der Erdoberfläche gegeben.

»Es geht ihr gut«, sagte Jorge. Lügen kamen einem leichter über die Lippen, wenn man andere beruhigen wollte. Aber Jorge war noch nicht tief genug in seiner neuen Moral, um seine Lügen selbst zu glauben. Marina war blass und schweißüberströmt, obwohl sich ihre Haut kalt anfühlte, wenn er seine Wange daran presste.

Der Pfad vergrößerte sich zu zwei parallel verlaufenden Wagenspuren, die einen weiteren Holzabfuhrweg markierten. Oder es konnte der gleiche Weg sein, den sie vorhin verlassen hatten. Jorge war so darauf versessen gewesen, Marina zu beschützen, dass er ihrer Route keine Beachtung geschenkt hatte. Er vermutete, dass sie mindestens zwanzig Minuten lang durch dichten Pflanzenbewuchs getrottet waren.

»Passen Sie auf, wo Sie hintreten«, sagte der Mann im grünen Overall und zeigte auf den Boden neben Rosas Füßen. Ein dünner Metalldraht zog sich fünfzehn Zentimeter über dem Boden entlang. Jorge dachte an die Hollywoodfilme, die er gesehen hatte und in denen ein Stolperdraht eine Falle mit spitzen Pfeilen auslöste, die jeden durchlöcherten, der ihnen in die Quere kam, oder einen einfachen Sprengkörper zur Explosion brachten.

Der Mann musste Jorges Gesicht gelesen haben, denn er sagte: »Keine Sorge. Das ist nur ein Signaldraht, keine Sprengfalle. Ich töte niemanden, wenn es sich vermeiden lässt.«

Jorge dachte an die Leichen, die er auf der Farm zurückgelassen hatte. Die meisten Menschen nahmen die Grenze nicht wahr, die sie überschritten, bevor sie töten konnten, denn sie war dünn und fast unsichtbar. Am Schlimmsten war, dass alles durch einen Unfall ausgelöst werden konnte.

Die Sonne war kein Unfall. Sie war einfach da, hat ihre Sonnenspäßchen gemacht und sich nicht um die Menschen unter ihr gekümmert.

Rosa stieg vorsichtig über den Draht und beobachtete

furchtsam, wie Jorge ihn ebenfalls überquerte. Der Mann im Overall griff mit seinen behandschuhten Händen in ein dichtes Gewirr aus roten Schlingpflanzen – »Giftefeu«, sagte er – und zog ein darin verstecktes Seil hervor, das von irgendwo oben in den Bäumen herunterhing. Er zog mit aller Kraft daran und mit dem Kreischen eines Flaschenzugs über ihnen teilte sich die Vegetation, die den Feldweg blockierte. Das Metalltor war so geschickt verborgen gewesen, dass sich Jorge sicher war, dass er es nicht wiedergefunden hätte, wenn er den Kopf für ein paar Sekunden abgewandt und sich das Tor wieder geschlossen hätte.

Der Mann komplimentierte sie durch das Tor, blickte aufmerksam auf den Weg und den umliegenden Wald zurück und trat hinter ihnen ein, bevor er das Tor schloss. Sie befanden sich in einer Anlage, die mit den Bäumen und Felsblöcken verschmolz und mit so viel Klugheit konstruiert war, dass Jorge bezweifelte, dass sie von einem tieffliegenden Flugzeug aus entdeckt werden konnte. Das hieß, wenn überhaupt noch Flugzeuge flogen. Er hatte seit den Sonnenstürmen keines mehr gesehen.

Rosa packte seinen Arm und fühlte dann Marinas Stirn. »Ihr Fieber ist gestiegen.«

»Bringen Sie sie ins Haus«, sagte der Mann im grünen Overall und zeigte auf einen gewaltigen Ahornbaum mit tiefhängenden Ästen. Unter ihnen befand sich ein Gebäude, dessen Wände aus Scheiben von Baumrinde bestanden, so dass sie sich dem Baum anpassten. Die engen Schlitze von Fenstern funkelten hier und da. Ein paar kleinere Schuppen mit Dächern aus rostigem Blech standen in einem gerodeten Bereich, zu dem ein Garten und ein Gehege gehörten, in dem Ziegen und Hühner den Boden scharrten.

Der Mann ging zur Hütte, öffnete die Tür und winkte Jorge. »Können Sie sie hereinbringen? Ich helfe Ihnen, wenn es nicht geht.«

Jorge wollte nicht, dass die behandschuhten Hände seine Tochter berührten. »Ich schaffe es schon.«

»Wie Sie meinen«, sagte er und betrat die Hütte.

Rosa flüsterte: »Können wir ihm vertrauen?«

»Er hätte uns auf dem Pfad töten oder uns einfach vorbeiziehen lassen können«, antwortete Jorge. »Außerdem hat er mir mein Gewehr gelassen.«

»Warum hilft uns dieser seltsame Gringo?«

»Nicht alle Gringos sind wie Mr. Wilcox. Einige von ihnen sind menschliche Wesen.«

»Mir gefällt das nicht.«

»Welche Wahl haben wir? Marina muss sich ausruhen und sich erholen. Und wenn sie die Sonnenkrankheit hat ...«

Sie wollten beide nicht darüber nachdenken. Bevor Rosa antworten konnte, streckte der Mann den Kopf aus der Tür. Er hatte den Mundschutz abgenommen, aber sein Mund war immer noch hinter dem buschigen Bart und dem Schnurrbart verborgen. »Leute, was ist, kommt ihr oder nicht?«

Jorge trug Marina in die Hütte. Das Innere war überraschend geräumig und hell, da die Fenster so platziert waren, dass sie das Sonnenlicht optimal einfingen. Der Mann zog die Handschuhe aus und legte sie auf eine Ablage, auf der sich auch verschiedene Werkzeuge, zwei Pistolen, ein Fernglas und eine Öllaterne befanden.

»Legen Sie sie da drüben hin«, sagte der Mann und deutete auf ein paar Decken auf dem Boden. Jorge dachte für einen Moment, dass ihm der Mann die Hand entgegenstrecken würde, und er fragte sich, ob er sie schütteln würde. Aber der Mann wandte seine Aufmerksamkeit einem alten Funkgerät auf einem selbstgezimmerten Tisch zu und beschäftigte sich mit dessen Einstellungen.

Rosa glättete die Decken und roch misstrauisch an ihnen, bevor Jorge Marina auf sie legte. Ihre Augenlider flatterten und teilten sich, und Jorge versuchte, sie anzulächeln, aber sein Gesicht fühlte sich an, als sei es aus Holz geschnitzt. »*Hola, tomatilla*, wie fühlst du dich?«

»Wo sind wir?«, fragte das Mädchen mit so leiser Stimme,

dass Jorge sich vorbeugen musste, um die Worte verstehen zu können.

»In Sicherheit«, antwortete Rosa, die sofort die Rolle der Bezugsperson übernahm.

»Werdet ihr noch jemanden erschießen müssen?«

»Nein, hier gibt es keine kranken Menschen. Die waren alle bei Mr. Wilcox' Farm.«

»Aber ich bin auch krank. Werde ich so werden wie sie?«

Rosa blickte zu Jorge, der sich vorbeugte und ihre Stirn küsste. »Nein, du hast nur ein bisschen Fieber. Wir werden uns erholen und dann weiterziehen.«

»Wohin?«

»Ruhig, *pequeña tomatilla,* du musst dich nicht damit beschäftigen.«

»Wo ist mein Pony?«

»Das frisst frisches Gras. Es ruht sich auch aus, während es darauf wartet, dass es dir besser geht.«

»In der Vorratskammer da drüben gibt es Wasser«, sagte der Mann im Overall. Jorge ging zu einer Wolldecke, die über einem Drahtseil hing. Er schob die Decke zur Seite und sah vor sich eine kleine Kammer mit Regalen, auf deren Brettern sich Essen in Dosen und Gläsern befand. Oben auf den Regalen lagen prall gefüllte Leinensäcke. Die Vorratskammer war kühl und feucht mit einem Spülbecken am anderen Ende. Dort floss klares Wasser aus einem Rohr.

Jorge fand ein Einmachglas bei dem Spülbecken und füllte es mit dem eiskalten Wasser. Als er durch das Fenster über dem Becken blickte, sah er, wie das Metallrohr zwischen den Felsen auf dem Hang über dem Haus verschwand. Das Wasser wurde durch die Schwerkraft aus einer Quelle herbei befördert.

Dieser Mann war auf so etwas wie den Sonnensturm vorbereitet gewesen.

Nachdem er das Wasser zu Rosa gebracht hatte, ging er zu dem Mann am Tisch. Der Mann blickte ihn kaum an, weil er damit beschäftigt war, das Funkgerät zu kalibrieren. Es bestand aus einem Gewirr aus Glasröhren, Drähten und Plastikknöpfen, das mit einer Reihe von Autobatterien verbunden war.

»Ich möchte mich bei Ihnen bedanken«, sagte Jorge.

»Ich hätte Sie Ihres Weges ziehen lassen sollen«, sagte der Mann. »Ich hasse Eindringlinge.«

»Meine Tochter–«

»Sie sollten sie im Auge behalten. Vielleicht ist der Sonnenunfug noch nicht vorbei. So etwas ereignet sich stoßweise.«

Jorge hatte nicht einmal im Traum daran gedacht, dass das Schlimmste noch nicht vorbei sein könnte, dass sie immer noch dieser seltsamen Strahlung ausgesetzt sein könnten, die die meisten Menschen um sie herum getötet und andere zu hirnlosen Mördern gemacht hatte. Was würde er tun, wenn Marina plötzlich eine Neigung zur Gewalt zeigte, wenn sie so werden würde wie Willard oder ein lahmes Pferd und er ihr den Gnadenschuss geben müsste?

Auch ein Töten aus Mitleid ist ein Töten.

Rosa gab Marina von dem Wasser und Jorge stellte erleichtert fest, dass Marina tatsächlich davon trank. Der Schweiß auf ihrer Stirn war getrocknet und ihr Gesicht hatte mehr oder weniger wieder den normalen mandelfarbenen Ton angenommen.

»Gab es viele Sonnenstürme?«, fragte Jorge. Er hatte nicht viel Ahnung von Naturwissenschaft, weil er nur eine Berufsschule besucht hatte, um Schweißen zu lernen, ein Handwerk, für das es zuhause keinen Job gegeben hatte.

»Schwer zu sagen ohne astronomische Geräte«, sagte der Mann. »Natürlich sind diese Geräte mit dem ersten großen Impuls kaputtgegangen, als die Magnetfelder durcheinander gewirbelt wurden. Aber wenn stimmt, was gesagt wurde, könnten wir eine ganze Woche lang den Stürmen ausgesetzt gewesen sein, Strahlungswelle auf Strahlungswelle. Vielleicht dauert es immer noch an, wer weiß das schon. Man kann es ja nicht sehen.«

Jorge dachte an die Zeit, die er in den letzten Wochen auf den

Feldern verbracht hatte und fragte sich, wie viele unsichtbare Strahlen und Ströme über ihn hinweg geflutet waren. Noch schlimmer war, dass er in seiner Unkenntnis auch seine Familie der Gefahr ausgesetzt hatte. Er blickte zu seiner Tochter, die sich in eine grobe Decke gekuschelt hatte.

»Waren Sie auf diese Katastrophe vorbereitet?«, fragte Jorge.

Der Mann hob eine Hand, während er noch immer mit dem Funkgerät beschäftigt war. »Auf das hier oder irgendetwas anderes. Früher oder später musste etwas passieren. Ich persönlich hätte auf einen Nuklearkrieg getippt, bei all den Idioten in Washington.«

Jorge hatte von Überlebenskämpfern gehört, die häufig als schwer bewaffnete Spinner geschildert wurden, die sich in Bunkern verschanzten und Bundesagenten aufforderten, sie doch herauszuholen. Aber dieser Mann schien weder wütend noch streitlustig zu sein. Nein, er schien fast schon *glücklich* zu sein, dass sich die Welt zum Schlechteren gewandelt hatte.

»Ich heiße Jorge und das sind meine Frau Rosa und meine Tochter Marina.« Jorge öffnete die Hand, falls der Mann ihm die Hand geben wollte, aber der war weiterhin auf das Funkgerät fixiert.

»Nennen Sie mich Franklin.«

»Das hier ist ein Nationalpark«, sagte Jorge vorsichtig. »Ich dachte, hier dürfte niemand leben.«

»Heißt, dass es den Menschen gehört, oder?«, antwortete Franklin. »Ich habe Steuern gezahlt. Zumindest für eine Weile, bis ich aufgewacht bin und erkannt habe, dass jeder Cent, den ich ans Finanzamt schicke, auf irgendeine Weise dazu beitragen wird, uns unter die Erde zu bringen. Die Regierung war auf dem Weg, uns entweder auszuhungern oder Bomben auf unsere Köpfe fallen zu lassen.«

Die Lautsprecher des Funkgeräts gaben ein leises Heulen von sich und der Mann fuchtelte mit den dicken Kupferdrähten herum, die mit der dünnen Antenne verbunden waren. Er steckte einen Funkhörer ein und sprach in die Muschel. »Können Sie mich hören?«

Er drehte an einem Knopf und produzierte einen Ausbruch statischen Rauschens, ähnlich wie Mr. Wilcox' Fernseher. Er sprach noch ein paar Mal in die Muschel, bevor er aufgab.

»Zu viele atmosphärische Störungen«, sagte Franklin.

»Glauben Sie, dass es da draußen noch andere gibt?«

Der Mann zog die buschigen Augenbrauen zusammen. »Andere wie wir, meinen Sie?«

Jorge nickte und blickte zu Rosa. Diesem Mann war es offenbar egal, dass sie Latinos waren, solange sie sich nicht als verrückte Killer entpuppten. »Wie wir.«

»Oh, schwer zu sagen«, sagte der Mann. »Aber Sie können drauf wetten, dass sich die US-Regierung ein paar Dutzend kleine Verstecke rund um D.C. gebastelt hat.«

»Die Hauptstadt«, sagte Jorge, um dem Mann zu verdeutlichen, dass er seine Lektionen in amerikanischer Staatsbürgerkunde gelernt hatte.

»Es würde mich nicht überraschen, wenn diese Scheißkerle bereits vor Monaten gewarnt wurden und ausreichend Zeit gehabt hatten, sicherzustellen, dass sie selbst in Sicherheit sein und ein angenehmes Leben führen würden. Wahrscheinlich haben sie schon eine neue Verwaltung aufgebaut, die sich damit beschäftigt, wie man den Überlebenden Steuern aufbürden kann.«

»Haben Sie das in Ihrem Funkgerät gehört?«

Franklin antwortete nicht, sondern konzentrierte sich stattdessen darauf, an den Knöpfen zu drehen und angestrengt den jaulenden Tönen zu lauschen, die aus den Lautsprechern kamen. Rosa kam zu ihnen und nahm Jorges Hand. Sie drückte sie, während sie ihre schlafende Tochter beobachteten.

»Ihr Fieber geht zurück«, sagte Rosa.

»Gut«, antwortete Jorge. »Wir müssen bald weiter.«

»An Ihrer Stelle würde ich mich nicht so sehr beeilen«, sagte der Mann. »So wie ich gesehen habe, dass sich die Zapphirne verhalten, würden Sie nicht viele Chancen haben, wenn Sie auf eine Meute von denen treffen.«

»Wir wollen Ihnen nicht zur Last fallen«, sagte Jorge.

»Ich habe genügend Essen und Wasser, meine Solarzellen und das Windrad. Viel näher können Sie dem modernen Leben nicht kommen, zumindest nicht außerhalb von D.C. Außerdem könnte ich ein bisschen Hilfe gebrauchen, um mich vorzubereiten.«

»Vorzubereiten?«, fragte Rosa. »Worauf?«

»Hoffen wir, dass wir das nicht herausfinden müssen. Aber ich habe gelernt, für den schlimmen Fall zu planen und dann für den schlimmeren und dann für den allerschlimmsten. Jetzt sind wir gerade mal bei ›schlimm‹. Die Überlebenden da draußen werden sich bald gegenseitig an die Gurgel gehen, wenn sie erkennen, dass die Ressourcen zur Neige gehen. Und wenn irgendjemand herausfindet, dass ich hier oben Strom habe und ein Funkgerät und Vorräte, dann werden sie alle herkommen wollen.«

»Warum funktioniert Ihr Gerät noch?«, fragte Jorge, während der Mann mit seinen knotigen, faltigen Fingern weiter an den Einstellungen drehte.

»Hab's in einem Faradaykäfig aufbewahrt«, sagte Franklin und deutete mit dem Daumen irgendwo nach draußen. »Abgeschirmtes Metall, schützt gegen die elektromagnetischen Ströme.«

»Haben auch andere diese Geräte?«

»Ein paar«, sagte der Mann. »Die Klugen. Aber wie Sie vielleicht schon festgestellt haben, gibt es nicht allzu viele Kluge auf diesem Planeten.«

Das Geheule des Funkgeräts wurde zu einem Krächzen und dann war eine männliche Stimme zu hören. Sie sprach abgehackt, mit britischem oder australischem Akzent. Die Worte waren nur vereinzelt zu hören: »*... irgendjemand da draußen? ... jetzt ist die Zeit für ... ungefähr einer von 300 hat überlebt ... wir benötigen ... Lage ist ernst ...*«

Das Funksignal verwandelte sich zu einem Totenjammern,

bis sich die drängende Stimme des Mannes noch einmal aus dem Rauschen erhob: *»Lage ist ernst ... wiederhole, die Lage ist ernst ...«*

Dann verflüchtigte sie sich wie der Geist der Ätherwellen, der noch eine letzte Botschaft verkündete, bevor er von dem endlosen hohen Zischen verschluckt wurde.

»Lage ist ernst ...«

KAPITEL 17

Zwei Schergen des Captains schubsten Rachel in ein dunkles Zimmer und knallten die Tür zu.

Sie waren nicht übermäßig behutsam gewesen, weshalb Rachel hingefallen war und sich den Ellenbogen auf dem Teppichboden aufgeschürft hatte. Sie tippte, dass sie in einem Schlafzimmer gelandet war, auch wenn es kein graues Viereck gab, das ein Fenster vermuten ließ. Vorsichtig krabbelte sie weiter in den Raum, während sie versuchte, mit einer ausgestreckten Hand den Bereich vor sich zu ertasten.

Als sie etwas Schwammiges spürte, zog sie die Hand zurück aus Furcht, eine Leiche berührt zu haben.

»Hat lange genug gedauert«, verkündete DeVontay.

Sie begab sich auf die Knie und blickte in die Richtung, aus der seine Stimme gekommen war, konnte ihn aber nicht sehen. »Hey, du wolltest den Helden spielen. Geht´s dir gut?«

»Ja. Sie haben mich ein bisschen verprügelt, aber ich denke, sie meinen es nicht ernst. Offenbar haben sie irgendeine Skinhead-Sache am Laufen.«

»Ihr Anführer, der Captain –«

»Captain? Was zur Hölle? Denkst du, das hier ist ein Batman-Film oder was?«

»Ich musste ihm einen Spitznamen geben«, sagte sie. »Aus psychologischer Sicht nimmt dadurch seine Bedrohlichkeit ab. Eine Art Galgenhumor.«

»Ja, ja, Galgenhumor ist schön und gut, solange sich die Schlinge nicht zuzieht. Da wir gerade davon sprechen: Würde es dir etwas ausmachen, mich loszubinden?«

Sie rutsche nach vorn, bis sie den massiven hölzernen Bettpfosten fand, und mühte sich mit den dicken Knoten ab, mit denen er festgebunden war. »Die sind genauso wie die, mit denen sie mich gefesselt hatten. Wird ein bisschen dauern, bis ich sie gelockert habe.«

»Ich werde nicht davonlaufen. Haben sie dich ... *verletzt*?«, fragte er mit leiser Stimme, während sie zog und zerrte.

Rachel erriet durch die Pause, dass er eigentlich »Haben sie dich vergewaltigt?« fragen wollte, beschloss aber, es zu ignorieren. »Der Captain hat mich einem Zapphirn vorgeworfen als so eine Art durchgeknalltem Test. Sein Hirn scheint auch leicht angebraten zu sein.«

»Als ich den Schuss gehört hab–«

Einer ihrer Fingernägel brach ab, als er sich in einem Knoten verhakte. »So leicht wirst du mich nicht los. Nicht bevor wir dich und Stephen nach Mi'sippi gebracht haben.«

»Wo ist er?«

»Ich hab ihn in einem Versteck gelassen, aber die Leute des Captains haben ihn gefunden und den Zapphirnen ausgesetzt. Ich glaube, diese Typen denken, dass jeder so einen Überlebenstest bestehen muss, um zu zeigen, dass er würdig ist.«

»Scheiße. Ist der Junge okay?«

»Sagen wir es so: Ich hab ihn noch nicht schreien gehört.«

Rachel wollte nicht das Schlimmste befürchten. Der Glaube bedurfte der Hoffnung, und Hoffnung bedurfte des Handelns. Angefangen bei diesen gottverdammten Knoten. »Ich wünschte, ich könnte was sehen«, sagte sie. »Dann könnte ich vielleicht ein Werkzeug finden.«

»Das Feuerzeug«, sagte DeVontay. »In meiner Tasche.«

»Haben sie dich nicht durchsucht?«

»Nö. Die scheren sich einen Dreck um mich. Ich bin nur ein einäugiger Pik-Bube.«

Das ergab nicht viel Sinn, aber sie fragte nicht. Stattdessen tastete sie an seiner Hüfte entlang, bis sie seinen Gürtel gefunden hatte, und schob ihre Hand dann auf dem Stoff seiner Hose entlang. Sie gelangte zum Saum der Tasche und zögerte.

»Mach schon, Mädchen«, sagte er. »Da ist nichts, was dich beißen wird.«

»Es ist nur ...«

»Ich erzähl's nicht weiter, wenn du es auch nicht tust.«

Darüber musste sie trotz des Ernstes der Situation lächeln. Sie schob ihre Hand in die Tasche, vorbei an etwas, das sich wie ein zerknülltes Bündel Geldscheine anfühlte, an elastischen, gummiartigen Dingen, von denen sie vermutete, dass es sich um Mini-Salamis handelte, und an einem Schlüsselanhänger. Dann trafen ihre Finger auf die kühle, glatte Form des Bic-Feuerzeugs. Sie zog es heraus, wobei es sich im Schlüsselanhänger verhakte und sie diesen mit aus der Tasche holte.

Nach einer Bewegung ihres Daumens wurde die Umgebung um sie herum durch ein mattes oranges Glühen erhellt. Die Flamme spiegelte sich in DeVontays Augen, heller in demjenigen aus Glas. Auf seiner Lippe befand sich ein kleiner, feuchter Schnitt und eine Backe war angeschwollen. Sie berührte sanft seine Wunde, woraufhin er zurückwich.

»Ich erzähl's nicht weiter, wenn du es auch nicht tust«, sagte sie, ihn imitierend.

»Ich bin okay. Bind mich endlich los und dann nichts wie raus hier.«

Sie schwenkte das Feuerzeug hin und her und sah, dass das Zimmer schmucklos war. Es enthielt ein ungemachtes Bett, eine verstaubte Kommode mit offen stehenden Schubladen und einen offenen Wandschrank, in dem ein einsames Sakko hing. Kleidung lag auf dem Boden verstreut, als ob das Zimmer ausgeplündert worden wäre. Ihr Eindruck eines fensterlosen Raums wurde bestätigt.

»Sieht nicht so aus, als ob es hier viel Werkzeug gäbe«, sagte Rachel. Sie klimperte mit den Schlüsseln. »Tippe, ich muss die verwenden.«

Sie hielt das Feuerzeug mit einer Hand in die Höhe, während sie mit dem längsten Schlüssel in den Knoten eindrang. Derjenige, der den Knoten gemacht hatte, musste eine Pfadfinderausbildung genossen haben, denn sein Werk wollte sich nicht lockern lassen. Sie begann, mit den Zacken des

Schlüssels an den Strängen zu sägen. Zerfasertes Nylon fiel auf den Boden.

»Wozu brauchst du überhaupt Schlüssel?«, fragte sie ihn. Ihre Finger waren bereits wundgescheuert und ihr Handgelenk schmerzte von der Arbeit mit dem Schlüssel, aber sie machte weiter.

»Türen öffnen.«

Sie ließ das Feuerzeug erlöschen, um es abzukühlen. Seine Flamme war in Rachels Netzhäute eingebrannt, dicke Funken, die in der plötzlichen Dunkelheit tanzten.

»Hast du irgendeine Idee, wie wir hier rauskommen können?«, fragte sie. Der erste Strang gab nach und sie widmete sich dem Rest des Knotens, während DeVontay seine klammen Unterarme bewegte.

»Die Pistole ist in meinem Rucksack. Wo auch immer der ist«, sagte DeVontay. »Nachdem sie mich überwältig hatten, war ich für eine Weile weg. Ich hab keinen Überblick über das Haus bekommen.«

»Das Schloss an der Tür kann nur von innen abgesperrt werden, nicht von außen.«

»Wir könnten uns rausschleichen, klar. Aber was ist, wenn sie immer noch ihre Überlebensspielchen spielen? Es könnten ein Dutzend Zapphirne im Flur warten.

»Dann würden wir hören, wie sie auf die Wände einprügeln.«

»Vielleicht. Und vielleicht wartet der Typ – wie hast du ihn genannt? Captain? – dort mit seiner Knarre.«

»Nun, es ist der einzige Ausweg, den ich sehen kann.« Das durchgeschnittene Seil löste sich unter ihren Fingern und DeVontay bewegte seine Handgelenke. Nachdem er sich befreit hatte, fuchtelte er mit den Händen, um die Blutzirkulation wieder anzuregen, und blickte sich im Zimmer um. Er grinste, als seine Augen auf dem Wandschrank haften blieben.

»Du guckst einfach nicht an der richtigen Stelle.«

Er stand auf, rieb die Hände aneinander, und sie folgte ihm

mit dem Feuerzeug. Nachdem er die einsame Jacke zur Seite geschoben hatte, blickte er nach oben zur Decke. »Gib mir Licht.«

Rachel leuchtete in den Wandschrank, obwohl sie davon überzeugt war, dass er den Verstand verloren hatte. Stephen war da draußen diesen seelenlosen Mördern ausgeliefert und alles, was DeVontay im Sinn hatte, war Versteckspielen?

»Ha«, sagte er. »Das kleine Viereck ist der Zugang zum Dachboden. Ich hatte mal 'nen Sommerjob für Dachdämmung. Verdammt heiße Arbeit.«

»Prima. Und wenn wir da oben sind, was machen wir dann? Warten, bis die Welt zugrunde geht?«

»Ha, ha, sehr lustig. Ich muss dich hochheben. Ich bin viel zu schwer für dich.«

»Machst du Witze? Was wiegst du denn – hundert Kilo?«

»Dreiundneunzig. So viele Mini-Salamis hab ich doch noch nicht gegessen.«

Er beugte sich vor und machte eine Räuberleiter. Rachel zögerte, nahm den Daumen vom Feuerzeug und stieg mit dem Fuß in seine Hände. Etwas polterte gegen die Tür.

»Verdammt«, sagte DeVontay. »Beeil dich.«

Er hob sie nach oben und sie stützte sich mit einer Hand an der Wand ab, während sie mit der anderen nach der Decke tastete. Sie fand den Zugang, drückte und fühlte, wie er nachgab und zur Seite glitt. Sie langte in die wärmere Luft der Öffnung und fand den Deckenbalken. Dann baumelte sie für einen Moment, ihr Gewicht prüfend.

»Höher«, flüsterte sie. DeVontay spannte die Arme an und hob sie. Sie stellte einen Fuß auf die Kleiderstange des Wandschranks, während sie in den Dachboden kletterte. Der Staub kitzelte in ihrer Nase und die Isolierung löste auf ihrer Haut sofort einen Juckreiz aus. Sie rollte sich ab und achtete darauf, mit dem Gewicht auf den stabileren Deckenbalken zu bleiben. Dann knipste sie das Feuerzeug wieder an.

»Wie soll ich dich hier hochziehen?«, fragte sie.

DeVontay blickte zu ihr hoch und schüttelte den Kopf. »Gar

nicht.«

»Ich kann dich nicht zurücklassen.«

»Du musst. Hast du noch niemals einen Horrorfilm gesehen? Die superbrave weiße Tussi überlebt immer.«

»Sei kein Arschloch.«

»Und verschwende keine Zeit, wenn Stephen in Gefahr ist.«

Sie blickte ihn für einen Augenblick an und überlegte sich, wie sie ihm hochhelfen konnte. Aber er war zu schwer und die Kleiderstange war zu schwach. »Die Kommode«, sagte sie. »Schieb sie hier rüber und steig drauf.«

»Okay, aber–«

Erneut polterte etwas gegen die Tür, dieses Mal lauter. DeVontay gab ihr ein Zeichen, dass sie verschwinden sollte. Sie ließ das Feuerzeug erlöschen und sah die lamellierten Lüftungsöffnungen an den Giebelseiten des Hauses. Die nähere war nur sechs Meter entfernt. Sie krabbelte darauf zu, stieß einmal mit dem Kopf an und bekam Glasfaserisolierung in die Ellenbogenbeugen und zwischen die Finger. Als sie die Lamellen erreichte, konnte sie durch sie hindurch auf das Nachbargrundstück blicken.

Ein Zapphirn schwankte die Straße entlang, weit genug weg, um keine Bedrohung darzustellen. Es legte nicht die Begeisterung und Unruhe eines Zapphirns an den Tag, das Gewalt ausüben wollte, was bedeutete, dass sich Stephen irgendwo versteckt haben musste.

Oder es bedeutet, dass er schon tot ist.

Der Gedanke machte Rachel wütend. Sie setzte sich auf ihren Hintern und hob die Beine, um mit den Fußsohlen auf die dünnen Holzlamellen zu zielen. Sie trat zu und einige der Lamellen zersplitterten. Sie trat noch einmal und vergrößerte die Öffnung. Nachdem sie die Bruchstücke zur Seite geräumt hatte, setzte sie sich in das Loch und überblickte die Umgebung.

Keine Bewegung. Sogar das Zapphirn auf der Straße war irgendwo abgebogen und hatte sich zwischen den Nachbarhäusern verirrt. Von unten hörte sie Geräusche eines

Kampfes und dann schrie DeVontay etwas.

Sein nächstes Wort war deutlich durch die Dachbodenluke zu hören: »Los!«

Rachel kletterte soweit es ging hinaus, um die Fallhöhe von knapp vier Metern zu verringern. An sich nicht zu hoch, aber es war auch nicht die beste Zeit für einen verstauchten Knöchel.

»Typisch für mich«, sagte sie. »Rosen.«

Die Rosenbüsche wuchsen in einem Beet am Rand des Hauses entlang, was bedeutete, dass sie vom Haus wegspringen musste, anstatt sich einfach fallen lassen zu können. Rachel schob das Feuerzeug in ihre Tasche.

Wird schon schiefgehen.

Rachel widerstand der Versuchung, den Fallschirmspringer-Schlachtruf »Geronimo!« zu brüllen, während sie sich in der Luft befand. Geistesgegenwärtig rollte sie sich ab, als sie aufprallte. Die größte Wucht bekam ihr linkes Bein ab, bevor sie ins Gras purzelte. Von ein paar blauen Flecken abgesehen stand sie unverletzt auf und blickte sich um, ob irgendjemand sie gesehen hatte. Sie wusste nicht, ob sie mehr Angst vor den Zapphirnen oder dem Captain und seinen Gorillas haben sollte.

So schnell es ihre schmerzenden Beine erlaubten, rannte sie los und erreichte unbehelligt den Schutz des Azaleengestrüpps des Nachbarn.

Okay, du bist frei. Du kannst DeVontay und Stephen aufgeben und das Weite suchen. Deine Chancen sind allein besser. Sie sind nur unnötiger Ballast, oder?

Sie blickte zum Himmel und wollte um einen Hinweis bitten, als ihr klar wurde, dass Gebete niemals mit einem einfachen ja oder nein beantwortet wurden.

Gott hatte ihr das längere Leben aus einem Grund geschenkt. Und dieser Grund war nicht nur einfach zu überleben.

Sie hatte einen Auftrag.

KAPITEL 18

Campbell suchte noch immer in den Bäumen neben der Autobahn, als Arnoffs Truppe ihn einholte.

Er kam aus dem Wäldchen und sah, wie Arnoff mit dem Lauf seines Gewehrs in Petes Rucksack stocherte. Pamela, Donnie und der Professor standen etwas abseits und beobachteten argwöhnisch die Fahrzeuge auf der Autobahn. »Sieht so aus, als ob dein Kumpel sich verdrückt hat«, bemerkte Arnoff.

»Jemand hat ihn geschnappt«, sagte Campbell.

»Aber hallo!«, sagte Donnie. »Zapphirne.«

»Keine Zapphirne. Es gibt kein Blut.«

Arnoff kniete sich hin und zog eine der warmen Bierdosen aus Petes Rucksack. »Nun, offenbar hat er nicht freiwillig das Schiff verlassen. Sonst hätte er das hier nicht zurückgelassen.«

»Und was denkst du, was passiert ist?«, fragte Pamela, während sie eine Zigarette aus einer Tasche ihrer mit Blumen gemusterten Bluse angelte. Die Hitze ließ sie schwitzen und der Wind trug einen feinen Hauch der in der Ferne brennenden Städte zu ihnen. Campbell dachte an das, was der Professor gesagt hatte, vierhundert Atomreaktoren, die schmelzen würden, aber er war sich ziemlich sicher, dass er nicht lange genug leben würde, um sich ernsthaft über radioaktive Verstrahlung Sorgen machen zu müssen.

»Posttraumatische Belastungsstörung, Leidensdruck«, sagte der Professor. »Vielleicht hat er durchgedreht und ist einfach ziellos losmarschiert.«

»Zu einem Zapphirn geworden, meinen Sie?«, sagte Arnoff.

»Wir haben noch keine Anzeichen für latente Wirkungen gesehen. Die Experten haben vorhergesagt, dass es sich bei dem Sonnenereignis um ein einmaliges Phänomen handeln wird.«

»Mann, irgendeine geile alte Schlampe hat ihn vielleicht für eine Nummer in einem der Lieferwagen gefesselt«, sagte Donnie, während er Pamela angrinste. »Wir wissen ja, wie Frauen sind.«

»Halt den Mund, sonst setzt's was.« Sie starrte ihn an und nahm einen tiefen Zug aus ihrer Zigarette, schien aber gleichzeitig durch ihre eigene Drohung gelangweilt.

Campbells Eingeweide verkrampften sich aus Frustration, aber er zwang sich, ruhig zu bleiben. Er kannte diese Leute nicht. Sie waren Gelegenheitsbekannte, und die Umstände waren düster genug.

Das Ende der Welt sorgt für seltsame Bettgesellen.

Arnoff ging voran zu einem BP Tanklaster. Der silberne Benzinlaster spiegelte das Sonnenlicht und zwang Campbell dazu, die Augen zusammenzukneifen. Arnoff nahm das Gewehr auf die Schulter und kletterte die silberne Leiter am Heck des Lasters hoch. Auf dem riesigen Zylinder stehend, suchte er mit dem Feldstecher die Gegend in alle Richtungen ab.

»Die Zapphirne werden ihn sehen«, sagte Donnie und prüfte das Magazin seiner automatischen Pistole. »Jetzt ist die Zeit, sich bedeckt zu halten, nicht die, den Goldmedaillenspasti bei den Special Olympics zu spielen.«

»Halt die Klappe«, sagte Pamela, die sich auf der Motorhaube eines grünen Mercedes niedergelassen hatte. Ein Mann war über dem Steuer zusammengesackt, der Körper war an den Enden seiner Anzugjacke und seiner Krawatte durch die Verwesung angeschwollen. Campbell war froh, dass die Fenster des Wagens fest geschlossen waren. Der Mann hatte wahrscheinlich die Klimaanlage am Laufen gehabt, irgendwas von den Eagles gehört und war gerade auf dem Weg gewesen, Geld für die Arbeit anderer Menschen einzustreichen. Und dann hatte das Leben für ihn andere Plane gemacht.

Große, große Pläne.

»Sehen Sie was?«, rief der Professor Arnoff zu.

Arnoff nahm den Feldstecher vom Gesicht und schüttelte den Kopf. »Keine Zapphirne, keine Überlebenden, keinen Pete.«

»Schade, dass wir kein Fahrzeug in Gang bekommen können.

Es gibt genug Benzin, um unzählige Male das Land zu durchqueren.«

»Sie sind die Intelligenzbestie«, sagte Donnie und hämmerte auf das Dach eines Ford Escort. »Warum schließen Sie nicht eines von diesen hier kurz?«

»Wie ich schon versuchte zu erklären, haben moderne Fahrzeuge elektronische Zündungen, computerisierte Steuerungssysteme, Wechselstrombatterien und–«

»Bla bla bla«, unterbrach ihn Donnie. »Alles ist durchgeschmort. Das weiß ich. Aber der Zapp ist vorbei, oder? Warum können wir nicht was neu zusammenbauen?«

»Möglich«, sagte der Professor. »Aber dazu würden wir neue Teile brauchen, neu hergestellte Teile, denn alle existierenden Schaltkreise sind durchgebrannt. Und um diese Teile herzustellen, benötigt man hochtechnologische Maschinen und Elektrizität. Ein Teufelskreis.«

»Ungefähr so, wie wenn man einen Fisch als Köder braucht, um einen Fisch zu fangen, oder?«, sagte Donnie.

»Ja, so ungefähr«, antwortete der Professor.

Campbell hatte noch nicht so weit vorausgedacht. Manchmal, abends vor dem Einschlafen, hatte er fantasiert, wie sich die Welt selbst wieder aufrichten würde, als gemeinsame Anstrengung aller Überlebenden, ungefähr wie eine öffentliche Aufräumaktion. Aber er hatte immer angenommen, dass »jemand«, entweder die Regierung oder Menschen aus einem nicht betroffenen Teil der Welt, als Retter auftreten und alle notwendigen öffentlichen Dienste wieder herstellen würden. Was aber, wenn sie auf sich allein gestellt waren? Wenn sie sich selbst retten mussten?

Was wäre, wenn die menschliche Zivilisation auf vereinzelte Ansammlungen wie Arnoffs Truppe reduziert worden war?

Dann sind wir am Arsch.

»Zapphirn auf zehn«, meldete Arnoff und ließ den Feldstecher fallen, so dass dieser am Gurt um seinen Hals baumelte. Er hob sein Gewehr und blickte durch das

Zielfernrohr.

Donnie rannte in Richtung des Tanklasters. »Heb mir welche auf. Ich hab seit drei Tagen kein Zapphirn mehr getötet und es juckt mich sehr.«

»Ich will es nicht erschießen«, sagte Arnoff. »Ich beobachte es.«

Campbell ging zu dem Professor und Pamela. Der Geruch von Tabakrauch war stärker als der Gestank der Leichen und des Feuers in der Ferne.

»Was halten Sie von all dem?«, fragte Campbell den Professor. Fast hätte er den Mann nach seinem Namen gefragt, aber die Gruppe schien anonym besser zu funktionieren. Namen schienen jetzt keine Rolle mehr zu spielen.

»Unsere unsichere Situation als Überlebende oder die geologischen Auswirkungen des Sonnensturms?«

Pamela spitzte die Lippen. »Ich liebe es, wenn Sie sich so hochgestochen ausdrücken.«

»Irgendwie beides«, sagte Campbell. »Ich denke, es ist nicht leicht, das voneinander zu trennen, oder?«

Donnie zog sich an der Leiter des Tanklasters hoch und kletterte zu Arnoff, der noch immer durch das Zielfernrohr seines Gewehrs starrte.

»Wir wissen nichts Sicheres über die längerfristigen Auswirkungen auf die Umwelt«, sagte der Professor. »Aber kurzfristig betrachtet, haben wir, auf uns Menschen bezogen, die Infrastruktur verloren. Wir haben alle Systeme verloren, die uns mit Essen, Sicherheit, Schutz und Gemeinschaft versorgten. Und, wie ich schon gesagt habe, hinzu kommen noch Probleme von Menschenhand wie radioaktive Strahlung und Schadstoffe.«

»Das klingt nicht sehr gut«, sagte Pamela. »Andererseits hab ich sowieso nicht mehr damit gerechnet, dass es irgendetwas ›Langfristiges‹ geben würde.«

»Aber wir können uns doch anpassen«, sagte Campbell, obwohl das Argument selbst für seine Ohren hohl klang. »Wir sind klug und zäh und anpassungsfähig–«

»Ja, *so* klug sind wir«, unterbrach ihn Pamela und zeigte auf die Oberseite des Tanklasters. Donnie hatte eine kleine Einstiegsluke aus Metall geöffnet und war dabei, hineinzupinkeln.

Der Professor schüttelte den Kopf in finsterer Belustigung. »Ich denke, dass die Zapphirne sich weitaus besser anpassen können als wir. Soweit ich das sehen kann, haben sie keinerlei moralischen Ballast und zehnmal mehr Überlebensinstinkt.«

»Haben Sie eine Theorie, warum sie gewalttätig wurden?«, fragte Campbell, während er misstrauisch beide Seiten der Autobahn beäugte. Arnoff und Donnie waren so auf das eine ferne Zapphirn fixiert, dass sie andere nicht wahrgenommen hätten, wenn sie sich aus dem Wald genähert hätten. Und wenn Pete von da herausstolperte, wollte Campbell der erste sein, der ihn sah, um zu verhindern, dass er von dem schießwütigen Donnie abgeknallt wurde.

»Elektrokonvulsionstherapie wird benutzt, um Depressionen zu behandeln«, sagte der Professor. »Jeder denkt dabei an den Film mit Jack Nicholson, *Einer flog über das Kuckucksnest*, wo den Unruhestiftern das Gehirn durchgeschmort wird, aber es gibt erwiesenen Nutzen für die Heilung. Allerdings kann die Behandlung auch zu ausgeprägten Veränderungen der Persönlichkeit, Gedächtnisverlust und kognitiver Beeinträchtigung führen. Woraus wir folgern müssen, dass sich, wenn man verheerenden elektromagnetischen Feldern ausgesetzt ist, unterschiedliche Folgen ergeben können, abhängig vom Individuum.«

»Also bedeutet das, dass ich Glück gehabt habe?«, fragte Pamela.

Der Professor langte in seinen Rucksack und zog eine Wasserflasche aus Plastik hervor. »In gewisser Hinsicht geht es uns besser«, sagte er, drehte den Verschluss und nahm einen Schluck. »Weniger von uns, die die begrenzten Ressourcen aufbrauchen, die uns zur Verfügung stehen.«

»Was meinen Sie mit ›begrenzt‹?«, fragte Campbell. »Ich

weiß, dass wir keine Autos bauen können, aber wir können wieder zu einer landwirtschaftlichen Gesellschaft werden.«

»Mit welchem Wissen?« fragte der Professor zurück. »Woher nehmen wir Saatgut oder das Wissen, welche Pflanzen essbar sind? Woher wissen wir, wann die Zeit für das Anpflanzen gekommen ist? Wie bauen wir von Wasserrädern angetriebene Getreidemühlen, um Weizen zu Mehl zu mahlen? Wir können nicht einfach ins Internet gehen und es googeln.«

»Mann, Sie sind ein echter Spielverderber, Doc«, sagte Pamela.

»Ich sehe nicht ein, warum wir uns kunstvollen Fantasien hingeben sollten. Eine realistische Einschätzung der Situation gibt uns die besten Überlebenschancen.«

Campbell sah sich widerwillig gezwungen zuzustimmen. »Ich würde sagen, die erste Aufgabe – nachdem wir Pete gefunden haben, natürlich – ist, andere wie uns zu finden und eine größere Gruppe zu formen.«

»Das ist vielleicht gar nicht so klug«, gab der Professor zurück. »Man muss sich nur die Probleme mit der Hackordnung ansehen, die wir mit einer so kleinen Gruppe haben. Ein Dutzend gut bewaffneter, verzweifelter Alpha-Männchen am gleichen Ort zur gleichen Zeit, und ich denke, sie würden die Zapphirne wie kultivierte Pazifisten erscheinen lassen.«

»Ich weiß nicht genau, was Sie meinen«, sagte Pamela. »Aber wenn Sie sagen wollen, dass es keine gute Idee ist, mehrere Arnoffs und Donnies auf einem Haufen zu haben, gebe ich Ihnen Recht.«

Die beiden Männer standen auf dem Tanklaster wie Statuen. Arnoff, stocksteif und mit zurückgezogenen Schultern, hielt sein Gewehr immer noch auf das Ziel gerichtet. Donnie war gekrümmt, aber auch er hatte seine Waffe gehoben und zielte in die gleiche Richtung wie Arnoff.

»Wenn sie schießen, wird jedes Zapphirn in einem Umkreis von einer Meile wissen, was los ist«, sagte der Professor. »Sie scheinen auf Reize wie plötzliche laute Geräusche und

Bewegungen zu reagieren.«

»So dumm können sie nicht sein«, sagte Campbell.

»Du kennst Donnie nicht«, sagte Pamela. »Vielleicht tut er es rein aus Spaß.«

Ein gedämpftes *Ka-wumm* war von Westen her zu hören. Arnoff schwenkte sofort sein Gewehr in die Richtung.

»Ein Schuss«, sagte Campbell. »Andere Überlebende.«

Campbell wollte die Straße entlang zum Tanklaster gehen, aber der Professor packte seinen Arm. »Denken Sie an das, was ich gesagt habe. Größer ist nicht unbedingt besser. Wenn wir irgendwas im Technikzeitalter lernen konnten, dann das.«

Campbell schüttelte den Griff ab und ging los, während er sich vorstellte, wie die andere Gruppe wohl sein mochte. Hatte Pete sich ihnen angeschlossen? Hatten sie ausreichend Nahrungsmittel und bessere Fortbewegungsmittel als Fahrräder oder Pferde? Befanden sich junge Frauen unter ihnen, damit sich die Rasse fortpflanzen konnte?

Zu einem Zeitpunkt wie diesem an Sex denken. Tss.

In der Ferne war ein weiterer Schuss zu hören. Arnoff eilte auf dem Tank entlang und stieg die Leiter hinunter. Der Professor und Pamela nahmen ihre Rucksäcke und gingen ihm entgegen, aber Campbell stieg auf sein Fahrrad, entschlossen, das Rätsel zu lösen.

»Wo willst du hin?«, fragte Arnoff.

»Ich bin der Späher, erinnern Sie sich? Ich mache nur meinen Job.«

»Du solltest besser bei den Gewinnern bleiben. Hört sich so an, als ob es da draußen haarig wird.«

»Haariger als eine Gorillamöse«, kommentierte Donnie vom Tanklaster herab.

»Woher kennst du dich denn damit aus?«, fragte Pamela.

»Hab doch mit dir geschlafen, oder?«

Campbell hatte genug von dem Geschwätz. »Mein Freund ist irgendwo da draußen und ich werde ihn finden.«

»Deine erste Pflicht ist gegenüber der Truppe«, sagte Arnoff.

Campbell starrte den Professor an. »Was ist Ihre Ansicht?«

Der Professor schüttelte den Kopf. »Der Stärkste überlebt.«

Ein weiterer Schuss ertönte und veranlasste Donnie dazu, mit einem Jauchzer vom Tank auf die Fahrerkabine des Lasters zu springen, um besser sehen zu können. Wenn Donnie der Gipfel menschlicher Stärke war, war sich Campbell nicht sicher, dass er bleiben wollte. Die Evolution hatte gerade übelriechend gepinkelt und jeden Hoffnungsschimmer davongeschwemmt.

»Ich vermute, einige unter uns haben andere Vorstellungen davon, was es heißt, ein Mensch zu sein.« Campbell radelte in die Richtung los, aus der die Schüsse gekommen waren.

KAPITEL 19

Rachel arbeitete sich gebückt durch die Schatten und Büsche auf der Suche nach Stephen. Sie ließ das Haus, in dem DeVontay gefangen gehalten wurde, nur ungern zurück, aber ein Frontalangriff war sinnlos, da sie keine Waffe hatte und die Gegner ihr zahlenmäßig weit überlegen waren. Also beschloss sie, stattdessen in dem Schuppen, in dem sie Stephen zurückgelassen hatte, nachzusehen. Sie fand die Tür offen vor und Stephens Dose Anti-Ameisen-Spray lag auf dem Boden.

Die Gorillas des Captains hatten ihren Rucksack zurückgelassen. Sie schwang ihn über ihre Schulter. Die Gartenwerkzeuge verhöhnten sie, als ob sie sagen wollten: »*Also, Gewalt ist keine Antwort, ha? Was ist dann die Frage?*«

Den Glauben in die Tat umsetzen.

Auch wenn es dann ein dickes Ende gibt.

Rachel nahm die Gartenschere in die Hand. Der Bolzen, der die beiden Schenkel verband, war zerbrochen, weshalb sie einen Probeschwung mit dem einen Schenkel durchführte. Er ließ sich gut führen und der kurze metallische Haken am Ende gefiel ihr. Das Scherenteil war nicht zu schwer zu tragen und sie mochte die Möglichkeiten, die es bot, lieber als die des Doppelbeils und der schwächeren Sichel.

Von der Straße her war ein Schuss zu hören, ein paar hundert Meter entfernt. Vielleicht machten die Gorillas Jagd auf Zapphirne oder sie schossen auf streunende Hunde, Autofenster und vielleicht sogar andere Überlebende. Rachel hatte den Eindruck, dass der Captain eine Art militärische Ordnung aufgestellt hatte, um seine unheimliche kleine Truppe unter Kontrolle zu halten.

Nachdem sie zurück zur Straße geschlichen war, von wo aus sie eine bessere Sicht hatte, kauerte sie sich hinter einen Volvo und ging ihre Möglichkeiten durch. Wenn Stephen alleine herumlief, war er vermutlich noch nicht weit gekommen.

Angenommen, dass er noch am Leben ist.

Rachel wollte gerade das Risiko eingehen und über die Straße rennen, als sie Schreie und Flüche hörte. Sie blickte vorsichtig über die Motorhaube des Volvos und sah zwei Gestalten in Tarnanzügen, die einen jungen, dunkelhaarigen Mann anschleppten, der sich heftig wehrte.

»Verdammt, ich bin einer von den Guten«, sagte der Mann. Er war Anfang zwanzig, hatte verschwitztes Haar und trug ein schmuddeliges T-Shirt.

Die Schergin links von ihm, eine Frau mit hagerem Gesicht und einem Mund, der zu einem bissigen Fauchen verzogen war, legte eine spinnenartige Hand an das Messer an ihrem Gürtel und sagte: »Halt's Maul oder ich schlitzte dich auf wie einen Fisch!«

Der Mann sackte zusammen, so dass der Gorilla auf der rechten Seite seinen Arm mit beiden Händen packen musste, damit er nicht hinfiel. Sie zogen ihn mehr oder weniger zu dem einstöckigen Backsteinhaus, in dem der Captain offenbar sein Hauptquartier aufgeschlagen hatte und in dem DeVontay noch immer gefangen war. Durch den Fächer-Ahorn im Garten vor dem Haus konnte Rachel das zerbrochene Fenster sehen. Die Beine von Miss Daisys Leiche hingen von der mit Glas übersäten Fensterbank herab.

»Habt ihr Bier?«, fragte der Gefangene. Die hagere Frau stieß ihm mit den Fingerknöcheln in die Rippen und er jaulte vor Schmerz auf.

Der Mann fuhr mit einem Ruck die Ellenbogen aus, wodurch der Soldat rechts seinen Griff lockerte. Der Gefangene wollte die Gelegenheit nutzen und sich losreißen, aber die Frau schob mit trainierter Anmut ihr Bein vor. Er stolperte und landete auf dem Asphalt.

Sie kicherte, als sie sich vorbeugte, um den Mann von der Straße aufzuheben. »Wir sind Experten in der Kunst des

Schmerzes.«

Der Soldat trat mit seinem Stiefel gegen den Oberschenkel des gestürzten Mannes und Rachel zuckte zusammen. Sie verprügelten ihn wie zwei Wrestler im Fernsehen, die ihre Beute in einer Ecke gefangen hatten, während der Schiedsrichter nicht aufpasste. Rachel packte vor Wut krampfhaft den Griff der Gartenschere, aber sie konnte nicht helfen, denn die Soldaten trugen halbautomatische Gewehre auf dem Rücken.

Die beiden Gorillas waren so sehr damit beschäftigt, den Mann zu verprügeln, dass sie die Bewegung neben der Straße nicht wahrnahmen. In der Ecke eines benachbarten Grundstücks befand sich ein vertrockneter Gemüsegarten, eingezäunt mit zwei Reihen durchhängender weißer Wäscheleine, die zwischen Holzpfosten gespannt war. Maishalme mit Quasten an den Kolben krachten und schwankten, und dann kam eine gebückt gehende Gestalt aus den Reihen hervor. Zuerst dachte Rachel in Anbetracht der Schnelligkeit der Bewegungen, dass es sich um einen weiteren Soldaten handelte, aber die Gestalt trug eine verschmutzte Windjacke und eine Jogginghose, keinen Tarnanzug.

Zapphirn.

Ihr blieb kaum Zeit zu entscheiden, ob sie eine Warnung schreien sollte, als noch ein Zapphirn aus dem Garten kam, eine Frau mittleren Alters in einem Kostüm. Ihre Strumpfhose war mit Löchern gesprenkelt und ihre vormals modische Frisur ein Wirrwar. Rachel taufte sie unbewusst »Bridget Jones«, auch wenn dieses spezifische Karrieremädel einen spitzen, schweren Pfahl anstatt eines Tagebuchs in der Hand hielt. Der Mais krachte hinter ihr und ein weiteres Zapphirn kam zum Vorschein, ein untersetzter, asiatisch aussehender Mann im Unterhemd.

Was Rachel am meisten auffiel, war, dass sie sich im Einklang zu bewegen schienen, verstohlen und entschlossen. In der Stadt waren die Zapphirne hirnlos dahingewatschelt, fast wie Zombies in Filmen und Büchern, aber ohne den Hunger auf Fleisch. Aber diese hier verhielten sich wie listige Raubtiere, die sich in den

Schatten verbargen und sich anschlichen, um ihre Art der Zerstörung anzurichten.

Der Mann auf dem Boden sah die Zapphirne und rutschte auf dem Asphalt nach hinten, während er versuchte, seine Beine unter seinen Körper zu bekommen, um aufstehen zu können. Doch die Soldaten gestatteten ihm nicht zu entkommen. Die Frau sprang mit den Knien voraus auf seine Brust, während sie der andere Soldat anfeuerte. »Der Captain wird ihn lieben«, sagte er.

Rachel umrundete den Volvo, um näher heranzukommen. Das erste Zapphirn eilte über den schmalen Grasstreifen auf die Straße. Vor drei Wochen hätte es sich um einen Versicherungsvertreter beim morgendlichen Joggen handeln können, aber nun war es eine Mordmaschine statt eines Fitnessfreaks.

»Lasst mich, ihr Arschlöcher«, sagte der sich wehrende Mann auf dem Boden. »Da kommen Zapper.«

Die sadistische Soldatin gluckste wieder und Rachel fragte sich, ob sie vielleicht auch irgendwie befallen worden war. Vielleicht entwickelten sich die Zapphirne und die überlebenden Menschen degenerierten, bis sie sich alle in einem wortlosen, brachialen Missverständnis treffen würden.

Das Jogger-Zapphirn hatte sich innerhalb kürzester Zeit genähert und sprang auf den Rücken des Soldaten, dem ein Grunzen entfuhr. Sie fielen nach vorne und alle vier wanden sich als Haufen auf dem Boden, als die anderen beiden Zapphirne eingriffen.

Die Soldatin rollte davon und versuchte, ihre Waffe von der Schulter zu zerren, aber Bridget Jones stürzte sich auf sie wie ein Hai auf ein Seehundjunges. Bridget schwang ihren Gartenpfahl und traf die Soldatin unter dem Kinn, so dass Rachel das Geräusch des zersplitternden Knochens hören konnte.

Das Zapphirn im Unterhemd half dem ersten beim Angriff auf den Soldaten, während der Gefangene sich aus dem Haufen befreien konnte. Rachel konnte die Angst und die Entschlossenheit in seinen Augen sehen.

Er ist ein Überlebender.

Rachel trat hinter dem Volvo hervor und hob ihre provisorische Waffe. Der Kerl musste gedacht haben, dass sie auch ein Zapphirn war, denn er rappelte sich hoch und wollte die Straße hinunterrennen, als Rachel »Hier entlang!« rief.

Der Kerl rannte in ihre Richtung, während Rachel an ihm vorbei zu den Zapphirnen lief. Auch wenn die Soldaten zu der Gruppe gehörten, die versucht hatte, sie zu töten, konnte Rachel nicht zulassen, dass sie zerfleischt wurden.

Letztendlich sind wir immer noch auf der selben Seite. Gerade noch.

Die Soldatin hatte sich weit genug gefangen, dass sie ihr Messer ziehen konnte. Die Klinge funkelte für einen kurzen Moment in der Sonne, dann stieß sie damit in den Bauch von Bridget Jones. Das Zapphirn formte mit den Lippen ein feuchtes *Uurgh*, griff aber weiter an, obwohl sich auf seiner feierlichen weißen Bluse ein roter Fleck ausbreitete.

Rachel klopfte mit der verbogenen Metallspitze ihrer Gartenschere auf den Asphalt. »Los, traut euch!«, rief sie.

Die beiden Zapphirne, die mit dem Soldaten beschäftigt waren, drehten sich zu Rachel um und knurrten sie mit kalten Augen an, in denen verborgener Hass brannte.

Dann verhielten sie sich merkwürdig.

Sie blickten einander an, als ob sie in telepathischer Verbindung stünden. Das Zapphirn im Unterhemd verstärkte seinen Griff um den Hals des Soldaten, während der vergeblich versuchte, sein Gewehr zu erreichen. Das andere, das Jogger-Zapphirn, löste sich von ihnen und rannte auf Rachel zu.

Sie hatte kaum Zeit, den plötzlichen Taktikwechsel zu registrieren, als das Zapphirn sie auch schon erreicht hatte. Sie führte die Schere von ihrer Hüfte hoch gegen das Zapphirn, zögerlich, weil sie eine blutige Wunde vermeiden wollte. Der hölzerne Teil des Scherengriffs prallte am Arm des Zapphirns ab, als ob sie gegen Gummi geschlagen hätte. Dann griff das Zapphirn nach ihr.

Sein Atem stank wie verschimmelter Käse, als es sie mit

groben Händen am Hals packte. Aus der Nähe betrachtet, brannten seine Augen mit einer flüssigen Böswilligkeit wie die brodelnde Lava eines versteckten Vulkans. Sie trat gegen sein Schienbein, aber es reagierte nicht auf Schmerz.

Rachel hatte nie Selbstverteidigung trainiert. Abgesehen vom Footballspielen mit den Nachbarsjungen in Seattle hatte sie die meisten ihrer Bewegungen aus Filmen gelernt. Aber sie musste erkennen, dass es gar nicht so einfach war, wenn der potentielle Mörder sich nicht an das Drehbuch hielt.

Ihr Hals war zusammengepresst und schmerzte, der Druck der Finger verringerte die Blutzufuhr in ihren Kopf. Die Bilder verschwammen vor ihren Augen, als das Zapphirn sie vom Boden hochhob und an sich zog. Ihre Arme wurden schwer und sie verlor den festen Griff um die Schere.

Sie hörte eine männliche Stimme »Verpiss dich, Arschloch« rufen und dann wurde das Zapphirn von einem Schlag auf den Kopf erschüttert. Der tödliche Würgegriff ließ etwas nach, so dass sie ihre Lunge mit Sauerstoff füllen konnte und das Gleichgewicht wiedergewann.

Der Mann, der den Soldaten entkommen war, schlug mit der Faust nach dem Zapphirn, aber das Zapphirn wich zurück. Offenbar hatte es gelernt auszuweichen. Während es abgelenkt war, flüsterte Rachel ein Entschuldigungsgebet und stach mit der Gartenschere zu.

Die Metallspitze drang tief in den Nacken des Zapphirns ein, schnitt durch das Fleisch und ließ einen Striemen aus rohem Muskel und Knorpeln sichtbar werden. Blut spritzte aus der Wunde.

Also bluten sie genauso wie wir.

»Nochmal«, rief der Mann, der außer Reichweite der ausgestreckten Arme des Zapphirns herumtänzelte.

Rachel dachte an die Blutergüsse, die sie in der nächsten Woche als Halskette tragen würde, dann schwang sie den Holzgriff mit beiden Händen gepackt über ihren Kopf. Sie schlug mit der stumpfen Seite flach auf den Schädel des Zapphirns wie der biblische Samson, der knietief in Philistern stand und den blutigen Kieferknochen eines Esels schwang.

Das abscheuliche Geräusch des Zerberstens übertönte die Grunzer und Schreie, die von dort kamen, wo die anderen beiden Zapphirne auf die Soldaten einschlugen. Das erschütterte Zapphirn schwankte für einen Moment, dann drehte es sich um und blickte Rachel an. An die Stelle des Feuers in seinen Augen trat ein Ausdruck verletzter Verwirrung und Rachel fragte sich, ob sie ein paar Drähte in seinem Gehirn gelockert hatte – ob sie ihm vielleicht wieder etwas Menschlichkeit eingeprügelt hatte.

»Besser, wenn du nochmal zuschlägst«, sagte der Mann. »Mit diesen Monstern sollte man nicht spielen.«

»Du sollst nicht töten«, sagte Rachel.

Der Mann blickte sie an und schüttelte den Kopf. Hinter ihm stach die Soldatin ein zweites Mal auf das Bridget-Jones-Zapphirn ein und verursachte eine weitere helle Wunde in dessen Oberkörper. Ein Stück rosafarbenen Darms wölbte sich aus der Baumwollbluse hervor, aber das Zapphirn ließ sich davon nicht stören. Es prügelte mit seiner kleinen Faust auf das Gesicht der Soldatin ein, zerschmetterte ihre Nase und schlug ihr einen Zahn aus.

»Lass uns verschwinden«, sagte der Mann, packte Rachels Hand und zog sie zum Garten eines nahegelegenen Hauses. Die Geste erinnerte sie zu sehr an DeVontay und sie machte sich los.

»Ich kann nicht«, sagte sie. »Freunde von mir sind noch hier.«

Das Gesicht des Mannes verzog sich aus Verärgerung, dann schnappte er sich ihre Waffe und schob sie zur Seite. »Du sollst nicht töten, vielleicht, aber ich *werde*, verdammt noch mal.«

Der Mann schlug mit der Klinge gegen die Schläfe des Zapphirns und dieses Mal sackte es zusammen wie ein Jogger nach einem Marathon. Ein Schuss ertönte und die Schulter des Unterhemd-Zapphirns verwandelte sich in eine Masse aus Blut und Fleisch. Trotzdem griff es weiter an.

»Ich kann hier keine Freunde sehen«, sagte der Mann zu Rachel. »Komm.«

»Hier lang«, antwortete Rachel und zeigte auf das Haus, in dem DeVontay noch immer gefangen gehalten wurde.

»Okay«, sagte er. Er verströmte den widerlichen Geruch von fahlem Bier, und seine blutunterlaufenen Augen ließen entweder auf Schlafmangel oder einen Überfluss an Alkohol schließen.

Rachel fing an zu rennen. Der Mann lief ihr nach und hielt dabei immer noch die entsetzliche, mit Blut verschmierte Gartenschere in der Hand. Als sie das Gebüsch erreichten, brach Rachel hindurch und steuerte den Hof neben dem Haus an, wo sich ein hoher Holzzaun als Versteck anbot. Sie duckten sich dahinter, als ein weiterer Schuss ertönte, dann noch einer.

»Bist du neu hier?«, fragte der Mann, während er den Schweiß von seiner schmutzigen Stirn wischte.

»Nur seit dem Danach«, sagte sie.

»Danach?«

Sie zuckte mit den Schultern und hob die Hände, um auf die Welt hinzuweisen. »Diese Ende-der-Welt-Sache. Danke, dass du mich gerettet hast. Ich bin Rachel.«

»Pete«, sagte er, während er nach Atem rang. »Nur ein Vorschlag, aber ich würde die Zehn Gebote vergessen. Mindestens fünf davon sind nicht mehr anwendbar.«

»Ich wurde so erzogen. Das ist nicht etwas, was man wie einen Lichtschalter an- und ausknipsen kann.«

»Wenn du es sagst. Ich hab davon keine Ahnung. Ein Sonntagmorgen in der katholischen Kirche hat mir genug Höllenschrecken für das ganze Leben eingebracht.«

»Wie haben sie dich gefunden?«

»Ich war mit dem Rad auf der Autobahn unterwegs und hab angehalten, um ein Auto zu untersuchen. Dann haben mich diese unbesungenen Helden angesprungen und gesagt, dass der Captain mich sprechen will.«

»Der Captain? Ja, ich habe ihn getroffen.« Also hatte der Captain tatsächlich diesen Rang. Sie griff in ihren Rucksack und fand das kleine Fläschchen mit Nembutal, das ihr der Apotheker gegeben hatte. Ihre Finger suchten weiter, bis sie eine

Wasserflasche fanden, und sie zog sie heraus, um sie Pete zu geben.

Er drehte den Stoppel ab und warf ihn ins Gestrüpp. Dann nahm er einen dankbaren Schluck. »Was ist mit diesen Typen los?«

»Ich bin mir nicht sicher«, antwortete sie. »Aber ich denke, dass sie ein wenig zu lange im Bunker waren und dort auf komische Ideen gekommen sind. Der Captain denkt, dass er die Zapphirne kontrollieren kann, wenn er ihnen den Befehlsweg klarmacht.«

»Nun, ich bin durch und durch Zivilist. Und was ist der Plan?«

»Hast du irgendwo einen kleinen Jungen gesehen? Ungefähr zehn, zerzaustes Haar, vielleicht mit einer Babypuppe im Arm?«

»Befürchte nein.«

»Nun, das ist mein Plan.«

»Nicht viel besser als meiner. Ich wollte eine Kneipe finden, ein paar Münzen ins Karaokegerät werfen und bis zur Sperrstunde ›Your Cheatin' Heart‹ singen.«

KAPITEL 20

»Rüben«, sagte Franklin.

Jorge hätte fast auf Spanisch geantwortet, aber er erinnerte sich rechtzeitig an sein Versprechen. »Was?«

Franklin zog an einem dunklen Büschel mit blättrigen Stielen und brachte eine runde, goldene Wurzel zum Vorschein. »Rüben sind die perfekte Überlebensnahrung. Sie wachsen fast das ganze Jahr über, die Wurzeln überwintern und sie enthalten beinahe alle Vitamine, die man braucht.«

Sie befanden sich im Gemüsegarten in einer Ecke der Anlage. Durch seine Arbeit auf der Farm von Mr. Wilcox wusste Jorge von den kürzeren Vegetationsperioden in den Blue Ridge Mountains und dem feuchten, nassen Klima. Deshalb bewunderte er die Lage des Gartens, der fast den ganzen Tag über in der Sonne lag, während der Rest von Franklins Gelände unter Bäumen versteckt lag.

»Sie planen sehr gut«, sagte Jorge.

»Nein, ich bin nur schon so lange hier, dass ich ein oder zwei Dinge kapiert habe.« Er drehte die vergilbten äußeren Blätter von ihren Stielen ab und warf sie in den Ziegenpferch, wo die Zicke sie zwischen ihren Kiefern zu bearbeiten begann.

Die großen Blätter von Riesenkürbissen bedeckten ein Ende des Gartens und Bohnenranken wuchsen an einem Gitter aus Stöcken. Der Mais bildete bereits Kolben aus und Bienen umschwirrten die goldenen Quasten. Ein dicht bewachsener Obstgarten mit kleinen, aber reichhaltigen Apfel- und Birnbäumen befand sich auf der anderen Seite des Hauses und verbarg fast völlig einen Schuppen, auf dessen Dach Sonnenkollektoren angebracht waren. Franklin hatte die Tür zum Schuppen geöffnet, um Jorge die Batteriereihen zu zeigen, in denen die gesammelte Energie gespeichert wurde.

»Für so etwas benötigt man …«, Jorge suchte nach dem richtigen Wort, während er die Hacke durch die Reihen zog, um den Rübenwurzeln frische Erde zukommen zu lassen. »Weitblick.«

»Nee«, antwortete Franklin. »Jeder, der keine Scheuklappen aufhatte, konnte es kommen sehen. Ich war Teil eines Netzwerks und versuchte, den Leuten beizubringen, wie man sich vorbereitet, aber es hat nicht viel genützt. Die Menschen sind eine lustige Spezies, Jorge. Ich tippe, sie sind in Mexiko genauso lustig wie hier oben.«

Jorge hatte nicht oft an seine Brüder und Schwestern in Baja oder seine Mutter in ihrem kleinen, überfüllten Haus gedacht. Er war sich nicht sicher, ob er wünschen sollte, dass sie einen schnellen, gnädigen Tod gestorben waren. Vielleicht waren sie jetzt auch auf der Flucht vor den Menschen, die Franklin »Zapphirne« genannt hatte.

»Wenn das auf der ganzen Welt passiert ist, wie der Mann über das Funkgerät gesagt hat, dann denke ich, dass es gar nicht so lustig ist«, sagte Jorge, stützte sich auf die Hacke und blickte auf die Gebirgszüge in der Ferne. Die näher gelegenen Gipfel waren mit dem kräftigen Grün des ausgehenden Sommers bedeckt, aber der Horizont war in schleierartige Wolkenfetzen gehüllt.

»So sieht es aus, wenn Städte brennen«, bemerkte Franklin. »Wir sollten die frische Luft genießen, solange wir können.«

»Zünden diese Zapphirne Sachen an?«

»Um die Wahrheit zu sagen, ich weiß nicht, ob die Zapphirne verantwortlich sind oder die Regierung dahinter steckt. Ich wäre überhaupt nicht überrascht, wenn sie nur auf eine Gelegenheit gewartet hätten. Gigantischer Asteroideneinschlag, Terroristenangriff mit Nuklearwaffen, Verschiebung der geomagnetischen Felder der Erde. Irgendjemanden gibt es immer, der davon profitiert.«

Obwohl Jorge sich überhaupt nicht für Politik interessierte, konnte er nicht verstehen, welchen Vorteil die US-Regierung haben konnte, wenn sie ihr eigenes Gebiet zerstörte. Nicht zum ersten Mal fragte er sich, ob Franklin nicht vielleicht zu viele Jahre allein gewesen war, nur in Gesellschaft seiner verrückten Träume, seines Verfolgungswahns und seiner zwanghaften Einbildung.

Rosa rief sie aus der Tür des Hauses. Marina stand in eine Decke gehüllt neben ihr. Sie sah immer noch blass aus und ihr Haar war vom Schweiß durchnässt, aber sie brachte ein kraftloses Winken zustande, bevor sie von Rosa wieder in das Innere geführt wurde.

Jorge entschloss sich, die Frage zu stellen, die ihn bedrückt hatte: »Mr. Wheeler, Sie sind offensichtlich ein Mensch, der allein und von niemandem abhängig sein möchte. Wenn das so ist, warum helfen Sie uns?«

Franklin legte die Rüben in einen Holzkorb auf ein paar Tomaten und kleine Köpfe Rotkohl. »Ich habe mal da draußen gelebt«, sagte Franklin und machte eine unbestimmte Handbewegung in Richtung der Berge. »Fast genauso wie jeder andere. Ich hatte einen Job im Produktdesign, machte die Reichen reicher, fand eine nette kleine Frau und gründete eine Familie. Der Regierung habe ich nie getraut und ich bekam Schwierigkeiten wegen der Dinge, die ich im Internet schrieb. Was auch immer sie vom ›Land der Freien‹ erzählen, das ist völliger Schwachsinn. Man ist nur so frei, wie die es wollen.«

Und warum ist dann Ihre Familie nicht hier? Warum nehmen Sie meine auf? Aber Jorge dachte, dass es besser war, nur zuzuhören, also wandte er seine Aufmerksamkeit wieder dem Unkraut zu, das am Rand eines Beets mit büscheligen Karottenblättern wuchs. Außerdem schien es so, als ob Franklin in Stimmung für eine Schimpftirade kam.

»Die Regierung hat mich überwacht«, sagte Franklin, der nicht mehr arbeitete, sondern auf der dunklen Erde kniete und in die Ferne blickte, wo die Vergangenheit sich gerade außer Sichtweite befand. »Nur weil ich die Leute davor warnte, dass die Kacke am Dampfen war. Nach dem 11. September wurde das

Ministerium für Innere Sicherheit zur mächtigsten Einrichtung in Washington, weil es seine schleimigen Finger in jeder Tasche und auf jeder Wahlkampfspende und auf jedem Gesetzentwurf hatte. Das letzte, was eine Regierung will, ist, dass die Wahrheit ans Licht kommt. Zu verschiedenen Zeiten wurde ich als Rechtsextremer, radikaler Muslim, Neonazi, Kommunist, einmal sogar als schwedischer Spion eingestuft – als ob es irgendeinen bescheuerten Grund dafür geben könnte, dass Schweden hinter unseren Geheimnissen her ist.«

»Wurden Sie verhaftet?«

»Die wollten nur, dass ich den Mund halte. Obwohl es diese neuen Gesetze gab, durch die man jeden für immer ohne Gerichtsverhandlung ins Gefängnis werfen konnte, wussten sie, dass meine Verhaftung für Aufsehen sorgen würde und dann noch mehr Leute meine Webseiten finden würden. In gewisser Weise war es für beide Seiten das Beste, dass ich mich hierher zurückgezogen habe. Ich habe nichts dagegen, zum Märtyrer zu werden, aber es muss aus einem wichtigen Grund geschehen, und den hatte es noch nicht gegeben.« Franklin streckte seine knorrigen, schwieligen Finger der fernen Welt entgegen. »Und nun hat es den richtigen Grund gegeben, aber das Internet existiert nicht mehr.«

Jorge blieb vorsichtig. »Also wollen Sie, dass wir Ihnen helfen, die Existenz Ihres Überlebenscamps zu verbreiten? Wenn Sie uns helfen, können wir anderen helfen?«

»Zum Teufel, nein«, gab Franklin zurück. »Dafür ist es längst zu spät. Ich helfe Ihnen nicht einmal. Ich konnte nur das kleine Mädchen nicht sterben lassen.«

Jorge erkannte, dass sich hinter der argwöhnischen, asozialen Fassade des Mannes ein mitfühlender Charakterzug verbarg. »Wir sind sehr dankbar und wir versprechen, hart zu arbeiten, solange wir hier sind, und zu gehen, wann immer Sie es wollen.«

Franklin schien ihn nicht zu hören. »Meine Enkelin Chelsea war in Marinas Alter, als sie ertrank.«

Jorge konnte sich aufgrund seiner eigenen Sorgen die

Schmerzen des Mannes ausmalen. »Es tut mir sehr leid, das zu hören.«

»Ich habe damals bereits an dieser Anlage gearbeitet und ein Netzwerk von Händlern benutzt, um all die Sonnenkollektoren, Windräder, Wassertanks und so weiter zu bekommen. Ich vermute, die Regierung hatte ein Auge auf mich geworfen. Zum Teufel, ich wusste nicht, was von dem Zeug, das da oben herumflog, Falken und Krähen waren und was Überwachungsdrohnen. Jetzt haben sie welche, die so klein sind wie Insekten ... nun, sie *hatten* sie, wollte ich sagen.«

Jorge nahm eine lindgrüne Raupe von einem Kohlblatt und studierte sie für einen Augenblick, bevor er sie mit den Fingern zerquetschte. »Warum haben die Sie hierher kommen lassen, wenn sie es wussten?«

»Wie gesagt, dadurch bin ich aus dem Rampenlicht verschwunden. Ich hatte geplant, meine Familie hier hoch zu bringen, aber dann hat mich meine Frau verlassen und meine Kinder und Enkelkinder haben mich mehr oder weniger als verrückten alten Kauz abgeschrieben. Mit Ausnahme meiner Enkelinnen Rachel und Chelsea. Rachel ist eine wirkliche Christin, sie handelt so, wie Jesus es gelehrt hat, und nicht wie diese idiotischen Prediger-Politiker es den Leuten vorschreiben. Sind Sie religiös?«

Jorge hatte in den Vereinigten Staaten gelernt, dass es besser war zu behaupten, er sei ein Baptist, vor allem im Süden, aber er sah keinen Grund, Franklin anzulügen. »Ich wurde katholisch erzogen, aber in der letzten Zeit sind wir nicht sehr häufig in die Kirche gegangen.«

»Schadet nie, wenn man an etwas glaubt, das größer ist als man selbst. Man muss nur sicher gehen, dass es sich um etwas aus dem Himmel handelt, nicht um etwas Menschliches. Denn die Menschheit ist nicht größer als jeder von uns. Die Menschheit ist nicht größer als das Leben. Sie ist genauso groß wie das Leben und hasst es, das zuzugeben.«

Jorge versuchte zu verstehen, was das bedeutete, als Franklin sich wieder seiner Geschichte zuwandte. Offenbar war er es gewohnt, willkürliche Grübeleien von sich zu geben, um sie dann sofort wieder zu verwerfen. »Rachel war die einzige, die nicht gedacht hat, dass ich ein durchgeknallter Überlebensfreak bin. Sie sagte, dass Gott wollte, dass die Welt ein Ende nahm, damit sie sich erneuern kann, genauso wie Jesus am Kreuz hatte sterben müssen, um die Seelen aller Menschen zu retten. Ich tippe, in diesen Gedanken liegt ein gewisser Trost, denn alle Weltuntergangsprediger benutzen sie als Hilfsmittel zur Spendensammlung. Rachel hat sogar einige meiner alten Webseiten wieder aufleben lassen und sie unter anderen Namen laufen lassen.«

»Hat sie auch Probleme bekommen?« Die Sonne stand nun tiefer am Himmel und warf lange Schatten über das Gelände.

»Sie hatte gerade damit angefangen gehabt, als Chelsea starb.« Franklin schluckte den bitteren Geschmack der Erinnerung hinunter. »Sie waren am See, nur sie beide, und Rachel ging für einen Moment weg – ins Gebüsch aufs Klo. Als sie zurückkam, lag Chelsea mit dem Gesicht nach unten im Wasser.«

Jorge wollte sein Beileid bekunden, entschied aber, dass Stille respektvoller und angebrachter war. Die Sitten waren in den Vereinigten Staaten anders, aber den Mund zu halten funktionierte in jeder Sprache.

»Das Wasser war einen Meter tief. Und sie konnte gut schwimmen. Man hat es getan, um uns eine Botschaft zukommen zu lassen.«

»Man«? Denkt dieser Mann wirklich, dass die Regierung seine Enkelin ertränken würde?

Franklin spuckte auf den Boden, erhob sich, wischte die Hände ab und nahm den Korb auf. »Nun, das war, als ich hier hoch kam. Kann Ihre Frau gut kochen? Meine Künste sind annehmbar, aber ich beschränke mich auf das Einfache.«

»Sie hat an den Wochenenden für Mr. Wilcox gekocht.«

»Nun, das hier ist kein raffiniertes Essen für reiche Leute, aber es ist sauber und frei von Gift und das kann man wirklich schmecken. Also, lassen Sie uns so tun, als ob es das Letzte Abendmahl ware.«

Jorge folgte Franklin zurück zum Haus und fragte sich, ob sie nicht doch um einiges früher gehen sollten, als ihr Gastgeber es wünschte.

KAPITEL 21

» Scheiße!«

Campbell riss den Lenker seines Fahrrads herum und konnte so gerade noch dem kleinen Jungen ausweichen. Das Vorderrad traf auf den Bordstein, das Fahrrad kippte vornüber und Campbell wurde über den Gehsteig in das Unkraut am Straßenrand geschleudert.

Er war in die Richtung geradelt, aus der die Schüsse gekommen waren, weil er sich dachte, dass er dort die größten Chancen hatte, Pete zu finden. Die Ausfahrt von der Autobahn hatte an einer Tankstelle vorbei direkt in eine Wohngegend für die Mittelschicht geführt. Er war langsamer gefahren und hatte gehofft, weder erschossen noch angegriffen zu werden. Geistig war er auf alles vorbereitet gewesen – bis auf das, was sich tatsächlich ereignet hatte.

Seine Ellenbogen schmerzten und die Knie waren aufgeschürft, aber zumindest schien er sich nichts gebrochen zu haben. Sein erster Gedanke war, dass es sich bei dem Jungen um ein Zapphirn handeln musste, weil das erklären würde, warum er auf die Straße in Richtung des Fahrrads gelaufen war.

Aber der Junge stand einfach da und starrte Campbell an. Von einer Hand hing eine Babypuppe.

Hundertpro kein Zapphirn, sonst würde es mich angreifen, solange ich auf dem Boden bin.

Campbell setzte sich auf. Sein Hemd war nass, weil eine Wasserflasche in seinem Rucksack zerbrochen war. »Hey, du«, sagte er mit seiner freundlichsten Stimme, so als ob sie sich gerade auf einem Spielplatz getroffen hätten und nicht mitten in der Apokalypse.

Der Junge sagte nichts, sondern umarmte seine Puppe. Er sah aus wie zehn, ein Alter, in dem die meisten Jungs mit

Baseballhandschuhen, iPods und Gameboys herummachten statt mit Puppen. Aber wahrscheinlich hatte er Schreckensdinge gesehen, bei denen selbst die gewalttätigsten Videospiele nicht mithalten konnten.

»Wohnst du hier?«, fragte Campbell, obwohl die Straße so leblos aussah wie all die anderen, durch die er in den vergangenen Wochen gekommen war.

Waren seit den Sonneneruptionen erst ein paar Wochen vergangen? Die Welt fühlte sich so an, als ob auf ihr bereits eine dicke Staubschicht lag.

Der Kopf des Jungen zuckte ein bisschen, was Campbell als verneinendes Kopfschütteln interpretierte. Er blickte auf die Häuser auf beiden Straßenseiten und die verlassenen Autos, die hier und da am Bordstein und in den Zufahrten geparkt waren. Eine weitere Nachbarschaft, die von der Katastrophe überrascht worden war. Menschliches Fleisch verfaulte und verweste hinter den geschlossenen Türen.

Campbell griff in den Rucksack und zog einen Müsliriegel hervor. Er packte ihn aus, stand auf und hielt ihn dem Jungen hin. Er fühlte sich wie die Karikatur eines stereotypen Perverslings, der das Vertrauen eines Kindes mit einer Süßigkeit gewinnen wollte. »Hast du Hunger?«

Der Kopf zuckte erneut, die Augen schauten argwöhnisch unter dem Schirm der Carolina-Panthers-Baseballkappe hervor.

»Was hältst du davon, wenn wir die Straße verlassen?«, sagte Campbell. »Kann sein, dass sich hier ein paar böse Menschen herumtreiben.«

Die Unterlippe des Jungen begann zu zittern. »B-böse Menschen?«

Aha. Also weißt du über die Zapphirne Bescheid. Und trotzdem bist du noch am Leben.

»Komm hier rüber, runter von der Straße«, sagte Campbell. »Vielleicht kannst du mir helfen, mein Fahrrad zu reparieren.«

Das Vorderrad war hoffnungslos verbogen, aber Campbell tat so, als ob er den Zustand des Rads untersuchte. Der Junge kam ein paar Schritte näher. Campbell biss von dem Müsliriegel ab und kaute demonstrativ.

»Verflixt. Ich hab vergessen, dass das deiner ist«, sagte Campbell mit einem Mund voller mit Honig beschichteter Haferflocken. »Du kannst die andere Hälfte haben. Ich hab keine Läuse oder sowas.«

Der Junge lächelte fast. Er trat noch näher und lockerte den Griff um die schmutzige Puppe, die provisorisch mit einem Halstuch umwickelt war. Garn um ihre Taille machte daraus ein Kleid. »Die Puppe ist echt toll in dem Outfit.«

»Sie ist nicht echt.«

»Nett von dir, dass du sie vor den bösen Menschen beschützt«, sagte Campbell. Er blickte in beide Richtungen der Straße, ob sich etwas bewegte. »Du musst ein Superheld sein.«

Der Junge schüttelte heftiger den Kopf. »Nur ein Junge.«

»Ich auch. Komm, lass uns da rüber gehen, von der Straße runter.«

»Rachel hat das Kleid gemacht«, sagte der Junge, nachdem ihn Campbell zu einer offenen Garage geführt hatte, die zumindest den Anschein von Schutz vermittelte. Ein Cadillac aus den späten neunziger Jahren stand dort geparkt, das Chrom poliert und glänzend wie ein Spiegel.

»Rachel? Ist das deine Schwester?«

»Nein, sie hat mich hierher gebracht, nachdem meine Mom gestorben ist, aber dann hat sie mich zurückgelassen. Wir waren auf dem Weg nach Mi'sippi, um meinen Dad zu finden.«

Mann, was für eine herzlose Schlampe. »Ja, ich hab auch einen Freund verloren. Ich bin hierhergekommen, um ihn zu suchen. Er heißt Pete.«

»Ich bin Stephen.«

»Dein Name gefallt mir. Wenn ich jemals einen Jungen haben werde, werde ich ihn so nennen.« Campbell blickte in den Cadillac, um sicherzugehen, dass er leer war. Die Schlüssel steckten im Zündschloss und verhöhnten ihn. »Hast du hier irgendjemanden anderen gesehen?«

»Nachdem Rachel gegangen war, kam ein Typ in Armeekleidung. Er hat mich aus dem Schuppen geführt, in dem sie mich versteckt hatte. Er hat gesagt, dass ich ein Köder für die Zapphirne bin und anfangen sollte zu rennen. Das hab ich getan. Ich hab nicht angehalten, bis du mich fast überfahren hast.«

Also weiß Stephen, was ein Zapphirn ist. Ich vermute, die Kids werden heutzutage schnell erwachsen – oder gar nicht. »Der Typ in Armeekleidung. War er einer von uns? Ich meine, kein Zapphirn?«

»Ich glaube, es gibt noch mehr von ihnen in dem großen Backsteinhaus, in das DeVontay gegangen ist.«

»DeVontay?«

»Rachels Freund.«

»Kannst du mir das Haus zeigen?«

Stephen schüttelte den Kopf und presste die Puppe an sich. »Ich will nicht, dass mich die Zapphirne kriegen.«

»Ich verspreche dir, dass ich dich nicht verlassen werde wie Rachel.« Campbell fragte sich, ob er nicht genau das machte, was Arnoff mit ihm und Pete getan hatte, und ihn in eine Art von Abhängigkeit zwang.

»Wirst du mich nach Mi'sippi bringen, wenn ich es dir zeige?«

»Klar, Stephen. Was immer du willst.«

»Okay, gut. Aber Miss Molly muss auch mit uns kommen.« Stephen streckte die Puppe von sich, als ob er Campbells Engagement prüfen wollte.

»Sicher, wir gehen alle. Sogar DeVontay, wenn er noch im Haus ist.« Campbell blickte sich nach einer Waffe um. Auf dem Fahrrad hatte er sich relativ sicher gefühlt, weil er einem Zapphirn leicht entkommen konnte, auch wenn die nun schneller und koordinierter wirkten. Wenn er zu Fuß unterwegs sein würde, brauchte er zumindest etwas, mit dem er sich verteidigen konnte.

Aber die Garage bot nichts, was auch nur ansatzweise tödlich war. Der Besitzer des Cadillacs war übertrieben ordentlich, zumindest ließ der Zustand des Wagens das vermuten. Alte Ausgaben von *Car & Driver* standen in Stehsammlern aus Plastik in einem Metallregal. Elektrowerkzeug war auf der Arbeitsbank aus Holz aufgereiht, die Kabel säuberlich um die Griffe gewickelt. Behälter mit Motoröl, Scheibenwaschflüssigkeit und Frostschutzmittel standen an einem Ende des Regals neben einem Benzinkanister. Campbell schwenkte den Kanister, es schwappte Flüssigkeit darin.

Prima. Jetzt muss ich das nur noch über ein Zapphirn schütten, ein Streichholz anzünden und weglaufen. Die Welt von den Zappern befreien, eine menschliche Fackel nach der anderen.

Campbell stellte den Benzinkanister wieder hin, bevor er sich daran erinnerte, dass Arnoff gesagt hatte, dass die Zapphirne es liebten, Dingen beim Brennen zuzusehen. Vielleicht mochte irgendetwas in ihren kurzgeschlossenen Gehirnen die Einfachheit der Zerstörung oder vielleicht war es ein tief verborgenes Bedürfnis der Reinigung, das in den Überbleibseln ihres menschlichen Wesens überdauerte. Auf jeden Fall hatte er vielleicht einen Weg gefunden, die Zapphirne abzulenken, bis er herausfand, was als nächstes geschehen sollte.

Da ihr Typen unbedingt Brandstifter spielen wollt, werde ich euch auf die Sprünge helfen.

Er drehte die Kappe vom Kanister und schüttete Benzin über die Arbeitsbank. Der Benzindampf brannte in seinen Augen und es wurde ihm schwindelig. Er legte eine Spur Benzin bis hinüber zum Cadillac und fragte sich, ob das Auto explodieren würde wie in den Filmen.

»Hast du schon mal Würstchen gegrillt, Stephen?«

»Nein, aber mein Dad mag Barbecues.«

»Okay, dann stell dir vor, dass wir ein großes Grillfest im Garten haben werden.« Campbell trat ein paar Schritte zur Seite und fragte sich, ob er Benzin auf seine Kleidung gespritzt hatte. Er vermutete, dass Stephen nicht sonderlich beeindruckt sein würde, wenn er sich aus Versehen selbst verbrannte.

Er zog eine Ausgabe von *Car & Driver* aus einem der

Stehsammler. Auf der Titelseite befand sich ein aufgemotztes Muskelauto, das wie ein 69er Chevy Camaro aussah. Campbell riss ein paar Seiten aus der Zeitschrift und zog das Feuerzeug aus seiner Tasche. Er zündete ein Ende der provisorischen Fackel an.

»Okay, auf geht's!«, sagte er zu Stephen und warf die Fackel auf das Benzinrinnsal, das nun in den Zementboden eingedrungen war. Sofort bildete sich eine große, helle Flamme, die sich in beide Richtungen ausbreitete. Sie waren aus der Garage, bevor das Feuer den Cadillac erreichte.

Campbell führte Stephen über den Hof auf der hinteren Seite des Hauses, während er sich fragte, ob der Besitzer des Cadillacs im Haus den tiefen Schlaf schlief. Vielleicht hätte er nachsehen sollen. Es war nicht richtig, das Auto von jemand anderem zu verbrennen, ohne vorher um Erlaubnis zu bitten, auch wenn es sich bei der Spritschleuder jetzt nur noch um einen Dinosaurier handelte.

»Wir folgen von hier aus der Straße und kommen dann von hinten an das Haus heran«, sagte Campbell. Hinter ihnen hatte das Freudenfeuer fröhlich zu knistern begonnen, während dichter Rauch in den Himmel stieg. »Denkst du, dass du es wiederfinden kannst?«

»Ja«, antwortete Stephen und löste seine Hand aus der Campbells. »Ich bin kein Baby, weißt du.«

»Nun, aber ich fürchte mich ein bisschen.«

»Aber du bist ein Superheld.«

»Ja, aber ich bin gerade inkognito.«

»Siehst du den großen Turm? Da lang.«

Durch die Bäume konnte Campbell einen knollenförmigen Wasserturm vor den verstreuten eisengrauen Wolken sehen. Auf ihm stand in schwarzen Buchstaben der Name der Stadt geschrieben, aber der Anfang war verborgen, weshalb Campbell sich fragte, wo zur Hölle sich »-iston« befand.

Sie kletterten über einen hüfthohen Zaun. Campbell half Stephen hinüber, nachdem er zuerst die Puppe darüberbefördert hatte. Die Häuserreihen waren den Rückseiten ähnlicher Häuser zugewandt. Durch Lücken in den Pflanzen und Zäunen war eine andere Straße zu erkennen, als ob es sich nur um einen weiteren typischen homogenen Vorort handelte, mit Amerika-Flaggen, Rasenmähern und gelegentlich einer Leiche, die im Gras auf dem Bauch lag.

Campbell nahm eine Bewegung hinter einer der Glasschiebetüren wahr und überlegte sich, ob er dort nach anderen menschlichen Überlebenden suchen sollte. Aber dann zersplitterte das Glas und ein Zapphirn stolperte nach draußen, ein halbnackter Mann mit einem Baseballschläger aus Aluminium. Campbell zog Stephen in den Schutz einer Buchsbaumhecke und bedeckte den Mund des Jungen mit seiner Hand, damit dieser nicht schreien konnte. Das Zapphirn ging in sechs Metern Entfernung an ihnen vorbei, unterwegs zu der brennenden Garage.

»Böser Kerl«, flüsterte Stephen, als das Zapphirn nicht mehr in Sichtweite war.

»Ja.«

Sie setzten ihren Weg über die Hinterhöfe fort. Dabei kamen sie an einem toten Hund vorbei, der an einer Kette angebunden war. Fliegen umschwirrten den aufgedunsenen Körper, und der Gestank war überwältigend.

»Warum hat dich Rachel zurückgelassen?«, fragte Campbell, um Stephen von dem furchtbaren Anblick und der schonungslosen Erinnerung an das, was sie alle erwartete, abzulenken.

»Sie ist in das Haus der Soldaten gegangen, um DeVontay rauszuholen.«

»Warum ist DeVontay reingegangen?«

»Er dachte, dass Menschen wie wir drin sind. Du weißt schon, gute Menschen.«

Campbell fragte sich, ob es wirklich klug war, nach anderen Überlebenden zu suchen. Bislang hatte er ziemliches Pech damit gehabt und er überlegte sich, ob Menschen unter Zwang wirklich fähig waren, für das gemeinsame Wohl zusammenzuarbeiten.

Es gibt nichts Besseres als eine gute, alte Apokalypse, um diesem Blödsinn von Liebe, Frieden und Verständnis den Garaus zu machen.

»Dort ist der Schuppen, in dem sie mich versteckt hat«, sagte Stephen, nachdem sie einen weiteren Hinterhof mit einem verwahrlosten Gemüsegarten durchquert hatten. »Sie hat versprochen zurückzukommen. Aber die Soldaten sind gekommen und haben mich rausgelassen und mir gesagt, ich soll loslaufen oder sterben.«

Die Tür des Schuppens stand offen und Campbell prüfte argwöhnisch die Umgebung, während er sich wünschte, eine Waffe zu haben.

»Jemand ist nach mir drin gewesen«, sagte Stephen. »Sie haben die Werkzeuge auf den Boden geschmissen.«

»Vielleicht ist Rachel zurückgekommen.«

»Oder die Soldaten.«

Sie hörten einen Schrei zu ihrer Rechten, von der Straße her. Campbell warf sich auf den Bauch und krabbelte auf dem Boden, bis er den Kampf sehen konnte. Eine Frau in Militärkleidung verteidigte sich gegen ein Zapphirn, zwei Körper lagen zu ihren Füßen.

»Ich sollte ihr helfen«, sagte Campbell. »Du bleibst hier.«

Stephen packte die Rückseite seines Hemdes, als er aufstehen wollte. «Nein. Sie war eine von denen, die gesagt haben, dass mich die Zapphirne kriegen werden.«

»Aber sie ist eine von *uns*.«

»Wenn du ihr hilfst, wird sie mich vielleicht wieder den Zapphirnen geben.«

Bevor Campbell eine Entscheidung treffen konnte, löste die Soldatin das Problem, indem sie ein Messer tief in den Bauch des Zapphirns stieß und in einem Aufblitzen von Silber und einer Flut von Purpur nach oben riss. Die schrillen Flüche der Soldatin zogen höchstwahrscheinlich die Aufmerksamkeit anderer Zapphirne in der Umgebung auf sich.

Der Junge starrte gebannt, als die Soldatin das tote Zapphirn von sich wegschubste und ihr Messer an einem Bein ihrer

Tarnhose abwischte. Sein Gesicht zeigte keinen wirklichen Schock oder Überraschung. Campbell fragte sich, ob das die Art und Weise war, wie Kinder auf Krieg reagierten, nachdem der wiederholte Anblick schließlich zu Gefühllosigkeit führte.

Willkommen in der neuen Normalität.

»Wo ist das Haus?«, fragte Campbell ihn.

»U-um die Ecke, denke ich.«

»Okay, wir sollten uns besser von der Straße fernhalten.«

Als sie in die relative Abgeschiedenheit der Hinterhöfe zurückgekrabbelt waren, hatte sich die Soldatin erholt und ihr Gewehr aufgehoben. Campbell wollte nicht in der Nähe sein, wenn andere Zapphirne erschienen und die Kugeln herumzufliegen begannen.

Er wollte gerade losrennen, als eine Frauenstimme rief: »*Stephen*!«

KAPITEL 22

Rachel umarmte Stephen und konnte kaum glauben, dass er noch am Leben war.

Herr, ich schulde dir etwas für ein weiteres erhörtes Gebet.

Sie hatten sich ins nächstgelegene Haus geflüchtet, nachdem sie dessen Tür unverschlossen vorgefunden hatten. Eine kurze Durchsuchung hatte ergeben, dass es leer war. Die früheren Bewohner hatten offenbar eilig gepackt und waren davongefahren, als sie von dem seltsamen Phänomen gehört hatten. Pete warf einen Blick in den Kühlschrank, in dem sich nur verschimmeltes Essen und eine halbleere Flasche Sprite, die schon lange schal geworden war, befanden. Rachel hatte einen Dosenöffner gefunden und servierte Stephen eine kalte Dose Hühnersuppe. Sie hatten sich in der dunkler werdenden Küche versammelt, wo Pete mit den Fingern eine Büchse Sardinen aß und Gestank verbreitete.

»Du musst Rachel sein«, sagte der Mann, der offenbar den Jungen gerettet hatte.

»Ja«, antwortete sie. »Wer bist du?«

»Das ist mein alter Kumpel Campbell«, sagte Pete. Er versetzte Campbell einen Stoß gegen den Arm. »Tippe, du wirst mich doch nicht so einfach los. Wo sind Arnoff und seine Bande?«

»Noch auf der Autobahn auf der Suche nach dem Dritten Weltkrieg.«

»Dann haben sie Glück. Offenbar gibt es hier ein paar gemeingefährliche Marines oder sowas. Sie haben mich auf der Autobahn angefallen und gefangen genommen und ... zum Teufel, ich hab keine Ahnung warum.«

Rachel blickte an Stephens Schulter vorbei und sagte: »Zapphirn-Köder.«

Campbell starrte sie böse an. »Und was denkst du dir eigentlich? Einfach den Jungen zurücklassen? Hast du den Verstand verloren?«

Rachels Griff um die Gartenschere verkrampfte sich und sie hob sie, damit Campbell das Blut auf der Metallspitze sehen konnte. Sie zwang sich dazu, gleichmäßig zu atmen, da sie ansonsten von der Wut überwältigt werden würde. »Wir sind prima zurechtgekommen, bevor du auf deinem weißen Pferd wie eine Ein-Mann-Kavallerie herangeritten bist.«

Pete lachte beklommen. »Hey, Freunde, wir sind auf der gleichen Seite, oder?«

Campbell zuckte mit der Schulter und blickte auf den Boden. »Entschuldigung. Befürchte, wir sind im Moment alle etwas angespannt.«

»Sie hat mich gerettet«, sagte Pete zu Campbell. »Ich würde jetzt tot draußen auf der Straße liegen, wenn sie nicht gewesen wäre.«

Rachel ignorierte das Lob, weil sie damit beschäftigt war, Miss Mollys Outfit in Ordnung zu bringen. Sie gab die Puppe zurück zu Stephen, der Miss Molly wie einen Football in den Arm nahm.

»Hast du jemanden verletzt?«, fragte Stephen und deutete auf die blutige Gartenschere.

»Nein«, sagte sie. »Nur ein Zapphirn.«

Nun hast du den letzten Schritt gemacht. Nicht alle lebenden Kreaturen sind gleich unter Gott und es stellt sich heraus, dass Jesus nicht für die Sünden aller gestorben ist.

»Sie ist ziemlich abgefahren mit dem Teil«, sagte Pete und imitierte auf übertriebene Weise, wie sie die Schere geschwungen hatte.

»Ich werde daran denken, wenn ich das nächste Mal jemanden köpfen muss.« Campbell blickte durch die Vorhänge auf die Häuser in der Nachbarschaft. »Ist die Gegend so tot, wie sie aussieht?«

»Ja«, sagte Rachel. »Wir haben ein paar Zapphirne gesehen,

als wir durchgekommen sind.« Sie deutete auf die Rauchsäule, die hinter den Dächern und Bäumen emporstieg. »Dort brennt etwas.«

»Ich habe Brandstifter gespielt, um für Ablenkung zu sorgen«, antwortete Campbell.

»Sieht so aus, als ob du deine Sache gut gemacht hättest. Der Rauch wird immer dichter.«

»Lasst uns verschwinden«, warf Pete ein. »Hier gibt's kein Bier.«

»Guter Vorschlag«, sagte Campbell. »Ich bin mir sicher, dass wir uns von den hilfsbereiten, braven Bürgern dieser Nachbarschaft Fahrräder borgen können.«

Rachel wusste nicht, ob sie ihrem Instinkt folgen sollte, weil er von Schuldgefühlen beeinträchtigt wurde. Sie sollte sich Stephen schnappen und mit ihm nach Norden gehen, um Grandpas sagenumwobenes Lager am Blue Ridge Parkway zu finden, auch wenn das bedeutete, dass diese Kerle mitkommen würden. DeVontay war höchstwahrscheinlich bereits tot, den Zapphirnen vorgeworfen wie in einer perversen Variation des Vorgehens der alten Römer, die Christen den Löwen zum Fraß vorwarfen. Sie malte sich aus, wie der Captain missbilligend den Mund verzog und den Daumen nach unten drehte.

»Ich gehe nicht ohne DeVontay«, sagte Rachel.

»Er hat mir versprochen, mich zu meinem Dad zu bringen«, fügte Stephen hinzu.

»Die Menschen schmeißen zu einfach mit Versprechen um sich«, murmelte Campbell.

»Wir schaffen es auch allein«, sagte Rachel, die von Campells selbstgerechter Haltung genervt war. »Macht ihr einfach weiter mit ... dem, was auch immer ihr getan habt.«

»Wir sind nur herumgestanden und haben darauf gewartet, dass uns die Zapphirne in Stücke reißen«, sagte Pete. »Japp. Die Zeit totgeschlagen.«

»Okay«, meinte Campbell. »Es wäre schade um das schöne weiße Pferd. Was werden wir tun?«

Rachel war sich nicht sicher, ob ihr die Hilfe willkommen war. Ihr Plan war gewesen, zu dem Backsteinaus zurückzukehren, bis zum Anbruch der Nacht zu warten und sich dann hineinzuschleichen, um DeVontay zu befreien. Sie musste zugeben, dass das kein sonderlich toller Plan war, zumal sie sich nicht sicher war, wo sich darin Platz für Stephen befand.

»Sie sind bewaffnet und wir nicht«, sagte sie.

»Verdammt«, sagte Pete. »Glaubst du wirklich, dass sie uns abknallen würden?«

»Ihr Anführer ist ein bisschen labil, gelinde gesagt. Offenbar hatten sie sich in einem Militärbunker verschanzt, als die meisten Angehörigen ihrer Truppe zu Zapphirnen wurden.«

»Kann ihm nicht vorwerfen, dass er ein wenig aus der Bahn geworfen wurde«, sagte Campbell. »Ich denke, die Eruptionen hatten mehr Auswirkungen auf uns alle, als wir ahnen. Ich habe mich mit einem Wissenschaftler unterhalten und–«

»Jesus, Campbell«, unterbrach ihn Pete. »Der Typ hat es nicht mal zu einer feste Anstellung an einer Uni gebracht. Ich würde keinen Cent auf das geben, was er brabbelt.«

»Wie viele Leute sind mit diesem Arnoff unterwegs?« Rachel fragte sich, ob es mehr Überlebende gab, als sie gedacht hatte. Vielleicht versteckten sich die meisten, blickten durch Risse in Kellerfenstern und warteten auf die Wiederkunft des Herrn.

»Sie sind zu viert«, sagte Campbell. »Vielleicht kommen sie in diese Richtung, aber ich denke nicht, dass ich auf sie warten will.«

»Nun, wir können nicht einfach hier sitzen und warten, bis die Zapphirne zu dem mutieren, zu was auch immer sie werden.«

»Oder bis *wir* uns verändern«, fügte Campbell hinzu.

»Das hört sich nicht gut an«, sagte Pete.

»Zu was verändern?«, fragte Stephen. Rachel wollte ihm die Ohren zuhalten. Und die Augen. Und seine Nase vor dem Gestank brennender Häuser und verfaulenden Fleisches beschützen.

»Also«, sagte Pete, »ein Frontalangriff in einem Selbstmordkommando. Ich bin dabei. Zum Teufel, wir werden so oder so dran glauben müssen.«

»Ich habe eine Idee. Aber sie ist ein bisschen riskant«, sagte Campbell.

»Ich hoffe, es hat was mit Alkohol zu tun«, sagte Pete. »Ich beginne, nüchtern zu werden, und die Wirklichkeit gefällt mir gar nicht.«

Rachel fuhr mit den Fingern durch Stephens Haar. Es war dicht wie Chelseas, mit kleinen Locken. Sie würde nicht noch jemanden in diesem Leben verlieren, wenn sie es verhindern konnte.

»Okay«, sagte Rachel. »Wir hören.«

»Nun, es war ziemlich einfach, ein Feuer in Gang zu setzen«, sagte Campbell. »Oder, Stephen?«

Der Junge nickte. »Und es hat den Zapphirnen gefallen.«

»Und es hat den Zapphirnen gefallen. Also, wir starten ein Ablenkungsmanöver, so wie in den Kriegsfilmen, und wenn dann jeder völlig verwirrt herumrennt, gehen wir hinein und holen euren Freund.«

»Was ist, wenn wir dabei DeVontay verbrennen?«, fragte Rachel.

»Ich habe nicht gesagt, dass es ein *guter* Plan ist. Hast du was Besseres vorzuschlagen?«

Rachel studierte Campbells Augen hinter den Gläsern seiner dicken, schwarz gerahmten Brille. Seine Pupillen waren vor Aufregung geweitet und mit einem graublauen Rand versehen, der die Farbe des Wassers im Puget Sound im Winter hatte. Sein Haar war zerzaust und schmutzig, sein Kinn etwas zu schwach für seine Stirn und seine Schultern ließen vermuten, dass er lieber Handys als Gewichte hob. Er war der Typ von Mann, dem sie in einem Coffee-Shop oder einem Buchladen keinen zweiten Blick geschenkt hätte, aber hier, im Danach, strahlte er eine unbeholfene Männlichkeit und Würde aus.

Oder vielleicht veränderte er sich im Vergleich zum Davor,

ein Opfer der raffinierten Arbeitsweise der Sonne.

Vielleicht bist DU diejenige, die sich verändert.

Nein. Sie war sich ziemlich sicher, dass sie noch immer eine gute Christin war. Dieser kleine Ausbruch von Gewalttätigkeit gegenüber dem Zapphirn war gerechtfertigt gewesen. War der Gott des Alten Testaments nicht ein rachesüchtiger Kriegstreiber gewesen, bevor Jesus den Frieden in die Welt gebracht hatte? Wenn man in dieser traurigen neuen Welt die andere Backe hinhielt, war die Wahrscheinlichkeit groß, dass sie einem abgebissen wurde.

»Ich denke, wir können nicht mehr warten, bis noch mehr weiße Ritter über den Hügel geritten kommen«, sagte Rachel schließlich. »Wenn das hier das ist, was aus der Armee wird, wenn die Marionettenfäden reißen, dann hat mein Großvater vielleicht Recht gehabt.«

»Womit Recht gehabt?«, fragte Campbell.

»Einer seiner Sprüche war: ›Wenn die Mauern einstürzen, haben wir nur noch den Feind im Innern.‹«

Pete schüttelte den Kopf. »Heftig, Alter. Ich hoffe, er spaziert da draußen nicht mit einer Machete herum.«

»Ich bin mir ziemlich sicher, dass er einer von den Überlebenden ist, wenn er nicht befallen wurde«, sagte Rachel. »Er hat mit so etwas schon gerechnet.«

»Mit so etwas gerechnet?«, fragte Campbell. »Sogar die Wissenschaftler wurden kalt erwischt. Die waren fest davon überzeugt, dass wir noch gute fünf Milliarden Jahre haben, bevor sich die Sonne in ein rotes Gasmonster verwandeln und uns verschlingen wird.«

Pete beugte sich nach vorne, hob den Hintern und entließ einen lauten, feuchten Furz. »Hier hast du dein Gasmonster.«

Stephen kicherte und obwohl Rachel diese Art von Pennälerhumor nicht zusagte, war sie erleichtert zu sehen, dass sich der Junge von dem letzten Trauma zu erholen schien.

»Okay«, sagte Campbell. »Die Sonne geht unter. Wir sollten es tun, sobald es dunkel wird.«

»Folgt mir«, sagte Rachel und nahm Stephens Hand. Sie prüfte durch das Vorderfenster, ob die Luft rein war, obwohl sie die Hintertür benutzen wollte.

Oh, heiliger Herr im Himmel. Ist das dein Ernst?

»Jungs«, sagte sie. »Ich glaube, das müsst ihr sehen.«

Sie drängten sich hinter sie, Petes fischiger Atem verdarb die Luft. Draußen war der Sonnenuntergang dämmrig und rauchverhangen. In den sie umgebenden Ahorn- und Eichenbäumen kündigte sich der Herbst an. Dünne Bänder des Nordlichts wandten sich durch die Atmosphäre wie gigantische, lindgrüne Gespenster. Nächtliche Schatten krochen über die Höfe und Fenster der Häuser und verpassten ihnen ein unheimliches Aussehen, das furchtbare Geheimnisse in ihrem Inneren vermuten ließ. Aber es war das Geschehen auf der Straße, das ihre Aufmerksamkeit auf sich zog.

Zwei Menschen waren mit einem der gefallenen Zapphirne beschäftigt. Rachel war sich nicht sicher, aber sie dachte, dass es sich um das Zapphirn handelte, das sie mit der Gartenschere erledigt hatte.

»Soldaten«, sagte Pete. »Was zur Hölle wollen sie mit einem toten Zapphirn? Ich kann mir nicht vorstellen, dass sie ihre Zeit mit einer Begräbnisfeier verschwenden werden.«

»Es sind keine Soldaten«, widersprach Rachel. Trotz des schwachen Lichts konnte sie sehen, dass eine der Gestalten ein helles T-Shirt und so etwas wie khakifarbene Cargoshorts und Sandalen trug, also keine Tarnkleidung. Und die andere trug eine Art Bademantel. Der Gürtel hing herunter und der Wuschelkopf darüber konnte zu einer Person beiderlei Geschlechts gehören. Die beiden bückten sich und brachten die Leiche in eine Sitzhaltung.

»Oh Scheiße, sie werden ihn nicht *essen*, oder? Werden diese glanzäugigen Schweine zu Zombies?«

»Schhh.« Rachel warf ihm einen finsteren Blick zu und nickte in Richtung Stephen, dessen Augen größer wurden, während sich sein Griff um die Puppe verkrampfte.

»Er macht nur Spaß«, sagte Campbell zu dem Jungen. »Er hat zu viele Comics gelesen.«

»Ich mag Comics«, sagte Stephen. »Spiderman am liebsten.«

»Cool«, sagte Pete, der versuchte, seinen Patzer zu überspielen. »Ich hatte ein paar Ausgaben in meinem Rucksack, aber ich habe ihn verloren, als mich diese Soldaten überfielen.«

»Du hast Glück«, sagte Campbell und machte eine Handbewegung zu seinem eigenen Rucksack auf der Couch. »Ich hab mir gedacht, dass du sie vermissen würdest, wenn ich dich jemals wieder treffen würde. Deshalb hab ich sie für dich gerettet.«

Pete kapierte, dass er Stephen von einer womöglich grausigen Entdeckung ablenken sollte. Er klopfte dem Jungen auf die Schulter und sagte: »Erster Auftritt des Green Goblin, mein junger Mann. Und fast wie neu.«

»Nicht mehr ganz«, sagte Campbell. »Aber ihr könnt sie mit der Taschenlampe lesen. Schirmt nur den Strahl ab, damit ihn niemand von der Straße aus sehen kann.«

»Klasse!«, sagte Stephen genau so, wie es jeder normale Junge tun würde, nicht wie einer, der die weiträumige Vernichtung seiner Rasse erlebt hatte und mit ansehen musste, wie sich die Welt in ein Brachland verwandelte. Rachels Herz zog sich zusammen, aber sie erlaubte sich keine Tränen aus Mitgefühl. Sie hatte sich nach Chelseas Tod ausgeheult und alle zukünftigen Zusammenbrüche mussten ein neues, unentdecktes Reservoir anzapfen.

Rachel und Campbell pressten ihre Nasen an das Fenster. Ihre Schultern berührten sich, ihr beider Atem beschlug die Scheibe. Die beiden Gestalten bei dem Zapphirn hoben es an und hielten es zwischen sich hängend, so wie zwei Matrosen, die einen betrunkenen Kumpanen nach Hause schafften.

»Denkst du, dass sie es begraben werden?«, fragte Rachel.

»Das wäre das erste Mal, dass ich so etwas sehe. Aber ich muss gestehen, dass ich mehr Zeit damit zugebracht habe, vor ihnen davonzulaufen und mich zu verstecken, als sie zu beobachten.«

»Sie bewegen sich wie Menschen. Sie haben Gleichgewicht und eine gute Haltung, und ihre Handlungen sind auf etwas anderes als Zerstörung ausgerichtet.«

»Ja. Aber wenn sie Überlebende sind, was wollen sie dann mit einem toten Zapphirn?«

Rachel konnte sich ein paar Dinge vorstellen, darunter auch Petes fantasievollen Schritt zum Kannibalismus, aber das machte keinen Sinn, weil es noch genug Nahrung gab. Wissenschaftliche Experimente waren unwahrscheinlich, wenn man den totalen Zusammenbruch aller akademischen Systeme in Betracht zog, und ansonsten fiel ihr kein anderer Nutzen ein, den man aus einer Leiche ziehen konnte. »Vielleicht reinigen sie die Straße?«

»Du meinst, damit es so aussieht, als ob es keine Zapphirne gäbe? Um irgendeine Auszeichnung für die Gemeinde zu gewinnen oder so?«

»Nein, um mehr Zapphirne anzulocken. Vielleicht haben sie eine Bürgerwehr am Laufen.«

Pete ließ den Strahl der Taschenlampe sorglos durch den Raum wandern, als er eine Seite umblätterte, während er Stephen laut vorlas. Rachel schimpfte mit ihm, weil sie Angst hatte, dass das Licht die Leute draußen anziehen würde wie neugierige, zielstrebige Nachtfalter.

Stattdessen schleppte das Paar die Leiche weiter auf der Straße entlang in Richtung des von Campbell gelegten Feuers im Osten. Die sich ausbreitende Feuersbrunst warf einen rötlichen Schimmer auf den Sonnenuntergang, der Rauch wirbelte vor dem Hintergrund des mit Purpur durchzogenen Himmels wie ein Vorhang im Sturm der Hölle. Der Person im Bademantel rutschte die Leiche aus dem Griff. Der Bademantel teilte sich und enthüllte fleckige Haut.

»Ich glaube, dass es Zapphirne sind«, sagte Rachel.

»Das ergibt keinen Sinn«, erwiderte Campbell. »Zapphirne sind gewalttätige, hirnlose Mordmaschinen.«

»Vielleicht haben wir sie vereinfacht, damit wir glauben

konnten, sie zu verstehen.« Rachel mochte diese Antwort nicht, aber war sie wirklich schlimmer als die Wirklichkeit der letzten paar Wochen?

Der Mann im T-Shirt drehte sich um und blickte direkt auf Rachel, oder zumindest fühlte es sich so an. Sogar aus einer Entfernung von dreißig Metern machte ihr der verschleierte Blick klar, dass es sich um ein Zapphirn handelte. Es war von durchschnittlicher Körpergröße mit Bürstenhaarschnitt und trug Bootsschuhe. Es hätte ein Mann sein können, der mit einem Wasserschlauch seine Auffahrt abspritzte, während er mit einem Bier in der Hand darauf wartete, dass endlich die nachmittäglichen Footballspiele angepfiffen wurden.

Rachel duckte sich ein wenig und zog Campbell mit hinunter. Gleichzeitig rief sie: »Vorsicht, sie gucken in unsere Richtung.«

Sie kauerten eine lange Minute lang im Dämmerlicht, während das einzige Geräusch das ferne Prasseln des Freudenfeuers war. Rachel erwartete, dass es an der Tür klopfte oder sich vielleicht ein Körper gegen die Fensterscheibe warf. Sie wünschte sich, die Gartenschere nicht in der Küche gelassen zu haben.

Als ihr die Anspannung zu viel wurde, hob sie eine Ecke des Vorhangs gerade hoch genug an, um sehen zu können, wie die beiden Zapphirne ihren gefallenen Kameraden weiter die Straße entlangschleppten. Rachel musste überrascht feststellen, dass sie ihren toten Gefährten mit einer Zärtlichkeit eskortierten, die in direktem Gegensatz zu der Gewalttätigkeit stand, die sie vorher an ihnen beobachtet hatte.

»Ich sollte ihnen folgen«, sagte Campbell. »Herausfinden, was los ist.«

»Nein«, antwortete Rachel. »Was hilft uns das? Im Moment müssen wir DeVontay befreien und von hier verschwinden, bevor uns dein Feuer bei lebendigem Leib röstet.«

»Wir können alle Superhelden sein!«, sagte Stephen, der offenbar so sehr in den Comic vertieft war, dass die Grenze zwischen Fantasie und Wirklichkeit für ihn zu verschwimmen begann. Rachel beneidete ihn beinahe darum.

»Klar, Kleiner«, sagte Pete. »Eine supertolle Strahlenkanone sollte genügen.«

Als ob Petes Worte unterstrichen werden sollten, ertönte draußen ein spröder Knall, der Rachels Aufmerksamkeit auf sich zog. Zuerst dachte sie, dass es sich um das Zerbersten von Holz in der Hitze des Feuers handelte, aber das Zapphirn in dem weißen T-Shirt lag hingestreckt auf der Straße über der Leiche, bei deren Bergung es geholfen hatte. Ein dunkler Fleck breitete sich auf seinem Rücken aus.

Ein Schuss.

Ein weiterer Schuss ertönte. Das letzte Zapphirn duckte sich und spähte in die rauchige Dunkelheit, dann floh es von der Straße in einen Hof neben einem Haus.

»Ich wette, das ist der Captain mit seinem Schlägertrupp«, sagte Rachel.

»Oder vielleicht Arnoffs Truppe«, sagte Campbell.

Pete gesellte sich zu ihnen ans Fenster. »Klasse. Wir sollten uns ihnen anschließen.«

»Im Moment«, sagte Campbell, »kann ich die Zapphirne nicht von den Menschen unterscheiden. Und ich habe keine Lust darauf, beim Versuch erschossen zu werden.«

»Er hat Recht«, sagte Rachel zu Pete. »Aber ihr könnt machen, was ihr wollt. Ich werde DeVontay rausholen.« Sie rief in die Dunkelheit des Wohnzimmers nach Stephen. »Los, Liebling, hol deine Sachen. Wir treffen uns an der Hintertür.«

KAPITEL 23

Auf den ersten Blick sah das Backsteinhaus verlassen aus.

Rachel teilte die wächsernen Blätter des Rhododendrongebüsches, das eine Seite des Gartens begrenzte. Die Fenster des Hauses waren dunkel, obwohl sich der Schimmer des fernen Feuers in ihnen spiegelte. Campbells Brandstiftung hatte sich ausgeweitet und verpasste dem Himmel der Abenddämmerung ein wütendes Rotorange. Die Flammen züngelten über den Baumspitzen und streuten Lichtstreifen auf die Umgebung. Die Luft stank nach Rauch und das Atmen bereitete Schwierigkeiten, aber Rachel konnte nicht anders und musste an die verbrannten Leichen denken, deren feine Asche nun in ihre Lungen strömte.

»Verdammt, Campbell«, sagte Pete, der hinter ihr auf dem Grundstück neben dem Garten des Backsteinhauses kauerte. »Tolles Freudenfeuer hast du da angerichtet. Trägst deinen Teil dazu bei, reinen Tisch zu machen, hä?«

»Vielleicht sind diese Typen schon abgezogen«, sagte er.

»Nein«, meinte Rachel. »Ich glaube nicht, dass es ihnen so sehr um das Überleben geht. Sie sind mehr am Krieg interessiert.«

»Gegen wen?«, fragte Campbell. »Ich denke, diesen Krieg haben wir so ziemlich alle verloren.«

»Du verstehst die Soldaten nicht. Lieber mit Glanz und Gloria untergehen, als einen Tritt in den Hintern verpasst zu bekommen.«

Stephen drückte ihre Hand. Der kleine Junge kauerte unter dem Blattwerk des Gebüsches. »Geh nicht da rein.«

»Ich kann DeVontay nicht zurücklassen. Wenn ich in fünfzehn Minuten nicht zurückkomme, werden dich diese Jungs zu deinem Vater bringen. Oder?«

»Äh ... klar«, sagte Pete. »Wir sind sowieso in die Richtung unterwegs.«

»Dann ist alles klar«, sagte Rachel. »Ich werde das Feuer an der Seite neben der Garage entzünden. Dann haben alle die Chance zu entkommen, bevor es außer Kontrolle gerät.«

»Hast du Brandbeschleuniger?«, fragte Campbell.

»Bevor es dunkel wurde, hab ich einen Holzkohlengrill im Hof hinter dem Haus gesehen. Daneben stand ein Kanister mit Grillanzünder.«

»Noch ein Würstchen-Grillen«, sagte Stephen.

Rachel kicherte, doch es klang eher, als ob sie gerade an einem Hühnerknochen erstickte. »Aber ich brauche Papier.«

Nach einem Augenblick, in dem in der fernen Feuersbrunst etwas Großes platzte und mit dem Dröhnen eines Passagierflugzeug beim Abheben zerbarst, sagte Pete: »Verdammt. So viel zu meiner potentiellen Vermögensanlage.« Er öffnete seinen Rucksack und drückte ihr einen Stapel Comics in die Hand. »Tschüss, Spidey. War nett mit dir.«

»Es ist für die gute Sache«, sagte Campbell.

»Opfer sind was für Versager«, sagte Pete. »Aber ich hoffe, dadurch bekomme ich ein paar echte Pluspunkte im Himmel.«

»Ich werde ein Wort für dich einlegen«, gab Rachel zurück und hoffte, dass sie nicht zu frömmelnd klang. In der letzten Stunde hatte sie fieberhaft gebetet, es aber für sich behalten.

Nun, für mich und Gott. Weil ich in dieser Sache nicht allein bin.

Sie stellte sicher, dass sich das Feuerzeug noch in ihrer Tasche befand, dann bereitete sie sich darauf vor, den Rhododendron zu durchbrechen. »Ich komme mit dir«, sagte Campbell.

»Zu zweit werden wir eher entdeckt«, antwortete sie. »Außerdem musst du auf Stephen aufpassen.«

Sie fühlte, wie eine starke Hand sie am Unterarm packte. Als sie sich umdrehte, sah sie den Flächenbrand auf Campbells Brillengläsern wogen. Dahinter schimmerten seine ernsten Augen. »Wenn du da rein gehst, muss ich mit dir gehen«, sagte er.

Wut loderte in ihr auf, heiß wie das heißeste Feuer. »Jetzt ist nicht die Zeit für bescheuerte postapokalyptische Männlichkeitsrituale. Falls du es nicht gemerkt hast: die Regeln sind weitgehend eliminiert. Also hör mit deinem Macho-Scheiß auf, denn ich bin bis hierher auch ohne dich gekommen.«

Stephen schauderte und atmete tief ein, und Rachel bereute ihren Ausbruch sofort. Sie streichelte Stephens Haar und flüsterte: »Es ist gut, Liebling. Ich gehe nur DeVontay holen und dann komme ich gleich zurück. Ich verspreche es.«

Pete schnaubte ungläubig, aber Campbell blieb stumm. Rachel hielt den kleinen Stapel Comics in der einen und ihre Gartenschere in der anderen Hand. Ihr war klar, wie lächerlich sie wirkte. Wenn sie jemanden so in einem viralen YouTube-Video gesehen hätte, hätte sie den Star des Videos für einen zurückgebliebenen Supertrottel gehalten, der zu einem Leben mit Lolcats und Zölibat verdammt war.

Nennt mich einfach Jeanne d'Arc. Hoffentlich ohne den Teil mit dem Scheiterhaufen.

Ein verirrter Lichtstrahl, vielleicht durch eine Taschenlampe verursacht, wanderte durch das Backsteinhaus. Gleichzeitig ließ ein Windstoß das ferne Feuer zu einer geballten Hitzemasse anschwellen, die gewundene, in den Himmel wachsende Rauchsäulen erleuchtete.

Rachel glaubte, eine Stimme durch das zerstörte Panoramafenster hören zu können. Die Leiche war vom Fenstersims entfernt worden, aber ein dunkler Haufen lag noch im Schatten des Blumenbeets am Ende der Veranda.

»Okay, wünscht mir Glück«, sagte Rachel, als sie sich darauf vorbereitete, über den Rasen zu sprinten. Dank der Dunkelheit war sie sich ziemlich sicher, dass sie nicht entdeckt werden würde, aber sie traute Captain Americas A-Team nicht. Vielleicht waren sie ein bisschen zu schießwütig, nachdem einer der Ihren von den Zapphirnen getötet worden war.

»Du brauchst kein Glück«, sagte Pete. »Du brauchst Alk.«

»Viel Glück«, sagte Campbell und drückte aufmunternd ihren Arm. »Wenn irgendwas schiefgeht, werden wir ein Ablenkungsmanöver veranstalten, damit du fliehen kannst.«

»Männlichkeitsritual?«, fragte sie.

»Nee«, antwortete er. »Nur die gute alte Strategie ›Wie überlisten wir die Bösen‹.«

»Moment«, warf Stephen ein. »Ich dachte diese ... Z-Dinger, die Zapphirne ... sind die Bösen.«

»Und *deine* Aufgabe ist, auf Miss Molly aufzupassen«, sagte Rachel zu ihm. »Okay, ich treffe euch wieder hier mit DeVontay, wenn alles nach Plan läuft.«

»Nichts läuft jemals nach Plan«, sagte Campbell. »Sonst wäre das hier nicht das Danach.«

»Ja«, murmelte sie leise vor sich hin. Dann löste sie sich vom Gebüsch und rannte gebückt, während sie den Blick auf das Haus gerichtet hielt. Die kaputte Gartenschere hielt sie wie eine Turnierlanze von sich gestreckt.

Der seltsame Schein am Horizont schwoll zu einem ewigen Sonnenuntergang an und Rachel befürchtete, zu exponiert zu sein, um unbemerkt das Haus erreichen zu können. Dennoch hatte sie schnell den Garten durchquert und fiel am Ende des Hauses, aus dem sie geflüchtet war, auf die Knie. Über sich sah sie das schwarze Viereck der Lüftungsöffnung, durch die sie entkommen war. Das Fehlen von Fenstern auf dieser Seite des Hauses gab ihr Mut.

Der Holzkohlegrill roch nach altem Fett und Ruß, Asche lag um seine verrosteten Beine. Aber der Kanister mit Grillanzünder war fast voll und sie spritzte damit gegen die hölzerne Hausverkleidung. Der schwere Benzingeruch verdrängte den Brandgeruch aus ihrer Nase. Nachdem sie das Holz befeuchtet hatte, lehnte sie ihre Waffe gegen das Haus und zog das Feuerzeug aus ihrer Hosentasche.

Aus der Ferne hörte sie erneut das Knallen und Prasseln der sich nähernden Feuersbrunst und sie fragte sich wieder, warum der Captain seine Einheit nicht aus der Gegend abgezogen hatte.

Und sie fragte sich, ob sich DeVontay noch immer im Haus befand.

Er wird drin sein.

Weil es für mich so sein MUSS.

Und sie überlegte, wie sehr ihr Bedürfnis von den Schuldgefühlen wegen Chelsea gespeist wurde. Sie war sich nicht über ihre Beweggründe klar, aber es war einfacher zu glauben, dass sie edel und rechtschaffen war. Aber sie erinnerte sich auch an Petes Worte: »*Opfer sind was für Versager.*«

Sie würde nicht versagen. Dieses Mal nicht.

Rachel entzündete das Feuerzeug, öffnete einen Comic und ordnete die Seiten fächerförmig an. Sie führte die Flamme an eine Ecke, von der aus sie am Rand des Papiers entlangwanderte. Die Tinte auf dem Papier verlief zu grellen Farben. Rachel drückte die Fackel gegen die angefeuchteten Bretter und das Feuer nahm einen begeisterten Schluck Benzin, bevor es auf die Hausverkleidung übersprang. Rachel war wie gelähmt durch die hypnotisierende Flamme und die Art und Weise, wie sie über dem Benzin zu schweben schien, weshalb sie für einen Moment ihre Umgebung vergaß. Plötzlich hörte sie einen Schrei von der Straße her. Sie duckte sich instinktiv hinter dem alten Holzkohlengrill in der Hoffnung, dass sein Umfang sie verbergen würde.

Sind das Stephen und die Jungs? Aber warum sollten sie auf der Straße sein?

Dann war das *Tack-Tack-Tack* eines halbautomatischen Gewehrs zu hören. Eine Kugel drang in die Holzverkleidung drei Meter über ihr ein. Aber sie glaubte nicht, dass sie selbst das Ziel war.

Sie hob ihren Kopf hoch genug, um die Silhouette eines Menschen sehen zu können, der die Straße entlangrannte. Der Kugelhagel landete in den Bäumen, als die Gestalt zwischen zwei Autos verschwand, die in einer Zufahrt geparkt waren. Sie war sich nicht sicher, ob es sich um ein Zapphirn gehandelt hatte oder jemanden, der vor den Schützen auf der Flucht war, aber irres

Gelächter kam von dem Ende der Straße, das sie nicht einsehen konnte.

»Verdammt, hast du gesehn, wie der Hurensohn gerannt ist, als hätte er Ameisen in seinem Zapp-Loch?«, rief ein Mann mit einem ländlichen Akzent.

»Spar deine Munition, Donnie«, sagte eine andere Stimme, die tiefer, ruhiger und autoritärer wirkte.

Es klang nicht wie der Captain, obwohl der arrogante Befehlston ähnlich war. Mittlerweile hatten die Flammen das Ende des Hauses erreicht und sich über den mit Benzin getränkten Fleck hinaus ausgebreitet. Ein dünner Rauchfaden stieg in den Himmel, um sich dort mit dem Dunstschleier zu vereinen.

Rachel krabbelte um die Ecke des Hauses, während sie die Gartenschere vor sich hielt. Die Fliegengittertür stand offen und hing ein wenig schief in den Angeln. Sie fragte sich, ob sie nicht besser durch das zerbrochene Fenster klettern sollte, obwohl sie dabei von der Straße aus gesehen werden konnte. Auch wenn sie nicht wusste, wie viele der Schergen des Captains auf der Lauer lagen, zweifelte sie daran, dass sie sich bis zu dem Hinterzimmer durchkämpfen konnte, in dem sie mit DeVontay gefangen gewesen war.

Sie beschloss, dass es besser war zu warten, bis das Haus richtig Feuer gefangen hatte und die Truppe gezwungen war zu fliehen. Höchstwahrscheinlich würden sie keine Zeit damit verschwenden, DeVontay zu befreien.

Vorausgesetzt, er ist noch am Leben.

Nun, sie konnte sich entweder mit der Wirklichkeit ihrer Lage befassen oder auf ihren Glauben bauen. Ihr Glaube war bei ihr, umhüllte sie mit seinem zuckersüßen Netz, schützte sie und hielt sie zurück. Jesus hatte in seiner dunkelsten Stunde am Kreuz Gott gefragt, warum er ihn verlassen hatte, und Gott hatte nicht geantwortet. Also konnte sie auch nicht erwarten, dass er jetzt antworten würde.

Sie war sich nun fast völlig sicher, dass das Haus verlassen war, und wollte gerade zur Hintertür schleichen, als ein gedämpfter Knall aus dem offenen Fenster zu hören war. Jemand schoss mit einer Waffe aus dem Inneren des Hauses.

Auf Schreie – menschliche Schreie – von der Straße her folgte die Erwiderung des Feuers.

Oh mein Gott, sie schießen aufeinander. Die letzten lebenden Menschen versuchen, sich gegenseitig umzubringen.

Vielleicht sollte sie nicht überrascht sein. Schließlich war Töten das, was Menschen taten.

Das Feuer züngelte an der Hauswand empor und erreichte den Dachvorsprung und die Schindeln. Schwarzer Rauch erhob sich in den Himmel, als das Holz vor Hitze knackte und zerbarst. Die Hintertür wurde aufgestoßen und Captain America kam herausgerannt. Sein Gesicht war schweißüberströmt und glänzte im rötlichen Glühen der vom Feuer erhellten Nacht. Zwei Soldaten kamen unmittelbar hinter ihm und alle drei rannten zum hinteren Ende des Grundstücks. Rachel stellte erleichtert fest, dass sie in entgegengesetzter Richtung zum Versteck von Stephen, Pete und Campbell unterwegs waren. Ein weiterer Soldat, die Frau, die auf der Straße gegen das Zapphirn gekämpft hatte, kam aus dem Haus gehumpelt und folgte ihnen in die Dunkelheit.

»Bruenig«, rief sie. »Johnson. Navarro. Wartet.«

Sie hatte gerade die hintere Hecke erreicht, als aus ihrer Schulter dunkle Flüssigkeit hervorschoss. Einen Bruchteil einer Sekunde später war der Schuss zu hören, der noch zwischen den Häusern hallte, als sie bereits stöhnend und blutend kopfüber auf dem Boden lag.

»Verdammt«, rief Campbell aus seinem Versteck hinter den Rhododendronbüschen. Dann brüllte er: »Arnoff! Hört auf zu schießen!«

Rachel wurde klar, dass es sich bei der Gruppe, die auf die Soldaten schoss, um die Reisegefährten von Campbell und Pete handeln musste. Sie eilte gebückt zur Hintertür. Eigentlich hatte es mehr Soldaten gegeben, aber vielleicht hatte sie der Captain auf eine Aufklärungsmission geschickt oder sie waren von den Zapphirnen getötet worden.

Oder sie waren im Haus aufgestapelt, nachdem ihr verrückter Anführer sie exekutiert hatte. Die Opfer eines Bunkerkollers.

Sie hatte keine Zeit zu verschwenden. »Ich gehe rein«, rief sie zu Campbell hinüber, bevor sie durch die Hintertür stürmte, die Gartenschere einsatzbereit in der Hand. Das Innere des Hauses war finster, der Rauch hing dünn und abgestanden in der Luft und durch die Fenster drang nur ein ganz leichter Lichtschimmer.

»DeVontay?«, rief sie, während sie sich gebückt in Richtung Flur bewegte. Im Dunkeln knallte sie mit dem Schienbein gegen ein Möbelstück. Um sie herum flüsterte und zischte die Hülle des Hauses in den sich ausbreitenden Flammen. Sie hatte nicht viel Zeit.

Der Flur war fast völlig dunkel, aber Rachel erinnerte sich, dass das hintere Schlafzimmer, in dem sie und DeVontay gefangen gehalten worden waren, einfach geradeaus am Ende lag. Sie knallte mit der Schulter gegen die Tür und drehte dann den Knauf, wobei sie sich wünschte, eine Taschenlampe mitgebracht zu haben.

Sie nahm eine Bewegung in dem Zimmer wahr, also hatten sie wahrscheinlich DeVontay nicht wieder an das Bett gebunden. Das war gut, denn sie benötigte jede Sekunde. Das Feuer breitete sich über das Dach aus und verzehrte die Bitumenziegel mit einem öligen Getöse reiner Freude.

Rachel rief noch einmal seinen Namen im Wettbewerb mit dem hungrigen Feuer. Die Flammen hatten die Fenster erreicht, erleuchteten das Haus mit Gegenlicht und ließen dunkelrote Bänder hinter ihr flimmern. Vor ihr befand sich eine Silhouette, ein schwarzer, menschlicher Schatten vor dem Schein des Feuers.

»DeVontay, komm!«, schrie sie, als sie nach vorne stürzte und nach ihm griff.

Die Hand packte ihr Handgelenk und zog sie an sich. Der

Geruch übelriechenden Atems durchbrach den beißenden Rauch.

»Rachel?« Irgendwo außerhalb des Hauses rief DeVontay nach ihr.

KAPITEL 24

»Die knallen alles ab, was sich bewegt«, sagte Pete.

Campbell hielt Stephen zum Schutz gegen das popcornhafte Stakkato der Schüsse und das Knistern der Feuersbrunst die Ohren zu. Die Dunkelheit war einem Halbdunkel gewichen.

»Ich wusste, dass Donnie früher oder später durchdrehen würde«, sagte er. »Nur hatte ich gehofft, dass ich dann meilenweit weg sein würde.«

»Sie ist schon zu lang da drin«, sagte Pete. »Das verdammte Haus stürzt gleich in sich zusammen.«

Stephen gab einen Aufschrei des Unbehagens von sich. Campbell wünschte sich, dass er Pete mit dem Ellenbogen in die Rippen stoßen könnte, damit er den Mund halten würde, aber Pete war dabei, sich tiefer in das Gebüsch zurückzuziehen, als ob der Pflanzenwuchs Querschläger aufhalten könnte. Campbell sah einen Mann auf dem Dach eines Hauses in der Nähe, der mit seinem Gewehr auf die Straße zielte. Er war sich zwar nicht sicher, glaubte aber, dass es einer der Soldaten in Tarnkleidung war.

»Yee-haw!« Donnie ließ in seinem unverwechselbaren gedehnten Südstaaten-Dialekt den Freudenschrei der Cowboys ertönen.

Der Soldat feuerte ein paar Runden in die Richtung, aus der Donnies Stimme gekommen war, und erhielt als Antwort eine Gewehrsalve. Er erstarrte und stand für einen Moment still vor dem höllengleichen Horizont. Dann streckte er die Arme von sich und ließ sein Gewehr fallen. Er brach zusammen, rollte vom schrägen Dach und war nicht mehr zu sehen.

»So viel dazu, dass wir zum gleichen Team gehören«, sagte Pete. »Wir sollten besser verschwinden.«

»Wir haben Rachel versprochen, dass wir warten werden.«

»Raaaa-chel«, jammerte Stephen.

»Schhh«, sagte Campbell. »Wir werden sie rausholen.« Er drehte sich um und blickte in die Dunkelheit. »Pete?«

Aber Pete war weg, verschwunden in den Schatten zwischen den Häusern. Campbell fluchte leise vor sich hin. Er wagte es nicht, Stephen allein zu lassen, nicht nach all den seelischen Erschütterungen, denen der Junge ausgesetzt gewesen war. Aber er konnte auch nicht einfach hier sitzen und warten, während Menschen starben – dafür gab es nicht mehr genug von ihnen.

»Komm, Stevie-Boy«, sagte er, griff nach dem Arm des Jungen und zog ihn mit sich.

Sie brachen aus der Rhododendronhecke und waren durch das flackernde Licht des brennenden Hauses entblößt. Das Haus brodelte und spuckte wie ein Vulkan, es saugte Sauerstoff aus der hölzernen Hülle, um die wilde rotorange Raserei auf dem Dach zu füttern. Niemand konnte lange in so einem Inferno überleben.

Campbell zog Stephen hinter sich her, während er zum Haus rannte. Er sah, wie ein Mann durch die offene Hintertür ins Haus rannte, als Stephen schrie: »DeVontay!«

»Ist das euer Freund?«, fragte Campbell.

Stephen nickte, klemmte seine Puppe unter sein Kinn und drückte sie fest. Campbell vermutete, dass DeVontay größere Chancen als er hatte, Rachel zu erreichen. Aber ihm blieben jegliches Dilemma und Schuldgefühle erspart, weil ein vertrautes Gesicht in den Schein des Feuers trat.

»Nun, nun, nun«, sagte Arnoff. »Vermute, deine Aufklärungsmission ist ziemlich schiefgegangen.«

Arnoffs Jagdweste war mit etwas Feuchtem und Dunklem befleckt. Sein Gewehr zeigte nach oben, der Kolben lag in einem Ellenbogen und in seinen Augen brannte ein seltsames Fieber.

»Ich habe Pete gefunden«, sagte Campbell.

»Wir gegen sie«, sagte Arnoff, der den Jungen anstarrte. »Gehörst du zu uns oder zu denen?«

Campbell schob den Jungen hinter sich und gebrauchte

seinen eigenen Körper als Schutz gegen Arnoffs möglichen Wahnsinn. »Ich habe auch noch andere Überlebende gefunden.«

»Einige der anderen Überlebenden schießen zurück.«

»Sie ... sie sind vom Militär. Sie beseitigen Zapphirne.«

»Nun, dann sind sie nicht sehr fleißig«, sagte Arnoff. »Wir haben etwa vier Dutzend Zapper dort hinten beim großen Feuer gesehen. Sie wurden wie die Motten davon angezogen. Donnie und ich haben eine Menge erledigt, aber einige von ihnen konnten in die Dunkelheit entkommen.«

»Wo sind Pamela und der Professor?«

Arnoff deutete lässig mit dem Daumen über seine Schulter. »Irgendwo da hinten. Sie sollten bald hier sein.«

Campbell konnte hinter Arnoff sehen, wie DeVontay Rachel aus dem Haus zog. Hinter ihnen wallte Rauch aus dem Haus, weil ein Teil des Daches wie durchnässter Karton zusammenfiel. Aber sie waren nicht allein. Etwas klammerte sich mit den Armen an Rachel, während DeVontay darauf einprügelte.

»Ru-ray-ray!«, stammelte Stephen.

Arnoff drehte sich in die Richtung, in die der Junge blickte, und beobachtete den Kampf, der sich fünfzehn Meter von ihnen entfernt abspielte. Ohne ein Wort hob er sein Gewehr und blickte den Lauf entlang. Campbell sprang zu ihm und brüllte vor Wut, aber aus der Waffe ertönte ein krachender Laut und gelbes Licht blitzte an der Spitze ihres Laufes auf.

Die drei Gestalten rollten von der Veranda in die Pflanzen. Campbell eilte über den Rasen, Stephen in seiner Panik völlig vergessend. Etwas erhob sich neben den Stufen, ein Schatten, der mit Bäumchen und Blumen verschmolz. Arnoff feuerte noch einmal und die Gestalt wurde von der Wucht der Kugel nach hinten geworfen.

»Hören Sie auf zu schießen, verdammt noch mal!«, rief Campbell, der fürchtete, als Dank für seine Mühe eine Kugel in den Rücken zu bekommen.

Arnoff kicherte laut. Das Geräusch war in perfekter Harmonie mit dem auf wahnwitzige Weise anschwellenden

Feuer. Eine weitere Gestalt krabbelte aus den Pflanzen und Campbell erkannte Rachels langes, dunkles Haar. Sein Herz machte einen Sprung der Erleichterung, während er gleichzeitig von seinem eigenen Verlangen und seinen egoistischen Bedürfnissen angewidert war.

»Bist du okay?«, fragte er. Er kniete sich in das taubenetzte Unkraut und zog sie an sich.

Sie blickte ihn mit blutunterlaufenen, feuchten Augen an, hustete und schnaufte. »Stephen?«, gelang es ihr zu keuchen.

»Da drüben«, sagte Campbell und deutete auf den Jungen, der bei Arnoff stand.

DeVontay erhob sich neben der Veranda und wischte sich mit dem zerfetzten Ärmel über das Gesicht. Auf seiner dunklen Haut glitzerte der Schweiß. »Pass auf, auf wen du schießt«, sagte er zu Arnoff.

»Keine Sorge. Ich erkenne ein Zapphirn, wenn ich eins sehe.«

»In der Dunkelheit sehen wir alle gleich aus.«

»Kein Kommentar«, gab Arnoff zurück und suchte die umliegenden Dächer mit den Augen ab. Stephen rannte über den ungepflegten Rasen, während Campbell Rachel auf die Beine half. Voll Freude, Rachel umarmen zu können, ließ Stephen seine Puppe fallen. DeVontay gesellte sich zu ihnen und legte einen schützenden Arm über Rachels Schulter. Eine Flamme der Eifersucht brannte in Campbells Brust.

»Du bist zurückgekommen, um mich zu befreien«, sagte DeVontay zu ihr.

»Hab ich doch gesagt«, antwortete sie. »Bist du der ungläubige Thomas?«

»Ich bin ein ungläubiger DeVontay«, sagte er. »Ich wurde schon oft enttäuscht.«

Campbell warf einen Blick auf das Zapphirn, dessen Stirn dort, wo die Kugel eingedrungen war, ein dunkler Fleck zierte. Ruhig daliegend sah das rundliche Gesicht aus wie das eines Mathematiklehrers oder eines Finanzberaters, um die Vierzig, blass, mit einer dicken Fettfalte unter dem Kinn. Die Leiche erinnerte Campbell an seinen Onkel Frederick aus Washington, D.C., einen Lobbyisten, der politische Witze erzählte, die weder lustig noch geistreich waren, und der bei Familientreffen immer das letzte Stück Brathähnchen zu bekommen schien. Dieses Zapphirn konnte einmal der Onkel von jemandem gewesen sein.

Campbell wandte sich Arnoff zu: »Sind Sie sicher, dass das ein Zapphirn war?«

Arnoff zuckte mit den Schultern. »Die Chancen standen besser als 50-50.«

Rachel und DeVontay warfen Campbell zweifelnde Blicke zu, aber der antwortete: »Wir haben es bis hierher geschafft, also sollte man sich an die Gewinner halten.«

Sie entfernten sich von dem Haus, dessen Inneres nun in Flammen aufgegangen war. Wellen trockener Hitze strömten über Campbells Haut. Das Feuer hatte versucht, sich über den Rasen auszubreiten, aber der Tau hatte es daran gehindert, weshalb es sich mit Holz, Plastik und den Stoffen begnügte, die es bereits in Besitz genommen hatte.

Campbell blickte den Rand der vom Feuer erhellten Zone entlang. »Pete?«

»Ist dein Freund wieder abgehauen?«, fragte Arnoff. »Vielleicht ist er doch gar kein so guter Freund.«

»Es war nicht seine Schuld, dass er zum Kriegsgefangenen wurde«, antwortete Campbell.

»Wir sollten uns besser von dem Haus entfernen, bevor die Zapphirne zu dieser Party erscheinen«, sagte Arnoff.

Rachel zog Stephen an ihre Seite. »Wir sind Ihnen dankbar für Ihre Hilfe, Sir, aber wir haben andere Pläne.«

Arnoff stützte den Kolben seines Gewehrs gegen seine Hüfte, so dass der Lauf in einem Winkel von 45 Grad abstand. »Kleine Lady, ich weiß nicht, was Sie in den letzten paar Wochen geraucht haben, aber wie Campbell hier schon sagte, halten Sie sich besser an die Gewinner.«

»Tut mir leid, Mann«, sagte DeVontay. »Wir haben dem Jungen versprochen, dass wir ihn nach Mi'sippi bringen werden.

Und vielleicht sind unsere Chancen besser, wenn wir nicht mit schießwütigen Cowboys herumhängen.«

Bevor Campbell zwischen die beiden Männer treten konnte, machte Arnoff einen aggressiven Schritt nach vorn. »Pass bloß auf, mein Junge«, sagte Arnoff. »Du beginnst in diesem schlechten Licht wie ein Zapphirn auszusehen. Da könnte jemand leicht einen kleinen Irrtum begehen.«

»Kommen Sie, Arnoff«, sagte Campbell, der dabei war, ihm eine Hand auf die Schulter zu legen, bevor er sich eines Besseren besann. Arnoff spannte sich an wie eine Kobra und seine dunklen Augen schienen kalt und reptilisch. »Lassen Sie uns Donnie und die anderen suchen.«

Arnoff blickte finster und spuckte ins Gras. »Zumindest einer von euch hat ein bisschen Verstand.«

Campbell war sich nicht mehr sicher, an wen er sich halten sollte. Pete war sein Kumpel und sie hatten zusammen einiges durchgestanden, aber Pete würde wahrscheinlich dafür sorgen, dass sie beide getötet wurden. Arnoff, Donnie und die anderen hatten die Waffen auf ihrer Seite und eine feste soziale Struktur, die die Illusion von Zivilisation verbreitete. Rachel, DeVontay und Stephen schienen mehr eine Familieneinheit als ein Rudel auf Gegenseitigkeit bauender Überlebender zu sein.

Obwohl es mit schwarzem Ruß verschmutzt war, verbreitete Rachels Gesicht einen gütigen Glanz, der so hell war wie die Brände um sie herum. Campbell wusste, dass das größtenteils eine Projektion seiner eigenen Hoffnung war, dass er im Danach mehr finden würde als nur den nächsten Atemzug. Er brauchte einen Grund zum Leben. Und sie war die erste Frau, die er getroffen hatte, die in etwa genauso alt war wie er.

Jemand muss sich ja fortpflanzen, oder?

»Seid bei den Soldaten vorsichtig«, sagte Rachel. »Sie sind gut ausgebildet, schwer bewaffnet und etwas geistesgestört.«

Sie humpelte in Richtung Straße. DeVontay stützte sie und Stephen kam gleich hinter ihnen. Das Haus stürzte zu einem Haufen verkohltem Holz zusammen und zischte aus seinem bläulichen Herzen, eine schwache Nachahmung der Bösartigkeit, die die ferne Sonne verbreitet hatte.

»Vielleicht sollten wir ihnen eine Watte geben«, sagte Campbell zu Arnoff.

»Versuch nicht, die Welt zu retten«, erwiderte Arnoff. »Das hat keine Zukunft.«

»Nun, was ist dann der Plan? Herumlaufen und Zapphirne abknallen, bis uns die Munition ausgeht?«

Arnoff prüfte das Patronenlager seines Gewehrs, zog ein paar Patronen aus einer Tasche seiner Weste und schob sie in ins Patronenlager. »Wenn du von Haus zu Haus gehst, findest du wahrscheinlich genug Munition, um jeden Zapper auf dem Planeten hundertmal abzuknallen. Gott sei Dank für den Zweiten Zusatzartikel der Verfassung.«

»Ich bin mir nicht sicher, ob die Zusatzartikel noch gültig sind«, sagte Campbell.

»Vielleicht nicht. Kann mir vorstellen, wie gerade ein Haufen von Zapphirnen den Obersten Gerichtshof bildet. Man würde den Unterschied kaum merken, wenn du mich fragst.« Arnoff suchte die Dächer und die Grenzen der umliegenden Grundstücke mit den Augen ab. Nachdem das Feuer sich beruhigt hatte und herunterbrannte, war es in der Gegend wieder still geworden, obwohl sich das Inferno im Osten weiter ausbreitete.

Sie hörten Donnie in der Ferne, wie er seinen hinterwäldlerischen Rebellenschrei von sich gab, auf den ein paar halbautomatische Gewehrsalven folgten. Arnoff grinste. »Jagdsaison«, verkündete er und ging in die Richtung los, aus der die Salven gekommen waren.

»Ich komme gleich nach«, sagte Campbell. »Wenn ich Pete gefunden habe.«

Arnoff drehte sich nicht einmal um. »Mitgefühl war etwas für die alte Zeit, mein Sohn. Pluspunkte zählen nichts mehr, wenn alles abgebrannt ist.«

Campbell ballte wütend die Fäuste. Er konnte in Arnoffs

Worten das Echo der Worte »*Wann kriegst du es endlich auf die Reihe?*« seines autoritären Vaters hören. War es so überraschend, dass Campbell immer vor Verantwortung zurückschreckte und Autoritäten ablehnte? Die Welt war schon immer von Arschlöchern geführt worden, die die Regeln aufstellten. Vielleicht war es gar nicht so schlimm, dass ihre Macht durch ein paar gewaltige Zuckungen der Sonne ausgelöscht worden war.

Campbell ließ die sterbende rote Glut des Feuers hinter sich und betrat das Gebüsch, in dem er Pete zuletzt gesehen hatte, während er in seinem Rucksack nach der Taschenlampe suchte.

KAPITEL 25

»Hast du noch Mini-Salamis?«, wollte Rachel von DeVontay wissen.

Er grinste. Seine Zähne und Augen waren in der Finsternis die einzigen sichtbaren Teile seines Gesichts. »Ich wusste, dass du irgendwann auf den Geschmack kommen würdest.«

Sie hatten die Nacht in einem Motel verbracht, nachdem sie gerade weit genug marschiert waren, um sicher sein zu können, dass das sich ausbreitende Feuer sie nicht vor dem Morgen eingeholt haben würde. Die kleinen Fenster des Motels waren hoch in den Wänden angebracht, wodurch weder Menschen noch das Sonnenlicht leicht eindringen konnten. Die Rezeption war verlassen gewesen, auch wenn die Autos, die vor vielen Zimmern geparkt waren, den Eindruck vermittelten, dass im Parkview Travel Plaza alles seinen gewohnten Gang ging.

Obwohl es wahrscheinlich noch eine Stunde bis zum Morgengrauen war, fühlte sich Rachel durch den kurzen Schlaf etwas besser. DeVontay hatte mit dem Rücken an die Tür gelehnt geschlummert, die Pistole zwischen seinen Beinen auf dem staubigen Teppich. Stephen war mit Rachel auf das Doppelbett geklettert, war sofort eingeschlafen und schnarchte noch immer leise vor sich hin.

Rachel wischte eine Locke von seiner zarten Wange. »Armer kleiner Kerl. Er muss einiges mitmachen.«

DeVontay gab ihr ein paar Mini-Salamis und eine Flasche Wasser aus seinem Rucksack sowie eine Packung Käse-Cracker. Essen im Bett hatte sie immer auf die Palme gebracht. Sie betrachtete es als Zeichen für Faulheit und individuelles Scheitern. Rückblickend wirkten ihre verklemmten Ansichten lächerlich.

Sie fragte sich, welche weiteren ihrer Ansichten sich in den kommenden Tagen und Wochen noch ändern würden. Dann senkte sie den Kopf und sagte: »Vater, segne diese Speise, uns zur Kraft und dir zum Preise. Amen«

Das Gebet kam so automatisch, dass sie nicht gemerkt hatte, dass sie es laut ausgesprochen hatte, bis DeVontay hinzufügte: »Amen.« Nach einem Moment sagte er: »Du bist wirklich eine Kirchenmaus, oder?«

»Ich bin keine Maus«, sagte sie und machte sich über einen gesalzenen Fleischsnack her. »Ich brauche nur jede Hilfe, die ich bekommen kann.«

»Das ist okay. Meine Mama war im Kirchenchor. Sie war bei den Mennoniten. Ich musste mitgehen, als ich noch klein war, aber es hat mir nicht viel gegeben. Zu viele Regeln für meinen Geschmack.«

»Veranlasst dich all dies ... dieses Danach ... nicht dazu, deinen Frieden im Herrn zu suchen?«

»Nun, kommt darauf an, wie man es betrachtet. Vielleicht wird uns Gott retten. Oder vielleicht hat er uns die ganze Suppe überhaupt erst eingebrockt.«

»Mein Glaube wurde nicht erschüttert«, sagte Rachel etwas zu nachdrücklich. Stolz war eine Sünde, aber darauf zu verzichten, Zeugnis abzulegen, war eine andere Art von Überheblichkeit. Oder vielleicht versuchte sie auch nur, sich selbst zu überzeugen.

»Schön«, sagte DeVontay. Er zog noch mehr Snacks aus seinem Rucksack und riss eine Verpackung auf. »Glaubst du, dass das hier die Verwirklichung der Offenbarung ist? Das Tier mit den sieben Hörnern und all der Scheiß?«

»Ich nehme die Offenbarung des Johannes nicht wörtlich«, sagte sie. »Ich glaube nicht, dass die entscheidende Schlacht im Heiligen Land stattfinden wird oder dass sich der Antichrist unter uns befindet.«

»Aber es steht drin, dass die Welt im Feuer aus dem Himmel endet, oder?«

»Nachdem das siebte Siegel aufgebrochen wurde, fällt ein

großer Stern vom Himmel und der dritte Teil des Meeres wird zu Blut. Aber es gibt auch Erdbeben, Heuschrecken und bitteres Wasser. Davon seh ich nichts. Du etwa?«

»Also ist das hier vielleicht noch nicht das Ende der Welt? Nur ein Vorspiel?«

Sie wusste nicht, ob er sie nur aufziehen wollte oder es ernst meinte. Die ersten Anzeichen des Morgengrauens ließen die Dunkelheit außerhalb des Fensters etwas schwinden und Rachel bemerkte, wie schäbig die Möbel im Zimmer waren. Die Bettwäsche schien jedoch sauber genug zu sein und außerdem war sie sowieso nicht in der Lage, sich zu beschweren. Die Toilette stank nicht, was darauf schließen ließ, dass zumindest dieses Wasser nicht von der großen Hure Babylon verschmutzt worden war.

Sie tätschelte Stephens Arm, der um Miss Molly gelegt war. »Alles, was ich weiß, ist, dass es noch nicht zu Ende ist, solange noch ein einziger Mensch am Leben ist«, sagte sie. »Wir sind hier, um uns um einander zu kümmern, so gut wir können, um den nächsten richtigen Schritt zu tun und dem Herrn nach seinem Plan zu dienen. Wir müssen ihn nicht verstehen. Wir müssen nur unseren Dienst versehen.«

»Dann betrachtest du das hier nicht als Entscheidungskampf zwischen Gut und Böse?«

»Sind die Zapphirne böse, nur weil sie ein zerstörerisches Wesen haben? Vielleicht dienen sie dem Herrn genauso wie wir.«

»Alles geschieht aus einem Grund, hä? Hört sich wie die Entschuldigung an, auf die Menschen zurückgreifen, wenn sie eine bescheuerte Entscheidung gefällt haben.«

»Und Gott gibt uns den freien Willen, also haben wir die Möglichkeit, Güte, Anstand und das Seelenheil zu wählen.«

DeVontay erhob sich mit der Pistole in der Hand und blickte aus dem hohen Fenster. Befriedigt drehte er sich wieder zu ihr um. Sein Gesicht war nun im Morgengrauen deutlich zu erkennen. Er schien wütend, seine Haut war straff über die Kiefer gespannt, seine Stirn lag in Falten. »Nur, dass wir keine Wahl gehabt haben, oder? Eines Morgens sind wir aufgewacht und waren in der Hölle.«

»Nein«, sagte sie. »Wir sind am Leben.« Sie berührte Stephens Schulter. »Wir haben noch etwas, für das es sich zu leben lohnt.«

»Ach, wirklich? Dann guck dir mal das an.«

Um Stephen, dessen Atem ruhiger geworden war, nicht zu wecken, kroch sie vorsichtig aus dem Bett und trat zu DeVontay ans Fenster. Draußen konnte sie die Umgebung sehen, die in der Nacht zuvor durch die Dunkelheit verborgen gewesen war. Sie befanden sich in einem Mischgebiet, ein paar Apartmenthäuser, zwischen denen sich Läden und Kleinbetriebe befanden – ein Laden für Sanitärbedarf, ein eingezäuntes Grundstück mit Stapeln von Holzbalken und Sägemehlhaufen, ein Secondhandladen mit Kleinkinderkleidung im Schaufenster.

Aber es war das Geschehen auf der Straße, das ihre Aufmerksamkeit auf sich zog. Menschen – *Zapphirne* – liefen die Straße entlang. Obwohl sie einander kaum wahrzunehmen schienen und im Abstand von fünfzehn Metern von einander unterwegs waren, gingen sie alle in die gleiche Richtung. Sie bewegten sich ohne die unkoordinierte Schwerfälligkeit, die sie noch ein paar Tage zuvor gezeigt hatten, und schienen auch nicht besonders darauf fixiert zu sein, etwas zu zerstören.

»Seltsam«, sagte sie. Der Anblick wurde durch die völlige Stille, die draußen herrschte, noch surrealer. Wenn nicht der stechende, starre Blick der Zapphirne gewesen wäre, hätte sie gedacht, dass es sich um Mitüberlebende handelte. Sogar jetzt fragte sie sich, ob nicht vielleicht Zapphirne und Überlebende in relativer Harmonie die gleiche Straße benutzten und dabei waren, einander zu akzeptieren.

»Unheimlich. Wo gehen sie hin?«

Rachel betrachtete den Winkel, in dem die Schatten von den Gebäuden und den wenigen Autos auf der Straße geworfen wurden. »Sie ziehen nach Osten. Zurück zum großen Feuer.«

»Also sind sie vielleicht nicht in der Hölle, sondern nur zu ihr *unterwegs.*«

»Es sieht so aus, als ob es mehr von ihnen gäbe.«

»Diese Scheißdinger kehren nicht von den Toten zurück, oder?«

Rachel hätte fast einen Witz gemacht, aber DeVontay stand ganz offensichtlich kurz davor zu explodieren. »Was auch immer sie antreibt, es hat sie hinaus ins Freie gebracht. Vielleicht haben sich viele von ihnen zuvor in Gebäuden aufgehalten.«

»Um drinnen Menschen zu töten, vielleicht. Vergiss nicht, was sie getan haben.«

»Nun, vielleicht haben sie sich verändert.«

»Ja, klar. Danket dem Herrn, sie haben das Licht der Erkenntnis gesehen. Vielleicht sind sie nicht einmal mehr hirnlose Mörder. Lass uns nach draußen rennen, ›Dancin' in the Street‹ singen und sehen, was passiert.«

DeVontay war so laut geworden, dass Stephen ein wehleidiger, verwirrter Schrei entfuhr: »Mama?«

Rachel warf DeVontay einen giftigen Blick zu und eilte ans Bett. Sie nahm den Jungen in die Arme und drückte ihn an sich. Die Bettdecke war um seine Schultern gewickelt. Sie schaukelte ihn hin und her und flüsterte »Schhh, Liebling. Alles ist gut.«

DeVontay fing an, seine Sachen in seinen Rucksack zu stopfen, als ob er sich darauf vorbereitete zu gehen. Stephen wurde sich schließlich der Umgebung bewusst. »W-wo sind wir?«

»Nördlich von Charlotte«, sagte Rachel.

Er rieb seine Augen mit einer schmutzigen Faust. »Ist das in der Nähe von Mi'sippi?«

»Näher, als wir gestern waren«, sagte sie.

»Ich denke, dass wir besser abwarten«, sagte DeVontay, der wieder durch die beigen Vorhänge auf die Straße blickte.

»Es ist nicht sicherer, in der Nacht unterwegs zu sein«, sagte Rachel. »Sie scheinen nicht zu schlafen.«

»Sie essen auch nicht. Man sollte meinen, dass ihnen nach einer Weile die Kraft ausgehen müsste.«

Rachel wollte dieses Gespräch nicht im Beisein von Stephen führen, sah aber keinen Weg, es zu vermeiden. »Nun, sehen wir der Sache ins Auge. Wir wissen einfach nichts. Gleich nach dem großen Zapp haben sie jedes Lebewesen getötet, das ihnen über den Weg lief. Willkürliche Zerstörung, hirnloses Verhalten. Nun bewegen sie sich zielgerichteter, so als ob sie sich in ihr neues Leben einfügen würden.«

DeVontay zog einen der Vorhänge auf. »Du nennst diesen Scheiß ›*Leben*‹? Es ist, als ob jemand ihren Kopf wie eine Kürbislaterne aufgeschnitten und mit giftiger Zuckerwatte vollgestopft hätte.«

»Zuckerwatte?«, fragte Stephen, der auf dem Bett aufstand und versuchte, aus dem Fenster zu sehen.

Rachel zog ihn wieder auf das Bett herunter und gab ihm eine Packung Cracker. »Du solltest besser bei Kräften bleiben. Wir haben einen langen Marsch vor uns.«

»Warum ist abhauen besser als hierbleiben?« fragte DeVontay. »Wir können uns hier verkriechen, ab und zu mal einen Laden ausräumen und abwarten.«

»Wir haben keine Ahnung, auf was wir warten könnten. Denkst du, dass die Armee anmarschiert kommt und uns rettet? Wir haben schon gesehen, wie das abläuft.«

»Dann sollten wir die Typen von heute Nacht suchen – Campbell und die anderen – und uns zusammenschließen, damit wir bessere Möglichkeiten haben, uns zu verteidigen.«

»Die Zapphirne sind in der Überzahl. Ich glaube nicht, dass wir eine Vorstellung von ihrer Anzahl haben. Sie haben sich vom zufälligen, gewalttätigen Verhalten, bei dem man immer nur ein oder zwei beobachten konnte, zu einem offeneren gemeinschaftlichen Verhalten entwickelt.«

»Das hier ist kein Psychologiekurs. Es ist Krieg. Außerdem hast du keinerlei Ahnung, was diese Dinger denken. Sie könnten genauso gut Puppen sein, die an unsichtbaren Fäden hängen.«

»Ich mag Puppen«, sagte Stephen mit Begeisterung, wobei ihm Brösel eines Crackers aus dem Mund flogen. Dann verdunkelte sich sein Gesicht. »Aber ich mag keine Zapphirne.«

Rachel blickte DeVontay böse an, doch der ignorierte ihre Wut. »Aber die Zapphirne sind vielleicht nicht unser einziges Problem. Nimm den Captain und seine Sturmtruppen. Was ist, wenn es sich nicht um einen Einzelfall handelt? Was ist, wenn es versprengte militärische Grüppchen da draußen gibt, die bis zu den Zähnen bewaffnet sind und nach ihren eigenen Regeln handeln? Die Gefahr, dass die uns umbringen, ist ebenso groß wie die, dass es Zapphirne tun.«

»Das wäre dann noch ein besserer Grund, hier zu bleiben. Diese Idioten schießen wahrscheinlich auf alles, was sich bewegt.«

»Nein«, sagte Rachel, die nicht wusste, wie sie es formulieren konnte, ohne Stephen noch mehr Angst einzujagen. Aber vielleicht war die Wunschvorstellung, seinen Vater zu erreichen, für ihn ausreichend, es vorläufig durchzustehen. »Die Brände breiten sich aus. Denk an all die Giftstoffe in Charlotte. Wenn die Stadt niederbrennt, wird der Rauch tödlich sein.«

»Also haben wir die Wahl: Wir ersticken, man erschießt uns oder unsere Köpfe werden von den Zapphirnen eingeschlagen«, folgerte DeVontay.

»Das, was wir nicht tun können, ist einfach hier zu sitzen und zu beten«, sagte Rachel.

»Oha, verliert die Kirchenmaus ihren Glauben?«

»Der Glaube ohne Werke ist tot«, gab Rachel zurück, während sie sich dafür hasste, eine komplexe Stelle aus dem Brief des Jakobus auf einen Slogan zu reduzieren. »Das bedeutet, den Kampf des Guten zu kämpfen.«

»Wie Zapphirne mit diesem Sensenteil kleinhacken?«

»Das war Selbstverteidigung«, sagte sie.

Stephen rutschte vom Bett und warf die Cracker-Verpackung auf den Boden.

»Stephen?«, sagte Rachel. »Hast du etwas vergessen?«

»Nein. Miss Molly ist hier«, antwortete er und drehte die Puppe so, dass sie Rachel anblickte.

Rachel machte ein finsteres Gesicht und blickte auf die Verpackung am Boden. »Müll gehört in den Mülleimer.«

Als sich Stephen bückte, um die Verpackung aufzuheben, sagte DeVontay: »Mit dir macht die Apokalypse echt Spaß.«

»Okay«, sagte Rachel, »Zeit für den Aufbruch.«

»Wohin?«, fragte DeVontay, der sich aufs Bett setzte.

»Mi'sippi!«, sagte Stephen.

»Stevie, du bist ein bisschen zu erfreut darüber, da raus zu gehen«, sagte DeVontay zu ihm. »Da fliegen eine Menge herrenloser Kugeln herum.«

»Wir sind in einer besseren Lage, wenn wir erst einmal von der Stadt weg sind«, sagte Rachel. »Weniger Menschen, weniger Zapphirne, weniger Brände.«

»Zurück zur Natur, hä?«

Rachel blickte aus dem Fenster. Die Straßen vor dem Motel waren ruhig. Sie hatte seit längerer Zeit keine Zapphirne mehr gesehen. In der Ferne waren ab und zu Schüsse zu hören, aber sie glaubte nicht, dass Captain America und seine Truppe sich auf dieser Seite der Stadt befanden. Schon allein deshalb nicht, weil es hier nicht so viel Beute gab.

»Wir gehen zum Mount Rogers.« Rachel lächelte Stephen an. »Der liegt auf dem Weg.«

»Was ist da oben?«, fragte DeVontay.

»Jemand, der auf das hier vorbereitet war.«

»Hey, hast du plötzlich übersinnliche Wahrnehmungen?«, fragte DeVontay. »Hat dich die Sonne mit neuen Superkräften ausgestattet?«

»Mein Großvater hat da oben ein Lager. Er ist das, was man wohl einen ›Überlebens-Spinner‹ nennt. Er begann sich während der Jahr-2000-Panik für eine autarke Lebensweise zu interessieren. Als manche Leute dachten, dass alle Computer durchdrehen und die Zivilisation in die Steinzeit zurückwerfen würden.«

DeVontay guckte mürrisch. »Und wir haben alle gesehen, was daraus geworden ist.«

»Ja, aber Grandpa Wheeler dachte, dass die Zivilisation zu komplex geworden ist und dass die modernen Systeme irgendwann aus dem einen oder anderen Grund zusammenbrechen würden. Wie ein Motor, der zu viele sich bewegende Teile hat und zu wenig Öl. Er ist auch davon überzeugt, dass die Regierungen der Welt nur dem Willen der Überreichen dienen. Irgendwann würden wir lernen müssen, außerhalb des Gefüges zu leben.«

»Damit hat er Recht.« DeVontay stupste Stephen an. »Pack deine Sachen, kleiner Mann. Wir haben einen längeren Spaziergang vor uns.«

Rachel stopfte ihre Vorräte in den Rucksack, Dabei fiel ihr das Fläschchen mit den Selbstmordpillen in die Hände, das ihr der Apotheker gegeben hatte. Warum hatte sie es noch nicht weggeschmissen?

DeVontay zog die Pistole, öffnete die Tür einen Spalt und überblickte die Straße. »Jetzt oder nie. Außer, du willst erst das Bett machen.«

KAPITEL 26

Jorge träumte von großen Drachen, deren grüne Schuppen in der Sonne funkelten, während sie über eine brennende Landschaft flogen. Dutzende von ihnen spuckten Feuer auf die Erde unter ihnen. Aus den offenstehenden, lippenlosen Mündern kamen Funken und Rauch, ihre schrillen Schreie waren wie dicke Glasscheiben, die über Metall glitten, das mit Sand bedeckt war.

Er erwachte schweißgebadet und wusste nicht, wo er sich befand. Die Drachen verschwanden aus seinem inneren Auge, aber die spitzen Schreie blieben.

Er tastete mit einer Hand über die dünne Bettdecke, bis er Rosas warmen Körper fand. Dann drehte er sich in die andere Richtung und sah, dass Marina noch auf der Pritsche schlief. Er prüfte ihre Stirn und stellte beruhigt fest, dass sie relativ kühl war.

Die Vordertür des Hauses wurde aufgerissen und die Morgendämmerung drang herein. Franklin Wheelers Gestalt zeichnete sich in der Türöffnung ab. In der einen Hand hielt er eine Schrotflinte, mit der anderen zog er seine schmutzige Flanellunterhose hoch.

»Verdammt noch mal, lass meine Hühner in Frieden«, rief der alte Mann.

Jorge erhob sich aus seinem provisorischen Bett und eilte nach draußen. Franklin stand im Hof und hatte die Flinte in den Himmel gehoben, während krächzende Hühner im Garten und unter den Bäumen Schutz suchten. Während Franklin zielte, blinzelte Jorge in die Morgensonne und sah einen Bussard, dessen Flügel in einer Zurschaustellung aerodynamischer Erhabenheit weit ausgebreitet waren. Seine Brust war gefleckt, die Schwanzfedern rot und der spitze Schnabel in den Morgenwind gerichtet.

Die Flinte gab einen Donnerschlag von sich und Schrotkugeln pfiffen durch die Baumspitzen. Der Bussard taumelte und schwankte, ein paar Federn schwebten von seinem Körper weg. Die Flügel rollten sich zur Brust hin ein und der Raubvogel fiel wie ein nasser Stein in den Wald außerhalb des Lagers.

»Erwischt«, sagte Franklin, der den Vorderlauf der Flinte nach hinten zog, woraufhin eine rauchende rote Patrone mit Kunststoffhülse ausgeworfen wurde und auf der Erde landete.

»Ein Rotschwanzbussard«, sagte Jorge. Rotschwanzbussarde waren in den Bergwäldern weit verbreitet, zeigten Revierverhalten und waren intelligent. Ihr ausgeprägtes Sehvermögen verschaffte ihnen Kleinnager und Vögel. Auf Mr. Wilcox' Besitz hatten sich mehrere Pärchen angesiedelt und Jorge hatte mitunter beobachten können, wie einer der Bussarde vom Himmel herabschoss und sich einen Hasen zwischen den Weihnachtsbäumen schnappte.

»Ist alles in Ordnung?«, rief Rosa von der Tür aus. Marina stand in eine Decke gewickelt hinter ihr.

»Ich hab nur einen Räuber getötet«, sagte Franklin, ohne wahrzunehmen, dass seine Worte mehrdeutig waren.

»Alles okay«, sagte Jorge und winkte sie in die Hütte zurück.

Die Hühner waren noch immer durcheinander, obwohl die meisten von ihnen Unterschlupf im Unkraut gefunden hatten, wo sie nun kauerten, gackerten und mit den Flügeln flatterten. Eines lag jedoch zusammengekrümmt neben der metallenen Wassertonne. Ein gelbes Bein stand unbeholfen in die Luft.

Franklin schulterte die Flinte und ging zu dem toten Vogel. »Ich bin froh, dass es ein weißes ist. Ich hab noch drei, die genauso aussehen, weshalb ich mich nicht darum gekümmert habe, ihnen Namen zu geben.«

Der Kopf des Huhns war von seinem Körper gerissen worden, rubinrote Innereien hingen aus der Öffnung. Jorge blickte sich um, aber er konnte den Kopf nicht entdecken. Der Bussard hatte ihn nicht davongetragen, also musste er geplant haben, den Vogel an Ort und Stelle zu verspeisen, bis seine Mahlzeit unterbrochen wurde. Die Fliegen hatten den Kadaver bereits entdeckt.

»Könnten Sie die Schaufel holen?«, fragte Franklin, der den Himmel beobachtete, als ob er erwartete, dass ein weiterer Bussard sich ans Büffet stürzen würde.

»Warum?«, fragte Jorge im Gegenzug.

»Um es zu begraben. Im Gemüsegarten, wo die Nährstoffe wieder Teil des Bodens werden.«

»Aber es ist in gutem Zustand«, sagte Jorge. »*Es sabroso.* Schmackhaft.«

Franklin schüttelte den Kopf. »Bei mir wird nicht getötet. Die Hühner geben mir ihre Eier im Ausgleich für Unterkunft und Nahrung.«

»Aber es ist sowieso tot«, sagte Jorge. »Und Sie haben es nicht getötet.«

Franklin verzog das Gesicht, während er auf das Huhn blickte. Er schüttelte den Kopf. »Ich weiß nicht, ob ich es essen könnte. Es ist fast so, als ob es zur Familie gehört.«

»Rosa wird es kochen sehr lecker«, sagte Jorge, der sich bewusst war, dass seine Grammatik nicht ganz richtig war, aber hoffte, dass Franklin es nicht bemerken würde.

»Ich ... ich glaube nicht, dass ich es rupfen und säubern könnte«, sagte Franklin.

»Geben Sie mir ein scharfes Messer und es ist so gut wie erledigt.«

Franklin nickte. »Tippe, es macht nicht viel Sinn, es zu verschwenden. Wie Sie sagten, tot ist tot.«

Jorges Bewunderung für den Mann hatte einen Dämpfer erhalten. All die Verteidigungsanlagen, die Vorräte und die Sonnenkollektoren waren sinnlos, wenn Franklin nicht bereit war, jedes Mittel auszuschöpfen. Aber Jorge fühlte auch einen Anflug von Stolz. Er und seine Familie konnten hier etwas beitragen. Sie konnten Teil dieser Gesellschaft und Kultur werden, so klein sie auch war.

Als Franklin zum Haus ging, rief Jorge ihm nach: »Bitte sagen Sie Rosa, dass sie einen Topf mit Wasser aufsetzen soll.«

Jorge hob das Huhn hoch, das angesichts seines Körpers überraschend leicht war. Bei Vögeln konnte man sich hinsichtlich der Größe aufgrund ihrer Federn und hohlen Knochen leicht täuschen. Dieses Huhn konnte ihnen für mindestens zwei Mahlzeiten dienen, vorausgesetzt Franklins Brunnenhaus kühlte anständig. Außerdem war der unangenehmste Teil der Aufgabe – den Kopf abhacken und dem Tier das Leben nehmen – bereits von Mutter Natur erledigt worden.

Als Franklin, der nun Jeans und einen Wollpulli anhatte, zurückkam, hatte Jorge schon fast die ganzen großen Federn von den Flügeln gerupft. Er nahm das Messer und schnitt den Kadaver auf, indem er den Brustknochen bis zum Schwanz teilte. Dann ließ er die inneren Organe herausquellen. Sorgfältig sammelte er Herz und Leber ein, die beide noch warm waren. Der Kaumagen war voller zerdrückter Körner und ein paar sehr kleinen Stücken grauen Schotters.

»Nun, sieh mal einer an«, sagte Franklin, der offenbar seine Überempfindlichkeit überwunden hatte. »Das kann man wahrscheinlich sein letztes Abendmahl nennen.«

»Die Steinchen helfen ihnen dabei, die Nahrung zu zermahlen«, sagte Jorge. Er wusste, dass die meisten Amerikaner keine direkte Beziehung zu dem Fleisch hatten, das sie verzehrten. Mr. Wilcox war genauso gewesen. Fleisch war etwas, das in durchsichtiger Plastikverpackung aus dem Laden kam. Oder es wurde bei McDonald's angebraten und zwischen zwei Brötchenhälften geklatscht. Das Fleisch, das sie aßen, war ihnen fremd.

Jorge kratzte mit der Spitze des Messers die Lungen von der Innenseite des Brustkastens. Danach trennte er die Schlägel unterhalb der Kniegelenke ab und zog die Haut ab, als handle es sich um einen eng anliegenden Handschuh. Normalerweise würde er Geflügel in kochendes Wasser eintauchen und dann die Federn rupfen, aber er dachte, ein enthäutetes Huhn würde eine fettarme Mahlzeit sein und Franklin leichter vergessen lassen, dass es früher einmal ein Haustier gewesen war.

»Sind Sie ein Mann, der etwas gegen das Töten hat?«, fragte Jorge Franklin, während er das nackte Huhn so hielt, dass die restlichen Innereien und Flüssigkeiten herauslaufen konnten.

»Ich denke, ich könnte töten, wenn ich müsste«, antwortete Franklin. »Wie diesen Bussard. Normalerweise würde ich ihn nicht abschießen. Aber wenn jemand kommt und sich meinen Besitz schnappt, dann schlage ich zurück.«

Jorge erzählte Franklin von den Männern, gegen die er sich auf der Wilcox Farm zur Wehr gesetzt hatte, und davon, dass sich diese Menschen zu etwas Bedrohlichem und Fremdem gewandelt hatten.

»Nein, sie sind keine Menschen mehr«, sagte Franklin. »Ich habe über den Kurzwellenempfänger gehört, dass man sie ›Zapphirne‹ nennt.«

»Nun, wenn sie hierherkommen, werden Sie sie vielleicht töten müssen.«

»Wenn sie hierher kommen, dann brechen sie das einzige Gesetz dieser Anlage«, sagte Franklin und ließ den Arm über den Gemüsegarten, die Gehege und die Nebengebäude schweifen. »Und dieses Gesetz besagt leben und leben lassen, die Begrenzungen anerkennen und sich um seine eigenen Angelegenheiten kümmern.«

»Es ist gut, eigenverantwortlich zu sein«, sagte Jorge, der stolz darauf war, so ein Wort in seinen Studien mit Rosa gelernt zu haben. »Aber es gibt noch ein anderes gültiges Gesetz.«

»Hä?«, knurrte Franklin. »Und was ist das?«

»Wir stecken alle gemeinsam in der Patsche.« Er hielt das Huhn in die Höhe. »Und hoffentlich ist das nicht unser letztes Abendmahl.«

KAPITEL 27

Zwei ... drei ... vier ...

Campbell zählte die Zapphirne, die auf der Straße um die Kirche herum standen. Nach einer ergebnislosen Suche nach Pete in der letzten Nacht war er in eine Baptistenkirche eingebrochen, hatte die Treppe zum Kirchturm gefunden und sich dort oben eingeschlossen. Unten auf dem Erdboden schien der Osten von einem einzigen Freudenfeuer erhellt, das sich ausgebreitet hatte. Aber von seinem Aussichtspunkt in fünfzehn Metern Höhe hatte Campbell mindestens ein Dutzend große Feuer sehen können, die als Tupfer über die schwarze Landschaft über viele Meilen verbreitet waren.

Nun im Tageslicht waren die Feuer größtenteils nicht zu erkennen, aber ein dicker Dunstschleier lag über der Welt. Ein schwarzer Aschekreis markierte das Haus, das Rachel gestern Abend in Brand gesetzt hatte. Campbell war in der Dunkelheit vielleicht eine Viertelmeile gegangen, aber es hatte sich angefühlt wie ein Marathonlauf durch klebrige Melasse. Er war erschöpft.

Die Kirche befand sich am Rand der Stadt, wo die rechtwinklig angeordneten Straßen mit ihren Häusern in Landstraßen übergingen, die sanft gebogen in bewaldeten Gebieten verschwanden. Auf den Straßen gab es erstaunlicherweise keine Leichen, weshalb sich Campbell fragte, ob sie vielleicht jemand weggeräumt hatte. Autos und Lastwägen waren über den Asphalt verteilt, wobei nicht viel Verkehr gewesen sein durfte, als sich die Sonneneruptionen ereigneten. Auf der Straße vor der Kirche befand sich ein Schulbus, zwei seiner Räder waren auf dem Bürgersteig. Campbell war dankbar, dass durch den Winkel der einfallenden Sonnenstrahlen die Fenster des Busses verdunkelt wurden und er deshalb nicht hineinsehen konnte.

Die Zapphirne bewegten sich zwischen den Fahrzeugen mit der Gleichgültigkeit von Wasser, das um Steine fließt. Obwohl sie in keinerlei Kontakt miteinander standen, schienen sie sich doch der gegenseitigen Anwesenheit bewusst zu sein. Am Unheimlichsten war, dass sie sich alle in Richtung Osten bewegten, zurück zu dem größten der Feuer.

Bewegung in einer Seitenstraße lenkte seine Aufmerksamkeit von den schlendernden, hohlköpfigen Kreaturen ab. Eine Gestalt kam mit gesenktem Kopf aus der Werkstatthalle eines Kfz-Reparaturbetriebs herausgerannt, einen Rucksack so hinter sich herziehend, dass er über den Bürgersteig hüpfte. Campbell erkannte das schwarze T-Shirt.

Campbell erhob sich und formte mit den Hände ein Megafon: »Pete!«

Pete blickte nicht hoch, aber die Zapphirne blieben abrupt stehen und richteten ihre Köpfe nach oben auf den Kirchturm.

Heilige Scheiße.

Campbell duckte sich hinter die Brüstung des Turms und fragte sich, wie gut Zapphirne sehen konnten. Aber nach einem Augenblick wurde ihm klar, dass er Pete wieder verlieren würde, weshalb er seinen Kopf hob, bis er über die Brüstung blicken und Petes Weg verfolgen konnte. Pete rannte weiter den Bürgersteig entlang, kam an einer Reihe von Läden mit zerbrochenen Fensterscheiben vorbei und stürmte wild dahin, bevor er urplötzlich in einem Backsteingebäude verschwand, an dessen Fassade sich eine grüne Markise und ein abstehendes Holzschild, dessen Aufschrift Campbell nicht lesen konnte, befanden.

Sollte leicht zu finden sein, vorausgesetzt, er hält dort die Stellung.

Aber Campbell hatte ein dringenderes Problem. Die Zapphirne hatten begonnen, sich auf die Kirche zuzubewegen, wobei sie den Weg über ungepflegte Rasenstücke und verschmutzte Parkplätze abkürzten.

Aus den Häusern in der Nähe kamen noch mehr hervor, ein halbes Dutzend umzingelte mehr oder weniger die Kirche. Sie schienen im Einklang zu handeln, obwohl kein einziges von ihnen grunzte oder andere Signale von sich gab. Am Verstörendsten war ihre Stille – es war, als ob sie an ein gewaltiges Schwarmdenken angeschlossen waren, das ihnen Anweisungen aus der Ferne gab.

Campbell ging in Gedanken seine Möglichkeiten durch. So sehr er Arnoff auch verabscheute, wünschte er sich nun doch, dass der schießwütige Cowboy hier oben bei ihm wäre und als Scharfschütze ein Zapphirn nach dem anderen abknallte. Ihm wären sogar die Soldaten willkommen gewesen, denen es wahrscheinlich egal war, ob unschuldige Menschen im Kreuzfeuer umkamen, solange »der Feind« ausgelöscht wurde. Aber für Konzepte wie Unschuld gab es sowieso keinen Platz in dieser neuen Wirklichkeit.

Und: Er hatte keine Waffe.

Das erste Zapphirn war ein Mann in einem Polyesteranzug, dessen Ärmel und Manschetten von dunklerem Grau waren als der Rest des Stoffes. Es trug noch eine Krawatte, obwohl der Knoten bis zur Hälfte seines Hemds hinunter gelockert war. Eine Brille saß schief auf seiner Nase, wodurch die rundliche asiatische Symmetrie des Gesichts gestört wurde. Sein pechschwarzes Haar stand ab wie schmieriger Draht.

Es war schmächtig gebaut, so dass Campbell es aus dem Weg schubsen können würde, falls es nötig war. Aber das Zapphirn, das etwa fünfzehn Meter hinter dem Asiaten kam, gehörte in eine andere Kategorie. Es trug einen Mechanikeroverall, auf dessen khakifarbenem Stoff dunkle Flecken zu sehen waren. Campbell konnte nicht entscheiden, ob es sich um Öl oder Blut handelte, und er legte keinen Wert auf eine genauere Betrachtung. Der Mechaniker war knappe Einsneunzig groß mit breiter Brust und bewegte sich mit dem böswilligen Grinsen eines wütenden Nashorns auf dem Gesicht.

Die beiden Zapphirne zu seiner Linken waren weiblich, beide mittleren Alters, grobknochig und mit breiten Hüften. Wenn es sein müsste, würde Campbell sein Glück bei derjenigen im gelben Wollpullover versuchen. Sie sah ein wenig verschrobener aus, wie eine Lehrerin, die gerade auf dem Weg in die Küche gewesen war, um sich eine Tasse Tee zu machen, als der thermonukleare Wahnsinn der Sonne ihre Pläne durchkreuzte.

An der Rückseite der Kirche näherte sich ein magerer Afroamerikaner in Polizeiuniform und Sonnenbrille. Obwohl das Zapphirn eine Pistole in dem Halfter an seiner Hüfte trug, ignorierte es sie zugunsten eines dicken schwarzen Schlagstocks, den es herumschwang wie ein Baseballspieler, der entschlossen war, am Ende des neunten Innings den entscheidenden Ball zu schlagen. Campbell hoffte nur, dass sein eigener Kopf nicht dazu auserkoren war, als Baseball zu dienen.

Das letzte Zapphirn – zumindest soweit er sehen konnte – war ein Junge von etwa vierzehn Jahren, dessen Unterarme mit Tätowierungen bedeckt waren. Durch das Blau seiner gefärbten Haare wuchsen nun blonde Strähnen. Campbell konnte sich problemlos vorstellen, wie er sich auf seinem Skateboard durch den Verkehr schlängelte und dem Polizisten den Mittelfinger zeigte. Nun waren sie wie die besten Freunde, glücklich und zufrieden damit, der siegreichen Mannschaft anzugehören.

Nur, dass niemand von ihnen glücklich aussah. Ihre Körpersprache verriet, dass sie einen Auftrag hatten: Sie mussten das Virus aus ihrer Mitte tilgen.

Für den Fall, dass er lange genug leben würde, um Pete folgen zu können, warf Campbell einen letzten Blick auf die Umgebung. Dann schnappte er sich seinen Rucksack und eilte die dunkle, enge Treppe hinunter. Am Fuß der Treppe angelangt, überlegte er sich, ob er die Kirchentür verschließen und sich verbarrikadieren sollte, aber er war sich ziemlich sicher, dass die Zapphirne warten konnten, bis er aufgab. Schließlich hatte er nur Nahrungsvorräte für einen Tag und er wusste nicht, ob die Zapphirne überhaupt Essen oder Wasser benötigten.

Außerdem, wenn sie wirklich hereinkommen wollten, konnten sie auch eines der großen bunten Kirchenfenster zerstören, auf denen stilisierte Abbildungen von Jesus mit Kindern, Lämmer oder ernste Männern in Gewändern zu sehen waren. Aber er wollte die Kirche nicht durch den Haupteingang verlassen, weil vier der Zapphirne dort in der Nähe waren. Er eilte den Gang im Kirchenschiff Richtung Altar entlang in der Hoffnung, einen Seitenausgang finden zu können.

»Wo zur Hölle soll ich hin?«, flehte er das große messingbeschichtete Kreuz an, das an der Wand über dem Altar angebracht war.

»Suche und du wirst finden«, ertönte eine Stimme so nachhallend und klar, dass Campbell dachte, dass es sich um eine Radioaufnahme handeln musste.

Du verlierst den Verstand. Gott antwortet.

Dann kam Campbell zur ersten Reihe und sah einen Mann auf der Bank sitzen, der nach vorne gebeugt war und ein Gesangbuch umklammerte. Auf dem Hinterkopf des Mannes deutete sich eine Glatze an, seine weißen Hemdsärmel waren bis zu den Ellenbogen hochgerollt und auf seinen dunklen Lederschuhen befanden sich graue Flecken.

»Wie lange ... wer ...?« Campbell konnte nicht glauben, dass der Mann einfach hier saß, während sich draußen die Zivilisation auflöste. Aber er musste zugeben, dass durch die Bauweise der Kirche die meisten Geräusche von draußen gedämpft wurden und sie wahrscheinlich ein ebenso friedvoller Ort war zu sterben wie irgendein anderer, mit Ausnahme eines gut ausgestatteten Überlebensbunkers.

»Sie kommen.« Campbell fragte sich, ob der Mann überhaupt von den Zapphirnen wusste. Seine eingesunkenen Augen und das leere, verzückte Lächeln vermittelten den Eindruck eines Mannes, der nur wenige Sorgen hatte.

Dann leuchteten die Augen des Mannes mit heftiger Leidenschaft. »Der Tag des Herrn aber wird kommen wie ein Dieb; dann werden die Himmel mit großem Krachen vergehen; die Elemente aber werden vor Hitze schmelzen, und die Erde und alles, was darauf ist, werden ihr Urteil finden.«

»Äh ... da draußen kommen Leute, die uns töten wollen.« Er war sich nicht sicher, ob »Leute« das richtige Wort war, aber er hatte jetzt keine Zeit für eine kurze Geschichte vom Ende der Welt. Er blickte sich um auf der Suche nach etwas, das als Waffe dienen konnte.

»Der Brief des Petrus«, sagte der Mann. »Kennst du Petrus?«

»Ja. Sein Namensvetter hat sich ein paar Blocks von hier entfernt verschanzt. Kommen Sie mit mir. Zu zweit haben wir bessere Chancen.«

Der Mann machte eine Handbewegung über die leeren Bankreihen hinter ihnen. »Ich kann meine Gemeinde nicht verlassen.«

»Sind Sie der Pfarrer?« Campbell meinte, Kratzen an der Tür zur Kirche hören zu können.

»Ich bin ein Diener.«

Campbells Missmut wuchs. Er hatte keine Zeit, sich mit einem Verrückten auseinanderzusetzen. Aber er hielt noch immer an den alten Vorstellungen von Kameraderie und Anstand fest, auch wenn diese Werte eine Last darstellten. »Nun, jetzt sollten Sie besser sich selbst dienen. Oder Sie werden sterben müssen.«

»Und zuerst werden die Toten, die in Christus gestorben sind, auferstehen.«

Campbell gab auf. Er konnte hören, wie gegen die Kirchentür geschlagen wurde. Durch den gleichmäßigen Rhythmus und die Beharrlichkeit war das Geräusch noch verstörender.

Fast so, als ob sie nicht in Rage sind, sondern nur für einen Besuch bei den Nachbarn vorbeikommen.

Der Altar war etwa dreißig Zentimeter höher als das Kirchenschiff und wurde von zwei großen Messingkerzenleuchtern flankiert, die zu dem Kreuz passten. Flaggen der Vereinigten Staaten und von North Carolina waren an dicken Holzstangen befestigt, die zu beiden Seiten des Kreuzes standen – eine unpassende Vermischung von Kirche und Staat, wie sie den Südlichen Baptisten eigen war. Eine dunkel gefärbte Treppe führte an einer Seite des Altars hinab. Trotz der hohen Fenster war das Licht so schwach, dass

Campbell nicht dachte, dass es sich lohnen würde, noch tiefer in das Innere der Kirche vorzudringen.

Campbell sprang auf das Podest und schnappte sich die Staatsflagge, weil ihm die scharfe Holzspitze am Ende der Stange gefiel. Sie war etwa zwei Meter lang und als er sie aus dem schweren Sockel herausnahm, musste er feststellen, dass sie viel zu unhandlich war, um damit einen Angreifer abzuwehren. Er griff nach einem der großen Messingkerzenleuchter, aus dem der Kerzenstummel herausfiel, als er ihn probeweise schwenkte. Der Leuchter war etwa einen Meter lang und besaß eine bessere Schlagwirkung.

»Das ist Besitz des Herrn«, sagte der Pfarrer, der sich von der Bank erhob und sein Gesangbuch fallenließ.

»Ich werde es ihm zurückgeben, wenn ich fertig bin.« Campbell unternahm einen letzten Versuch, den Prediger dazu zu bewegen, mit ihm zu kommen, während er den Kerzenleuchter in die Höhe hielt. »Zur Seitentür, lassen Sie uns verschwinden – ich halte Ihnen den Rücken frei.«

Der Pfarrer drehte sich zum Haupteingang um, wo das Hämmern einer Vielzahl von Händen andauerte. »Im Haus des Herrn sind alle willkommen.«

Der Prediger faltete die Hände und verbeugte sich ehrfurchtsvoll, als er seinen langsamen Weg den Gang entlang begann. Er murmelte irgendeine Art von lyrischem Gebet, aber Campbell warte nicht, um zu sehen, wie diese Botschaft bei der neu gefundenen Gemeinde aufgenommen werden würde. Stattdessen stieg er die Stufen in die Dunkelheit hinunter.

Im Untergeschoss fiel durch ein paar kleine Fenster Licht in einen schmalen Korridor, an den sich Versammlungsräume anschlossen. Campbell hoffte, dass er nicht in einer Sackgasse gelandet war. Er traute sich zu, sich an ein oder zwei Zapphirnen vorbeizukämpfen, aber er machte sich keine Illusionen, dass er als Gladiator gegen einen Haufen von ihnen bestehen konnte.

Er probierte eine Tür zu seiner Linken. Sie führte in einen düsteren Raum, der vermutlich für Sonntagsschulunterricht benutzt worden war. Der Gestank traf ihn wie eine Eisdecke. Leichen waren in verschiedenen Haltungen auf dem Boden platziert, angeordnet in der Form eines Kreuzes. Während Campbell die Nase in seiner Ellenbogenbeuge vergrub und sich aus dem Raum zurückzog, fragte er sich, ob der Pfarrer hier in einem Anflug apokalyptischen Fiebers eine wahnsinnige heilige Gabe arrangiert hatte.

Auf dem Korridor konnte er die Stimme des Predigers hören, die sich zu einem ekstatischen Willkommensgruß emporschwang.

Warum haben ihn die Zapper noch nicht getötet?

Nachdem er um eine Ecke gegangen war, konnte er einen Notausgang sehen. Als er mit dem schweren Kerzenleuchter in den Händen gegen die Panikstange trat, umflutete ihn Sonnenlicht und er fühlte feige Dankbarkeit dafür, dass sich der Pfarrer als Köder angeboten hatte.

KAPITEL 28

Sie befanden sich auf der im Schatten liegenden Seite der Straße und gingen so schnell wie möglich. Rachel führte sie in der Hoffnung an, dass die Straße in Richtung Norden ging. DeVontay schien noch weniger zum Pfadfinder geeignet zu sein, als sie es war, weshalb er ihre Entscheidungen nicht in Frage stellte. Oder vielleicht hielt er seine Augen auf die Seitengassen gerichtet, mehr in Sorge über ihren Weg als über das Ziel.

Sie waren mindestens zehn Blocks weit gekommen, ohne irgendwelche Hinweise auf Leben zu entdecken – wenn das Wort unter diesen Umständen noch passend war. Vögel flatterten unter Dachvorsprüngen und in Baumkronen und einmal konnte Rachel in der Ferne einen Hund bellen hören, aber sonst war die Stadt nur ein Stillleben aus verlassenen Fahrzeugen und leblosen Ladenfassaden. Aus dem Inneren vieler Gebäude trat der Gestank des Todes nach außen, weshalb sie ihre Zeit nicht mit einer Haus-zu-Haus-Suche nach Überlebenden vergeudeten. Nach ihnen zu rufen war ebenfalls riskant, da der Lärm Zapphirne auf sie aufmerksam machen würde.

Die Straßen waren auf erstaunliche Weise frei von Leichen, vor allem wenn man die Bevölkerungsdichte in Betracht zog. Einmal kamen sie an einem zusammengesunkenen Mann mit einem strähnigen weißen Bart vorbei, der mit den Armen unter den Knien an eine Backsteinmauer gelehnt war. In der alten Zeit hätte er mit den Lumpen, die um seine Knöchel gewickelt waren, wie ein Obdachloser gewirkt.

»He, Paps?«, flüsterte DeVontay, der sich davor fürchtete, ihn zu berühren.

Der Mann reagierte nicht, also gingen sie weiter. Stephens Gesichtsausdruck veränderte sich nicht, was Rachel traurig stimmte. Ein Junge sollte nicht bis zur Gefühllosigkeit abgestumpft sein. Seine Tage sollten von Kaugummi, Comics und Videospielen geprägt sein anstatt vom Tod.

Die Straßenschilder waren genauso gewöhnlich wie immer, ein stummes Testament für gewesene Orte: Hayward Street, Depot Street, Old Bristol Turnpike. Sie kamen an einem Geschäft für Brautmode vorbei, dessen Schaufenster mit kopf- und armlosen, unglaublich magersüchtigen Puppen gefüllt war, die wallende weiße Kleider zur Schau stellten. Rachels Atem stockte bei dem Anblick. Sie würde nun niemals eine Braut sein, nicht auf diese Art.

»Pfui«, sagte Stephen, den der Schaufensterbummel langweilte. Er ging zum Straßenrand und fing an, mit dem Müll zu spielen, der sich in der Abflussrinne angesammelt hatte.

DeVontay stellte sich eng hinter sie. »Der Mann vorhin ... hast du etwas Seltsames bemerkt?«

»Nur eine weitere Person, die es nicht geschafft hat«, sagte sie.

»Er ist frisch. Weder dunkel noch aufgedunsen.«

Rachel blickte zu Stephen und freute sich über den relativ gesunden Glanz seiner Haut, der im Gegensatz zu der Fäulnis stand, die sie umgab. »Nur weil jemand die Sonneneruptionen überlebt hat, heißt das nicht, dass er nicht doch eines Tages sterben muss.«

»Aber er war nicht zu Tode geprügelt. Nur so zusammengekauert, als ob er darauf warten würde.«

Rachel dachte wieder an die Pillen, die der Apotheker ihr gegeben hatte. Nicht jeder lehnte aus spirituellen oder moralischen Gründen Selbstmord ab. Für manche mochte Selbstmord wie ein Fahrstuhl zur Himmelspforte erscheinen.

»Es gibt viele Arten zu sterben«, sagte sie. »Er war alt. Vielleicht hatte er einen Herzanfall. Oder konnte seine Medikamente nicht bekommen.«

»Niemand stirbt mehr an natürlichen Ursachen.«

»Okay, gut. Vielleicht hatte er eine Schusswunde in seinem Rücken. Erschossen vom Militär.«

»Es gab keine Blutlache.«

Genervt blickte Rachel auf das Spiegelbild im Schaufenster und sah, wie Stephen auf die Straße ging. Sie rief ihn, aber er ging einfach weiter, Miss Molly an den Haaren haltend, als ob er vergessen hätte, dass er eine Puppe mit sich herumtrug. DeVontay lief los, um ihn einzuholen, und Rachel löste sich aus ihrer Erstarrung und folgte ihnen.

Als sie Stephen erreichten, konnten sie den Stadtplatz sehen. Das fünfzehn Meter hohe Gerichtsgebäude mit seiner gesprungenen Betonfassade und einer Kuppel war von Eichen umgeben, deren Blätter durch den Herbst dunkel geworden waren. Der Rasen vor dem Gericht stellte eine öffentliche Grünanlage dar, die von Wegen durchzogen war und in deren Mitte sich die Bronzestatue eines Helden des Revolutionskrieges befand, der durch Patina und Taubendreck grün gefärbt war. Die idyllische Kleinstadt-Postkartenansicht wurde durch schmiedeeiserne Bänke ruiniert, auf denen zahlreiche Leichen platziert waren. Weitere Leichen befanden sich auf den Stufen zum Gerichtsgebäude, die so voll waren, dass es schien, als ob das Bezirksgericht kurz seine Verhandlung unterbrochen hatte, um dem Angeklagten eine Zigarettenpause zu ermöglichen.

»Viele, viele«, sagte Stephen begeistert und keineswegs entsetzt.

Es mussten ein paar Dutzend sein, darunter auch Kinder. Die Leichen schienen nicht als Familien angeordnet zu sein, obwohl Rachel zuerst vermutetet hatte, dass sie wie für ein Fotoshooting eines modernen Künstlers des Grotesken gruppiert waren.

»Noch mehr frische«, bemerkte DeVontay und Rachel erkannte, was sie mehr verstört hatte als die reine Anzahl der Leichen: Wie der alte Mann, der gegen die Mauer gelehnt gewesen war, befanden sie sich noch nicht im fortgeschrittenen Stadium der Verwesung.

»Denkst du ...?« Sie wollte die Frage nicht beenden, solange Stephen in Hörweite war, aber DeVontay dachte den Gedanken zu Ende.

»Ja«, sagte er. »Das sind Zapphirne. Sie sterben.«

Rachel war sich nicht sicher, ob sie sich über diese Neuigkeit freuen sollte. Klar, die Zapphirne hatten wochenlang versucht, sie zu töten. Aber sie waren nur ihren Instinkten gefolgt. Und wenn alle Zapphirne starben, würde die Welt noch einsamer werden. Noch freier von dem, was sich einmal als kollektive Menschheit auf der Erde bewegt hatte.

Sie folgten Stephen zur nächstgelegenen Bank, auf der ein etwa sechs Jahre altes Mädchen auf der Seite lag. Ihr rosafarbenes Kleid war in Unordnung und ihre Strümpfe waren zerrissen, aber ansonsten hätte sie auch schlafen können.

»Jemand hat sie so hingelegt«, sagte DeVontay. »Sie ist nicht in dieser Position gestorben.«

Stephen kniete nieder und sprach sie an: »Hey, schläfst du?«

Rachel stand hinter Stephen und legte die Hände auf seine Schultern. »Sie ist jetzt bei unserem Herrn, Stephen.«

Stephen blickte sich in der Grünanlage um. »Wer von denen ist der Herr?«

»Der Herr im Himmel«, sagte Rachel, wobei sie sich umblickte, um sicherzugehen, dass sich Jesus Christus nicht genau in diesem Moment unter ihnen befand. Denn wenn er eine Rückkehr auf die Erde plante, war Taylorsville in North Carolina schließlich ein ebenso guter Ort wie jeder andere.

Natürlich war sie sich im Klaren darüber, dass Gedanken dieser Art die ersten Anzeichen von Wahnsinn sein konnten. Die großen Visionäre und Propheten das Alten Testaments standen an der Grenze zu lehrbuchmäßiger Schizophrenie mit ihren brennenden Büschen, Feuerrädern im Himmel und Stimmen, die ihnen sagten, dass sie ihre eigenen Kinder töten sollten.

»Das ist verdammt unheimlich«, sagte DeVontay. »Glaubst du wirklich, dass das Zapphirne sind?«

»Sie verstehen«, antwortete sie mit leiser Stimme. Wenn einige von ihnen nur schliefen, wollte sie sie nicht aufwecken.

»Was verstehen sie? Hast du einen gebechert? 'Nen Abstecher in den Schnapsladen gemacht, als ich nicht aufgepasst habe?«

»Sie verstehen, dass sich die Welt verändert hat«, sagte sie. »Sie wissen es.«

»Sprichst du von den gleichen Zapphirnen, die in den letzten zwei Wochen damit beschäftigt waren, uns umzubringen?«

»Sie kümmern sich um ihre Toten«, erklärte sie. »Es ist das letzte Anzeichen von Menschlichkeit, den Toten die letzte Ehre zu erweisen.« Sie hatte plötzlich die furchtbare Vorstellung, dass es sich hier um Opfer eines Massenselbstmords handelte, dass eine Gruppe von Zapphirnen erkannt hatte, dass etwas in ihren Köpfen aus der Bahn geraten war und sie die Zyanid-Brause geschluckt hatten, anstatt ihren niedrigeren Instinkten, ihren mörderischen Trieben, freien Lauf zu lassen.

Ein derartiges Vorgehen würde ein Funktionieren auf höherer Ebene voraussetzen, Kommunikation und Sozialisierung – und nichts davon hatten die Zapphirne bislang an den Tag gelegt.

Aber was weißt du schon wirklich von ihnen? Du warst zu sehr damit beschäftigt, davonzulaufen und dich zu verstecken – und zu überleben –, um wirklich aufzupassen.

»Sie sehen nicht mehr so böse aus«, sagte Stephen.

»Ihre Sorgen sind vorüber.« Rachel hätte fast hinzugefügt »*Sie haben Glück gehabt*«, aber die Reise war noch nicht zu Ende. Wenn es etwas gab, das Rachel noch glaubte, dann, dass Gott sie aus einem bestimmten Grund hierhergeführt hatte.

Auch wenn Gott nun der Planer des größten Massenmordes der Geschichte war, glaubte sie immer noch. *Noch.*

»Lasst uns von hier verschwinden, bevor jemand kommt, um den Haufen zu vergrößern«, sagte DeVontay.

»Komm, Stephen«, forderte Rachel ihn auf.

»Einen Moment.« Der Junge ging zu der Bank, auf der das kleine Mädchen schlief. Ohne sie zu berühren, legte er sanft Miss Molly in ihre Armbeuge. Stephen trippelte zu Rachel zurück und nahm ihre Hand.

»Jetzt ist sie nicht mehr so allein«, sagte er und lächelte

Rachel an.

Rachel dachte an ihre Schwester, die in einem Sarg aus Fiberglas auf einem Friedhof in Seattle verweste. Unter einen steifen, kalten Arm ihrer blassen Leiche hatte Rachel ihren Stoffpanda Farley, ein Exemplar ihres Lieblingsbuchs *Die Brautprinzessin* und eine Aufnahme der Erde, die das Hubble-Weltraumteleskop gemacht hatte, gelegt. Sie hatte auch dafür gebetet, dass ihre Schwester nicht einsam sein würde. In welchem Danach auch immer sie sich nun befand.

DeVontay führte sie zurück zur Straße, wobei er die Pistole noch immer an seiner Hüfte baumeln ließ. In der Ferne ertönten ein paar Schüsse und in der Luft lag der beißende Geruch von Rauch, aber ansonsten war der Ort so friedlich wie ein Sonntagnachmittag in einer x-beliebigen Kleinstadt.

Als sie wieder am Brautmodeladen vorbeikamen, meinte Rachel, innen eine Bewegung wahrgenommen zu haben. Sie sagte nichts und sie wollte auch nicht allzu genau hinblicken.

KAPITEL 29

Als Campbell in das Sonnenlicht trat, hob er in Erwartung eines Kampfes den Kerzenleuchter.

Stattdessen musste er feststellen, dass die Seitentür auf einen kleinen Friedhof führte, der von verwahrlostem Gras, ausgeblichenen Plastikblumensträußen und ungleichmäßig verteilten niedrigen Grabsteinen aus Marmor geprägt war. Um den Friedhof herum befand sich ein etwa sechzig Zentimeter hoher Zaun, der mehr als Abgrenzung denn als ernsthafter Schutz gegen Vandalen und streunende Hunde diente. Nachdem er sich vergewissert hatte, dass sich auf dieser Seite der Kirche keine Zapphirne befanden, versuchte er, sich mit Hilfe des Überblicks, den er oben auf dem Kirchturm gewonnen hatte, zu orientieren.

Ein paar Ahornbäume boten ihm genug Tarnung, um bis zur Straße zu gelangen. Er war erstaunt, nirgendwo an der Kirche Zapphirne zu sehen.

Sind sie alle drinnen?

Er stellte sich vor, wie die Zapphirne den verwirrten Geistlichen umringten und nach ihm griffen, während er predigend versuchte, ihre Herzen zu erreichen und ihre Seelen vor dem ewigen Höllenfeuer zu retten.

Doch Campbell war auch dankbar, dass der Pfarrer den Märtyrer spielte, denn das ermöglichte ihm, zwischen einer irischen Kneipe und einem Antiquitätenladen in einer Gasse zu verschwinden, in der es von überquellenden Abfalleimern, Propangasflaschen und Heizungsanlagen wimmelte. Ein Körper lag ausgestreckt auf einem aufgeplatzten Müllbeutel, als wäre er von oben darauf gefallen. Campbell blickte nicht zu genau hin, aber die Hände und das Gesicht waren schwarz und von der Fäulnis aufgedunsen.

Nun war er zwei Blocks von der Kirche entfernt und trat vorsichtig auf die Straße, bei der es sich dem Straßenschild nach um den Hardin Boulevard handelte. In welche Richtung er gehen musste, erkannte er an der Stadtsilhouette. Diese war von einem fünfstöckigen Haus geprägt, an dem eine altmodische Uhr angebracht war, deren verrostete Metallzeiger aufrecht in den Himmel standen. Die anderen Gebäude des Blocks waren zweistöckig. Autos und Lieferwagen parkten an beiden Straßenrändern und nur wenige Fahrzeuge standen schräg über den Mittelstreifen.

Sieht ziemlich tot aus.

Campbell entschloss sich dazu, die Straße entlang zu sprinten, anstatt sich im Schatten der Gebäude zu bewegen. Wenn er gesehen werden würde, hätte er auf offener Straße immer noch genug Zeit, eine Entscheidung zu treffen, was besser war als das Risiko, dass ihn jemand aus einem der Eingänge heraus ansprang. Außerdem fühlte sich der große Messingkerzenleuchter in seinen Händen immer besser an.

Die Bar, in der Pete verschwunden war, befand sich an einer Straßenecke. Metalltische waren unter einer Markise aufgestellt. Ein rotes Kunststofftransparent hing am Rand des ersten Stocks herab und verkündete den Namen »Fat Freddy's«. Darunter stand in kleineren Buchstaben »Pub & Grill«. Campbell und Pete hatten zahlreiche Freitagabende in derartigen Etablissements verbracht, Chicken Wings gegessen und die Mädchen angestarrt, aber vor allem das billige einheimische Bier getrunken, das es vom Fass gab.

Campbell fragte sich, ob alle Zapphirne in der Gegend zur Kirche gelockt worden waren. Er hatte gesehen, wie sie auf Lärm, Gewalt und Feuer reagierten, aber die Kirche hatte keine dieser Attraktionen geboten. Gerade als Campbell sich daran gewöhnt hatte, wie die Dinge jetzt standen – er hatte sich keineswegs damit angefreundet oder es gar genossen –, schienen sich die Regeln zu ändern.

Nicht, dass Campbell übermäßig schlau aus der Welt

geworden war, bevor sie aus den Fugen geraten war. Die Grundschule war eine Art von Indoktrinierung gewesen – »Geh dahin, wenn die Glocke läutet, tu das und das und das« –, aber Campbell war durch das Unbehagen, mit fünfundzwanzig anderen Kindern in einem Raum sitzen zu müssen, sowieso völlig perplex gewesen. Die Highschool war ebenso surreal gewesen, vor allem weil er die Rollenmuster erkannt hatte, die die Erwachsenen annehmen mussten, und er keine Rolle sah, die er erfolgreich hätte vortäuschen können. Denn er war sich ziemlich sicher, dass jeder eine Maske aufgesetzt hatte und alle wie bei einer Agentur bestellt waren: der Werbeoffizier von der Armee mit dem in Stein gemeißelten Gesicht, der Fahrer des Abschleppwagens mit seinen Popeye-mäßigen Unterarmen, die Kaugummi kauende Kellnerin im Waffle House, der IT-Freak mit dem Batman-Spleen.

Also war eine Welt, die von Zapphirnen bevölkert war, wirklich kein so großer Sprung, oder?

Trotzdem war er froh, dass keine von ihnen hier waren. Wenn ihnen die Kirche bot, was sie brauchten, dann war das okay für ihn, Gott segne sie.

Campbell rannte zwischen einem Mitsubishi, der von blauen Aasfliegen umschwirrt wurde, und einer Honda-Limousine, deren vier Türen offen standen und den Gestank von Leichen ins Freie entließen, hindurch. Er sprang über ein Motorrad, das auf der Seite lag, und verlor beinahe das Gleichgewicht. Dann erreichte er den Eingang zu Fat Freddy's. Er spähte durch die ovale Glasscheibe in der Holztür, konnte aber nicht viel erkennen. Dann bahnte er sich den Weg nach innen, den Kerzenleuchter fest in den Händen.

»Alter! Gerade richtig zur Happy Hour!« Petes Stimme erklang aus der Dunkelheit am anderen Ende der Bar.

Als sich Campbells Augen an die Dunkelheit gewöhnt hatten, konnte er die Reihen von Tischen erkennen. An einigen von ihnen saßen Tote, deren Köpfe in ihr schimmelndes Essen gesunken waren. Ein paar Kerzen flackerten und spiegelten sich gemeinsam mit den unendlichen Reihen glänzender Flaschen im Spiegel hinter der Bar. Campbell rieb sich die Nase aufgrund des Verwesungsgestanks, denn er hatte sich noch immer nicht an den süßlichen Fäulnisgeruch gewöhnt.

Aber die Gerüche von Kerzenwachs und Alkohol waren ebenfalls stark und sorgten für eine entsetzliche Mischung. Pete stand hinter der Theke und hatte eine halbvolle Flasche mit brauner hochprozentiger Flüssigkeit und ein Glas vor sich stehen. Zuerst dachte Campbell, dass es Pete irgendwie gelungen war, Saufkumpane zu finden, denn an der Theke saßen auf hohen Barhockern aus Holz vier weitere Personen, eine jede mit einem Glas vor sich.

»Pete, wer sind diese Typen?« Campbells Herz verwandelte sich zu einem gefrorenen Stein in seiner Brust.

Pete grinste nur, nahm einen kräftigen Schluck Whiskey und knallte das Glas zurück auf die Bar. »Die Getränke gehen aufs Haus«, verkündete er und lallte dabei nur ein kleines bisschen.

Campbell manövrierte sich zwischen den Tischen hindurch, wobei er den Kerzenleuchter vor sich hielt, als sei der ein Elektroschocker, den er benötigte, um ein paar der Leichen aus dem Weg zu schocken. »Die Luft ist rein, Mann. Wir können ohne Probleme die Stadt verlassen.«

Pete deutete auf die Flaschenreihe und seine grinsenden Augen funkelten im Kerzenlicht. »Verschwinden? Ich bin gestorben und im Himmel gelandet. Das Bier ist warm und es gibt kein Eis, aber ich kann nicht klagen. Nee, nie im Leben.«

Campbell blickte zu den Gestalten, die an die Theke gelehnt waren. Sie befanden sich in unnatürlichen Haltungen, die Barhocker waren unter sie geklemmt, um sie aufrecht zu halten. Eine von ihnen war ein Biker in einer ärmellosen Jeansjacke mit einem Wachmannskäppi auf dem Kopf. In seinen Augenhöhlen tummelten sich Maden.

»Pete«, sagte Campbell behutsam. »Warum schnappst du dir nicht einfach eine Flasche und kommst mit mir? Du kannst unterwegs trinken.«

»Niemals«, antwortete er und goss Whiskey in das volle Glas des Bikers, so dass die Flüssigkeit auf der Theke entlangfloss. Die Gläser vor den anderen Leichen waren ebenfalls gefüllt.

»Du ...« Campbell wusste nicht, wie er die Szenerie deuten sollte. Sein bester Freund hatte den Verstand verloren, weil er dem Druck nicht mehr standhalten konnte. Und Campbell fühlte eine Kälte, die tiefer ging als die Angst: einen tiefen, eiskalten Abgrund der Einsamkeit, in den er gerade fiel.

»Die Party hat begonnen!«, brüllte Pete seine Gäste an, bevor er sich noch einen Schluck puren Whiskeys in die Kehle goss. Er wischte sich den Mund ab und strahlte. Durch die Kerzen sah sein Gesicht düster und rot aus, wie das eines Dämons in einem billigen Horrorfilm.

Campbell ignorierte den Gestank der entheiligten Leichen, die Pete ganz offensichtlich von ihren Tischen zur Theke gezerrt hatte, um dieses spontane Trinkgelage zu organisieren. Er lehnte sich gegen die Theke, als Pete sein Glas auf das Holz knallte.

»Was darf's sein, Kumpel?«, fragte Pete. Dann wurde sein Gesicht von alkoholgeschwängerter Feierlichkeit überzogen. »Weißt du, was mich echt fertig macht? Ich kann mir eine Welt ohne Promis einfach nicht vorstellen. Lady Gaga, Jay-Z, Lindsay Lohan. Ich meine, uns Forscher dürstet nach *Wissen*.«

»In Lindsay Lohans Fall wird es wohl keinen großen Unterschied machen.«

»LeBron James. Depp, Alter. Eine Welt ohne Johnny?«

»Du bist betrunken«, sagte Campbell, der diese Diagnose der Aussicht auf Wahnsinn vorzog.

»Im Ernst. Sind sie zu Zapphirnen geworden? Ist irgendwo da draußen ein Brad-Pitt-Zapphirn, das mit seinem Unterlippenbärtchen herumschlurft?«

»Kümmer dich nicht darum. Beschäftige dich mit dem, was vor dir liegt.«

Pete blickte auf sein Glas und grinste. Aber er wurde schnell wieder weinerlich und stöhnte demonstrativ. »Taylor Swift. Doch nicht Taylor? Sie ist so niedlich und süß, und ich bin ganz Jodie-

Foster-mäßig in sie verknallt.«

»Du kannst nicht einfach hier sitzen und warten, bis sie dich finden«, versuchte Campbell zu argumentieren, während er zur Eingangstür blickte. Er fragte sich, ob sich tiefer in dem Gebäude Zapphirne befanden, vielleicht drunten im Keller oder auf den Toiletten. Pete hatte überhaupt keine Waffe und sein Rucksack lag sorglos hingeworfen neben der Registrierkasse.

»Je mehr, desto besser«, sagte Pete und deutete auf die beeindruckende Reihe von Flaschen. »Gibt genug für alle. Zapper, Überlebende und« – Pete vollführte eine huldvolle Bewegung mit seinem nicht-trinkenden Arm, um auf die Leichen hinzuweisen – »die stinkende schweigende Mehrheit.«

Pete wollte einen weiteren großen Schluck aus seinem Glas nehmen, aber Campbell packte sein Handgelenk und verschüttete Whiskey über ihre Arme. »Erinnerst du dich, dass du mich gebeten hast, dir zu sagen, wenn dein Trinken ausartet?«

»Wahrscheinlich war ich betrunken, als ich das gesagt habe«, meinte Pete, dessen blutunterlaufene Augen sich verengten. »Man kann die Leute nicht auf Sachen festnageln, die sie gesagt haben, als sie betrunken waren. Sonst wäre ich schon sechs Mal verheiratet gewesen.«

Pete lachte über seinen eigenen schlechten Witz, aber das Geräusch wurde von dem stillen, staubigen Raum verschluckt. Jegliche Fröhlichkeit und Heiterkeit, die womöglich in die Wände eingedrungen waren, hatten sich schon lange verflüchtigt, obwohl der Geruch des Alkohols, des verdorbenen Essens und der aufgedunsenen Leichen einiges dazu tat, die Luft zu füllen.

Glas zersplitterte draußen in der Nähe der Eingangstür und Campbell drehte sich schnell mit gehobenem Kerzenleuchter um. »Sie haben uns gefunden.«

Pete schien es egal zu sein. Er trank direkt aus der Whiskeyflasche, dann rieb er sich etwas Schnaps unter die Nase wie ein Bestatter, der Menthol auftrug, bevor er sich dem

Tagesgeschäft widmete.

»Runter«, sagte Campbell und löschte die nächstgelegene Kerze. Er kauerte im Dunkeln unbehaglich neben den Beinen von einem von Petes toten Kumpeln.

Die Eingangstür wurde aufgestoßen und Licht strömte in die Bar. Die Umrisse eines Menschen zeichneten sich in der Tür ab und Campbell fragte sich, ob Zapphirne im Dunkeln sehen konnten. Nicht, dass es einen Unterschied machte. Pete stand neben der anderen Kerze, sein Gesicht im Licht ihrer Flamme hell erleuchtet.

Campbell verkrampfte und wartete auf den Angriff des Zapphirns. Stattdessen sagte die Silhouette: »Dachte mir, dass ihr hier drin sein würdet.«

Arnoff!

KAPITEL 30

Von der getarnten Plattform, die in die Äste einer Eiche gebaut war, hatte Jorge einen Ausblick auf die umliegenden Bergkämme und Täler. »Wheelerville«, wie Franklin Wheeler seine kleine Anlage nannte, befand sich nicht auf dem höchsten Punkt in den Blue Ridge Mountains, aber sie lag weit genug entfernt von dem in den Himmel ragenden Mount Rogers und kleineren Bergen mit ihren zerklüfteten Gesichtern aus Granit, auf denen Nadelbaumstoppel prangten. Ein Bussard flog über den grauen Dunstschleier, der das Tal bedeckte, und Jorge fragte sich, ob es sich um den selben handelte, der das Huhn getötet hatte.

In der Ferne vermischten sich die Rauchfahnen aus den Städten zu einem kohlefarbenen Schmutzfleck auf dem Horizont. In der Luft befand sich nur die leichteste Andeutung des beißenden Geruchs, so als ob die Berge den herrschenden Nordwestwind reinigten. Er kannte niemanden in diesen Städten, aber trotzdem fühlte er einen Verlust. Marina hätte dort aufs College gehen können oder vielleicht hätten er und Rosa dort eine bessere Arbeit gefunden.

Die Schärfe an seinem Fernglas regulierend, richtete er den Blick auf den Parkway, der sich unten durch die Bäume wand. Die selben liegengebliebenen Fahrzeuge befanden sich noch immer auf der Straße. Einige von ihnen waren auf den grasigen Seitenstreifen zum Stehen gekommen, nachdem ihre Fahrer urplötzlich gestorben waren. Ein hölzernes Schutzgeländer war aus seiner Verankerung gerissen und an der Stelle zersplittert, an der ein Lieferwagen es durchbrochen hatte und den Abhang hinabgestürzt war. Ein Campingbus lag auf der Seite, aus seiner Hinterseite waren Kühlboxen, Matratzen und eine verfaulte Leiche herausgefallen.

Er wollte gerade wieder hinunterklettern, als er eine Bewegung auf der Straße wahrnahm.

Bestimmt ein Wildtier. Jetzt, wo ihnen nichts mehr Angst einjagt, können sie das Land zurückerobern.

Er blickte durch das Fernglas und sah eine Frau, die die ansteigende Straße entlangrannte. Sie bewegte sich nicht sehr schnell, ihr Gesicht war mit Dreck verschmiert und ihr Haar zerzaust. Sie sah erschöpft aus, wie ein Pferd, das durch eine Wüste geritten worden war. An ihre Brust gepresst hielt sie ein Stoffbündel.

Sie bewegt sich nicht wie eine von denen.

»Franklin?«, rief er.

Franklin kam aus dem Haus, wo er mit dem Funkgerät hantiert hatte. Nach dem Mittagessen hatte er gesagt, dass er »schlechte Neuigkeiten brauche«, und war zu seinem Arbeitstisch gegangen, während sich Rosa um das Geschirr kümmerte. Franklin blinzelte gegen die Sonne, als er zu Jorge hochblickte. »Was gibt's da oben außer Ihnen?«

»Jemand ist auf der Straße«, antwortete Jorge. »Eine Frau.«

»Zur Hölle«, sagte Franklin, eilte zum Baum und begann, an den provisorischen hölzernen Haltegriffen hochzuklettern, die an den Baum genagelt waren. Er bewegte sich mit flinker Agilität, die im Gegensatz zu seinem Alter stand, und hastete den Baum hoch wie eine alte Bergziege. Oben angekommen nahm er Jorge das Fernglas aus den Händen und der wies ihm die Richtung.

»Aha«, sagte Franklin. »Sieht so aus, als ob sie allein wäre.«

»Sie ist doch kein ... wie nennen Sie es?«

»Nein, sie ist kein Zapphirn. Nur eine verängstigte Frau.« Er gab Jorge das Fernglas zurück und wandte sich ab, um wieder hinunterzuklettern.

»Sollten wir sie nicht herholen?«

Franklin blickte sich in der Anlage um. »Ich habe Wheelerville gebaut, damit hier ein Dutzend Menschen das, was auch immer passiert, überleben kann, mit Ausnahme eines nuklearen Holocausts. Und Sie haben drei der Tickets gelöst, als

Sie mit Ihrem kranken Mädchen durch die Wälder geirrt sind. Ich erwarte noch mehr Gesellschaft und denke nicht, dass wir weitere Plätze zu verschenken haben.«

»Sie können sie nicht einfach da draußen lassen.«

Franklin kniff die Augen zusammen. »Was sind Sie? Irgendeine Art von Kommunist? Haben sie euch das da unten auf der anderen Seite der Grenze gelehrt?«

»Sie ist jung und allein–«

»Sie hat bis jetzt überlebt, also ist sie nicht aus Pappe. Ich kann nicht die ganze Welt retten.«

Jorge versuchte, den Widerspruch zu verstehen. Franklin hatte seiner Familie geholfen, aber nun verweigerte er seine Hilfe jemand anderem, der sich in Not befand. Jorge blickte durch das Fernglas, um zu sehen, wie die Frau vorankam. Die Knie ihrer Jeans waren abgewetzt, ihr brauner Kapuzenpulli verfilzt und schmutzig. Sie warf den Kopf herum und ihr blondes Haar flog zur Seite, als sie über ihre Schulter blickte.

Wird sie verfolgt?

Jorge schwenkte das Fernglas die Straße entlang bis zu dem Punkt, an dem der Asphalt in den Schatten großer Bäume verschwand. Drei Gestalten brachen zwischen den Bäumen hervor und Jorge hegte keine Zweifel über ihre Absicht.

»Da sind sie!«, sagte er und deutete. »Diese Z-Dinger. Sie jagen sie.«

Franklin riss ihm das Fernglas aus der Hand und blickte für einen Augenblick hindurch. »Verdammt. Sie könnte ein Baby bei sich haben.«

Dann senkte er das Fernglas und begann, den Baum hinabzuklettern. Als er halb unten war, blickte er hoch zu Jorge und sprach: »Sie wollten den Helden spielen. Nun haben Sie Gelegenheit.«

Als Jorge unten ankam, hatte Franklin sich bereits ein Gewehr und einen Rucksack geschnappt. Er warf Jorge den Gürtel mit seiner Machete zu. Rosa fragte von der Tür des Hauses aus: »Was ist los?«

»Schließen Sie das Tor hinter uns ab«, befahl Franklin mit einer Ruhe, die im Widerspruch zu seiner Eile stand. »An der Wand befindet sich ein Revolver, falls Sie einen brauchen. Wir sollten in zwanzig Minuten zurück sein.«

»Jorge?«, fragte Rosa mit großen Augen.

»Schließ das Tor ab!«, sagte er. »Und Marina soll im Haus bleiben.«

Jorge folgte Franklin aus der Anlage und ignorierte dabei Rosas Rufe. Bald eilten sie bergabwärts einen Pfad entlang, den Jorge niemals bemerkt haben geschweige denn auf sich genommen haben würde. Franklin trabte mit sicherem Tritt und Jorge hatte Schwierigkeiten, das Tempo zu halten, obwohl er drei Jahrzehnte jünger war. Er maß die Zeit nicht in Minuten, sondern in den großen Granitplatten, die sich aus dem Boden erhoben, den verrotteten Baumstümpfen und den silberfarbenen Bächen, über die sie sprangen, sowie den goldenen Sonnenstrahlen, die durch die Äste und Zweige brachen, um den Boden zu besprenkeln.

Jorge hatte die Orientierung verloren und wusste weder wo sich die Anlage noch die Straße befand. Er konzentrierte sich auf Franklins Rücken, während ihn der Geruch von Schlamm, verrotteten Blättern und Kiefernharz mit jedem Atemzug bestürmte. Dann wurde der Pfad breiter und zu einem Streifen mit Büschen bewachsener Wiese. Hinter einer niedrigen Steinmauer waren ein paar liegengebliebene Autos zu sehen.

»Vorsicht«, sagte Franklin und deutete mit einer Hand auf den Boden, während er mit der anderen nach dem Gewehr griff.

»Wie weit noch?«, fragte Jorge, der seine Machete aus ihrer Scheide zog.

Franklin ging in die Hocke und legte den Gewehrkolben an seine Schulter, um den Lauf entlang zu sehen. »Ungefähr eine Million Meilen.«

Dann teilte Jorge das Gestrüpp mit seiner Machete und sah das Wohnmobil. Die Frau war etwa zehn Meter davon entfernt. Ihr Tempo war langsamer als zuvor und sie schnappte mit weit geöffnetem Mund nach Luft. Das Bündel hatte sie an ihre Brust gedrückt, sie hielt es mit einem Arm, auch als sie nach der Tür an der Seite des Wohnmobils griff.

Hinter ihr holten die Zapphirne auf und waren nur noch fünfzehn Meter von ihr entfernt. Sie schaffte es bis zur Tür und zog am Griff, aber die Tür ließ sich nicht öffnen. Jorge wurde klar, dass er und seine Familie in der gleichen Lage gewesen wären, wenn sie seinem Plan, in dem Wohnmobil zu übernachten, gefolgt wären.

Die drei Zapphirne, die Jorge von der Aussichtsplattform in der Anlage aus gesehen hatte, hatten Zuwachs durch zwei weitere bekommen. Es hätte sich um eine Gruppe von Gottesdienstbesuchern von einer der kleinen Kirchen handeln können, die über die Berge verteilt waren, die Kunden eines Grillrestaurants oder die Büroangestellten von Marinas Schule. Ihre Kleidung war schmutzig und drei von ihnen waren weiblich. Dem Wohnmobil am nächsten war ein Jugendlicher in einem ärmellosen T-Shirt. Er näherte sich mit kräftigen Schritten seiner Beute.

Das Gewehr brüllte und die Brust des Teenagers explodierte mit roter Gischt. Er stürzte vornüber, überschlug sich zweimal auf dem Asphalt und blieb reglos liegen. Die Beine waren unter seinem Körper verwinkelt, ein Arm zeigte in einem ungewohnten Winkel nach oben.

Die anderen Zapphirne erstarrten und blickten in die Richtung, aus der der plötzliche Lärm gekommen war. Jorge wusste nicht, ob sie sie sehen konnten, aber die Frau hatte nicht gezögert. Sie hämmerte gegen die Tür des Wohnmobils und schrie mit sich überschlagender Stimme: »Lasst mich rein! Lasst mich rein!«

Als der kniende Franklin das Gewehr für einen weiteren Schuss anlegte, teilte sich das Gebüsch ein paar Meter von ihm entfernt. Ein dunkles Gesicht starrte mit großen Augen und einem offen stehenden Mund, der gelbe Zähne präsentierte, daraus hervor.

»*¿Hola*?«, fragte Jorge überrascht in der Annahme, dass es sich um eine Freundin Franklins handelte. Dann erinnerte er sich daran, dass Franklin keine Freunde hatte.

Die Frau bahnte sich mit hoher Geschwindigkeit ihren Weg durch das Gestrüpp und das hohe Unkraut. Franklin, der sich darauf konzentrierte, noch einmal zu schießen, hatte sie offenbar nicht bemerkt. Sie war nur noch drei Schritte von ihm entfernt. Jorge hob die Machete, zögerte aber.

Was ist, wenn sie keine von denen ist?

Sie gab ein krächzendes Zischen von sich und hob den rechten Arm. Ihre Hand hielt einen kantigen, moosbewachsenen Stein. Jorge rief eine Warnung.

Franklin drehte sich zur Seite und stieß mit dem Gewehrlauf gegen ihren Körper. Sie war schwergewichtig und robust und das Metall prallte von ihrer Seite ab. Sie schmetterte die Waffe ohne Mühe zur Seite und hob erneut den Stein. Durch sein Gewicht zitterte ihr Arm.

»Hau sie um«, sagte Franklin mit ruhiger Stimme.

»Ich ...« Jorge starrte sie an und fragte sich, ob sie Kinder hatte.

»Das ist kein Mensch«, sagte Franklin. »*Schlag zu!*«

Der Stein senkte sich und Franklin hob einen Unterarm, um ihn abzuwehren. Jorge sprang nach vorn und hieb mit der Machete nach ihrem Handgelenk. Der Hieb war etwas zu hoch und die Machete rutschte mit einem metallischen Geräusch vom Stein ab. Einer ihrer Finger flog durch die Luft und verspritzte Blut. Sie gab keinen Laut von sich.

Sie zielte mit dem Stein auf Franklins Kopf. Franklin rollte sich zur Seite ab und Jorge packte die Machete mit beiden Händen. Er vollführte einen kreisförmigen Hieb.

Die Klinge drang in den Nacken der Frau ein, worauf der Stein aus ihrer Hand flog, Franklins Backe schrammte und gegen seine Schulter prallte. Von Übelkeit gepackt, zog Jorge die Machete aus dem Körper der Frau. Die Wunde klaffte weit auf und setzte weiße Sehnen und ein gipsartiges Stück

Schädelknochen frei.

Die Angreiferin gab ein rotes *Urk* von sich und brach zusammen. Franklin versuchte, ihren massigen Körper auf die Seite zu schieben. Jorge wurde klar, dass sich das Gewehr unter ihr befand. Er blickte zurück zu dem Wohnmobil.

Die blonde Frau war dabei, eine kleine Leiter an der Rückseite des Fahrzeugs hochzuklettern. Sie hatte Schwierigkeiten, die Balance zu halten, weil sie gleichzeitig noch in einem Arm ihr Bündel hielt. Die vier verbliebenen Zapphirne versammelten sich um das Wohnmobil herum und schlugen auf die Luft unter ihren Füßen ein, als ob sie durch die Leiter verwirrt wären.

»Holen Sie sie«, sagte Franklin, der noch immer das tote Zapphirn wegschob. »Sie *ist* menschlich. Ebenso wie ihr Baby.«

Jorge rannte los, Schweiß bildete sich auf seiner Haut. Er hielt die Machete vor sich wie Antonio Banderas als Zorro, obwohl er Banderas hasste, weil Rosa ihn »*muy* sexy« genannt hatte. Blut von der Klinge spritzte in sein Gesicht. Ein hohes, beinahe elektrisches Geräusch tönte in seinen Ohren.

Er sprang über die niedrige Steinmauer, die mehr oder weniger dekorative Zwecke erfüllte. Die Frau befand sich nun auf dem Dach des Wohnmobils. Sie hatte sich hingesetzt und rutschte nach hinten. Ein Zapphirn, das bis hin zu kniehohen Watstiefeln aus Gummi wie ein Fischer gekleidet war, legte versuchsweise die Hand auf die Leiter, so als ob es ihre Magie deuten wollte.

Das ihm am nächsten stehende Zapphirn drehte sich um, als Jorge den Seitenstreifen erreichte, und Jorge ließ vor Schreck fast die Machete fallen. Er kannte die Frau. Es handelte sich um die Kassiererin aus dem Laden, eine vollbusige, kettenrauchende Frau, die immer eine wiesengrüne John-Deere-Jacke trug. Sie hatte nun keine Jacke an, auch kein Hemd, und ihre Brüste schwangen wie durchnässte Melonen in den Körben ihres schmutzigen Büstenhalters herum.

Jedes Mal, wenn Jorge eine Ladung Körnermais, Heu oder

Düngemittel für die Wilcox Farm gekauft hatte, hatte sie ihre Augen abgewandt, wenn er den Kaufvertrag ausfüllte, und war darauf bedacht gewesen, eine Berührung seiner Finger zu vermeiden. Nun hatte sie keine Probleme damit, ihn anzublicken: Ihre Augen waren wie stahlblaue Bohreinsätze, die sich ihren Weg in seinen Schädel bahnten.

»*¿Señora?*« Er strauchelte, aber er stolperte weiter und hoffte, dass sie etwas Bekanntes sagen würde, damit er sie nicht niederschlagen müsste. Irgendetwas, auch wenn es nur ihr zur Seite gesprochenes »Fahr den Truck an die Rampe und die Jungs werden ihn beladen« wäre.

Aber alles, was sie konnte, war Zischen und Jorge wurde klar, dass es sich dabei um die Quelle des Geräusches in seinen Ohren handelte. Die anderen zischten auch und es klang wie das Zirpen von Grillen in einer endlosen Nacht. Aber trotzdem konnte Jorge nicht auf sie einschlagen. Sie war eine Rassistin, eine, die sich ziemlich sicher wünschte, dass Leute wie er niemals die Grenze überquerten, aber sie war auch ein Mensch.

Oder etwa nicht?

Bevor er eine Entscheidung treffen konnte, explodierte der obere Teil ihres Kopfes gleichzeitig mit dem Donnerschlag eines Schusses. Ihr Kopf flog nach hinten, ihre Brüste schwabbelten und ihre Knie gaben nach, als sie zusammenbrach und auf den Asphalt fiel.

»Mach schon, Trottel!«, brüllte Franklin. »Das sind Zapphirne, verdammt noch mal.«

Die anderen Zapphirne wandten sich in seine Richtung, obwohl der Fischer endlich herausgefunden hatte, wie man sein Bein heben und auf die unterste Sprosse der Leiter stellen konnte.

Noch vier.

Aber Jorge wurde klar, dass er sie nicht töten musste. Sie verhielten sich nicht aggressiv wie die auf der Farm von Mr. Wilcox. Stattdessen blickten sie ihn mit argwöhnischem Interesse an, ähnlich wie sie es im Falle der Leiter getan hatten: als ob er etwas Neues wäre, das sich jenseits ihres Verstandes befand.

Allerdings wollte er auch nichts riskieren, weshalb er einen tiefen Hieb ausführte und ein beträchtliches Stück der Wade eines jungen Mannes in Shorts und Sandalen abhackte. Der Mann brach zusammen, das Zischen aus der Tiefe seines Rachens wurde schriller und lauter.

Schmerzen. Also fühlen sie Schmerzen, auch wenn Franklin das Gegenteil behauptet.

Der Fischer war mittlerweile ein paar Sprossen die Leiter hochgestiegen, aber die anderen beiden Zapphirne zogen sich zurück. Ihre Augen glitzerten wie nasse Diamanten.

»Nicht schießen!«, rief Jorge Franklin zu, einerseits weil er sich nicht sicher war, dass sie eine Gefahr darstellten, andererseits weil er der Zielgenauigkeit des alten Mannes nicht völlig vertraute.

Der Fischer setzte seinen Aufstieg fort, sich nun schneller bewegend, weil er den Zweck der Sprossen verstanden hatte. Er war fast oben angelangt, wo die Frau zusammengekauert in der Mitte des Daches saß, als ob sie ihr Baby beschützen wollte.

»Gleich«, rief Jorge ihr zu, aber sie reagierte nicht. Jorge rannte zur Rückseite des Wohnmobils und begann, hinter dem Zapphirn die Leiter hochzuklettern. Er führte einen Hieb mit der Machete gegen die Gummisohle seines Stiefels aus, aber es hob den Fuß unmittelbar bevor die Klinge vom Metall abprallte.

Oben richtete sich das Fischer-Zapphirn in der hellbraunen Weste auf und hob den Kopf, als ob es den Wind schnüffeln wollte. Es legte eine Hand auf eine kleine Satellitenschüssel, um sich abzustützen, dann rüttelte es daran. Die Stahlstange, an der die Schüssel befestigt war, löste sich mit einem Knirschen. Das Zapphirn hob die Schüssel wie eine Waffe und drehte sich zu Jorge um, der noch drei Sprossen zu erklimmen hatte.

Ein Schuss ertönte, die Kugel flog über Jorges Kopf. Das Zapphirn hob die Satellitenschüssel und Jorge überlegte, ob er zu Boden springen sollte. Aber er dachte, dass er es nicht schaffen würde, noch einmal hochzuklettern, bevor der mutierte Fischer die Frau und ihre Baby töten würde.

Also warf sich Jorge nach vorne und rollte sich ab. Das Fischer-Zapphirn hielt mit gehobener Schüssel inne, als ob es ebenfalls zögerte zu töten. Jorge trat mit einem seiner Arbeitsschuhe nach der Kniescheibe des Zapphirns. Das Bein knickte ein, aber es brach nicht zusammen.

Das Zapphirn zischte vor Schmerzen, oder vielleicht auch Wut, und klatschte mit der Schüssel nach unten, als ob es sich bei Jorge um eine überdimensionale Fliege handelte. Jorge hob seine Machete – *genau wie Banderas es tun würde,* dachte er – und blockte den Stoß ab, obwohl der Aufprall den Rücken der Klinge gefährlich nahe an sein Gesicht brachte.

Auf dem Rücken liegend hob Jorge beide Beine und trat mit den Sohlen seiner Schuhe in den Bauch des Zapphirns. Es keuchte, als es von Jorges Tritt vom Dach des Wohnmobils gehoben und mit fuchtelnden Armen über den Rand befördert wurde. Der Körper landete mit einem feuchten Platschen auf dem Asphalt, während die Satellitenschüssel ein paar Meter entfernt auf die Straße schepperte.

Jorge hielt sich nicht damit auf, den Schaden zu begutachten. Stattdessen ging er zu der jungen Frau, auf deren verzerrtem Gesicht sich abwechselnd Furcht und Dankbarkeit abzeichneten. Eine Träne lief ihre verschmierte Wange hinab. Aus der Nähe sah sie noch jünger aus, vielleicht siebzehn.

Das könnte Marina in ein paar Jahren sein, dachte er, obwohl die Frau rötlichgoldenes Haar hatte anstelle von Marinas dunklen Latina-Attributen.

»Komm«, sagte er und streckte eine Hand aus. »Wir haben einen sicheren Ort.«

Sie starrte auf die mit Blut verschmierte Machete. Jorge blickte ebenfalls darauf und wischte sie an einem seiner Hosenbeine ab. »Nur wenn es sein muss«, sagte er.

»Mach schon, hol sie«, rief Franklin aus den Büschen hervor. »Sonst muss ich auch noch anfangen, diese anderen zu töten.«

Jorge blickte die Straße entlang. Zwei weitere Zapphirne waren aus dem Wald gekommen, aber sie bewegten sich weder schnell noch bedrohlich. Jorge hatte wieder das Gefühl, dass sie in erster Linie neugierig waren, so als ob sie sich ohne Landkarte in einer unwirtlichen Welt wiedergefunden hätten.

Das kann ich verstehen, mis amigos.

»Komm«, sagte Jorge, dieses Mal noch sanfter. »Meine Frau wird dir helfen, dich um das Kind zu kümmern.«

Sie entspannte sich ein bisschen und schob einen Zipfel des Bündels zurück. Jorge konnte nur einen winzigen Flecken rosafarbener Haut sehen, bevor sie den Stoff zurückschlug und versuchte aufzustehen. Sie verlor beinahe das Gleichgewicht und Jorge stützte sie. Die beiden Zapphirne von der Rückseite des Wohnmobils hatten sich noch drei Meter entfernt und starrten nach oben, als ob sie einer Aufführung eines absurden Theaterstücks beiwohnen würden.

»Nicht schießen«, rief Jorge Franklin zu, der nun bei der Steinmauer stand und das Gewehr auf das nächststehende Zapphirn gerichtete hatte. »Ich glaube nicht, dass sie uns etwas tun werden.«

»Und was hat Käpt'n Ahab dann da oben vorgehabt? Wollte er Badminton spielen?«

»Sie sind verwirrt.«

»Nun, verdammt, damit sind sie nicht allein.«

Jorge wollte hinunterklettern und bot der Frau an, das Baby zu tragen, aber sie schüttelte vehement den Kopf. Also stieg er hinunter und stand Wache, während sie ihren vorsichtigen und ungeschickten Abstieg hinter sich brachte.

»Verschwindet«, sagte Jorge zu den Zapphirnen und machte eine Bewegung mit der Machete. »*Salir*.«

Aber sie standen einfach nur da mit ihrem intensiv funkelnden Blick, während sich die beiden neuen Zapphirne weiter näherten. Als die junge Mutter den Boden erreichte, führte Jorge sie zu Franklin und dem Pfad zurück zur Anlage.

»Hat lange genug gedauert«, sagte Franklin.

»So machen wir das auf der anderen Seite der Grenze, alter Mann«, antwortete Jorge.

»Nun, wir werden keine *siesta* halten, bis wir sicher sind, dass uns diese Dinger nicht verfolgen, *sí*?«

Es dauerte, bis sie den Aufstieg halb hinter sich gebracht hatten. Dann spürte Jorge, wie sich sein zusammengekrampfter Magen lockerte, und er musste sich hinknien, um sich in das Laub zu übergeben, während Franklin Wache stand.

Nun fühlte er sich nicht mehr so sehr wie Antonio Banderas.

KAPITEL 31

»Ich hätte nichts gegen ein GPS«, sagte DeVontay.

Er blinzelte in die Sonne, die dabei war, am westlichen Horizont unterzugehen. Sie hatten die kleine Stadt, deren Rauch noch immer die Luft verpestete, hinter sich gelassen. Hinter ihr markierten höhere Säulen unscharfen Graus den Fortschritt Charlottes, sich in der Atmosphäre aufzulösen. Die Wolken waren wie Knäuel schmutziger Wolle, die auf hohen, unbestimmten Wellen ritten.

Rachel saß im Schatten eines Ahornbaums und betrachtete die Straße, auf der sie gekommen waren. Die Erinnerung an den Anblick der Körper, die in der Grünanlage vor dem Gericht verstreut gewesen waren, beschäftigte sie noch immer. Wohin sie auch blickte, halluzinierte sie Leichen in dunklen Zwischenräumen und Spalten, angeordnet auf furchtbare, kunstvolle Weise.

Reiß dich zusammen, Ray-Ray. Stephen braucht dich.

Mit jeder Meile, die sie gegangen waren, war der Junge lebhafter geworden. Der Akt des Zurücklassens seiner Puppe bei dem toten Mädchen hatte seine Wehmut gelindert. Rachel fragte sich, ob seine jetzige Lockerheit nicht noch besorgniserregender war als sein an Katatonie grenzender früherer Zustand. Aber es gab kein psychologisches Handbuch, anhand dessen man die Gemütszustände im Danach diagnostizieren konnte. Es war alles Neuland.

»Hier entlang«, sagte Rachel und deutete ungefähr nach Nordwesten. Sie befanden sich nun in einer ländlichen Gegend, in der es wenige, weit verstreut liegende Hauser gab. Deshalb war die Wahrscheinlichkeit, Zapphirnen zu begegnen, geringer geworden. Die letzten fünf Meilen waren sie auf einer Schotterstraße gegangen, auf der sie nur ein paar wenige liegengebliebene Fahrzeuge antrafen. Rachel wollte nicht an die Körper denken, die sich in ihnen befunden haben mochten, und auch nicht daran, dass sie vielleicht herausgeholt und als Kunst benutzt worden waren.

»Bist du sicher?« DeVontay studierte die zerfledderte Landkarte in seinen Händen. »Die I-77 Autobahn führt nach Norden und befindet sich da drüben.«

»Wir sollten nicht der Autobahn folgen«, sagte Rachel. »Weil es besser ist, Bevölkerungszentren zu meiden.«

»Und wo werden wir Essen finden?«

»Von Haus zu Haus«, antwortete Rachel.

»Wo werden wir schlafen?«

»Von Haus zu Haus.«

Stephen, der mit einem Stock in der Erde stocherte, blickte auf. »Heißt das, dass wir jedes Haus nehmen können, das wir wollen?«

»Klar«, sagte sie. »Freie Auswahl. Solange niemand dort wohnt, glaube ich nicht, dass jemand etwas dagegen hat, wenn wir es benutzen.«

»Ich will ein Haus mit einem Swimmingpool.« Er schlug mit dem Stock nach einem Falter, der unsicher um ihn herumflatterte.

»Töte ihn nicht«, sagte sie.

»Warum nicht?«, fragte er schmollend, auch wenn er den Stock senkte.

»Weil das Leben heilig ist.«

»Warum ist dann jeder tot?«

Rachel wollte ihm eine automatische Antwort geben, aber alle Möglichkeiten fühlten sich irgendwie falsch an: *Weil Gott es so wollte? Weil das Universum eine mächtige Schlampe ist? Weil sie es nicht wert waren?*

Stattdessen entschied sie sich für die dürftige Antwort, die sie schmerzhaft wie eine Erwachsene fühlen ließ: »Darum.«

DeVontay ging vor ihnen auf der Straße, wischte sich mit einem Tuch den Staub von der Stirn und band es dann um seinen

Kopf wie Jimi Hendrix. »Ich wette, das Haus da vorn hat einen Pool«, sagte er. »Oder vielleicht einen Fischteich.«

Das zweistöckige weiße Farmhaus hatte ein Blechdach, das im Licht der untergehenden Sonne schimmerte. Der Garten war umzäunt und das sich daran anschließende Land war in mehrere Weiden aufgeteilt. Ein Traktor parkte vor einer Scheune und zwei gescheckte Jersey-Kühe zupften am Gras und ignorierten sie. Die Weiden stiegen bis zu einem Wald an. Ein staubiger Ford Pickup stand in der Zufahrt neben der Veranda. Rachel konnte durch die Heckscheibe ein Gewehr in einer Ablage sehen.

»Ich will angeln!«, sagte Stephen und rannte los, um DeVontay einzuholen. Rachel schulterte ihren Rucksack und folgte ihnen. Das Haus bot eine gute Sicht und sah relativ sicher aus, vorausgesetzt, dass nicht gerade eine Familie von Zapphirnen um den Küchentisch versammelt saß.

»Hallo?«, rief DeVontay mit an den Mund gelegten Händen. Nur der Wind antwortete.

DeVontay war dabei, den Pickup zu überprüfen, als Rachel bei ihnen ankam. »Leer«, sagte er, obwohl er Rachel mit einem Blick bedachte, der genau das Gegenteil besagte.

»Stephen, komm. Schau dir das an«, sagte sie. Sie ging zu dem Apfelbaum im Garten neben dem Haus und zog einen Ast so tief herab, dass Stephen ein paar der rubinroten Macintosh-Äpfel pflücken konnte. Als sie zurückblickte, stöberte DeVontay im Pickup herum und kam mit dem Gewehr in den Händen wieder zum Vorschein, bevor er die Tür zuknallte.

»Ich sehe mich im Haus um«, sagte er. »Wartet hier, bis ich zurückkomme.«

Rachel führte Stephen zu dem kleinen Gemüsegarten, der von Unkraut überwuchert war. Die meisten Tomaten waren verfault und die Gurken waren gelb geworden, aber der Braune Senf und Markstammkohl waren dunkel und sahen gesund aus. »Hilf mir beim Pflücken«, sagte sie und kniete sich auf die Erde. Sie steckte sich einen Rübstiel in den Mund und kaute, die kräftige Bitterkeit genießend.

»Igitt!«, sagte Stephen.

»Du willst doch stark werden wie Spiderman, oder?«

»Deine Zähne sind grün.« Der Junge blickte zur Scheune. »Was ist da drin?«

»Heu«, sagte sie. »Und nun lass uns pflücken. Uns werden die frischen Vitamine gut tun nach all dem Konservenessen.«

»Heu schmeckt besser als das hier«, sagte er und ging los Richtung Scheune.

»Geh nicht allein da rein«, sagte sie und hob das untere Ende ihres Hemds an, um einen Beutel für das Gemüse zu bilden. Sie sammelte ein paar Stück und wartete darauf, dass Stephen zurückkam. Dabei konzentrierte sie sich so sehr auf ihre Ernte, dass sie für einen Augenblick nicht wahrnahm, wie er einfach weiterging.

Er war schon fast bei der Scheune. »Stephen!«, rief sie.

Der Junge stand bei dem schweren hölzernen Scheunentor, das mit Metallrädern auf einer Stahlschiene befestigt war. Das Tor stand etwas mehr als einen halben Meter offen, dahinter wartete dichte Dunkelheit. Rachel konnte sich nicht vorstellen, dass der Junge hineingehen würde, nicht nach all den Schrecken, die er durchgemacht hatte.

Stephen blickte kurz zurück, schien aber Rachel überhaupt nicht wahrzunehmen. Er neigte den Kopf, als ob er entfernte Musik hörte, und schlüpfte in die Scheune. Rachel ließ das Gemüse fallen und eilte ihm nach, während die Ermüdung und Anspannung der letzten Tage wie eine Welle über sie kamen und ihre Schritte schwer werden ließen. Eine Blase an ihrem großen Zeh schmerzte wie ein elektrischer Schlag, aber sie zwang sich, weiterzugehen, weil sie an ihre Schwester dachte.

Sie rief erneut nach ihm. Ihr Rufen war wie ein Donnerschlag in der ruhigen ländlichen Umgebung und die Vögel im nahegelegenen Wald verstummten. Sie erreichte das Tor. Die dunkle Luft im Inneren war fast greifbar, voller Heustaub und Mist, ein Klotz aus Obsidian, der mit unbehandelten Holzbalken und Maschendraht umgeben war. Rachel wollte diese elende

Dunkelheit nicht berühren, geschweige denn, sie betreten, aber Stephen war drinnen.

Sie hatte versprochen, sich um ihn zu kümmern.

Sie trat in die Scheune, rief seinen Namen und lauschte dem Ticken des heißen Blechdaches. Sie schalt sich dafür, zu vermessen geworden zu sein. Sie hätte DeVontay um die Pistole bitten sollen, nachdem er das Gewehr gefunden hatte. Aber die Friedlichkeit des Tals hatte sie eingelullt und zu einer nicht angebrachten Selbstgefälligkeit geführt. Sie hatte vergessen, dass das hier das Danach war und dass sich die Regeln mit einem gewaltigen Rülpser der Sonne von Grund auf geändert hatten.

Während sie in der Dunkelheit herumstolperte, kämpfte sie gegen den Drang an, auf DeVontay zu warten. Sie war sich ziemlich sicher, dass in der Scheune keine Zapphirne lauerten, sonst hätten sie auf ihre Stimme reagiert. Trotzdem trug die tiefe Dunkelheit das Gewicht einer Bedrohung, wie der angehaltene Atem eines Stalkers. Etwas hier war nicht in Ordnung.

Als sich ihre Augen an die Lichtstrahlen gewöhnt hatten, die durch die Spalten und Fenster fielen, war sie in der Lage, die Stützbalken und Boxen zu erkennen. Büschel von gelbem Heu waren auf dem Erdboden verstreut. Von dem mittleren Querbalken hingen drei Objekte an Seilen wie alte Säcke mit Futtermittel herab. Stephen stand still und blickte zu ihnen nach oben.

»Oh mein Gott«, sagte Rachel und humpelte zu dem Jungen. Sie versuchte, ihn wegzuziehen, dann seine Augen zuzuhalten, aber er entzog sich ihr.

»Was ist passiert?«, fragte Stephen.

Bei den Körpern handelte es sich um einen Mann und zwei kleine Jungen, offensichtlich Brüder. Ihre schwarzen Zungen hingen aus den offen stehenden Mündern und ihre Augen standen hervor. Obwohl Fliegen um sie herumschwirrten, waren sie offenbar erst seit ein oder zwei Tagen tot.

»Das ist nicht gut, Stephen.«

»Haben sie sich umgebracht?« Stephens Stimme war wieder

kalt und leer, so als ob sein posttraumatischer Autismus wieder die Kontrolle über ihn gewonnen hatte.

Rachel hielt es für wahrscheinlich, dass der Mann zuerst seine beiden Söhne erhängt hatte, bevor er sich selbst getötet hatte. Es sah nicht wie die Tat von Zapphirnen aus. Aber sie wusste nicht, welche Antwort Stephen den größten Trost spenden würde. Vielleicht gab es überhaupt keinen Trost im Tod.

Vielleicht.

Oder vielleicht hatte der Mann das Danach abgeschätzt und einen Entschluss auf der Grundlage von Liebe und Gnade gefasst. Trotz der Mittel der Farm hatte der Mann womöglich keine andere Zukunft als die mit einem gewaltvollen Ende gesehen. Vielleicht war das die Weise, in der der Mann seine Familie vor den Zapphirnen beschützte, indem er zuerst die Frau im Pickup ermordete und dann seinen Nachwuchs dem ewigen Frieden zuführte, anstatt noch einen weiteren Tag in der lebendigen Hölle zu verbringen.

Vielleicht war dies der höchste Glaubensakt.

»Ich weiß nicht, was passiert ist«, sagte Rachel und vermied so zumindest eine Lüge.

»Ich will zu meiner Mutter«, sagte Stephen.

Rachel umarmte ihn. »Ich weiß, dass du das willst, Liebling.«

»Und meine Puppe.«

»Ich weiß. Warum gehen wir nicht ins Haus? Ich wette, diese Jungen hatten Spielzeug, und es macht ihnen bestimmt nichts aus, wenn du damit spielst.«

»Sie sind tot«, sagte er. Er musste vom Staub niesen, dann schniefte er.

In Rachels Augen standen Tränen, aber sie gestattete sich nicht zu schluchzen. »Lass uns gehen, Liebling.«

Diesmal erlaubte Stephen ihr, ihn aus der verdorbenen Luft der Scheune zurück in das Licht der Sonne zu führen. Rachel blickte zu den fernen, ungewissen Wolken hoch.

Wie konntest du das tun, Gott? Welcher Plan steht hinter all dem?

Aber sie konnte im Augenblick nicht auf ihren Glauben

vertrauen, weil sie befürchtete, dass er im Begriff war, sich aufzulösen. Die eine Gewissheit ihres Lebens, die Macht, die ihr Trost in all dem Kummer und Elend gespendet hatte, die jedes Vergnügen mit Freude bereichert hatte, sie war nun flüchtig geworden wie der ferne Rauch. Und ohne sie, wer *war* sie selbst dann überhaupt noch?

Als sie das Haus erreichten, wartete DeVontay auf der Veranda, mit dem Gewehr an der Schulter. »Die Luft ist rein«, sagte er, fast trunken vor Erleichterung. »Es gibt Konserven und einen Gasherd, also können wir uns ein gekochtes Abendessen gönnen.«

Dann bemerkte er den Ausdruck auf ihren Gesichtern und blickte sich argwöhnisch um. »Was ist los?«

Rachel machte eine Handbewegung Richtung Scheune. »Wir können in ihrem Haus bleiben. Sie brauchen es nicht mehr.«

»Oh. Nun, dann kommt rein und lasst uns essen.« Er hielt ihnen die Tür auf und Rachel konnte die Frage in seinen Augen lesen: *Waren es Zapphirne?*

»Ich denke, dass wir hier sicher sind«, sagte Rachel. Trotz ihrer gebändigten Furcht war sie begierig darauf, sich in die Erforschung der Küche flüchten zu können. »Warum suchst du nicht einen Platz für Stephen, während ich das Essen koche?«

Sie konnte das Bild der schlaffen, hängenden Körper nicht aus ihrem Gehirn verbannen. Oder verhindern, dass der Schmerz in ihrem verlassenen Herzen immer größer wurde.

KAPITEL 32

»Hab gesehen, wie du die Straße entlanggerannt bist und vermutet, dass du mich zu euren Kumpels führen würdest«, sagte Arnoff.

»Welche Kumpel?« Campbell missfiel die Art, wie Arnoff sein halbautomatisches Gewehr an seiner Hüfte angelegt hatte. Eine machohafte Pose, die unter anderen Umständen lächerlich gewirkt hätte.

»Eure Soldaten-Kumpel.«

»Mit denen würde ich mich nicht anlegen«, sagte Pete und schenkte sich einen weiteren Drink ein, ohne Arnoff etwas anzubieten.

»Ich will mich nicht mit ihnen anlegen«, sagte Arnoff. »Ich will mich anschließen. Der Mannschaft Mensch beitreten.«

»Ich hatte nicht den Eindruck, dass sie Neuzugänge suchen«, wandte Campbell ein. Er blickte zur Tür der Bar und hoffte, dass Arnoff die Straße freigeräumt hatte, bevor er ihnen in das Lokal gefolgt war. Wenn sich die Zapphirne zu Gruppen sammelten, würde vielleicht sogar eine halbautomatische Waffe nicht ausreichen.

»Ihr Anführer wird auf die Vernunft hören«, sagte Arnoff. »Donnie und der Professor können einigermaßen schießen und Pam ... nun, sie kann kochen oder so was. Oder die Männer bei Laune halten. Zu mehreren ist man sicherer.«

»Ich sage dir«, verkündete Pete, dessen Trunkenheit nun einen streitlustigeren Zug bekam, »der marschiert unter dem Sternenbanner. Und braucht solche wie uns nicht.«

Arnoff blickte sich in dem dämmrigen Raum um, als ob er die Leichen jetzt erst wahrnahm. »Was weißt du davon?«

Campbell bewegte sich von der Theke weg und erwartete, dass Arnoff ihn stoppen würde, aber der Mann war mehr an dem interessiert, was Pete zu sagen hatte. Pete murmelte etwas Zusammenhangsloses, aber Campbell konnte eine persönliche Aufforderung an Arnoff zu einer unanständigen und auf sich selbst gerichteten sexuellen Handlung heraushören.

Er blickte durch ein verschmiertes Fenster auf die stillen Autos und Leichen, auf einen Kinderwagen, der neben einem Hydranten umgekippt auf der Seite lag. Eine Taube mit einem geknickten Flügel hüpfte den Bürgersteig entlang, das einzige Anzeichen für Leben.

»Du warst bei ihnen«, sagte Arnoff. »Sie haben dich auf der Schnellstraße geschnappt.«

»Sie wollten mich als Köder für die Zapphirne benutzen«, antwortete Pete. »Genau wie ihr.«

»Jeder hat seine Aufgabe«, sagte Arnoff. »Und einige Aufgaben sind größer als andere.«

»Und was ist dann Ihr Plan?«, fragte Campbell. »Vorausgesetzt, der Captain erlaubt, dass Sie dem A-Team beitreten? Wollen Sie eine große Aktion mit Massenmord starten? Alle Zapphirne zusammenschießen? Und wenn Sie schon dabei sind, auch gleich alle umbringen, die Ihnen nicht gefallen?«

»Spar dir dein Kommunisten-Gerede. Es geht um das Überleben der menschlichen Rasse. Das Überleben der Stärksten. Ich weiß nicht, was das für Gestalten sind und warum sie uns das Hirn einschlagen wollen, aber ich brauche keinen Professor dafür um zu wissen, wenn etwas aus der Welt geschafft werden muss.«

»Sie verändern sich«, sagte Campbell, der versuchte Ideen auszudrücken, die ihm selbst erst gerade in den Sinn gekommen waren. »Ich glaube nicht, dass sie uns angreifen ... uns *normale* Menschen ... nur weil sie uns aus dem Weg schaffen wollen. Ich denke, dass sie so verängstigt und verwirrt sind wie wir auch.«

»Zum Teufel mit deinem Kommunisten-Gerede.« Arnoff schwenkte den Arm über die toten Körper und die graue, trostlose Bar, die früher einmal mit Musik, Gelächter und dem Geräusch aneinanderstoßender Gläser gefüllt gewesen war. »Sie sind nicht nur eine Gefahr für unser Leben, sondern für unsere

Lebensart. Wenn wir all das hier zurückhaben wollen, müssen wir heute gewinnen. Dann können wir für das Morgen kämpfen.«

»Ich hab genug vom Kämpfen«, sagte Pete. »Ich trinke lieber. Aber du würdest viel Spaß haben mit dem Captain und seiner lustigen kleinen Truppe. Sie sind zu einem Stützpunkt nördlich von hier unterwegs.«

»Ein Stützpunkt?«

Pete nahm einen Schluck aus seinem Glas, während er Arnoffs Aufregung genoss. »Ja. Er behauptete, da oben gebe es einen geheimen Militärstützpunkt, unterirdisch und für den Weltuntergang gerüstet. Gebaut für einen Atomkrieg, hat er gemeint, aber für so ziemlich jeden Fall ausgestattet. Und ich vermute, der große Zapp fällt auch darunter.«

»Wie weit nördlich?«

»Auf dem Weg zum Zauberer«, sagte Pete mit lallender Stimme. Selbst jemand, der so viel vertragen konnte wie Pete, musste irgendwann der erstaunlichen Menge an Whiskey Tribut zollen. »Der große Zauberer von Ozzzzz.«

Arnoff schwenkte den Lauf seines Gewehrs nach vorn und zerschmetterte Petes Flasche. Der kräftige, süße Geruch des Whiskeys übertünchte kurzzeitig das Gären der Toten.

Pete fauchte und versuchte von seinem Platz hinter der Theke aus nach Arnoff zu schlagen. »Du verdammtes Tier.«

»Wie weit nördlich?«, wiederholte Arnoff. Sogar in dem schlechten Licht schimmerten seine Augen und seine Zähne mit einer heftigen Drohung, die Pete vorübergehend ernüchterte.

Pete machte eine schwache Handbewegung der Aufgabe und der Abscheu. »Bis zum Blue Ridge Parkway.«

»Ich muss es genauer wissen. Der Parkway ist fast 500 Meilen lang.«

»Meilenstein 291, hat er gesagt. Ich weiß nicht, was das bedeutet.«

»Ich hoffe für dich, dass du mich nicht verarschst. Sonst werde ich dich finden und an einem Laternenmast aufknüpfen, damit die Zapper deine Leber fressen können.«

Pete schnaubte vor Abscheu und griff nach einer neuen Flasche in der Reihe hinter sich. Campbell betrachtete die Szene in dem staubigen Spiegel hinter der Theke und erschrak über die Person, die links von Arnoff stand. Campbell legte den Kopf auf die Seite, um sicher zu gehen, dass es sein eigenes Spiegelbild war. Hager und mit stoppeligen Wangen, vom Wind zerzauste Strähnen fettigen Haars, tiefe lilafarbene Ringe unter den Augen.

Ich weiß nichts von Zombies, aber wir werden zu lebendigen Toten.

Arnoff lehnte sein Gewehr an einen Barhocker und holte eine Landkarte sowie eine Taschenlampe aus seiner Tasche. Nachdem er mit einem Ellenbogen die Schnapslache weggewischt hatte, breitete er die Landkarte auf der schartigen Holzoberfläche aus. Campbell konnte nicht anders, als sich zu ihm zu beugen und hinzusehen, als Arnoff die Lampe anknipste.

»Welche Stadt befindet sich in der Nähe?«, wollte Arnoff von Pete wissen.

»Seh ich aus wie ein Pfadfinder? Ich hab gehört, wie er was von ›Boone‹ geschwafelt hat.«

Arnoff führte seinen wurstähnlichen Zeigefinger über die Karte von North Carolina, weg von den roten Kreisen, die er eingezeichnet hatte, um ihren derzeitigen Standort und seine Route seit Charlotte zu markieren. »Etwa hundert Meilen. Sollte man in einer Woche, schlimmstenfalls in zehn Tagen Fußmarsch schaffen.«

Pete lachte erneut. Er hielt sich nicht länger mit einem Glas auf, sondern trank direkt aus der Flasche Knob Creek und zuckte aufgrund des Geschmacks zusammen. Campbell studierte die Karte und registrierte die Kleinstädte, die an der Autobahn nach Boone lagen. Arnoff sah ihn böse an und faltete die Karte fachmännisch zusammen.

Nachdem er sein Gewehr genommen hatte, ging er zur Tür. »Kommt ihr oder wollt ihr hier lieber auf die Zapper warten?«

Campbell schulterte seinen Rucksack und folgte ihm. Pete hingegen machte keinerlei Anstalten, seinen Platz hinter der

Theke zu verlassen. Er starrte an ihnen vorbei, als ob er sich mitten in einer lange vergangenen Happy Hour befände, während der das Bier in Strömen floss, die Stones aus den Boxen dröhnten und die Neonlichter verführerisch grün und rot blinkten.

»Komm schon, Pete«, sagte Campbell an der Tür wartend. Arnoff überquerte die Straße, nachdem er sich vergewissert hatte, dass keine Gefahr bestand.

»Du wirst langsam zu genau so einem herumkommandierenden Arschloch wie Arnoff«, sagte Pete, obwohl er hinter dem Tresen hervorkam. Dabei stolperte er fast über einen toten Biker, dessen Lederweste mit den Wucherungen des Todes befleckt war.

Arnoff war bereits am Ende des Blocks und gerade dabei, um die Ecke zu verschwinden. Campbell befürchtete, dass er sie zurücklassen würde. Und so schlecht die Option Arnoff auch war, Campbell war der Ansicht, dass es weitaus schlimmer sein würde, noch eine Nacht allein auf einem Kirchturm verbringen zu müssen. Er schlängelte sich zwischen den Fahrzeugen hindurch und ging dabei so gebückt wie möglich für den Fall, dass Zapphirne auf der Lauer lagen.

Als Campbell die Straßenecke erreichte, war Arnoff kaum mehr zu sehen. Der Mann hatte sie völlig vergessen.

Campbell drehte sich um und winkte Pete, dass er sich beeilen solle. Pete hatte gerade erst die Kneipe verlassen und blinzelte in das Licht des Sonnenuntergangs. Er zog seinen Rucksack mit der einen Hand, mit der anderen umschloss er eine Schnapsflasche fest an ihrem Hals. Als er vorwärtsstolperte, zusammengesackt, schleichend und ruckartig, musste Campbell dagegen ankämpfen, wütend zu werden.

Was für ein Loser. Er sieht genauso aus wie ein Zapphirn, so wie er–

Eine Gewehrsalve hallte in der Schlucht der Gebäudefassaden wider. Pete hob den Kopf, den Mund im Schock geöffnet. Eine plötzliche purpurrote Blüte entfaltete sich auf seiner Hemdbrust. Dann versagten seine Beine ihren Dienst und er sackte zusammen, während die Schnapsflasche auf dem Bürgersteig zerbrach.

Campbell rannte zu ihm, gebückt bleibend. »Nicht schießen!«, rief er, obwohl er nicht wusste, ob das etwas nützen würde.

Den Soldaten war es offensichtlich egal. Jeder, der keine Uniform trug, war ein Zielobjekt. Er erinnerte sich an die Worte des Captains: »*Wir sind die Regierung. Du bist entweder für uns oder gegen uns.*«

Campbell wartete darauf, dass die nächste Kugel in seinen Körper eindringen würde, und er hätte das fast begrüßt. Aber es blieb still, als er in der toten Stadt neben Pete niederkniete. Petes Blut vermischte sich mit dem Tequila zu einem krankhaften und letzten Gebräu. Campbell kniete und murmelte zu seinem toten Freund, während es um ihn herum dunkel wurde.

Es war das Danach.

Und er war allein.

KAPITEL 33

Jorge half Franklin dabei, die Anlage nach ihrer Rückkehr zu verbarrikadieren. Die Sonne war im Begriff unterzugehen und schickte lange Schattenfinger über das Laub und das Gras. Die umliegenden Berge waren mit schwarzen und rotbraunen Streifen versehen, ein dichter Dunstschleier befand sich am Horizont. Die ersten Flecken des Polarlichts waren am fernen Nordhimmel sichtbar geworden, lindgrüne und purpurfarbene Büschel, die wie die psychedelische Vision eines Schamanen wirkten.

»Glauben Sie, dass sie kommen werden?«, fragte Jorge Franklin.

»Schwer zu sagen. Sie haben sich nicht richtig verhalten.«

»Sie haben nicht angegriffen. Aber sie wurden von der Frau angezogen.«

»Vielleicht wollten sie ihr Baby.«

Jorge dachte an Marina und daran, was er tun würde, wenn sie Zapphirnen in die Hände fiel. Die fast hysterische Frau war im Haus, wo sie von Rosa getröstet wurde. Ihr Baby war in Sicherheit und Jorge schwor sich, Franklin bis zum Tod bei der Verteidigung der Anlage zu helfen. Das hier war nun ihre Heimat.

Franklin steckte den Griff einer Hacke durch eine Metallspule mit Stacheldraht, während Jorge ein Paar dicke Lederhandschuhe anzog. Er stieg auf eine kurze Leiter und führte einen Strang des Stacheldrahts die Oberseite des Holztors entlang, während Franklin den Draht mit einer Drahtschere abschnitt. Er wickelte den Stacheldraht in großen, lockeren Schlingen um die Holzplanken, so dass jeder, der über das Tor klettern wollte, sich darin verfangen würde.

Franklin hatte eine Reihe von Scheinwerfern in den Bäumen

am Rand der Anlage platziert. Er hatte Jorge gesagt, dass sie aufgrund ihres hohen Energieverbrauchs das Batteriesystem schnell erschöpfen würden, aber das Licht war eine zusätzliche Sicherheitsmaßnahme, wenn sie ihrer bedurften.

»Sie waren darauf vorbereitet, sich zu verteidigen, und nicht nur zu überleben?«, fragte Jorge, während sie die Werkzeuge einsammelten.

»Hier oben gibt es sehr viel mehr als nur mich«, sagte Franklin, als sie in Richtung des schwachen rötlichen Schimmers aus dem Haus gingen.

Jorge musste feststellen, dass er sich darauf freute, im gemütlichen, mit Kerzen beleuchteten Innern zu sitzen und noch mehr Menschen zu haben, für die er da sein konnte. Er hatte sich bereit erklärt, die erste Wache zu übernehmen, auch wenn Franklin verkündet hatte, dass seine Alarmsysteme der Aufgabe gewachsen waren. »Was wollen Sie damit sagen?«

»Der Parkway. Eine echte Prachtstraße. Die Regierung hat ihn als Aussichtsroute für Touristen verkauft, aber er wurde gebaut, um schwerem LKW-Verkehr standhalten zu können. *Wirklich* schwerem Verkehr.«

»Ich verstehe nicht.«

»Ich bin nicht der einzige, der darauf gekommen ist, dass das hier oben ein guter Ort ist, um sich zu verkriechen. Einige in unserem Netzwerk waren der Meinung, dass es hier oben einen geheimen Militärbunker gibt. Macht Sinn. Eine Straße, die gebaut wurde, um Bombardierungen aus der Luft standzuhalten, in einer Gegend ohne wirklichen industriellen Wert?«

»Ist das der Grund, warum Sie mich und meine Familie in Ihrer Anlage aufgenommen haben, und warum Sie noch andere aufnehmen wollen?«

Franklin hielt unmittelbar vor dem Haus an. Von drinnen war das leise Gemurmel der sich unterhaltenden Frauen zu hören.

»Ein echter Überlebenskämpfer weiß, dass es nicht nur ums Überleben geht«, sagte Franklin, während er nach oben zu dem

Polarlicht blinzelte, das beinahe hell genug gewesen wäre, um darunter ein Buch zu lesen, wenn es nicht von dem Dunstschleier getrübt worden wäre. »Es geht um das *Leben*. Nur Nahrung, Ausrüstung und Munition zu haben, ist auf längere Sicht nicht ausreichend, denn was für ein Leben wäre das? Sich für zwanzig Jahre in einem Bunker zu verstecken, mutterseelenallein?«

Für Jorge war das Überleben bislang nicht über den nächsten Atemzug hinausgegangen. Jeder Tag seit den Sonnenstürmen war eine Herausforderung gewesen, aber er musste zugeben, dass er sich lebendiger fühlte und dass seine Sinne – alle seine Sinne – so scharf und intensiv waren, wie seit seiner Kindheit nicht mehr. Vielleicht hatte die Aussicht darauf, die Welt zu verlieren, sie mit mehr Rätseln und einer tieferen Fülle angereichert.

»Es geht um Gemeinschaft«, fuhr Franklin fort. »Miteinander auskommen und aus den Ruinen etwas Besseres aufbauen.«

»Sie sagten, dass noch weitere kommen werden.«

»Ich hoffe es, mein Sohn.«

Jorge wusste nicht, wie er auf die Bezeichnung der Vertraulichkeit reagieren sollte. Deshalb ignorierte er sie. »Wir sollten besser nachsehen, wie es der Frau und ihrem Baby geht.«

Franklin stellte die Werkzeuge neben der Tür der Hütte ab, behielt sein Gewehr aber über seiner Schulter. Sie wurden von einer fröhlichen Wärme begrüßt: im Holzofen knisterte ein kleines Feuer, Kerzen waren im Raum verteilt. Jorge lächelte Marina an. Sie schien in der letzten Woche erwachsener geworden zu sein, war nun wieder völlig gesund und stand selbst an der Schwelle zum Frausein. Aber Marina lächelte nicht zurück. Ihr Gesicht war ernst, Falten zeichneten sich auf ihrer Stirn und neben ihrem Mund ab.

Zwischen ihr und Rosa saß die Frau, die ihr Baby stillte.

Die Frau blickte hoch. »Danke«, sagte sie und strahlte den wehmütigen Glanz einer Mutter aus. »Danke, dass sie uns gerettet haben. Dass sie *ihn* gerettet haben.«

Sie zog das Kind von ihrer Brust und drehte es zu ihnen.

Franklin sog tief Luft ein. Jorges Brust gefror und wurde taub.

Das Kind war perfekt ausgebildet, seine kleinen Hände waren zu Fäusten geballt, auf seinem großen Kopf befand sich ein Büschel flaumigen Haars. Es war ein wunderschöner kleiner Junge.

Bis auf die Augen.

Sie funkelten mit einem seltsamen, unnatürlichen Glanz und spiegelten das Kerzenlicht wie zerbrochene Spiegel.

Jorge hatte derartige Augen schon gesehen. Bei den Männern, die versucht hatten, ihn zu töten, und unten auf dem Parkway bei dem Wohnmobil.

Das Kind war ein Zapphirn.

KAPITEL 34

Stephen hustete noch einmal, woraufhin Rachel einen Anflug von Unbehagen spürte. Was, wenn der Junge krank wurde? *Wirklich* krank?

DeVontay hatte ein paar zusätzliche Matratzen in eines der Schlafzimmer im Obergeschoss geschleppt, das einem der toten Jungs gehört hatte. Dann war er nach draußen gegangen, um nach einer Schaufel zu suchen, denn, so hatte er gesagt, er wollte der Familie im Gegenzug für ihre Gastfreundschaft zu einem anständigen Begräbnis verhelfen. Stephen nahm ihm das nicht ab und Rachel fragte sich, ob DeVontay die Leichen einfach wie Holzplanken in einer der Stallboxen in der Scheune stapeln würde.

Stephen lag in Bettdecken eingehüllt auf dem Bett des toten Jungen und starrte die Zimmerdecke an. Rachel hatte eine Öllampe gefunden, deren sanfter, tänzelnder Schein gespensterhafte Schatten an die Decke warf.

»Wird der Geist des Jungen zurückkommen?«, fragte Stephen. »Wird er böse sein, weil ich mit seiner Eisenbahn gespielt habe?«

Rachel wischte Stephens ungleichmäßigen Pony aus seiner Stirn und prüfte dabei beiläufig seine Temperatur. »Natürlich nicht. Er ist im Himmel und spielt dort mit nagelneuem Spielzeug.«

»Ist seine Familie auch dort?«

»Ich bin mir sicher, sie sind es, Liebling.«

»Hat er einen Hund?«

»Es wäre kein Himmel ohne einen Hund, oder?« Rachel blickte zum Fenster hinaus in die Dunkelheit, die sich über den Wald gelegt hatte. DeVontay hatte die Pistole bei ihr zurückgelassen und versprochen, dass sie morgen mit dem

Gewehr Schießübungen machen würden.

Sie hatten sich stillschweigend darauf geeinigt, dass sie vorerst in diesem Farmhaus bleiben würden. Rachel freute sich auf das, was der Gemüsegarten ihnen bieten würde, und auf die Speisen, die sie zubereiten konnte. DeVontay war der Ansicht, dass das Haus im Notfall leicht zu verteidigen sein würde. »Gute Sichtlinien«, hatte er so gesagt, als ob es nicht bedeutete, dass es reichlich Zeit gab zu schießen, falls sich jemand nähern würde.

»Mir fehlt meine Mami«, sagte Stephen, während er auf die Schatten starrte, die auf der weißen Decke flackerten und tanzten.

»Es wäre auch kein Himmel ohne eine Mami«, sagte Rachel. Sie lächelte. Stephen hustete erneut und etwas in seiner Brust rasselte.

Nur der Scheunenstaub.

»Morgen werden wir Äpfel pflücken gehen«, sagte sie. »Und vielleicht im Bach plantschen. Ich hab ein kleines Boot im Schrank gesehen. Glaubst du, dass dir das Spaß machen wird?«

Stephen nickte und hustete noch einmal.

Rachel dachte an die drei in der Scheune hängenden Leichen. Sie fragte sich, ob der Farmer seine Schweine dort aufgehängt, sie gehäutet und für die Haltbarmachung gesalzen hatte.

Wie lange hatte das Danach den Farmer gequält? Wie oft hatte er seinen Kindern gesagt, dass alles gut werden würde? Wie schwer war es für ihn gewesen, seine Frau zu erschießen, nachdem sie sich verändert hatte?

Stephen hustete erneut, einmal, zweimal.

Welcher Mut dazu notwendig gewesen sein musste. Der Farmer musste wirklich fest an ein besseres Leben geglaubt haben, an eine bessere Welt, die sie erwartete. Vom Glauben zur Tat, von der Liebe zur Bestimmung.

Sie kramte in ihrem Rucksack und fand es. »Wie fühlst du dich jetzt, Stephen?«

Er rieb sich die Augen. »Schläfrig. Und müde.«

Sie war ebenfalls müde.

Sie würde ihm sagen, dass er an seine Mutter denken sollte, die auf ihn wartete. Oder würde ihm das Angst machen? Was, wenn er sich seine Mutter so vorstellte, wie sie im Hotel gewesen war, auf dem Bett liegend mit Fliegen, die um ihren Mund herumschwirrten? Was, wenn dieser Gestank mit ihm ins nächste Danach ging?

Sie erinnerte sich an die Anweisungen des Apothekers. Zuerst das Antiemetikum, um zu verhindern, dass er sich übergibt. Und dann das Nembutal.

Ein Glas mit reinem, gefiltertem Wasser aus dem Bach stand auf dem Tisch neben dem Bett. Bei seiner geringen Körpergröße würden drei Pillen wahrscheinlich genügen.

Sie senkte den Kopf und schloss die Augen. *Lieber Gott, ist das barmherzig?*

Zum ersten Mal in ihrem Leben fühlte sie, wie sich die Frage im tiefen Vakuum des endlosen, leeren Raums verlor. Ein Telefongespräch mit niemandem am anderen Ende der Leitung.

Sie hatte noch nie in ihrem Leben so große Angst gehabt.

»Hier, Liebling, ich hab was gegen deinen Husten«, sagte sie, wobei es ihr irgendwie gelang, das Beben ihrer Stimme unter Kontrolle zu halten. Ihre Finger zitterten, als sie das Pillenfläschchen öffnete.

»Wo ist DeVontay?«, fragte er.

»Er wird gleich hier sein. Schluck das, Liebling.«

Sie gab ihm das Antiemetikum, das er mit einer Grimasse hinunterschluckte. »Igitt. Das ist eklig.«

»Trink.« Sie gab ihm das Wasserglas und er trank.

Sie wollte ihm gerade drei der Pillen geben, als sie in sein Gesicht blickte in der Hoffnung, dort irgendein Zeichen von Frieden und Ergebenheit zu finden. Stattdessen sah sie Chelseas Begräbnisgesicht, die blasse und gepuderte Puppenhaut mit Augen, die für immer geschlossen waren.

Sie ballte die Faust um die Pillen, dann warf sie sie in eine Ecke des Zimmers, wo sie über den Hartholzboden kullerten.

»Du hast Recht«, sagte sie. »Medizin ist eklig.«

Unten wurde eine Tür zugeschlagen und DeVontay rief die Treppe hoch.

»Wie lange werde ich hier im Bett des Jungen schlafen?«, fragte Stephen, der nun schon sehr schläfrig war.

»Ein paar Tage«, sagte sie. »Und dann gehen wir in die Berge, wo wir in Sicherheit sein werden.«

»Ich dachte, wir gehen nach Mi'sippi.«

»Das werden wir«, antwortete sie. »Wir haben noch einen weiten Weg vor uns.«

ENDE

Der Autor:

Scott Nicholson ist ein internationaler Bestseller-Autor, der mehr als 20 Romane, 80 Kurzgeschichten, sechs Drehbücher und vier Kinderbücher geschrieben hat. Auf Deutsch erschienen sind u.a. der Gruselthriller "Die Rückkehr" sowie die Romane "Entzweiung", “Die Ernte”, "Die Tunnel der Seele", "Der Schädelring", "Ressort: Verbrechen" und "Tote lieben länger" (die drei letztgenannten Titel sind auch gemeinsam in der "Krimi Box" erhältlich).

Seine deutsche Homepage ist AuthorScottNicholson.com

DER AUTOR NEWSLETTER: **http://eepurl.com/KmZvn**

Der Übersetzer:

Stefan Mommertz arbeitete nach dem Studium für einen Fachzeitschriftenverlag in München. Seit 2004 lebt er in Ungarn.

WEITERE BÜCHER DES AUTORS

Die Rückkehr
Der Schädelring
Ressort: Verbrechen
Das Todeshaus
Die rote Kirche
Tote lieben länger
Krimi Box: Drei romane
Tödliche Happen
Die Ernte
Solom: Der Wanderprediger
Böses Blut
Fleisch-Camp
Vor dem Begräbnis

3650865R00183

Printed in Germany
by Amazon Distribution
GmbH, Leipzig